독일 전설 II

그림 형제(야콥 그림, 빌헬름 그림) 편찬

임한순 윤순식 홍진호 옮김

독일 전설 II

초판 1쇄 인쇄 2014년 12월 26일
초판 1쇄 발행 2014년 12월 30일

옮긴이 임한순 윤순식 홍진호
펴낸곳 서울대학교출판문화원
펴낸이 성낙인

책임편집 최유식
디자인 장혜원

출판등록 제15-3호

주소 151-742 서울 관악구 관악로 1
대표전화 02-880-5252 | **팩스** 02-880-4148
마케팅팀(주문상담) 02-889-4424, 02-880-7995
이메일 snubook@snu.ac.kr
홈페이지 www.snupress.com

ISBN 978-89-521-1589-8 94850
978-89-521-1587-4 94850(세트)

이 저서는 2010년 서울대학교 연구처 재원으로 인문학연구원(미래발전전망 우수연구소 선정) 지원으로 수행된 연구임.

II

Deutsche Sagen

독일전설

그림 형제(야콥 그림, 빌헬름 그림) 편찬

임한순 · 윤순식 · 홍진호 옮김

서울대학교출판문화원

Deutsche Sagen

II

Herausgegeben von den Brüdern Grimm
(Jacob und Wilhelm Grimm)

Übersetzt und kommentiert von
Han-Soon Yim, Sun-Shik Yoon und Jin Ho Hong

Seoul National University Press

머리말

여기 상재되는 책의 내용이자 실제 역사에 직접 연결되는 독일 전설들의 수집은 우리가 아는 바로는 아직 시도된 적이 없었고, 그래서 아마도 더욱 큰 업적이지만 더욱 힘든 일이기도 하다. 가장 핵심적인 역사서 간행본과 연대기들을 통독해야 했을 뿐만 아니라, 필사 보조자료도 입수할 수 있는 한 세심하게 사용하는 것이 우리로서는 중요하였다. 여기 보고된 이야기들 중에서 구전으로 얻을 수 있는 것은 극소수에 불과하였으니, 이 점에서도 이들은 지역 전설과 구분된다. 지역 전설은 전자의 경우와 대척적인 상황에서 민중들 사이의 생생한 전승에 의존한다. 이 전설을 규정하는 조건들은 단지 가끔씩만 역사적 실마리와 접촉점을 갖는다. 그 자체만 보자면, 민중이 지역 전설에 좀 더 튼튼한 발판을 제공하며, 최고로 고귀한 혈족들의 명성보다는 암벽 하나의 기이한 형상을 둘러싸고 전설이 더 지속적으로 축적된다. 역사와 전설의 관계에 관해서는 아직 유보된 개별적인 조사와 상론에 들어가지 못한 채, 할 수 있는 만큼은 이미 대략적으로 설명하였다. 이른바 부족 및 씨족 전설의 특징에 관해 덧붙이자면, 거기에 실제 사건과 기록된 사건이 내포되어 있는 경우는 드물리라는 것이다. 우리의 역사를 다루는 일반적인 경향에 대해 일견 상호 모순적인 두 가지 비난을 할 수 있으니, 역사가 전설을 지나치게 중시하고 또 지나치게 경시하였다는 것이다. 순전히 후자 곧 전설의 요소에 속하는 모종의 상황들이 일련의 실제 사건 속으로 받아들여진 반면, 이와 달리 전적으로 동일한 보잘것없는 이야기들을 사람들은 수도승의 얼빠진 날조요 무료한 자들의 망상이라고 배척하곤 하였다, 그러니까 어떤 때는 전설이 지니지 않은 현세적인 진실을 전설에 부여하고, 어떤 때는 전설의 본질이 깃들어 있는 정신적 진실을 부인하면서, 마치 저 헤룰리(Heruli) 족 사람들이 파랗게 꽃이 만발하는 아마 밭을 헤엄쳐 지나가려 하듯이, 전혀 상이한 뜻에서 주장해야 할 일을 오히려 반박하려 하였다. 전설은 역사와는 다른 발걸음으로 걷고 다른 눈으로 본다. 역사에는 신체적인 것, 달리 말하자면 인간적인 것의 뒷맛 같은 것이 없는데,[1] 바로 인간적인 것을 통해 후자 곧 전설은 그렇게도 강력하게 우리를 사로잡으며 영향을 미친다. 역사는 오히려 모든 관계들을 서사적인 순수성으로 집적하고 재탄생시킬 줄 안다. 그러나 민중에게 역사의 한낮이 전설의 아침 여명과 저녁노을을 지니고 있다면, 혹은 인간의 약한 시력으로는 결코 완전히는 알아챌 수 없는 지나간 일들의 확증이, 이 확증에 도달하려는 저 냉혹하고 무미건조하고 자주 스스로의 흔적을 지워 버리는 학문의 수고 대신 전설의 단순하고 명료한 형상들 속에서 — 그 어떤 기적에 의한 것인지 누가 단언하리요? — 희미하게 되비칠 수 있다면, 그렇다면 분명 그것을 민중 각자에게 허용하고 하나의 고귀한 특성으로 평가해 줄 일이다. 그 사이에 어중간하게 있는 모든 것, 곧 민중에게 아늑한 전설의 순진무구한 개념을 경멸하면서도 엄격하고 메마른 진리 탐구에는 그러나 제대로 용기를 내지 못하는 것, 그것은 언제나 이 세계에 가장 쓸모없는 것이었다.

우리의 수집본이 이제 담을 수 있는 것은 태곳적 독일 민속문학의 위대한 보화 가운데 종종 완전히 말라비틀어지고 산산 조각난 잔재로서, 그것이 선연하게 출현을 예고하니 이 사실은 북유럽 민족의 기록되거나 구전된, 수적으로 훨씬 풍성하고 더 잘 보존된 다량의 전승자료들이 증명해 준다. 그 밖의 민족들 대부분의 불안정, 전쟁, 부분적인 몰락, 이민족과의 혼종은 고대 가요와 전설을 위험에 빠뜨렸고 점차 소멸시켰다. 그러나 일개 민족이 그토록 풍성한 흔적과 잔해를 내보일 수 있다면, 그 민족이 필시 소유했던

---

1 역사에서 우리가 진정으로 갈구하는 상세한 서술을 습득한 중세 작가는 소수에 불과한데, 예컨대 에카르트 폰 상트 갈렌은 오토 황제와 그의 모친의 눈물에 관한 감동적인 장면을 우리에게 보존해 주었다(마틸디의 생애, 라이프니츠, I, 205; 신판 생애, 22장. Eckart von St. Gallen: Vita Mathildis). 그러한 생애에는 늘 전설이 뒤따를지라, 실제 생활의 덕목에 늘 문학의 덕목이 뒤따르듯이.

것은 도대체 얼마나 많았겠는가! 이번에는 배열에서 우연을 줄여도 좋았기에, 시대와 부족 양면을 참작하여 배열을 구상하였다. 로마인들의 기록에 의존한, 다른 수집가들이 혹시 빠뜨리거나 덧붙여 늘렸을지도 모르는 몇 안 되는 이야기들이 앞세워져 있다. 한편, 그 가운데 전설로 보이는 다른 묶음들은 없었으니, 특히 아르미니우스(Arminius, Armin, Hermann, BC 18/17-AD 21)의 행적은 순전히 역사에 속한다. 고트족 전설의 화려함은 대부분 소멸하고 말았는데, 그 경위는 아무리 개탄해도 충분치 않다. 더욱 오래되고 풍부한 관련 출처들이 상실된 사실은 요르난데스(Jornandes, Jordanes, Jordanis)가 제시한, 그 가운데 아직 남아 있는 얼마 안 되는 것을 통해 추정할 수 있다. 역사는 고트족 및 이 부족의 근친 부족들에게 커다란 불이익을 안겨 주었다. 그들을 복속시켰던 아리우스파(Arianismus)와 이로써 구축되었던 정교도들에 대한 대항세력이 없었다면 여러 가지가 다른 모습일 것이다. 이제 여기저기 흩어진 편린들에서 우리는 이 고트인들이 그들의 적, 곧 세력확장을 지향하던 교활한 프랑켄족보다 더 온화하고 교양 있고 고매한 천성을 지녔었음을 짐작할 수 있다. 역시 몰락할 수밖에 없었던 롱고바르드족에게도 이들이 고트족보다 더 전투적이고 난폭했다는 점을 제외하면, 동일한 평가가 약간 약화된 수준으로 해당된다. 이들의 전설은 조금 나은 성신(星辰)의 지배를 받은 덕에, 진정한 서사적 본질로 관철된 가장 아름다운 문학의 한 조각을 이루고 있다. 프랑켄족 전설은 대부분의 보존수단들을 누리고 있었음에도 불구하고 칭송 받을 소지는 더욱 적다. 그들에게서는 문학이 거의 생성될 수 없었거니와, 그 전설도 암울하고 광적인 정신의 일면을 지니고 있다. 메로빙거 왕조가 끊어진 뒤에야 비로소 칼 대제(Karl der Große, Carolus Magnus, Karolus Magnus, Charlemagne, 747/748-814)를 둘러싼 지극히 고매한 전설군(傳說群)이 대대적으로 형성된다. 독일 북부에 거주하는 민족들, 곧 작센(Sachsen), 베스트팔렌(Westfalen), 프리젠(Friesen)족의 부족전승들은 거의 완전히 상실되어, 마치 단칼에 당하듯이 바닥에 짓눌려 버렸고, 앙겔작센(앵글로 색슨Angelsachen)족이 몇

몇을 보존하였다. 그와 같은 절멸은 이들 민족들에게 가해진 칼 대제 치하의 잔인한 박해에서 그 원인을 찾지 않는다면 거의 이해할 수 없을 것이다. 기독교는 고대의 모든 유물들의 파괴를 수반하면서 이들에게 전해졌고, 이교적 풍속과 전설의 경시를 첨예화하였다. 작센 황제들 치하에서 이미 과거 민속문학의 기념비적 유산들은 그 울림을 멈춰, 우리 독일인들에게 그다지도 자비롭던 정부의 광채와 보호 아래에서도 다시는 일어설 수 없었으리라. 본격적인 황제 전설은 칼 대제와 함께 시작하여 오토 왕조(Ottonen, 919-1024) 이후 퇴조하며, 슈타우퍼 왕조(Staufer, 1138-1254) 시대조차 비신화적인 모습을 보여 준다. 붉은 수염왕 프리드리히 바바로사(Friedrich I. Barbarossa, 황제 재위: 1155-1190) 황제와 후대의 루돌프 폰 합스부르크(Rudolf I. von Habsburg, 1273-1291) 황제 및 막시밀리안(Maximilian, 1508-1519) 황제 주변에만 여전히 개별적인 광채가 불타오르고 있다. 이 시대는 다른 전설권들과는 거의 연결되지 않고, 12세기와 13세기에 이들 전설이 만개하였다. 전설에서 회자되는 모든 개별적인 부족들 가운데 아말러(Amaler), 군깅거(Gunginger), 아길롤핑거(Agilolfinger)와 후대의 벨펜(Welfen)과 튀링거(Thüringer)족[2]이 월등히 두드러진다. 한 민족의 서사시는 도대체 어떤 토대에서 번창하고 유지되는가 — 이 의문에서 중요한 것은 그것이 고대 독일의 씨족 계보에서 가장 잘 나타나는 반면, 계보의 단절과 외래 민족, 심지어 다른 독일 부족과의 혼혈이 진행된 곳에서는 전설도 중단 및 퇴보하곤 한다는 사실이다.[3] 독일에 이주해 들어와 점차 독일인이 된 슬라브계 부족들에게 이렇다 할 씨족 전설이 없고, 지역 전설에서도 원래의 정착지에서와 달리 빈손으로 서 있는 까닭이 바로 그것이다. 친숙하지

2 튀링겐과 헤센만큼 통합시대의 연대기를 다수 가진 독일지역은 없다. 출판된 것과 출판되지 않은 것을 포함하여 확실히 20종 이상을 상이한 저자들이 필시 비슷한 기초자료에 의거하여 저술하였다.

3 조국애와 진정한 향수가 어떻게 토착전설에 담겨 있는지를 생생하게 느낀 저자: 브란데스: 시대정신의 영향, 제1부, 하노퍼 1810, 163-168(Brandes: Vom Einfluß des Zeitgeistes).

않은 땅에는 뿌리가 선뜻 내리지 않고, 뿌리가 낸 새싹과 이파리를 외지의 바람은 결코 어쩌지 못한다.

여기 이 전설들을 제시하며 우리가 부득이 취하게 된 외적 형태는 몇몇 근거 있는 질책에 노출되어 있다고 보이지만, 소재와 내용이 압도적으로 중요했던 터에 그것은 피하기 어려웠다. 이 측면들을 핵심문제로 간주하여 충실히 보호해야 했다면, 라틴어 출처의 번역, 운문 출처의 해체와 다중 출처들의 대조를 통해 부득이 매끄럽지 못한 혼합 문체가 나올 수밖에 없었다. 전체에 대한 더욱 엄격한 취급방법으로, 라틴어이든 독일어이든 모든 출처에 후세의 중요한 평가들까지 첨부하여, 원전 비판을 거친 정확한 단순 복제품을 만들어 전설문학의 본격적인 외교적 필사본을 구성하였더라면, 그러한 취급의 결과로 철저한 연구를 위해 부인할 수 없는 확실한 소득 외에 몇 가지 매력까지 덧붙여 얻었겠으나, 하지만 그런 방법은 전체 자료에 대한 한결같이 균형 있는 개관을 일단 목표로 삼아야 하겠기에, 그 때문만으로도 지금은 제대로 적용할 수 없었다. 우리를 가장 고통스럽게 한 것은 하이델베르크 필사본 361(Heidelberger Kodex 361)에서 가져온, 언어만으로도 중요한 칼과 아달거(Karl und Adalger von Bayern) 전설을 산문 발췌본으로 약화시켜 제공할 수밖에 없다는 점이었다. 의심의 여지가 없이 여기엔 비교적 오래된 독일가요들이 밑바탕을 이루고 있었다. 이 괄목할 만한 유운 연대기의 다른 부분들은 아노 주교(Anno II. von Köln, Erzbischof, 1010-1075)의 노래와 관련되어 있으므로, 모든 관점에서 작품의 축어적 완간 복제본을 기대해야 한다.

다른 부족전설들에도 분명 그러한 가요형태의 토대가 있었다. 고대 고트족 가요에 대한 참조기록들이 알려져 있고, 랑고바르드 전설에 대해서도 같은 생각을 해 볼 수 있다. 개별적인 전승자료들이 사자왕 하인리히(Heinrich der Löwe, 1142/115-1180), 쟁기를 멘 남자 등과 같이 후대의 민요 형태로 돌아다닌다. 스위스 사람들의 서프리슬란트인들의 노래(Westfriesenlied)는 더욱 주목 받을 만하다. 다른 것들은 수염 달린 오토,

백조의 기사, 울리히 폰 뷔르템베르크(Ulrich von Württemberg) 등처럼 13세기에 창작되었다. 당시 시인들이 더 자주 외래전설보다 조국의 전설을 선호했으면 좋았을 것을! 하토(Hatto)의 배신과 쿠르츠볼트(Kurzbold)의 영웅적 행적에 관한 전설에서 역사가들은 그 원형으로 민요와 장타령(Bänkelgesänge)을 지적한다. 다른 전설들은 바이에른 지방의 에르보(Erbo)의 들소 사냥, 벤노(Benno), 그리고 눈 먼 프리슬란트인 베른레프(Bernlef)가 부르는 것과 같은 가요들과 함께 소실되고 말았다.

우리 수집본에서 어떤 독일전설들이 배제될 수밖에 없었는지를 이 자리에서 분명히 밝혀야 하겠다. 그렇게 된 이유는, 각 작품 자체가 더욱 생동적인 분량을 유지하며 우리 시대로 넘어왔기 때문이다. 이에 속하는 전설은 다음과 같다. 1) 니벨룽겐, 아말룽겐, 볼풍겐, 하를룽겐 및 본래 고트, 부르군트, 아우스트라지엔(Austrasien)의 대규모 문학권을 형성하는 모든 것으로, 그 중심에 니벨룽겐의 노래와 영웅전이 위치한다. 2) 케를링거(Kerlinger) 전설권, 특히 칼, 롤란트, 하이몬의 자식들과 그밖에 주로 아우스트라지엔에서 유래하지만 프랑스, 이탈리아 및 스페인 시가에도 특유의 형태로 내포된 영웅들의 이야기, 칼 대제에 관한 몇몇 독특한 전설들은 연결고리 때문에, 그리고 이들이 중심 전설권 지역에서 어느 정도 벗어나 있기 때문에 부득이 채택할 수밖에 없었다. 칼의 출생과 젊은 시절에 관한 멋진 (바이에른 지방의) 이야기에서는 꼭 그렇지만은 않았다. 3) 후기 프랑켄 전설과 이미 더 프랑스적으로 변한 로타르(Lothar), 말러(Maller), 후크샤플러(Hugschapler) 및 성(聖) 빌헬름 전설. 4) 로드리고(Rodrigo)에 관한 서고트 전설. 5) 에른스트(Ernst) 제후와 베첼(Wetzel)에 관한 바이에른 전설. 6) 프리드리히 폰 슈바벤(Friedrich von Schwa- ben)과 가련한 하인리히(Der arme Heinrich)에 관한 슈바벤 전설. 7) 오렌델(Orendel)과 브라이테(Breite), 마가레타 폰 림부르크(Margaretha von Limburg)에 관한 아우스라지엔 전설. 8) 테델 폰 발모덴(Thedel von Wallmoden)에 관한

니더작센 전설.[4]

이렇게 하여 우리 계획의 경계선이 적절히 표시되었으니, 현재 상태의 제2권의 내용에 중요한 추기가 필요해지리라고는 생각하지 않는다. 그럴 경우 예기치 못한 전혀 새로운 출처들이 개척되어야 할 것이다. 하지만 그럴수록 지역전설을 보충하기 위해 더 많은 작업이 추가될 수 있을 것이다. 우리는 제1권에 대한 추가 수집을 성공적으로 진행하였거니와, 너무나 반가운 통지가 쇄도하여 그 결과를 우선 제3부로 간행하고, 그로써 한층 차분한 상태에서 확실하게 수집자료 전체의 조사에 착수할 수 있기를 바라고 있다.

1818년 2월 24일
카셀

4 성담 중 독일전설로 취급되어야 할 것을 모은 수집본은 별개의 책으로 준비하는 편이 더 적절하다. 이에 속하는 예로는 제노(롬바르드), 마인라트와 오틸리에(알레만), 엘리자베트(튀링겐-헤센)의 역사, 특히 고대프랑크 역사: 마르틴, 후베르트, 그레고어 폼 슈타인, 강골프 등등.

헤르만 그림의 머리말

야콥과 빌헬름 그림은 『독일전설』이 "독본"으로 간주되기를 원하지 않았다. 그래서 오늘날까지도 사람들은 이 책을 그렇게 보지 않았다. 책의 출간부터 그림 형제의 사망까지는 거의 50년이 흘렀다. 그런 다음 1865년 간행되는 새 인쇄본이 완성되기까지는 다시금 사반세기가 필요하였다. 지금 나오는 판본은 새로운 독자들을 겨냥하고 있는데, 그림 형제가 1816년 은근히 기대하였던 독자층을 아마도 처음으로 맞이하게 될 것이다. 나는 이 책을 독일민족이 도처에서 읽게 되기를, 그리고 특히 미국에 거주하는 독일인들에게 우리의 전설세계를 알리게 되기를 바라고 싶다.

나는 이 전설집을 오히려 독본으로 민족에게 제공하기 위해, 각 전설의 제목 아래에 위치한(1865년 판에서 여전히 원래 자리에 고정되어 있었던) 출처 표시를 목차 부분으로 옮기고, 그림 형제의 공동 저자용 낱권에 들어 있는 출처정보의 추기내용 대부분을 원고에 정확히 연결시키며 각형 괄호 안에 담아 추가하였다. 그 반면, 전설 본문에 덧붙여진 대부분 사소한 삽입구들은 1865년처럼 제한 없이 채택되었다. 두 권 전체에 걸쳐 매겨진 일련번호는 이미 1865년에 변경되었다. 당시 뒤늦게 들어온 것과 초판에서 추가된 것들을 전체 번호 순서에 맞춰 끼워 넣었던 것이다.

수록된 항목들은 대부분 야콥 그림의 손을 거쳤고, 주요 구성부분은 초기의 것이다. 독일전설은 그림 형제가 아직 전적으로 공동작업을 하던 연도에 발간되었으므로, 당시 그들의 출간물에서 두 사람 각자의 몫은 아마도 자료보다는 사고방식에 따라 알아볼 수 있다. 그들이 이 책을 추후에 개작하였다면 — 진지하게 개작을 의도하였을 가능성은 거의 없지만 — 그 일은 아마도 빌헬름 그림이 혼자 맡았을 것이다. 동화의 속간도 그가 혼자서 처리하였기 때문이다.

그림 형제는 자신들의 책을 진작부터 베를린 쪽에 맡겼다. 동화 초판들이 그곳에서 간행되었고, 그리하여 『독일전설』도 처음부터 니콜라이 출판사에서 나왔다. 제1권 1816년("오월 초 인쇄 완료"라고 야콥 그림의 친필로 표지에 기재), 제2권 1818년이었다. 제목에 표기되지는 않았지만, 서문이 천명하는 대로 두 사람은 제1권을 단지 시작으로 간주하였다. 빌헬름이 카셀에서 출판을 진행시키던 1815년에 야콥은 파리에 있으면서 그레고어 폰 투르(Gregor von Tours) 및 같은 성향의 다른 저자들의 출간본들을 매입하였다. 그 내용에 사로잡힌 그는 즉시 그것을 다음 차례의 전설 선집에 수록하기로 작정하였다. 전설집 제2권 서문에 예고되기를, 이들 소재 전체에 대한 비판적인 작업을 (동화집 제3권과 마찬가지로) 제3권에 싣기로 하였으나, 정작 이 책은 출판되지 않았다.

오늘날까지 이 전설집에 특별한 위상을 부여하는 것은 그 서술방법이다. 야콥과 빌헬름만큼 조국 문제를 서사적으로 보고할 줄 아는 사람은 아무도 없었다. 두 사람이 각각 자기 방식대로 서로 다르게 서술한다. 야콥이 그런 방향에서 기술한 가장 완벽한 사례는 발타리우스 노래(Walthariuslied)의 내용 보고이고, 그 반면 빌헬름은 동화에 그 고유한 어조를 부여하였다. 두 사람의 어조는 좀 더 자세히 비교해 보면 전혀 다른 것 같지만, 마치 두 개의 종소리가 서로 어우르며 서로를 보완하는 듯하다. 독일 전설집은 야콥과 빌헬름이 거기에 부여한 언어에 맞춰 앞으로 여러 세기를 파고들며 살아갈 것이다.

이제 나는 니콜라이 서적이 1816년 5월에 이 책을 소개할 때 곁들인 말을 인용하면서 끝맺음하겠다. — "어린이가 자기만의 고유한 동화 세계를 지니고 그것을 믿듯이, 성인 역시 기적의 울타리 안에서 동경에 사로잡혀 그 세계를 회상하듯이, 민중도 고향의 공동생활을 통해 주어진 동화세계에 진실한 사랑으로 의지한다. 전날의 진정한 민중적 삶에서 나오는 이 존경스럽고 사랑스러운 어조들은 우리가 여행자의 지팡이를 독일 땅 그 어디로 향하든, 친절한 동반자처럼 말을 걸어온다. 낱개로 흩어져 있던 수많은 그 음향들이 그림 형제가 기획한 이 수집본에 모아져 있다. 400편 가량의 난쟁이, 거인, 산신[산의 정령], 요괴, 인어, 마녀, 요정, 왕자, 악령, 용, 늑대 인간, 가라앉은 성채 등등의 전설들이 여기에 그지없이 우아하게 이야기되고 있는 것이다.

이 수집본은 세 가지 면에서 다른 모든 선집들보다 탁월하다. 첫째, 이야기의 성실성과 진실성으로, 어조와 어휘까지 고향에서 이야기되는 그대로이다. 둘째, 웅장한 다양성. 셋째, 이야기들이 어디서 흘러왔는지 그 출처와 어디에 퍼져 있는지 그 장소의 정확한 제시. 그 어떤 책도 악한 것에 대한 두려움과 경고, 선하고 아름다운 것에 대한 진정한 기쁨을 이 책처럼 생생하게 일깨우고 길러주지는 못한다. 또한 그 어떤 다른 책도 민중적 삶과 활동의 그지없이 내밀한 비밀 속으로 안내해 줄 수 없으니, 이로써 소중한 독일 나라는 수많은 사람들에게 더욱 소중해지리라."

이 책에 대한 당시의 이와 같은 평가는 출간 때의 기쁨에 찬 시대정신을 보여 준다. 독일의 해방은 그러한 감정의 덕이었음에도, 거기에 혐의를 두던 다음 몇 년간의 시기는 아직 시작되지 않았었다. 프랑스에서 [나폴레옹을 몰락시키고] 쟁취된 승리의 깊은 인상이 지배하는 가운데 1816년에는 정신적 정치적으로 위대한 조국의 시대가 열리고 있다고 생각되었으나, 다만 그러한 시대의 도래를 방해하기 위해 당시 온 세계가 동맹을 맺은 상황이었다고 해도 과언이 아닐 것이다.

독일의 역사적 현존과 독일의 사상적 생존을 그 당시 진즉부터 민족교육의 기초로 삼았더라면, 이제 뒤를 이은 국가적 몰락의 시대는 불가능하였을 것이다.

차례

364
성스러운 소금강

게르만인은 소금기가 있는 물을 마른 나무 위에 뿌리거나 붓는 방식으로 소금을 얻었다. 그런데 헤르문두레 부족과 카테(역자 주: Katte, 헤센인의 조상이 되는 게르만의 일족) 부족의 경계지대에는 소금이 풍부한 강인 잘레 강(역자 주: 게뮌텐에서 마인 강으로 흐르는 프랑크 지방의 강)이 흐르고 있었는데, 두 부족은 그 강을 차지하기 위해 서로 전쟁을 벌였다. 왜냐하면 그런 지역은 하늘과 가까이 닿아 있어서 인간들이 신들께 드리는 기도에 대한 신들의 응답을 더 잘 알아들을 수 있다고 게르만인들은 믿었기 때문이다. 그들은 이러한 강과 숲에서 소금을 얻을 수 있는 것은 신들의 은총 때문이라고 생각했다. 다른 민족들은 밀물이 지나가고 난 뒤에 토양이 마르면 소금이 생긴다고 믿었지만, 게르만인들은 강물이 마른 나무 위에 부어져 상극(相剋)의 두 원소인 물과 불이 혼합되면 소금이 생긴다고 믿었던 것이다. 전쟁은 헤르문두레 부족에게 승리를, 카테 부족에게 패배를 안겨주었다. 승리한 부족은 서약에 따라 정복된 부족의 모든 남자들과 말들을 하느님께 제물로 바쳤다.

365
헤르타의 신성한 호수

로이디근족, 아비온족, 앙겔족, 바린족, 오이도스족, 주아르톤족, 누이톤족 등 강과 숲 사이에 살고 있는 독일민족들은 땅의 어머니인 헤르타(역자 주: 양성(兩性)의 풍요신으로 알려진 네르투스Nerthus의 오류)를 섬긴다. 그리고 그들은 헤르타가 인간적인 일에 개입하여 그들에게 다가온다고 믿는다. 바다의 어느 섬(역자 주: 발트해의 뤼겐섬으로 간주됨)에 있는 신성한 숲에는 덮개로 가린 수레가 놓여 있는데, 그 수레에는 오직 사제 한 사람만이 다가갈 수 있다. 언제 여신이 그 신성한 수레에 나타나는지는 사제만 알고 있다. 두 마리 암소가 여신을 앞에서 끌고, 사제는 경건한 마음으로 뒤를 따른다. 여신께서 황송하게도 어디론가 가셔서 하룻밤 묵으실 때, 그때가 바로 기쁜 날이며 축제가 있는 날이다. 그때는 모든 부족들이 전쟁을 하지 않고, 무기를 내려놓고, 쇠로 된 연장에 모두 자물쇠를 채워 놓아 사용할 수 없다.

그러고 나면 평화와 안식만이 깃든다. 그 기간은 여신이 인간들 속에서 살다가 사제가 다시 여신을 성지로 모셔 올 때까지 지속된다. 멀리 떨어진 호수에서는 수레와 덮개를 씻는데, 심지어 여신도 씻어 준다. 그러나 이 일을 하는 하인들을 호수는 즉시 삼켜 버린다.

그리하여 비밀스런 공포와 성스러운 무지(無知)가 깃들인 일을 눈으로 보는 사람들은 그 직후에 죽게 마련이다.

366
셈논 부족의 신성한 숲

스웨비족(역자 주: 기원 전후 엘베 강 유역에 살던 게르만 부족) 중에는 셈논족이 가장 오래되고 가장 기품 있는 우수한 부족이었다. 언젠가 그들은 조상들(신)에 대한 제식을 지내기 위해 성스러운 집회를 숲 속에서 가졌는데, 그 회의에 참석하고자 핏줄이 같은 모든 종족들이 사신을 보내었다. 그 집회에서 셈논 부족은 공개적으로 인간을 제물로 바쳤다. 그들은 숲에 대한 경외심이 강해서, 이전에 하나의 공동체로 결속되어 있지 않은 종족은 아무도 숲 속으로 들어가지 못했다. 숲 속에서는 인간의 결함과 신의 전능함을 인정하는 제식이 열렸던 것이다. 누군가 우연히 숲 속에서 넘어진다면, 일어나거나 부축 받는 것은 허용되지 않았고 대신 땅을 짚고 기어나가야만 했다. 이런 관습은 셈논 부족이 신성한 부족임을 입증해 주며, 또 전능하신 신이 셈논 부족과 늘 함께 한다는 것을 입증해 준다.

367
안시바르 부족의 이동

프리시아인들이 라인 강과 인접해 있는 어느 지역으로 이주했을 때, 그곳에는 아무도 살고 있지 않았다. 그들은 그곳에서 집도 짓고 경작지도 일구었다. 그런데 로마인들이 무력으로 그들을 그곳에서 내쫓았다. 그 지역에 다시 사람이 살지 않게 되자, 안시바르 부족이 그곳으로 들어왔다. 안시바르 부족은 인구수는 별로 많지 않았다. 그리고 한때 고향이 없었고 또 차우크 부족으로부터 주거지를 빼앗겼기 때문에, 인접한 종족들은 동정심으로 언제라도 그들을 도우려고 하였다. 그래서 안시바르 부족은 결코 약한 부족이 아니었다. 하지만 안시바르 부족의 지도자인 보요칼은, 로마인들이 황폐한 이 지역을 안시바르 사람들과 가축들이 살 수 있도록 내어준다면 인접 부족들이 아닌 바로 로마인들의 보호를 받고자 하였다. 이 지역은 옛날 옛적에 차마브 부족의 소유에서 투반트 부족의 소유로, 다시 우시피르 부족 소유로 넘어갔다. 하늘은 하느님에게 귀속되었고 땅은 인간에게 귀속되었기 때문에, 어느 민족이나 이 지역을 점령해도 괜찮았던 것이다. 그 후에 로마인이 꺼릴 것을 예상한 보요칼은 하늘로 눈을 돌려 하늘의 은총을 구하며, 하느님께서 이 지역에 따뜻한 빛을 비추어 달라고 공개적으로 요구했다. 하느님께서는 안시바르 부족들의 뜻과는 반대로 오히려 바다를 선사하고자 하였다. 하지만 로마인들은 하늘이 내린 이 명령을 거절했고, 자기들 외에 어떤 재판관들도 인정하지 않았다. 로마인들은 안시바르 부족들에게 그 지역을 내어줄 수 없다고 공개적으로 대답하고, 동시에 보요칼에게는 친구의 옛정을 생각해서 보요칼 자신을 위한 얼마 안 되는 땅을 제공하였다. 보요칼은 어쩔 수 없이 자기 부족들을 배신할 수도 있었던 그 상황을 경멸하며 이렇게 말했다.

"우리가 살아갈 수 있는 땅이 하나도 없다면, 죽어서도 한 뼘의 땅도 차지하지 못하리라."

그 후에 안시바르 부족은 로마인들에게 적의를 품고 일단 철수하여, 그들의 동맹부족인 브루크터 부족과 텐크터 부족 그리고 또 다른 부족들을 동원하여 로마인들과 전쟁을 벌였다. 하지만 로마 사령관은 재빨리 텐크터 부족을 급습하여 그들을 굴복시켰고, 또한 텐크터 부족으로 하여금 안시바르 부족과 관계를 끊겠다고 선언하게 하였다. 브루크터 부족도 역시 로마인들의 공격을 받아 두려움에 떨고 있었다. 이에 고립된 안시바르 부족은 우시피르 부족과 투반트 부족의 지역으로 후퇴하였다. 하지만 두 부족들은 안시바르 부족에게 동정심을 비추지 않으려 하였다. 거기에서도 내쫓긴 안시바르 부족은 카트 부족에게로 갔고, 다시 케루스커 부족에게로 갔다. 이렇게 때로는 손님으로서, 때로는 초라한 부족으로서, 때로는 적으로서의 모습을 띠며 낯선 땅에서 오랫동안 불안하게 이리저리 옮겨 다니는 동안, 안시바르 병사와 젊은이들은 완전히 녹초가 되었다. 그 결과 안시바르 부족의 미성년자들은 로마인들의 전쟁 노획물로 전락되어 버렸다.

368
우시피르 부족의 항해

로마 군대로부터 독일에서 징집당하여 영국으로 보내어진 우시피르 부족의 한 부대가 커다란 모험을 감행하였다. 그들은 훈련 중의 여러 무리 속에 섞여 있던 로마 중대장과 군인들을 살해하고 난 후, 세 척의 배에 올라타서 항해사들을 무력으로 협박하였다. 그들은 자기들을 의심하고 있던 두 명의 항해사를 똑같은 방식으로 살해하였고, 나머지 한 명의 항해사와 함께 먼 바다로 배를 출항시켰다. 정말 놀라운 일이었다! 그들은 바다 위를 이리저리 떠다니다가 영국의 어느 해안가에 닿았는데, 자기들의 재산을 지키려는 그곳 마을 주민들과 생필품을 둘러싸고 여러 번 싸웠다. 싸울 때마다 거의 대부분은 승리하여 생필품을 얻었지만, 몇 번은 마을주민들에게 패한 적도 있었다. 마침내 선상에 먹을 것이 하나도 없게 되자 그들은 선상의 약자와 병자를 먼저 잡아먹었고, 그 다음에는 추첨을 하여 제비에 뽑힌 사람을 잡아먹었다. 그들이 결국 영국을 빙빙 돌며 항로를 몰라 배까지 잃게 되었을 때, 누구나 그들을 보면 강도로 여겼다. 하지만 스웨비 부족이 먼저 그들을 피난민으로 수용해 주었고, 그 다음엔 프러시아인들이 그렇게 해 주었다. 그들 중 몇몇은 팔려서 다시 로마인의 손에 이끌려 이탈리아로 갔다. 그곳에서 그들은 그들이 감행한 놀라운 사건을 로마인들에게 진술하였다.

369
고트족의 이동

스캔지아 섬은 마치 '민족의 창고'처럼 여러 민족들의 고향이었다. 고트족도 베리치 왕의 영도 하에 그곳에서부터 항해를 시작하였다. 그들이 제일 먼저 배에서 내려 상륙했던 곳, 그곳을 그들은 '고트족의 성채'라고 불렀다. 그 후 그들은 해안가에 거주하고 있던 울름뤼거 부족에게로 가서 그들을 정복하였다. 그런 다음 그들은 또 이웃하고 있던 반달족도 무찔렀다. 고트족은 더 강력해지고 수적으로도 증가하였으며, 또 베리치 왕 이후 제5대 필리머 왕이 고트족을 지배하게 되자, 필리머 왕은 고트족이 계속 이동해야 할 것이라고 천명하였다. 고트족은 안정적으로 정착할 곳을 찾으려고 했기 때문에, 스키타이(역자 주: 이란 · 코카서스 남동 유럽 사이에 있는 지명)을 향해 이동하다가 일단 오빈으로 갔다. 오빈은 다리가 무너져 부대의 일부가 고립되었던 곳이었다. 고트족은 다행히 강을 건너 흑해와 접해 있는 스키타이의 최끝단에까지 이르렀다.

고트족은 처음에 베리치의 영도 하에서 겨우 세 척의 배를 타고 스캔지아에서 출발하였다. 이 세 척의 배 중 하나가 좀 늦게 항해를 하여서 게판타(역자 주: Gepanta, 이 말의 어원은 독일어 gaffen에서 나왔는데, 독일어 gaffen은 '하품하다, 멍하니 바라보다'의 뜻이 있다.)라는 이름을 가지게 되었는데, 바로 이 종족이 동게르만 민족의 게피데족의 조상이었다. 이 종족은 덩치도 크고, 굼뜨고 아주 태만했다. 이 게피데 부족은 비스와 강(역자 주: 폴란드의 가장 긴 강)의 어느 섬에 머무르며 잠시 정착을 하였다. 이때 동고트족과 서고트족은 계속해서 이동을 하고 있었다. 그들과 게피데 부족은 전쟁을 벌였는데, 게피데 부족은 패배하였고 이내 뿔뿔이 흩어지게 되었다. 간단히 말해, 모든 종족들은 각기 저마다의 이동을 하였던 것이다.

370
붕괴된 다리

고트족이 이동을 하다가 스키타이 땅에 이르러 비옥하고, 정착하기에 적당한 곳을 발견하였다. 하지만 그들의 행렬이 큰 강을 건너가야만 했는데, 무리의 절반이 건너갔을 때 — 전설에 따르면 — 그만 다리가 붕괴되었다. 그래서 이미 건너간 사람들도 돌아올 수가 없었고, 또 어느 누구도 건너갈 수가 없었다. 그 지역 전체가 사람들이 감히 들어갈 수 없을 정도로 이끼와 습지로 둘러싸여 있었다. 그런데 여행객들의 얘기에 따르면, 오늘날 그곳에서는 저 멀리서 짐승의 울음소리를 들을 수 있고, 또 바로 그곳에 사람이 살았던 흔적을 찾을 수 있다고 한다.

371
고트족은 왜 그리스로 침범했을까?

야만인(또는 비그리스인)들이 봉헌식을 했던 은으로 된 입상(立像)에 관하여 다음과 같은 전설이 전해지는데, 콘스탄틴 황제의 통치 시절 트라키아(역자 주: 발칸 반도 동부에 있던 고대 국가)의 신부 발레리우스에게 일어난 일이다. 어느 날 발레리우스 신부는 보물이 발견되었다는 소식을 들었다. 발레리우스 신부는 바로 현장으로 달려가서 주민들로부터 그 입상이 성인에게 바쳐진 유물이라는 것을 듣고 알게 되었다. 그는 황제에게 이 사실을 전했고, 그 귀중한 보물을 발굴하라는 명을 받았다. 그래서 사람들을 시켜 땅을 파게 하였더니, 은으로 된 세 개의 정교한 입상이 그 모습을 드러내었다. 야만인들의 방식으로 팔을 위로 들어올리고, 화려한 복장에 머리카락도 울긋불긋하였다. 얼굴은 북쪽을 향하고 있었는데, 그곳은 야만인들의 땅이 있는 곳이었다. 이 입상을 땅속에서 꺼내어 다른 곳으로 치우자마자, 바로 며칠 뒤 고트족이 먼저 트라키아로 쳐들어왔고 뒤이어 다른 야만인들도 쳐들어왔다. 그들은 트라키아와 일리리아(역자 주: 지금의 달마티아 및 알바니아 지방의 옛 이름) 전역을 유린해 버렸다.

보물이 있던 그 신성한 장소는 트라키아와 일리리아 사이에 있었는데, 알고 보니 세 개의 입상은 트라키아를 침범하는 모든 야만족들을 물리치기 위해서 만들어졌던 것 같았다.

372
서고트 왕 프리티게른

고트족은 프리티게른의 행동을 노래로 칭송했다. 프리티게른에 관해서는 다음과 같은 전설이 전해진다. 서고트족이 아직 마땅한 정착지를 찾지 못하고 있을 때, 대기근이 그들을 뒤덮었다. 프리티게른, 알라세우스와 사플락스 등의 지휘자들은 기근에 시달리자 로마군의 지휘자 루피치누스와 막시무스에게 찾아가 생필품을 얻기 위한 협상을 하였다. 인색하고 파렴치한 로마인들은 고트족에게 양고기와 소고기 값을 매기는데, 어느 정도인가 하면, 개나 다른 가축들의 먹이처럼 하찮은 것에도 엄청나게 비싼 가격을 제시하였다. 또 빵 한 조각에 노예 한 명, 고기 한 점에 10파운드의 금을 내라고 하는 것이었다. 고트족은 그들이 가지고 있던 것을 다 주었다. 그들이 가진 노예들과 재산을 모두 내어주자, 지독한 로마인들은 이제 고트족의 남자 아이들을 흥정의 대상으로 삼았다. 고트족은 목숨을 포기하는 것보다는 자유를 포기하는 것이 더 낫다고 생각하였고, 또 아이들을 데리고 있으면서 죽이는 것보다는 로마인에게 팔아서 그래도 목숨을 부지하는 것이 더 자비로운 일이라고 생각했다. 그러는 사이 로마의 지휘자 루피치누스는 간교한 음모를 부려 프리티게른을 향응에 초대하였다. 아무것도 모르는 프리티게른은 부하 몇 명만 거느리고 초대에 응했다. 그가 식사를 하고 있는데, 바깥에서 사람들의 비명소리가 귓가에 들려왔다. 프리티게른이 식사를 하고 있는 곳 근처 어디에선가 알라세우스와 사플락스도 식사를 하고 있었는데, 로마인들이 그들을 습격하여 죽이려 하고 있었다. 음모를 눈치 챈 프리티게른은 그 즉시 대담하고 민첩하게 동료를 구하러 달려 나갔다. 다행히도 프리티게른은 그들의 생명을 구했다. 그리고 난 다음 모든 고트족에게 로마인을 전멸시키라고 외쳤다. 굶주려 죽는 것보다 차라리 전쟁터에서 로마인과 맞서 용감하게 싸워 죽자고 외쳤던 것이다. 바로 이날 고트족의 배고픔은 끝났고, 또 로마인의 고트족 지배도 종식되었다. 그 후 고트족은 그들이 차지한 나라를 이주민이나 이방인처럼 다스린 것이 아니라, 주인이나 지배자처럼 다스렸다.

373
왕의 무덤

서고트 사람들이 이탈리아를 거쳐 아프리카로 가려고 하였는데, 도중에 갑작스럽게 그들의 왕인 알라리히[1]가 죽었다. 서고트 사람들은 도가 지나

1 역자 주: 알라리히Alarich 1세(370-410). 서고트의 초대 왕으로(재위기간 395-401) 북이탈리아에 침입하여 여러 도시를 빼앗았다. 410년에 로마 시내로 쳐들어가 3일 동안에 걸쳐 약탈하였는데, 이것이 게르만 부족장으로서는 최초의 로마 침입이었다. 그는 이어서 아프리카 원정길에서 폭풍우를

칠 정도로 그를 사랑하였는데 말이다. 그들은 당장 수로공사를 시작하였다. 그래서 산기슭에서 흘러나와 콘센티나 시를 따라 흐르는 바렌트 강의 물줄기를 다른 곳으로 돌려 버렸다. 그리고 난 다음 강의 바닥 한가운데에 한 무리의 포로들을 시켜 무덤을 파게 하고, 무덤 속 안전한 곳에 수많은 보물과 함께 알라리히 왕의 시신을 매장하였다. 이 일이 끝났을 때, 그들은 강의 물줄기를 옛날 그대로 돌려놓고 아무에게도 그 무덤이 있는 장소가 누설되지 않도록 무덤을 만든 사람들을 모조리 죽여 버렸다.

374
아타울프의 죽음

스페인을 점령했던 아타울프(역자 주: ?~415, 서고트 왕. 아타울푸스라고도 한다. 415년 게르만 여러 부족에게 점령되었던 에스파냐에 침입하였으나 바르셀로나에서 암살되었다. 그의 후계자 왈리아에 의해 서고트 왕국이 성립되었다.) 왕의 죽음에 대한 전설은 여러 가지가 있다. 어떤 사람들은 베르눌프가 자기의 웃는 모습을 아타울프 왕이 조롱했다고 해서 칼로 찔러 죽였다고 한다. 또 다른 사람들은 마구간에서 말들을 관찰하고 있는 아타울프 왕을 도비우스가 살해하였다고 한다. 이 자는 과거에 아타울프 왕에 의해 살해되었던 어느 고트 왕을 보좌했었다. 그 이후 그는 아타울프 왕의 하인으로 일하게 되었다.

그래서 도비우스는 자기 첫 번째 주인을 위해 두 번째 주인 아타울프 왕에게 복수를 하였던 것이다.

만나 죽었는데, 이 이야기에서처럼 강바닥에 매장되었다고 한다.

375
트룰러 부족

반달족은 고트족을 트룰러 부족이라고 불렀다. 그 이유는 다음과 같다.

옛날에 고트족이 기근에 시달려서 할 수 없이 반달족으로부터 곡식을 구매해야 했었다. 그런데 반달족은 겨우 한 트룰 채운 곡식에 대해 금화 한 개를 받았다. 1 트룰이란 7리터를 나타내는 젝터(역자 주: 약 7리터를 나타내는 옛 곡량(穀量)의 단위)의 3분의 1조차도 되지 않았다.

376
겔리머 전설

반달족이 아프리카를 점령했던 시기에 카르타고에서는 다음과 같은 말이 사람들 사이에서 오르내렸다. 'G가 B를 쫓지만 나중에는 B가 G를 쫓게 될 것이리라.' 사람들은 이 말을 겐저리히[2]가 보니파치우스[3]를 쫓아내고, 벨리사리우스[4]가 겔리머[5]를 쫓아내었다는 뜻으로 해석하였다. 이 겔리머는

2 역자 주: 겐저리히(400-477). 반달족의 왕. 동로마 제국과의 전쟁에서 승리하였고, 이로 인해 서로마 제국은 반달왕국을 왕국으로 인정하였다. 재위기간 428-477.

3 역자 주: 보니파치우스(?-422). 제 42대 교황(재위 418-422). 성인. 대립교황 에우랄리우스가 서로마 황제 호노리우스의 반감을 사서 보니파치우스가 적법한 교황이 되었다.

4 역자 주: 벨리사리우스(Flavius Belisarius, 505-565). 비잔틴 제국의 명장. 대 반달족 전투, 대 고트족 전투(535-540) 등에서 총사령관을 지냈다. 반달왕국을 멸망시켰다.

5 역자 주: 겔리머. 6세기경의 북아프리카 반달왕국의 마지막 왕(재위기간 530-534). 동로마 제국(비잔틴 제국)의 벨리사리우스의 침입을 받아 누미디아로 달아났으나, 체포되어 콘스탄티노플로 압송되었고, 갈라티아에 유배되었다. 겐저리히의 증손자.

다음과 같은 상황이 일어나지 않았더라면 곧장 포로의 신세가 되었을 것이다.

벨리사리우스는 부하 요하네스에게 겔리머를 붙잡으라는 명령을 내렸다. 요하네스의 호위병 중에서 무기를 잘 다루는 울리아레스라는 호위병이 있었다. 울리아레스는 작은 새 한 마리가 나무에 앉아 있는 것을 보고 활을 겨누었다. 하지만 그는 술에 취해 감각이 온전치 못했기 때문에, 새를 맞추지 못했으며 대신 주인 요하네스의 목을 맞히고 말았다. 요하네스는 이 상처로 죽었고, 겔리머는 어쨌든 도망칠 시간은 있었다.

겔리머는 도망을 쳤으며, 그날 당일에 마우루스 사람들이 있는 곳까지 도달하였다. 벨리사리우스가 그를 잡으려고 뒤를 쫓았고, 드디어 누미디아의 작은 산에서 그를 완전 포위하였다. 때는 한겨울, 겔리머는 단단히 포위되었고 온갖 생필품 부족으로 고통을 겪었다. 왜냐하면 마우루스 사람들은 빵을 굽지 않았으며, 포도주도 기름도 없었으며, 대신에 어리석은 짐승들처럼 날곡식과 보리 낟알을 먹고 살았기 때문이다. 이때 반달족의 왕인 겔리머는 그리스 군대의 지휘관 파라스에게 편지를 써서 세 가지 물건을 청하였다. 현악기의 일종인 라우테와 빵 한 덩이, 스펀지 한 개였다. 파라스는 급사에게 "왜 그런 것을 청했는가?"라고 물었다.

급사가 대답하였다.

"빵은 겔리머가 먹을 것입니다. 왜냐하면 이 산악지대로 들어온 뒤로 빵을 구경도 못했기 때문입니다. 스펀지는 시뻘건 피가 묻은 자기의 눈을 씻는 데 사용할 것입니다. 왜냐하면 오랫동안 씻지를 못했거든요. 라우테로는 음악을 연주하면서 자신의 근심을 눈물로 씻어내려는 것입니다."

파라스는 겔리머 왕을 불쌍히 여겨 그가 원하는 것들을 보내 주었다.

377
은사슬에 묶인 겔리머

겔리머(또는 킬데머)는 전쟁에서 졌고, 전쟁에서 목숨을 건진 반달족은 겨우 열두 명뿐이었다. 겔리머는 그들과 함께 매우 견고한 요새에 몸을 숨겼다. 하지만 벨리사리우스가 그곳을 포위해 버렸다.

겔리머가 이제 결코 탈출할 수 없음을 알았을 때, 그는 사슬에 묶이지 않고 자유로운 모습으로 황제의 면전에 안내를 받는다는 조건으로 항복하고자 하였다. 벨리사리우스는 밧줄로도 그를 묶지 않겠으며, 노끈이나 쇠사슬로도 그를 묶지 않겠노라고 약속했다. 겔리머는 이 말을 믿었지만 벨리사리우스는 은사슬로 그를 묶어 버렸다. 그리고 벨리사리우스는 그를 끌고 개선장군처럼 위풍당당하게 콘스탄티노플로 돌아왔다. 이곳에 있는 궁정 신하들은 불행한 왕 겔리머를 놀렸고 또 심한 모욕감을 주었다.

겔리머는 (동로마) 황제에게 전에 자기가 가지고 있던 말을 돌려주십사 간청하였다. 그리고 겔리머는 자기에게 침을 뱉고 따귀를 때리며 모욕감을 준 사람들 중에서 열두 명을 뽑아 주시면 그들과 겨룰 것이며, "그래서 그들의 비겁함과 나의 용맹성을 보여 주겠다"고 황제에게 청하였다. 황제는 그것을 허용하였고, 겔리머는 열두 명의 젊은이와 겨루어 그들을 모두 물리쳤다.

378
훈족의 기원

훈족의 기원에 관해서는 옛날부터 다음과 같은 얘기가 전해진다.

간다리치의 아들이면서, 스키타이에서 이동을 한 이후부터 고트족의 제5대 왕인 필리머는 자기 부족들 가운데 미래를 예언하는 어떤 여자들을 발견하였다. 이 여자들은 고트족의 언어로는 알리룬이라 불리었다.

필리머는 이 여자들의 활동에 더 이상 참지 못했고, 그래서 그들을 자기 부족들이 살고 있는 곳에서 아주 멀리 떨어진 숲 속으로 내쫓았다. 알리룬이 한동안 사막에서 헤매고 있을 때, 그들은 숲의 신, 즉 목양(牧羊)신이라 불리는 숲에 사는 사람들의 눈에 띄었고, 그래서 그들은 서로 섞여 함께 지내게 되었다. 숲에 사는 사람들과 알리룬 사이에서 생겨난 혈족들은 덩치가 작았고, 못생겼으며 또 거칠었다. 그들은 처음에 매오틱 늪지대에서 살았다. 하지만 얼마 안 되어 그들은 이주하여 고트족이 사는 지역의 경계까지 와서 살게 되었다.

379
훈족의 이주

훈족은 사냥과 약탈을 하며 살아가고 있었다. 어느 날 그들 중 몇몇 사냥꾼이 매오틱 호숫가에 갔었는데, 뜻밖에도 한 마리 암사슴이 그들의 눈에 들어왔다. 이 암사슴은 호숫가에 있다가 호수 안으로 계속 들어가더니, 갑자기 멈춰 섰다. 암사슴은 그들에게 이렇게 길을 알려준 것이다. 사냥꾼들은 암사슴을 따라갔는데, 옛날에는 바다처럼 넓어서 사람들이 건너갈 수 없었던 이 호수를 그냥 걸어서 건너갔다. 그전에는 결코 보지 못했던 스키타이 땅을 그들이 보게 되자, 이내 암사슴은 사라졌다. 기적 같은 일에 놀라움을 금치 못하며 사냥꾼들은 집으로 돌아왔으며, 그들의 부족들에게 그 아름다운 땅을 알려 주었고, 또 암사슴이 인도해 주었던 그 길도 부족들에게 알렸다. 그 후에 훈족은 삼삼오오 집결하여 강력한 군사력을 갖추고 스키타이로 침범해 들어갔다.

380
훈족의 전설

요르난트 왕 시절에는 왕이 싫어했던 전설이 사람들 사이에 전해졌는데, 훈족의 기원이 스키타이가 아니라 어떤 다른 곳이라는 것이었다. 훈족은 예전에 영국 아니면 다른 섬에서 노예 상태로 있다가, 유일하게 가지고 있던 말을 몸값으로 주고 자유의 몸이 되었다는 것이다.

그 후 중세 시절에 사람들은 훈족과 터키족을 괴물이라고 믿었다. 암컷 늑대와 잠자리를 같이하여 마법사의 주술로 태어난 괴물로 생각했던 것이다. 그런데 그들 스스로는 다른 민족들이 그들에 대한 공포를 더 많이 가지도록 하기 위해, 일부러 이 미신을 확산시켰던 것 같다. 오늘날에도 터키의 국경지대에 사는 오스트리아 기독교인들 중에는 이 미신을 믿고 있는 사람들이 많이 있다.

381
전쟁의 칼

목동 하나가 들판에서 소 떼를 사육하고 있었는데, 그중 한 마리가 다리를 절뚝거리는 것을 보았다. 그 소에게 난 날카로운 상처의 원인을 알 수가 없어서 목동은 핏자국을 따라갔고, 결국 칼을 발견하였다. 풀을 뜯던 소가 칼을 밟았던 것이다. 목동은 소에게서 칼을 뽑아내었고, 그 칼을 아틸라[6] 왕에게 가져갔다. 아틸라는 몹시 기뻐했고, 자기가 세계의 주인으로 정해졌다는 것을 알았다. 왜냐하면 스키타이 사람들이 언제나 신성하게 여기던 전쟁의 칼이 자기 손으로 들어왔기 때문이다.

382
황새

아틸라가 이미 오랜 기간 동안 아퀼레아 시를 포위하였지만 로마 사람들은 필사적으로 저항하고 있었다. 그때 아틸라의 군대는 불만을 터뜨리면서 그곳을 떠나고 싶어 하였다. 그러자 왕은 포위망을 풀어야 할지, 아니면 계속 포위하며 버텨야 할지 확신을 갖지 못한 채 도시 성벽 주위를 천천히 거닐고 있었다. 그때 왕은 여러 집들의 처마 밑에 둥지를 틀고 있던 하얀

6 역자 주: 아틸라(Attila. 406-453). 훈족의 왕. 신의 채찍이라 불렸다. 5세기 전반의 민족 대이동기에 지금의 헝가리 지역을 본거지로 하여 주변의 게르만 부족과 동고트족을 굴복시켜 동쪽은 카스피 해, 서쪽은 라인 강에 이르는 지역을 지배하는 대제국을 건설하였다. <니벨룽겐의 노래> 등의 전승문학에서는 에첼Etzel 왕이라는 이름으로 나타나 있다.

새들, 즉 황새들이 어린 새끼들을 물고 도시에서 벗어나 시골로 날아가는 것을 보았다. 이것은 보통 때와는 정반대의 일이었다.

지혜로운 아틸라는 신하들을 불러서 이렇게 말했다.

"보아라, 미래를 환하게 알고 있는 이 새들이 여러 집들이 무너져 금방 파괴될 이 도시를 떠나고 있지 않느냐!"

그러자 아틸라의 군대는 새로운 용기를 얻었으며, 그리고 여러 도구들과 또 성벽을 깨는 무기들을 만들었다. 결국 아퀼레야는 공격을 받아 무너졌고 화염 속에 사라져 버렸다. 이 도시는 너무나 가혹하게 약탈을 당했기 때문에 도시가 있던 곳의 흔적조차 거의 남아 있지 않았다.

383
식탁 위의 물고기

동고트족의 왕인 테오데리히[7]는 오랫동안 명성과 존경을 받으며 나라를 다스렸지만, 죽을 때가 되어서는 잔혹한 행동을 일삼아 명예를 더럽히고 말았다. 시기하는 사람들의 중상모략에 넘어가 충성스런 부하 심마쿠스와 지혜로운 뵈티우스를 처형하고 그들의 재산을 몰수하였던 것이다.

그 일이 있은 지 며칠 되지 않아 테오데리히가 점심을 먹는데 부하들이 커다란 물고기의 머리를 식탁에 올렸다. 그릇에 담긴 물고기 머리를 보자마자, 왕에게는 이것이 머리가 잘려 죽은 심마쿠스의 머리처럼 보였다. 그 물고기 머리는 아랫입술로 이빨을 깨물었고 또 눈을 부릅떠 위협적으로 왕을 바라보았다. 왕은 깜짝 놀랐고 또 오한이 들어 급히 침대로 돌아갔다. 왕은 자신의 잘못된 행동에 눈물로 탄식하다가 얼마 지나지 않아 세상을

---

7 역자 주: Theoderich der Große (453-526).

떠났다. 평소의 습관과 달리 부하 심마쿠스와 뵈티우스를 사전에 제대로 조사도 하지 않고 처형시켜 버린 이 일은 그가 처음이자 마지막으로 행한 불의였다.

384
테오데리히의 영혼

동고트족의 테오데리히 왕 시절의 이야기이다. 어느 남자가 시칠리아로 여행을 떠났다가 다시 이탈리아로 돌아왔는데, 그의 배는 폭풍우에 난파되어 리파리스 섬으로 떠밀려갔다. 그곳에는 어느 경건한 은둔자가 살고 있었다. 뱃사람들이 부서진 배를 고치는 동안, 그 남자는 성인처럼 보이는 은둔자에게 가서 기도를 해 달라고 부탁할 결심을 하였다. 은둔자는 그 남자와 다른 동행인들이 오는 것을 보자 이렇게 말했다.

"그대들은 테오데리히 왕이 죽었다는 것을 알고 있느냐?"

그들은 즉각 대답했다.

"알 리가 없지요. 우리는 그가 살아 있을 때 떠나왔기 때문에 그에 관한 소식은 아무것도 듣지 못했습니다."

신의 종 은둔자가 말했다.

"그는 죽었느니라. 어젯밤 9시경 그는 허리띠와 신발이 벗기고 두 손이 묶인 채 요하네스 교황과 심마쿠스 귀족에게 이끌려 인근에 있는 화산의 분화구 속으로 내던져지는 것을 보았느니라."

은둔자에게 들었던 대로 그들은 날짜와 시간을 정확하게 기록하고 이탈리아로 귀향했으며, 그들은 테오데리히 왕이 바로 그때 죽었다는 것을 알았다. 왜냐하면 테오데리히 왕은 과거에 교황을 감옥에서 고문시켰으며,

귀족들을 칼로 참수시켰기 때문이다. 그래서 그는 그가 살아 있을 당시에 부당하게 처형시켰던 교황과 귀족들에 의해 불구덩이 속으로 내던져졌던 것이다.

385
우라야스와 일데바트

고트 사람 우라야스에게는 재산도 많고 얼굴도 아름다운 부인이 있었는데, 그녀가 하루는 화려한 장식품으로 치장하고 수많은 하녀들을 대동하여 목욕을 하러 갔다. 그녀가 목욕탕에서 일데바트 왕의 부인이 남루한 옷을 입고 앉아 있는 것을 보았을 때, 그녀는 왕비 면전에 어울리게 아주 겸손하게 인사를 하지 않고 무척 거만하고 경멸적인 인사를 한 것이었다. 왜냐하면 일데바트의 경제력은 미미하였고, 권력 또한 대단하지 않았기 때문이었다.

하지만 왕비는 이 모욕을 참지 못하고, 속으로 분을 삭이다가 왕에게로 갔다. 그리고 왕비는 우라야스 부인이 자기에게 가한 무례함을 복수해 달라고 왕에게 눈물로 간청하였다. 그 즉시 일데바트 왕은 고트부족들에게 우라야스가 적에게 투항하려 하였으며, 또 얼마 전에는 자기를 교활하게 죽이려 했다고 고발하였다. 그래서 고트족은 증오와 반목으로 분열되기 시작했고, 게피데족의 윌라스는 일데바트 왕을 살해하기로 결의하였다. 일데바트 왕이 만찬석에 앉아 음식을 먹고 있을 때, 윌라스는 칼로 전광석화처럼 그의 목을 베었다. 그래서 그의 손은 아직 음식물을 쥐고 있는데 그의 잘린 목은 식탁 위에 떨어졌으며, 모든 손님들은 놀라서 뒤로 나자빠졌다.

386
성인(聖人)을 시험한 토틸라

고트족의 왕 토틸라[8]가 성인 베네딕투스에게 미래를 예언하는 정신이 깃들어 있다는 말을 들었을 때, 그는 당장 수도원에 자기가 방문한다는 사실을 알리게 하였다. 그는 하나님의 종 베네딕투스가 정말로 예언의 능력을 가졌는지 알아보고자 하였다. 토틸라 왕은 무기를 들고 다니는 하인 가운데 한 사람인 리고라는 이름의 하인에게 자기 신발을 주고 자기 옷을 입게 했다. 그러고는 그에게 완전히 왕의 모습을 갖추고 성인에게 가까이 다가가라고 시켰다. 왕의 시종 세 사람 불더리히, 루더리히, 블린딘은 리고를 모시고, 리고의 무기를 들고 다니며 마치 그가 진짜 왕인 것처럼 시중을 들었다. 리고는 화려한 옷을 차려입고 많은 사람을 거느리고 대성당 안으로 들어갔다. 대성당 안쪽 저 멀리에 하나님의 종 베네딕투스가 앉아 있었다. 웅성거리는 소리가 들릴 만큼 일군의 무리들이 가까이 온 것을 알아차리자마자 베네딕투스는 이렇게 소리쳤다.

"그 옷을 벗어라. 내 아들아. 벗어라, 네가 입고 있는 것은 네 것이 아니니라!"

리고는 자기가 그렇게 빨리 들킨 것에 놀라 바닥에 납작 엎드렸고, 시종들도 모두 그와 함께 엎드려 머리를 조아렸다. 이윽고 그들은 다시 몸을 일으켰지만 성인 곁으로 감히 더 다가가지 못했고, 그 대신 벌벌 떨면서 그들의 왕에게로 되돌아와 그들에게 일어난 일을 보고하였다. 그러자 이제는 토틸라 자신이 직접 대성당 안으로 들어와 저쪽에 앉아 있는 베네딕투스 앞에서 머리를 조아렸다. 베네딕투스는 왕이 있는 쪽으로 저벅저벅 걸어와 왕을 일으켜 세우고 왕이 저지른 잔인한 전쟁을 나무랐으며, 그러고는 왕의 장래에 대해서 몇 마디 말을 해 주었다.

---

8 역자 주: Totila. 재위기간 542-552.

"너는 많은 악행을 저지르고 있으며 이전에도 이미 많은 악행을 저질렀다. 이제 불의에서 손을 떼도록 하거라! 너는 로마로 들어가게 될 것이고, 바다를 건널 것이며, 9년을 다스리다가 10년째 되는 해에 죽을 것이니라."

토틸라는 간담이 서늘할 만큼 놀랐다. 그리고 그는 성인에게 하직 인사를 하고 그 이후로는 그렇게 잔인한 일을 하지 않았다.

387
장님 사비누스

주교 사비누스는 노인이 되기 전에 시력을 잃어 완전히 장님이 되었다. 그런데 토틸라가 그에게 미래를 바라보는 능력이 있다는 말을 들었을 때, 토틸라는 그 말을 믿지 않고 도리어 시험하려고 하였다. 토틸라 왕이 주교의 지역에 도착하자, 주교 사비누스는 왕을 향응에 초대하였다. 그런데 토틸라 왕은 음식을 먹으려고 하지 않고, 대신 주교 오른쪽 옆에 가서 앉아 있었다. 시종이 주교 사비누스에게 포도주 잔을 건네려 하자, 왕이 조용히 손을 뻗어 그 잔을 쥐더니 시종 대신 자기가 손수 주교에게 건네주었다. 주교는 왕을 환영하며 말했다.

"이 손에 축복을!"

토틸라는 자기가 한 일에 대해 부끄러워 얼굴을 붉혔지만, 그가 찾는 것을 발견하게 되어 기뻤다.

한편, 이 주교 사비누스는 짧은 기간에 높은 지위에 올라갔는데, 그래서 결국 그의 부주교가 주교를 쫓아내려는 욕심에서 그를 독살시키려고 하였다. 부주교는 포도주점을 얻어서 주교의 포도주 잔에 독을 섞었으며, 그리고 시종을 매수하여 점심식사 시간 때 사비누스 주교에게 그 음료를 전하라고 하였다. 주교는 그 자리에서 즉각 시종에게 말했다.

"나에게 건네는 그 술잔을 네가 직접 마셔 보거라."

이 말에 시종은 벌벌 떨면서, 사람을 살해하려 했다는 고통에 시달리기보다는 차라리 그 술잔을 마시고 죽으려고 하였다. 하지만 그가 술잔을 입에 갖다 대었을 때, 주교 사비누스가 그 술잔을 도로 가져오며 이렇게 말했다.

"네가 마시지 말고, 나에게 건네 다오, 내가 마시겠다. 그리고 너를 사주한 사람에게 가서 전하거라. 비록 내가 이 술잔을 마신다 해도 그는 결코 주교가 될 수 없을 것이라고."

그리고 나서 주교는 성호를 긋고 아무런 두려움 없이 술잔을 마셨다. 같은 시간, 부주교는 다른 장소에서 죽어 쓰러졌다. 마치 그 독이 주교의 입을 통해 부주교의 내장으로 옮겨진 것처럼 말이다.

388
랑고바르드족의 시작

스칸디나비아 섬에서 살던 비닐 사람들은 — 훗날 랑고바르드족(역자 주: 북부 이탈리아 지역에 자리 잡은 게르만족이다)으로 명명됨 — 점점 그 수가 증가하자 이내 더 이상 거기서 함께 살 수 없게 되었다. 그래서 그들은 제비뽑기를 하여 세 무리로 나뉘어 흩어져 살게 되었다. 제비뽑기에서 당첨된 자는 고향을 떠나 낯선 이국땅에서 제2의 고향을 찾아야 했다. 드디어 제비뽑기가 행해졌고, 두 사령관 이보르와 아요(또는 아지오) 형제 중 이보르 사령관이 현명한 어머니 감바라를 모시고 고향을 떠났다. 그들은 먼저 스코링겐에 도달하여 그곳에 살고 있는 반달족과 반달족의 두 왕 암브리(Ambri)와 아시를 격퇴하였다. 그리고 나서 그들은 모링겐으로, 또 골란트로 뻗어 갔다. 골란트에서 그들이 잠시 머무르고 난 후, 안트하이프, 반트하이프, 그리고 부르겐트하이프 지역을 점령하였다. 그들은 그곳에서 머무른 것이 아니라 루길란트를 관통해 가면서 잠시 동안 광활한 벌판에서 거주하였는데, 이때 헤룰러족, 게피드족, 고트족들과 거래를 하였으며 결국에는 이탈리아에 견고한 터전을 잡았다.

389
랑고바르드족의 시작

스니오(Snio, Schnee, '눈'이란 뜻) 왕이 덴마크를 지배하고 있을 때, 굶주림과 가난이 온 나라를 뒤덮었다. 그래서 왕은 어떠한 향연과 주연을 열지 못하도록 법을 공표하였다. 하지만 그 법은 아무 소용이 없었고, 물가는 점점 더 오르기만 했다. 왕은 신하들을 소집하여 자문회의를 열었고, 그 회의에서 국민의 삼분의 일을 죽이기로 결정하였다. 에베와 아아게라는 두 영웅이 자문회의의 가장 윗자리에 앉아 있었다. 그들 어머니의 이름은 감바루크였으며, 위틀란트에 살고 있었는데 아주 지혜로운 여자였다. 그들이 왕의 이런 결정을 어머니에게 알렸을 때, 그녀는 그렇게나 많은 죄 없는 사람들이 죽어야 한다는 결정을 몹시 못마땅하게 여기고 있었다.

"나는 우리에게 도움이 되는 더 좋은 방법을 알고 있다. 늙은이나 젊은이나 모두 제비를 뽑게 하라. 그래서 제비에 뽑힌 사람들은 덴마크를 떠나 바다로 나가서 자기들의 행운을 찾도록 하라."

이 충고는 모든 사람의 환영을 받았으며 그래서 제비뽑기가 이루어졌다. 이 두 젊은이도 제비에 뽑혔는데, 그러자 곧 덴마크를 떠날 배들이 마련되었다. 에베와 아아게는 이 일에 싫은 내색도 전혀 없이 재빨리 배에 깃발을 꽂아 나부끼게 했다. 에베는 위틀란트 사람들을, 아아게는 군딩 사람들을 이끌고 바다로 나갔다.

390
감바라[9]와 긴 수염 사람들의 이야기

제비뽑기가 행해지고 난 후 비닐 사람들 삼분의 일이 고향을 떠나 먼 곳으로 나아가게 되었을 때, 이보르와 아요라는 이름의 매우 젊고 생기발랄한 두 형제가 이 무리들을 이끌었다. 그들 어머니의 이름은 감바라였으며 매우 영리하고 똑똑한 여인이었다. 두 형제는 어머니께서 말씀해 주시는 충고, 특히 곤경에 처했을 때의 지혜로운 충고를 몹시 신뢰하였다. 그들은 정착해서 살기에 적당한 곳을 찾아 이동하고 있을 때, 쇼링겐이라 불리는 지역에 이르렀고 그곳에서 몇 년 동안 머물렀다. 거기서 가까운 곳에 성격이 거칠고 승리에 기고만장한 게르만 종족인 반달족이 살고 있었는데, 그들이 도착했다는 소식을 듣고 반달족은 심부름꾼을 보냈다. 비닐 사람들이 반달족에게 관세를 내든지 아니면 싸울 각오를 하라는 내용이었다. 그러자 이보르와 아요는 어머니 감바라와 상의하였고, 다음과 같은 의견의 일치를 보았다. 관세를 내고 자유를 더럽히는 것보다는 차라리 자유를 위해 투쟁하는 편이 더 낫다는 것이었다. 그리고 이 사실을 반달족에게 알렸다. 비닐 사람들은 용감하고 힘센 영웅들이었지만 숫자가 적었다. 이런 상황에서 반달 사람들은 보단(역자 주: 보탄 또는 오딘 신. 전쟁과 죽음의 신) 신에게 비닐 사람들을 이기게 해 달라고 빌었다. 하느님은 이렇게 대답하였다.

---

9 이 감바라는 신기하게도 후니발트의 캄브라이다.

"태양이 뜰 때 내가 먼저 본 종족에게 승리를 주겠노라."

그렇지만 감바라는 보단의 아내인 프레아(역자 주: 또는 프리크. 결혼과 가정의 여신) 신에게로 가서 비닐 사람들이 이기게 해 달라고 빌었다. 그러자 프레아가 묘안을 알려 주었다.

"비닐 여자들은 머리카락을 풀어 얼굴 둘레에 수염이 길게 난 것처럼 보이도록 하여라. 그런 다음 아침 일찍 남편들과 함께 보단 신이 너희들의 얼굴을 볼 수 있도록 동쪽으로 난 창문 앞으로 가거라. 보단 신은 늘 그 창문을 통해 밖을 내다보니까 말이다."

그래서 그들은 그 쪽으로 갔다. 보단 신이 태양이 뜨는 것을 내다보다가 이렇게 소리쳤다.

"저기 긴 수염 사람들은 무슨 사람들이지?"

프레아가 보충 설명하듯 대답하였다.

"당신이 방금 이름을 붙여 준 사람들, 그들에게 승리도 넘겨주어야 합니다."

이렇게 해서 보단 신은 비닐 사람들이 승리하도록 해 주었다. 그리고 그 뒤로 비닐 사람들은 긴 수염 사람들(랑고바르드 사람)이라는 이름을 얻게 되었다.

391
랑고바르드족과 아시피트족

비닐족이 승리하고 난 직후, 긴 수염 사람들은 기근 때문에 쇼링겐 땅을 떠나 모링겐으로 이동하려고 하였다. 하지만 아시피트족(아니면 우시페트족)이 그들에게 강하게 저항하였고, 자기들의 국경을 통과하는 것을 허용치 않으려 했다. 긴 수염 사람들은 대규모의 적들을 보자, 계획적으로 그들이 개의 머리를 지니고 이동 중이라는 말을 퍼뜨렸다. 이 말은 개의 머리를 한 무시무시한 사람들을 의미하는 말이었는데, 그들이 만약 적을 발견하지 못하면 자기 자신들의 피를 구해 마신다는 것이었다. 이 말에 신빙성을 주기 위해 그들은 자신들의 부대에 천막을 따로따로 설치하여 거기에다가 대규모의 불을 질렀다. 이 광경을 지켜 본 아시피트족은 공포에 질려 감히 더 이상 전투를 하려고 하지 않았다. 그러나 그들 중에는 그들이 믿고 있는 강력한 남자가 있었다. 그래서 그들은 긴 수염 사람들에게 그 남자와 일 대 일 결투를 하면 어떻겠냐고 제안하였다. 그러자 긴 수염 사람들도 동의하여 자기 진영에서 한 사람을 선발하여 상대측의 검투사에 맞서게 하겠다고 하였다. 만약 아시피트족이 이기면, 긴 수염 사람들은 왔던 길을 되돌아가야 했다. 하지만 그 반대로 긴 수염 사람들이 이기면, 아시피트족은 긴 수염 사람들이 그들의 땅을 자유롭게 통과하도록 허용하여야 했다.

긴 수염 사람들이 자기 진영의 남자들 중에 힘 센 사람을 찾고 있을 때, 노예 신분의 한 남자가 자발적으로 나서더니 자기를 결투장에 보내달라고 제안하였다. 그리고 자기가 결투에서 이기면, 자기와 자기 후손들을 자유인으로 풀어 줄 것을 조건으로 내걸었다. 이 약속이 관철되자, 그는 결투에 임했고 보기 좋게 상대방을 쓰러뜨렸다. 그의 소원에 따라 그는 자유의 몸이 되었고, 긴 수염 사람들은 아시피트족의 땅을 자유롭게 통과하여 무사히 모링겐 땅으로까지 이동할 수 있었다.

392
동굴 속에서 잠자고 있는 일곱 남자

다음과 같은 진기한 사건을 모든 독일 사람들은 알고 있다. 멀리 떨어진 어느 해안가의 불쑥 솟은 어느 바위 아래 동굴이 하나 있었다. 그곳에 일곱 명의 남자가 잠을 자고 있었는데, 언제부터 그랬는지 또는 얼마동안 그러고 있었는지 전혀 알 수 없었다. 그들의 육신은 부패되거나 변하지도 않았고, 그들이 입고 있는 옷도 전혀 해어지지도 않았다. 사람들은 그 일곱 남자를 존경하고 있었다. 그들이 입고 있는 옷으로 보아 그들은 로마 사람인 것 같았다. 잠자고 있는 사람들 중 한 명의 옷을 벗겨보고 싶은 생각이 강렬했다. 그런데 팔소매를 벗기려고 다가섰지만 바싹 마른 그의 팔을 보자, 사람들은 너무나 놀라서 아무도 감히 더 가까이 다가서려고 하지 않았다. 사람들은 성스러운 목적으로 하늘의 뜻에 따라 그들을 보관하고 있다고 한다. 또 앞으로 언젠가 그들이 일어날지도 모르며, 그래서 이민족들에게 성스러운 가르침을 전할 것이라고 한다.

393
양어장 속의 소년

랑고바르드 왕 아겔문트 시절에 일어났던 일이다. 어느 한 여자가 한꺼번에 일곱 아이를 낳자 수치심을 모면하기 위해 야생동물들보다 더 잔인하게 그 아이들을 몽땅 양어장으로 던져 버렸다. 마침 이 곳으로 말을 타고 지나가던 왕이 아이들이 버려져 있는 것을 보고 말을 멈추게 하였다.

그리고 왕이 손수 지니고 있던 창을 사용하여 물에 떠 있는 아이들을 뒤집어 보았다. 그러자 일곱 아이 중 한 아이가 조그만 손으로 왕의 창을 꽉 붙잡는 것이었다. 그 순간 왕은 이 아이가 앞으로 특별한 녀석이 될 거라는 징조를 보았다. 그래서 신하들에게 그 아이를 양어장에서 꺼내게 하였고, 아이를 유모에게 보내어 젖을 물리게 하였다. 랑고바르드족의 언어로 양어장을 '라마'라고 부르는데, 왕이 그 아이를 양어장에서 꺼내었기 때문에 그 아이에게 왕은 라미시오라는 이름을 붙여 주었다. 그 아이는 자라서 아주 용감한 영웅이 되었고, 아겔문트가 죽은 뒤에는 랑고바르드 왕이 되었다.

394
라미시오와 아마존족

랑고바르드족이 호전적인 여인족(역자 주: 그리스 신화에 나오는 아마존족. 북방계의 호전적인 여인족이다.)의 영토에 가까이 다가갔을 때, 이 여인족은 자기 나라 국경에 접해서 흐르고 있는 강을 랑고바르드족이 통과하는 것을 허용하지 않았다. 그래서 해결책으로, 랑고바르드족에서 선발된 한 명의 영웅과 여인족의 대표 한 명이 강에서 헤엄을 치는 대결을 펼치기로 하였다. 만약 여인족의 투사가 이긴다면 랑고바르드족 군대는 물러나야 하고, 그 반대로 여인족의 투사가 랑고바르드 영웅에게 진다면 랑고바르드족이 그 강을 통과하는 것을 허락해야 했다. 이 싸움을 바로 그 용감무쌍한 라미시오가 펼쳤고, 여기서 그는 승리를 거둬 커다란 명성을 얻었으며 또 랑고바르드족은 아무 문제 없이 그 강을 통과하여 지나갔다.

395
로둘프와 루메트루드 전설

헤룰족과 랑고바르드족이 평화동맹을 맺어 전쟁을 중지하려고 했을 때, 헤룰족의 로둘프 왕은 그의 동생을 타토(역자 주: 510년에 사망한 랑고바르드족의 왕) 왕에게 사신으로 보내 모든 일을 종결짓도록 하였다. 사신으로 간 왕의 동생은 회담을 종결지은 후 무사히 돌아왔다. 그런데 그가 랑고바르드 왕의 딸 루메트루드가 살고 있던 곳을 도중에 지나가고 있었을 때, 타토 왕의 딸 루메트루드는 사신들의 행렬을 보고, 이 행렬이 무엇인지 물어보았다. 그랬더니 이 행렬은 다름 아닌 헤룰족의 사신, 즉 로둘프 왕의 친동생이 자기 나라로 돌아가고 있는 행렬이라는 말을 들었다. 이때 그녀는 로둘프 왕의 친동생에게 사람을 보내어, 자기가 포도주 한 잔 대접하겠다고 초대를 하였다. 그는 아무런 악의 없이 초대에 응했다. 하지만 그녀는 들뜬 기분에 그가 체구가 작다고 그를 조롱하며 경멸스러운 어조로 말했다. 그러자 그 남자는 수치심과 분노를 느꼈으며 급기야 그녀에게 욕설을 퍼부었다. 그랬더니 이제 왕의 딸이 더 수치심을 느꼈고 분노심에 속이 부글부글 끓었다. 하지만 그녀는 복수심을 감추고 친근한 표정으로 편안하게 대화를 나누면서 그 남자에게 자리까지 권해 주었다. 흡사 손님에게 경의를 표하듯 그녀는 벽에 통풍창이 있는 자리를 그에게 권했는데, 그 자리 위에는 최고급 벽걸이용 양탄자가 걸려 있었다. 사실 그녀는 그렇게 함으로써 자기는 아무런 앙심이 없음을 나타내려고 했던 것이다. 그녀는 부하들에게 무언가 명령을 내렸고, 그러자마자 그녀는 손님에게 건배 제의를 했다. 그때 통풍창을 통해 부하들이 손님의 견갑골을 찔러버리는 사건이 발생하였다. 왜냐하면 잔인한 그녀가 부하들에게 신호를 주었기 때문이었다. 그 불행한 손님은 가슴을 꿰뚫는 상처를 입고 바닥에 쓰러졌다.

로둘프 왕이 자기 동생의 살해 소식을 듣자 무척 애통해했으며 반드시 복수하리라 마음먹었다. 즉시 그는 랑고바르드족과의 평화동맹을 깨고 선전포고를 하였다. 전쟁이 언제 시작되든, 로둘프는 헤룰족의 승리를 당연한 것이라고 확신하고 있었다. 그래서 군대가 진격하는 동안, 그는 진영에서 휴식을 취하며 체스를 즐기고 있었다. 왜냐하면 헤룰족은 당시에 전투경험이 많았고, 수많은 전투에서 승리하여 그 이름을 날렸기 때문이었다.

이제 헤룰족의 왕은, 이미 말했듯이, 자기 부족의 용맹성을 과신하여 편안히 체스를 즐기고 나더니 부하 중 한 명에게 바로 옆에 있는 나무에 올라가라고 명령하였다. 헤룰족의 승리를 좀 더 빨리 자기에게 알려 달라는 것이었다. 물론 다음과 같은 위협을 덧붙이면서 명령하였다.

"우리 헤룰족의 부대가 도주하고 있다고 내게 알린다면, 네 목이 달아날 줄 알아라!"

그런데 부하가 나무 위로 올라가 보니 전투상황이 심상치 않았다. 헤룰족에게 불리하게 진행되고 있는 것이었다. 하지만 부하는 그 상황을 감히 왕에게 말할 수 없었다. 그래서 헤룰족의 전 군대가 적군에게 등을 보이며 후퇴를 하고 나서야 왕에게 이렇게 말했다.

"애통합니다, 왕이시여! 조국 헤룰이 하늘의 노여움을 받았사옵니다!"

로둘프가 이 말을 듣자 이렇게 말했다.

"뭐라고? 우리의 헤룰 군대가 도주를 하고 있다고?"

그러자 부하가 큰 소리로 외쳤다.

"제가 아니라, 왕께서 그렇게 말씀하셨습니다."

이 순간 왕은 경악을 금치 못하며 혼돈에 빠졌고, 왕과 왕 주위의 부하들은 어떤 방도를 찾지 못했다. 그러자 곧 랑고바르드족의 대군이 침범해 들어와 헤룰족을 모조리 처치해 버렸다. 로둘프 왕은 제대로 힘도 못쓰고 쓰러져 버렸다. 여기저기로 분산된 헤룰족의 전력에 하느님의 노여움이 끔찍하게 내려진 것이었다. 헤룰족들은 도망을 치다가 그들 앞에 꽃이 만발한 넓은 평원을 보자, 그들은 넓은 호숫가에 서 있다는 생각이 들어 수영을 하겠다는 마음으로 두 팔을 쫙 펼쳤고, 결국 랑고바르드 군대의 칼[10]에 끔찍하게 쓰러져 갔다. 랑고바르드족은 이 전투에서 엄청난 전리품을 획득하였고 그것을 진지에서 분배하였다. 전투를 치를 때마다 늘 착용하고 다녔던 로둘프 왕의 깃발과 투구는 타토 왕의 수중에 들어갔다. 이 전투 이후 헤룰족의 모든 전력은 상실되었고, 헤룰족에게는 더 이상 왕도 없었다. 하지만 랑고바르드족은 이 전투의 승리로 인해 이전보다 훨씬 더 막강한 부족이 되었다.

396
아우도인과 같은 식탁에 앉게 된 알보인

아우도인(역자 주: 520년 무렵 사망. 랑고바르드족의 왕)의 아들 알보인(역자 주: ?-572)이 게피드족(역자 주: 오늘날 헝가리 지방에 자리 잡은 게르만족)과 맞서 싸워 승리하고 돌아왔을 때, 랑고바르드 사람들은 아들 알보인도 아버지와 함께 식탁에 앉아 밥을 먹기를 원했다. 하지만 아버지 아우도인은 이를 거절하였다. 민족의 풍습에 따르면 왕의 아들은 나라 밖의 다른 나라 왕에게서 무기를 취하여 스스로 무장하기 전에는 아버지와 함께 식사하는 것이 금지되어 있기 때문이었다. 알보인이 이 얘기를 듣자마자 불과 40명의 젊은이들만 거느리고 게피드족의 왕인 투리센트에게 말을 타고 달려갔다. 알보인은 투리센트 왕의 아들 투리스모트를 방금 전 전투에서 막 제거한 뒤였다. 알보인은 투리센트 왕에게 자기가 찾아온 이유를 설명하였다. 투리센트는 그를 친절하게 맞아들여 식사에 손님으로 초대하였고, 자기 오른편 자리에 그를 앉게 하였는데 그 자리는 예전에 늘 아들이 앉곤 하던 자리였다. 투리센트는 식탁

---

10 아이모인 역시 문학적이고 전설적인 이 군대행렬을 파울루스에서 짧게 발췌하였다.

에 앉아 아들을 죽인 자가 자기 옆에 앉은 것을 보았을 때, 고통에 겨워 깊은 한숨을 내쉬고 이렇게 말하였다.

"그 자리는 내게 유쾌함을 주는 자리이지만, 지금 그 자리에 앉은 남자는 내게 고통을 주는구나."

이 말은 들은 투리센트의 다른 아들이 격분하여, 랑고바르드 사람들은 종아리 아래 흰 리본을 매달고 다닌다고 조롱하기 시작했다. 그리고 그들을 말과 비교하면서 허벅지까지 말처럼 하얀 색이라고 놀려대었다.

"너희들은 구역질나는 늙은 말들과 같은 놈들이야."

이 말에 랑고바르드 사람 하나가 다음과 같이 대답하였다.

"함께 들판으로 나가자. 네가 늙은 말이라고 칭했던 자들이 얼마나 힘차게 발굽으로 차는지 볼 수 있을 게다. 거기에는 비참한 말의 뼈다귀처럼 네 형제들의 유골이 들판 한가운데 흩어져 있지."

게피드 사람들은 그 말에 분노하여 복수를 하려 하였고, 순식간에 랑고바르드 사람들은 모두 칼을 빼려고 칼의 손잡이를 잡았다.

그러나 왕이 식탁에서 일어나서 그들 한가운데에 뛰어들어, 누구든 싸움을 먼저 시작하는 사람을 가만두지 않겠다고 위협하였다. 자기 자신의 집에서 적을 제거하여 승리를 얻는다면, 그런 승리는 신의 마음에 들지 않을 것이라고 하였다. 그렇게 해서 그는 싸움을 진정시키고, 식사가 끝난 다음 아들 투리스모트의 무기를 집어 알보인에게 넘겨주었다. 알보인은 평화롭게 자기 아버지에게로 돌아왔고, 이제는 아버지와 함께 나란히 식탁에 앉게 되었다. 그는 게피드 사람들 사이에서 일어났던 일을 모두 이야기하였다. 그러자 랑고바르드 사람들은 놀라워하면서 알보인의 대담함과 투리센트의 공명정대함을 찬양하였다.

397
이탈리아에 도착한 랑고바르드족

자기의 남성다운 용맹성을 빼앗긴 나르세스에게 여왕은 조롱을 하였다. 그러면서 그녀는 그에게 황금으로 된 물레를 보내었다. 남자들 사이에서 어울리지 말고, 여자들과 실을 뽑아내는 일이나 하라는 것이었다. 그러자 나르세스는 이렇게 대답했다.

"그렇다면 제가 여왕께 멋진 직물을 뽑아 바치겠습니다. 그것도 여왕께서 평생토록 여왕의 목에서 풀 수 없는 것으로 말입니다."

이 말을 하고 난 직후 나르세스는 랑고바르드족을 유혹하여 그들을 파노니언 출신의 알보인 왕과 함께 이탈리아로 인도하였다.

그런데 고대 독일어로 된 세계사 연대기를 보면, 이 사건은 나르세스가 일으킨 것이 아니라 아에티우스가 일으킨 것으로 설명하고 있다. 이 아에테우스란 인물에게 여왕이 조롱 섞인 말로 아녀자의 방에서 목화 실타래를 뜯어 가르는 일을 하라고 명령을 내렸던 것이다.

398
티키눔을 정복한 알보인

랑고바르드 왕 알보인은 티키눔(역자 주: 오늘날의 파비아. 이탈리아 롬바르디아주에 있는 도시. 6세기부터 랑고바르드족의 지배하에서 이탈리아의 주요도시가 되었다.)을 3년 몇 개월 동안 포위하였으며, 마침내 티키눔은 항복하였다. 그래서 왕이 도시의 동쪽에 있는 요하네스 문을 통해 안으로 들어가려 했을 때, 그의 말이 성문 아래

한복판에 쓰러져 버렸다. 사람들이 이 말에게 아무리 채찍질을 가해도 말은 다시 일어나려 들지 않았다. 그러자 랑고바르드 사람 하나가 다음과 같이 말했다.

"왕이시여, 당신의 맹세를 떠올려 보십시오. 그리고 그것을 취소하여 주십시오. 그렇게 한다면 도시로 들어갈 수 있을 겁니다. 왜냐하면 이곳에도 기독교도들이 살고 있기 때문입니다."

알보인은 이 종족이 끝까지 항복하지 않으려 했기 때문에 이 종족을 정복하고 난 다음에는 모든 사람들을 죽여 버리겠다고 미리 맹세를 해 둔 터였다. 이제 그는 그가 했던 가혹한 맹세를 취소하고 시민들에게 은혜를 베풀겠노라 약속하였다. 바로 그때 그의 말은 벌떡 일어났으며, 알보인 왕은 평화롭게 도시로 들어갔다.

399
이탈리아를 둘러보는 알보인

알보인은 자기 군대와 수많은 국민들을 이끌고 이탈리아의 끝 국경지역에 도착하였다. 거기에 유독 불쑥 솟아오른 산이 있어 그리로 올라가, 그가 볼 수 있는 데까지 그 지역을 둘러보았다. 그때 이후로 그 산은 알보인 왕을 따라서 '왕의 산'이라 불리었다. 이 산에는 많은 야생 들소들이 살고 있었다. 진실해 보이는 어느 한 노인의 이야기에 따르면, 그 산에서 죽은 들소의 가죽을 보았는데 너무나 커서 장정 열다섯 명이 족히 두를 수 있을 정도라고 하였다.

400
알보인과 로시문트

게피드족의 왕 투리센트가 죽은 후 그 아들이자 후계자인 쿠니문트는 랑고바르드족과의 평화동맹을 다시 깨뜨리고 전쟁을 일으켰다. 하지만 알보인은 적들을 물리쳤고, 쿠니문트를 죽여 그의 해골로 술병을 만들었다. 알보인은 쿠니문트의 딸 로시문트와 많은 게피드 사람들을 포로로 잡았으며, 즉시 로시문트를 자기의 부인으로 삼았다. 알보인의 행동은 널리 퍼졌고, 그의 명성은 랑고바르드 사람들에게서뿐만 아니라 바이에른족, 작센족 그리고 독일어로 말하는 다른 종족들에게서도 노래로 칭송되었다. 또한 알보인이 다스리든 시절에 성능이 매우 좋은 무기도 많이 만들어졌다고 사람들은 전한다.

어느 날 알보인이 베로나에서 즐겁게 식사를 하면서 로시문트 왕비에게 그녀 아버지의 해골로 만든 술잔에 포도주 한 잔을 채우라고 명령하며 이렇게 말했다.

"당신 아버지와 함께 즐겁게 한 잔 하시구려!"

로시문트는 가슴을 찌르는 고통을 느꼈다. 그렇지만 마음속으로 꾹 참으며 복수를 생각했다. 그녀는 왕의 젖먹이 형제인 헬미치스를 찾아가 알보인을 죽여 달라고 부탁했다. 그러자 헬미치스는 그녀에게 용감한 영웅 페레데오에게 가서 부탁하라고 충고하였다. 하지만 페레데오는 이러한 범행을 별로 저지르고 싶지 않았다. 그러자 로시문트는 그녀의 하녀 침대에 몰래 들어가 있었다. 왜냐하면 그 하녀와 하페데레오가 은밀하게 교제를 나누고 있었기 때문이었다. 페데레오는 아무것도 모른 채 그 하녀의 침대 속으로 들어갔고, 그렇게 왕비 곁에서 하룻밤을 자는 일이 일어난 것이다. 무시무시한 부정을 저지르고 난 다음날, 로시문트 왕비는 페데레오에게 그녀가 누구일 거라고 생각하느냐고 물었다. 페데레오가 자기 여자친구 이름을 거명하자, 그녀는 이렇게 말했다.

"네가 아주 잘못 생각하고 있구나. 내가 바로 로시문트 왕비이니라. 네가 이 같은 끔찍한 짓을 저질렀으므로 네게 선택권을 주겠노라. 네가 알보인을 살해하든지, 아니면 알보인이 네 가슴에 칼을 꽂게 되든지 둘 중 하나를 택하거라."

어느 점심나절 알보인이 잠이 들었을 때, 로시문트는 궁성 전체를 쥐죽은 듯 고요하게 해 놓았다. 그리고 모든 무기를 한쪽에 치워 놓았으며, 알보인의 칼도 침대틀에 단단히 묶어 놓았다. 그가 잠에서 깨어 칼집에서 칼을 빼지 못하도록 하기 위해서였다. 그러고 나서 그녀는 헬미치스의 충고대로 페레데오를 안으로 들어오게 했다. 잠에서 깨어난 알보인은 순간적으로 위험을 직감하고 그의 칼을 잡으려고 하였다. 하지만 칼을 잡을 수가 없어서 그는 발판을 잡아들고서 잠시나마 용감하게 방어했다. 하지만 결국, 그렇게도 많은 적들을 물리쳤던 용감하고 강력한 알보인 왕은 자기 부인의 계략에 말려들어 제대로 저항도 못해보고 죽고 말았다. 그의 시체는 왕궁에서 가까운 곳 계단 아래 매장되었는데, 그때 랑고바르드 사람들은 눈물을 흘리며 애통해했다. 훗날 기실베르트 공작이 그 무덤을 열어 알보인의 칼을 포함한 다른 장식품들을 끄집어내었다. 그 역시 알보인의 모습을 보았다고 무척 자랑했다.

401
로시문트, 헬미치스 그리고 페레데오

알보인 왕이 죽은 후, 헬미치스는 자기가 나라를 차지할 것이라 생각했다. 하지만 랑고바르트 사람들은 헬미치스가 그렇게 하도록 내버려두지 않았으며, 오히려 자기 나라 지배자를 잃었다는 깊은 고통에 그를 죽이려고 하였다. 그래서 헬미치스와 이제 그의 아내가 된 로시문트는 배를 타고 도주했다. 라베나의 제후 롱기누스가 그들에게 배를 보내었던 것이다. 그들은 알보인의 첫째 부인에게서 난 딸 알프수인트를 데리고 또 랑고바르드 전역의 귀중한 보물들을 함께 가지고 베로나에서 한밤중에 도주를 하였다. 그들이 라베나에 도착했을 때, 로시문트의 아름다움에 그만 롱기누스도 빠지고 말았다. 그래서 롱기누스는 로시문트를 설득하여, 헬미치스를 죽이고 이곳에서 자기와 결혼하자고 하였다. 로시문트는 롱기누스에게 약간 마음이 끌렸고 또 라베나의 제후부인도 되고 싶었다. 그래서 그녀는 막 목욕을 하고 나오는 헬미치스에게 독이 든 술잔을 건넸다. 하지만 그 술잔을 받아 마신 헬미치스가 잔 속에 독이 있다는 것을 알아차리자마자 칼을 끄집어 내었고, 그녀를 겨냥하며 그녀도 잔속의 남은 술을 마시라고 강요했다. 그래서 두 살인자는 신의 심판을 받아 즉시 숨을 거두었다. 롱기누스는 알프수인트와 랑고바르드의 보물들을 콘스타티노플에 있는 티베리우스 황제에게 보냈다. 그런데 어떤 사람들은 이렇게도 이야기한다. 페레데오 역시 헬미치스와 로시문트와 함께 라베나에 도착했으며, 나중에 알프수인트와 함께 티베리우스에게 보내어졌다는 것이다.

페레데오는 자기가 힘이 세다는 것을 콘스탄티노플의 티베리우스 황제에게 증명해 보였는데, 언젠가 한번 황제와 국민들이 보는 앞에서 한 마리 무시무시한 사자를 처치했다고 한다. 황제는 그가 어떤 화를 가져오지 않을까 두려워서 그의 눈을 찔러 실명하게 했다. 페레데오는 두 개의 작은 칼을 마련하여 그것을 그의 소매에 감추고, 황제에게 긴히 드릴 중요한 말씀이 있다는 구실을 붙여 궁전 안으로 들어갔다. 황제는 두 명의 심복에게 그의 말을 한번 들어보라고 하였다. 페레데오는 마치 중요한 비밀을 털어놓는 것처럼 하고 있다가 그들이 다가오자 그가 가지고 있던 두 개의 단검으로 그들을 찔러 버렸다. 그들은 그 자리에서 쓰러져 죽었다. 그리하여 삼손(또는 심손)과도 비슷한 이 용감한 남자는 황제의 심복 두 명을 죽임으로써 자기 두 눈을 잃어버린 것에 대한 복수를 하였던 것이다.

402
아우타리 왕의 전설

람파르트족의 왕인 아우타리(역자 주: 540-590. 584년부터 랑고바르드족의 왕)는 바이에른 왕 가리발트에게 사신을 보내 그의 딸 테오델린트(혹은 디틀린트)에게 구혼을 하였다. 가리발트는 사신을 친절하게 영접하였고, 또 그의 딸을 신부로 보낼 것을 승낙하였다. 이 소식을 듣고 아우타리는 자신의 신부를 직접 보고 싶은 마음에 충성스러운 몇 명의 신하들을 거느리고 길을 떠났다. 그중에는 그가 가장 아끼는 신하도 대동하였다. 그 신하는 최연장자로서 일행을 이끌라는 임무를 받았다. 그래서 그들은 조금도 지체하지 않고 바이에른에 도착하였다. 그리고 그들은 다른 사신들과 같은 방식으로 가리발트 왕을 알현하였다. 최연장자가 관례에 따르는 인사말을 하고 나자 이번에는 아우타리 자신이 왕 앞에 나섰다. 그런데 어떤 바이에른 사람도 그가 왕인 것을 알아채지 못했다. 아우타리는 이렇게 말했다.

"나의 주인이며 왕이신 아우타리는 내게, 그의 신부가 될 우리의 여주인을 직접 보고 그 모습을 자세히 보고하라는 임무를 주어 이리로 보내셨습니다."

이 말을 듣고 왕은 딸을 불러들였고 아우타리는 아무 말 없이 찬찬히 그녀를 관찰하였다. 그녀가 아름답고 또 그의 마음에 무척 들었음을 확인하고 그는 이렇게 말했다.

"오, 왕이시여. 공주님께서는 너무나 아름다우셔서 우리의 왕비가 되시기에 전혀 부족함이 없사옵니다. 그러하오니 이제 공주님의 손에서 포도주

한 잔을 제가 받도록 해 주십시오."

왕은 아우타리의 소원을 들어주었다. 디틀린트는 일어서서 잔을 집어 들었다. 그리고 맨 먼저 그들 중에 가장 연장자처럼 보이는 사람에게 포도주를 마시도록 잔을 건네주었다. 그 다음에 아우타리에게 잔을 내밀었는데, 바로 그가 그녀의 신랑이라는 사실을 전혀 눈치 채지 못했다. 아우타리는 공주가 건넨 술을 마셨다. 그리고 공주에게 잔을 돌려주면서 아무도 눈치 채지 못하게 손가락으로 디틀린트의 손을 살며시 어루만졌고, 그런 다음 사랑한다는 신호를 보내듯 오른손으로 자신의 이마에서 코를 지나 자기 얼굴 전체를 쓰다듬었다.

부끄러워 얼굴이 발갛게 상기된 공주는 유모에게 이 사실을 얘기해 주었다. 유모는 이렇게 대답하였다.

"아가씨를 그렇게 어루만진 그 분은 분명 왕이자 아가씨의 신랑임에 틀림없습니다. 그렇지 않았다면 감히 그런 일을 하지는 못했을 거예요. 하지만 아가씨는 아버지께서 이 사실을 알지 못하도록 침묵을 지키셔야 합니다. 그 분 역시 용모와 자태가 너무 훌륭하시어 왕이자 아가씨의 신랑이 될 자격이 충분히 있는 것 같으니까요."

아우타리는 젊은 시절 금발 머리의 아름다운 청년이었고, 용모는 수려하고 기품이 있었다. 이제 곧 사신 일행은 바이에른 왕에게 하직을 고했고, 바이에른 사람들의 안내를 받으며 고향으로 향했다. 그들이 국경선 가까이에서 여전히 바이에른 사람들과 동행하고 있을 때, 아우타리는 말 위에서 될 수 있는 한 자기 몸을 똑바로 세웠다. 그러더니 손에 쥐고 있던 손도끼로 있는 힘을 다해 옆에 서 있는 나무를 내리 꽂았다. 손도끼는 나무에 단단히 박혔고, 그는 이렇게 말했다.

"왕인 나 아우타리는 언제나 이렇게 손도끼 투척을 하곤 하느니라!"

이 말을 듣자 그를 안내했던 바이에른 사람들은 그가 바로 왕이라는 사실을 알아차렸다.

얼마간의 시간이 흘러 디틀린트는 랑파르트족의 나라에 도착했고 그리고 성대하게 결혼식이 벌어졌다. 그때 다음과 같은 일이 일어났다. 손님들 중에는 신분이 높은 랑고바르드 사람 아길룰프도 있었는데, 갑자기 폭풍우가 몰려오고 격렬한 천둥을 동반한 번개가 왕의 울타리 정원 가운데 있는 나무토막에 내리쳤다.

아길룰프의 신하들 중에는 이렇게 갑작스럽게 내리친 천둥번개가 무슨 일을 가져올지 그 뜻을 해석할 줄 아는 사람이 있었다. 그는 악마의 기술을 사용하여 미래에 일어날 일을 알아낼 수 있는 일종의 마법사였다. 한번은 이런 일이 있었다. 아길룰프가 생리적 욕구를 해소하려고 남들의 눈에 띄지 않는 장소로 가는데, 그때 그 신하가 따라와서 이렇게 말했다.

"오늘 우리의 왕 아우타리와 결혼한 여자는 머지않아 주인님의 아내가 될 것입니다."

아길룰프가 이 말을 듣자, 그는 그 신하에게 그런 소리는 다시는 꺼내지 말라고 위협하며 이렇게 말했다.

"이 일에 대한 이야기가 한마디라도 더 새어나간다면 네 머리가 달아날 줄 알아라."

그러자 그 신하가 대답하였다.

"저를 죽이실 수는 있겠지요. 하지만 운명은 바꿀 수가 없습니다. 맹세코 말하건대, 그 여자가 이 나라에 온 것은 바로 주인님의 아내가 되기 위해서입니다."

이 예언은 시간이 얼마 지난 뒤에 정말로 그렇게 되었다.

403
아우타리의 기둥

롬바르드족의 왕 아우타리에 관해 다음과 같은 이야기가 전해진다. 아우타리 왕은 스포레토를 거쳐 베네벤트까지 진격해 들어가 그 나라를 손아귀에 넣었고, 심지어 레기오에도 습격하였다. 레기오는 해협에 접해 있는 대륙의 마지막 도시였으며 시칠리아 맞은편에 있었다. 바로 그곳 파도치는 바다에 기둥 하나가 있었다고 한다. 아우타리 왕은 준마를 타고 그 기둥까지 가서 기둥을 뛰어넘고, 창의 끝으로 기둥을 툭툭 건드리면서 다음과 같이 외쳤다.

"여기가 바로 랑고바르드의 국경선이로다!"

이 기둥은 오늘날까지도 아우타리의 기둥이라 불리고 있다.

404
아길룰프와 테오델린트

아우타리 왕이 죽은 후, 랑고바르드 사람들은 그들 모두가 좋아했던 미망인 테오델린트의 위엄을 지켜주기 위해 그녀가 랑고바르드 사람들 중에 누군가를 선택하면 그 사람을 왕으로 인정해 주기로 하였다. 그녀는 용맹무쌍한 타우린의 제후 아길룰프를 지명하였고, 그를 만나러 라우멜까지 갔다. 첫 인사를 하고 난 직후 테오델린트는 포도주를 한 잔 따르더니, 자기가 먼저 마시고 그 나머지를 아길룰프에게 건넸다. 아길룰프는 잔을 받자 왕비의 손에 키스를 하였다. 그러자 왕비는 얼굴이 빨개지더니 미소를 띠면서 이렇게 말했다.

"내 입술에 키스를 해야 할 사람은 내 손에 키스할 필요가 없소이다."

그리고 난 다음 그녀는 그와 키스를 하였고, 그에게 자기의 결심을 알려 주었다. 그들의 결혼식은 랑고바르드 사람들의 환호를 받으며 거행되었고, 아길룰프는 그들 앞에서 왕의 자리에 올랐다.

현명하고 용감한 아길룰프 왕이 통치하던 시절에 랑고바르드는 평화롭고 행복했다. 그리고 그의 왕비 테오델린트는 아름답고 정숙한 여자였다. 그런데 사건이 하나 일어나고 말았다. 궁정의 하인 출신의 한 젊은이가 왕비에게 이루지 못할 연정을 품은 것이었다. 그 젊은이는 자기가 미천한 신분 출신이기 때문에, 언젠가 자기 소망이 이루어지리라는 희망을 품어서도 안 되었다. 그는 결국 죽기를 감수하고 극단적인 모험을 감행하기로 결심하였다. 그는 왕의 행위를 치밀하게 관찰하여 다음과 같은 사실을 알아내었다. 즉 아길룰프 왕이 왕비의 침소에 매일 밤마다 가는 것이 아니며, 또 왕이 왕비의 침소로 갈 때는 긴 외투를 걸치며, 한 손에는 양초를 다른 손에는 작은 막대를 가지고 가는데, 왕비의 침소 앞에서 작은 막대로 한두 번 노크를 하면 곧장 문이 열리고 그리고 이내 촛불이 꺼졌다는 사실이다. 이와 같은 사실을 알고 있었기 때문에, 그래서 젊은이도 왕처럼 보이게 하기 위해서 그와 같은 외투를 마련하였다.

어느 날 밤 그는 외투를 걸치고, 한 손에는 양초를 다른 손에는 작은 막대를 가지고 왕비의 침소 앞에 이르러 두 번 노크하였다. 곧장 문이 열리고, 촛불이 꺼지더니 정말 그 젊은이는 왕비의 침대에 이르게 되었다. 물론 왕비는 그 젊은이를 왕이 아닌 다른 사람이라고는 꿈에도 생각하지 못했다. 그러는 사이 그는 이런 놀라운 행복에는 불행이 빨리 닥쳐올지 모른다는 두려운 마음이 들었다. 그래서 그는 왕비의 팔에서 빠져나와 그가 왕비의 침소로 왔던 방식과 똑같이 그의 방으로 아무도 모르게 되돌아왔다.

그런데 그가 빠져 나오자마자, 아길룰프 왕이 몸소 이날 밤 왕비의 침소로 방문하였다. 보통 때 같으면 왕을 기쁘게 맞이하던 왕비가 깜짝 놀라며, 이제 막 돌아가셨던 왕께서 왜 다시 자기의 침소를 찾으셨냐고 물었다. 아길룰프 왕은 놀라 멈칫하더니 순간적으로 왕비가 왕의 모습과 복장으로 위장한 누군가에게 현혹되었다는 생각이 들었다. 왕은 왕비가 죄가 없다는 것을 분명히 알았기 때문에, 모든 것을 이해한 듯한 태도로 이렇게 대답하였다.

"내가 당신의 침소에 한번 머물고 난 다음에 또 한 번 찾아오지 않을 거라고 단정적으로 생각하지 마시구려."

왕비는 이렇게 말하였다.

"예, 폐하. 다만 저는 폐하의 건강을 염려할 뿐이옵니다."

아길룰프 왕이 말했다.

"당신이 내게 그렇게 충고한다면, 나는 그대의 충고를 따르겠소. 이번 일은 신경 쓰지 마시오."

이 말을 남기고 왕은 외투를 다시 걸치며, 누가 그에게 이런 모욕을 주었는지 속으로 불쾌감과 화를 삼키며 왕비의 침소를 떠났다. 아길룰프 왕은 궁정의 하인 중 누군가가 분명히 범인일 거라고 확신했고 또 그 범인이 아직 궁정을 빠져 나가지 못했을 것이라는 판단이 들었기 때문에, 군주의 외양간을 지나 넓은 홀로 갔다. 그곳에는 하인 전부가 여러 침대에서 잠을 자고 있었기 때문이었다. 그러한 범행을 저지른 놈의 심장을 누구보다도 더 가혹하게 찔러 버려야 한다는 생각을 계속 하면서, 왕은 차례차례 잠자고 있는 하인들에게 다가 가 하인들의 가슴에 손을 대고 그들의 심장이 얼마나 뛰고 있나 감지하였다. 하지만 모든 하인들은 편안하게 잠을 자고 있었고, 심장의 고동소리도 느릿느릿 고요했다. 그런데 마침내 범행을 저지른 마지막 하인에게 다가갔다. 이 하인은 아직 잠이 들지 않았다. 그는 왕이 그들이 거처하는 홀로 들어오는 것을 보았을 때, 거의 공포심을 느꼈으며 분명히 자기는 죽게 될 거라고 생각하고 있었다. 그런데 왕이 칼을 들고 있지 않은 것을 보자 위안이 되었고, 그래서 그는 왕이 점점 더 가까이 다가오자 눈을 꼭 감고 잠을 자고 있는 척 하였다. 드디어 왕이 이 하인의 가슴에 손을 대었더니 이 하인의 가슴은 격하게 쿵쿵거리고 있었다. 그때 왕은 바로 이 하인이 범인임을 알아차렸다. 왕은 이 하인이 왜 범행을 저질렀는지 당장 알고 싶었으나 다른 하인들이 모두 잠을 자고 있었기 때문에 다음날로 미루고, 그리고 다른 하인들과 구별하기 위해서 손수 가위를 들고 이 하인의 귀 옆으로 난 곱슬머리 털을 잘랐다. 그리고 난 직후 왕은 나가 버렸다. 그러자 영리하고 재치 있는 이 하인은 지체 없이 벌떡 일어서더니 자기 옆에 자고 있던 모든 하인들의 머리카락을 잘랐는데, 그것도 똑같은 위치의 귀 옆으로 난 머리카락을 잘라 버렸다. 그리고 이내 자기 자리로 돌아와 편안하게 잠을 청했다. 이튿날 이른 아침, 성문을 채 열기도 전에 왕은 모든 하인들을 불러 자기가 보는 앞에 모이도록 명령을 내렸다. 그리고 전날 밤 왕이 머리를 잘랐던 그 하인을 찾아내기 위해서 모여 있는 하인들을 하나하나 관찰하기 시작했다. 그런데 하인들 대부분이 똑같은 위치에 머리카락이 잘려 있는 것을 보자 무척 당황하였으며, 왕은 속으로 이렇게 말했다.

"내가 찾고 있는 녀석은 비록 출신은 비천하지만 매우 두뇌가 명석한 녀석이구먼."

즉시 왕은 보통의 노력과 인내로는 이 하인을 찾을 수 없다는 것을 알고서, 큰 소리로 모든 하인들에게 이렇게 외쳤다.

"너희들 중 나쁜 짓을 한 자가 있지만, 내 이번만은 눈 감아 줄 것이다. 그러니 조용히 근신하고 더 이상 그런 짓을 하지 말지니라!"

왕의 이 말에 모든 하인들이 놀라서 눈을 둥그렇게 뜨고 서로를 쳐다보았다. 하지만 그들은, 범행을 저지른 단 한 녀석을 빼고는 왕의 이 말이 무슨 뜻인지 알지 못했다. 왕의 말뜻을 아는 하인은 무척 영리하였기 때문에, 평생 동안 그 범행에 대해서 침묵을 지켰고 또 자기에게 일어났던 그 행운에 대해 만족해했다.

405
테오델린트와 바다짐승

어느 날, 아길룰프 왕의 부인 테오델린트가 신선한 공기도 맡고 꽃향기도 맡아 보기 위해서 해안가의 아주 푸른 아우 지역을 거닐고 있었다. 그런데 갑자기 이글거리는 눈동자에 온통 털로 뒤덮인 무시무시한 바다짐승이 육지로 뛰쳐나와 아리따운 왕비를 겁탈하였다. 그러나 이때 마침 근처에서 사슴을 사냥하던 한 귀족이 왕비의 비명소리를 듣고 급하게 말을 몰고 그쪽으로 갔다. 바다짐승은 그 귀족이 오는 것을 보자마자 황급히 왕비를 내버려놓고 바다 속으로 도로 뛰어들었다. 그리고 귀족은 왕비를 궁으로 인도했다. 그때 이후로 왕비는 매일 눈물을 흘리며 상심해 있었으며, 그녀에게 무슨 일이 일어났는지 아무에게도 말하지 않았다. 그리고 나서 그녀는 아이를 출산하였는데, 아이는 바다짐승 아버지를 닮아서 털이 많고 새카맣고 붉은 눈을 소유하고 있었다. 아길룰프는 그런 아이를 낳았다는 것에 경악을 금치 못했지만, 그래도 그 아이를 애지중지 키웠다. 그런데 그 아이는 자라면서 무척 사악하고 음험했으며, 다른 아이들의 눈을 손으로 찔러 파내거나 팔다리를 부러뜨리기도 하였다. 그래서 모든 사람들이 악마를 경계하듯 그를 경계하였다. 그 아이가 나이를 더 먹게 되자. 이제는 여자들을 겁탈하기도 하고, 남자들을 살해하기도 하였다. 그러자 고결한 아길풀프 왕은 분노하여 그 아이를 호되게 야단치려고 했었다. 그러나 그 아이는 아버지에게 대들었고, 심지어 아버지를 때려서 왕이 거의 목숨을 잃을 뻔 하였다. 그때 이후 그 아이는 왕과 왕의 적자(嫡子)인 세자의 목숨을 노렸다. 아길룰프 왕은, 그 사악한 악마는 이제 더 이상 자기 아들이 아니라고 생각했다. 그래서 왕은 그의 친아들에게 이르기를, 그 괴물이 더 이상의 살인을 저지르기 전에, 그들 모두가 힘을 합쳐 싸워 그 괴물을 처치해야 한다고 하였다. 그 괴물은 많은 영웅들을 죽였고, 아버지를 때렸고,

자기 형제에게 심한 상처를 입혔다. 말 그대로 궁전을 온통 피로 물들였던 것이다. 그러자 그 괴물의 어머니 테오델린트마저 활과 화살을 들고 그 괴물에 맞서 싸우는 데 힘을 합쳤다. 마침내 그 괴물은 여러 발의 화살을 맞고 바닥에 쓰러졌다. 괴물이 죽어 쓰러져 있는 것을 보자, 왕은 테오델린트에게 이렇게 말했다.

"이 괴물은 더 이상 나의 아들이 아니오. 당신이 이 괴물을 어떻게 임신하였는지 내게 숨김없이 말해 주시오. 그러면 모든 것을 용서하겠소."

왕비는 왕의 자비를 구하며 다음과 같이 말했다. 수년 전에 그녀가 해안가를 거닐고 있었는데, 갑자기 바다짐승이 뛰쳐나오더니 강압적으로 자기를 겁탈했다는 것이다. 그 모든 사실을 어떤 귀족이 증언해 줄 수 있는데, 그 귀족이 자기를 궁으로 인도했던 사람이라고 했다. 그래서 그 귀족은 소환되었고, 다음과 같이 증명해 주었다. 즉, 그가 왕비의 비명소리를 듣고 급히 달려가 봤더니 바다짐승이 후다닥 도망쳐 가는 것을 목격했다고 증언했다. 그러자 왕이 말하였다.

"이제 내가 알고 싶은 것은 그 바다짐승이 아직도 살아 있느냐 하는 것이다. 나는 그 바다짐승에게 복수를 해야 하느니라. 그래서 내 너희들에게 명하노니, 너희들은 바다짐승이 왕비를 겁탈했던 그 장소에 다시 가서 그 놈을 기다리도록 하거라. 반드시 잡아야 하느니라."

그러자 왕비가 대답했다.

"왕께서 명하신 것을 제가 하겠습니다. 모든 일은 제 때문에 일어난 일입니다."

그리고 왕비는 아리따운 복장을 하고 밀물 때 해안가로 나갔다. 물론 왕과 아들은 무장한 채 수풀 속에 몸을 숨기고 있었다. 왕비가 해안가에 있은 지 그렇게 오래되지 않았을 때, 그 바다짐승은 파도를 타고 뛰어 오르더니 왕비 앞으로 성큼 뛰어 내렸다. 바로 그 순간 왕과 아들은 그 바다짐승을 덮쳤으며, 그 바다짐승은 빠져 나갈 수 없었다. 그러자 왕비가 칼을 꺼내더니 그 괴수 같은 바다짐승을 찔렀다. 그 바다짐승은 이렇게 목숨으로 대가를 치렀던 것이다. 그리고 난 다음 모두가 하느님께 감사를 드렸고, 평화롭게 궁으로 돌아왔다.

406
롬힐트와 막내 그리모알트

훈족 또는 아바르족(역자 주: 훈족에 속하는 몽고 유목민의 한 종족)이 군병력을 이끌고 롬바르디아(역자 주: 이탈리아 북부의 평원)로 쳐들어갔다. 프리아울(Friaul)의 제후 기술프는 용감하게 저항하였으나 적은 수의 병력으로는 훈족의 대규모 병력을 막을 수가 없었다. 그래서 소수의 롬바르디아 사람들만이 살아서 도주하였는데, 그들은 기술프의 부인 롬힐트와 그의 아들들을 호위하며 프리아울 요새로 도주하였다. 살아남은 적군 롬바르디아 사람들을 보기 위해 훈족의 왕 카칸이 프리아울 요새 성문 앞으로 말을 타고 달려갔을 때, 롬바르디아 왕비 롬힐트가 그를 처음 보고 그가 아주 멋진 젊은이라고 생각했다. 그녀는 카칸에게 반해 버렸던 것이다. 그래서 그녀는 은밀하게 카칸에게 제의를 했다. 만약 그가 자기와 결혼을 해 준다면 프리아울 성을 통째로 그에게 넘겨준다는 내용이었다. 카칸은 이 제의를 수락했고, 롬힐트는 성문을 열어 주었다. 하지만 성 안으로 들어 온 훈족은 약속과 달리 프리아울 성 전체를 황폐화시켰다. 그들은 성 안에 있는 남자란 남자는 모조리 칼로 죽였다. 하지만 여자들과 아이들을 놓고는 서로 차지하려고 제비뽑기를 하였다. 그 와중에 다행스럽게도 기술프의 큰 아들 타소와 둘째 아들 로모알트는 가까스로 위험에서 벗어났다. 그리고 그들은 막내 동생인 그리모알트가 말을 타고 도주하기에는 너무 어리다고 판단했기 때문에, 그를 포로 상태로 내버려두기보다는 오히려 죽이는 게 더 낫다고 생각했다.

그래서 그들은 동생 그리모알트를 죽이려고 하였다. 그들이 동생 그리모알트를 죽이려고 창을 높이 치켜들었을 때, 그리모알트는 눈물을 흘리며 이렇게 외쳤다.

"형, 나를 죽이지 마! 나도 충분히 말을 잘 탈 수 있으니까 말이야!"

그러자 그리모알트의 형은 그의 팔을 잡아 올리며 그를 말 위에 태웠다. 동생 그리모알트는 말의 고삐를 잡고 형들을 뒤따라갔다. 하지만 훈족은 그들을 뒤쫓았으며, 훈족의 한 명에게 그리모알트는 결국 잡히고 말았다. 그런데 그 훈족은 그리모알트가 너무 앳되고 어렸기 때문에 차마 죽이지 못하고, 자기의 시중을 들게 하였다. 그리모알트는 단정하고 예쁘게 생겼고, 눈은 반짝거렸으며, 머리는 금발이었다. 그 훈족이 그리모알트를 부대로 도로 데려가려 할 때, 그리모알트는 돌연 칼을 꺼내어 그 훈족을 찔러 버렸다. 그 훈족은 말에서 떨어져 바닥으로 고꾸라졌다. 그리고 나서 그리모알트는 재빨리 말의 고삐를 잡고 자기의 행동에 기뻐하며 형들을 뒤쫓아 달렸다.

한편 훈족의 왕은 자기가 한 약속을 지키기 위해 롬힐트와 결혼을 하였다. 하지만 그녀와 단 하룻밤을 보낸 후 그는 열두 명의 훈족에게 그녀를 넘겼고, 그 후 그녀를 창으로 찔러 말뚝에 묶어 죽여 버렸다. 이에 반해 기술프의 딸들은 욕정적인 자기 엄마의 전철을 밟지 않았다. 딸들은 정조를 지키기 위해 자기들 가슴 아래쪽에 생 닭고기를 단단히 묶었다. 그들을 겁탈하려고 오는 적들이 닭고기의 악취를 맡고 물러가도록 하기 위해서였다. 훈족들은 그녀들이 원래부터 그렇게 악취가 난다고 생각하여 그들을 혐오하며 이렇게 말했다.

"더러운 악취가 나는 롬바르디아 여자들이야!"

이런 행동을 취하여 롬바르디아 처녀들은 그들의 정조를 지켰고, 훗날 그들의 고결한 혈통에 어울리는 결혼을 하게 되었다. 어떤 처녀는 알레만의 왕과 결혼했고, 어떤 처녀는 바이에른의 제후와 결혼하였다.

407
도주하는 로이피치스

그 당시에 다섯 형제 중 하나인 로이피치스도 어렸었는데 그 역시 포로의 상태로 프리아울에서 억지로 끌려왔다. 나머지 형제들은 모두 프리아울에서 죽었다. 하지만 로이피치스는 훈족으로부터 탈출하여 고향으로 돌아오려고 애를 썼다. 어느 날 드디어 그는 벼르고 있던 도주를 감행했는데, 단지 활과 화살 그리고 먹을 것 약간만 가지고 떠났던 것이다. 하지만 그는 어디로 가야 할지 아무것도 몰랐다. 그때 늑대 한 마리가 그에게 다가오더니 그의 길 안내자가 되어 주었다. 그는 늑대가 종종 그의 뒤를 살펴주고, 그가 멈출 때마다 늑대도 따라 멈추는 것을 보았을 때, 하늘에서 자기에게 내려준 동물이라 여겼다. 그래서 그 동물과 소년은 함께 길을 떠났는데, 며칠 밤 며칠 낮을 산으로 계곡으로 걸었다. 마침내 로이피치스 소년이 가지고 있던 약간의 먹을 것이 동이 났다. 금방 소년은 배가 고팠고, 할 수 없이 소년은 활을 늑대에게 겨누었다. 그 동물로 허기를 채우기 위해서였다. 그러나 늑대는 화살을 피했고, 그리고 사라져 버렸다. 이제 그는 어느 길로 접어들어야 할지 전혀 알 수가 없었으며. 이내 지쳐서 바닥에 쓰러져 잠이 들었다. 꿈속에서 그는 한 남자를 보았는데, 그는 이렇게 말하는 것이었다.

"잠자고 있는 자여, 일어나거라. 일어나서 네 발길이 향하는 대로 그 길을 가거라. 바로 거기가 이탈리아니라."

즉각 로이피치스는 잠에서 깨어나 후다닥 일어났다. 그리고 꿈에서 일러준 대로 가는 길을 갔다. 곧 그는 어느 슬라브 사람의 집에 이르렀는데, 한 노부인이 그를 맞이해 주었다. 노부인은 그를 자기 집에서 묵게 하고 그리고 떠날 때 생필품도 주었다. 그리고 나서 그는 다시 길을 나섰는데 며칠 되지 않아서 롬바르디아에 당도했다. 바로 그가 태어나 자랐던 곳이었다. 부모님의 집은 인적이 없어 너무나 황량하였다. 심지어 지붕도 바람에 날아갔는지 보이지 않았고, 온통 가시와 엉겅퀴로 뒤덮여 있었다. 그것들을 베어 넘어뜨렸더니, 담벼락 사이에서 커다란 느릅나무가 자라고 있었다. 그는 자기 활을 담벼락 쪽으로 걸어놓았다. 그런 후에 그는 다시 집을 리모델링하고, 아내를 구해 그곳에서 살았다. 이 로이피치스는 역사기록자의 대대의 선조가 되었다. 로이피치스는 아리치스를 낳았고, 아리치스는 바르네프리트를 낳았고, 바르네프리트는 파울루스를 낳았다.

408
창문 앞의 파리

롬바르드족의 왕 쿠니베르트가 마구간 감독 마르파히스와 어떤 식으로 알도와 그라우조를 죽여야 하는지 둘이서 상의하고 있을 때, 커다란 금파리 한 마리가 그들이 서 있던 창문 앞에 앉아서 이 광경을 지켜보고 있었다. 쿠니베르트는 칼을 들더니 금파리를 향해 내려쳤다. 하지만 정통으로 맞히지 못해 단지 한쪽 다리만 절단시켰다. 금파리는 곧장 날아가 버렸다. 자기들에 대해 어떤 나쁜 계략이 있는지 알지 못했던 알도와 그라우조는 궁정으로 들어가고 싶지 않았다. 그런데 로마누스 교회 가까이 이르자 그들에게 다리를 절룩거리는 한 사람이 다가와 이렇게 말했다. 그는 한쪽 다리가 절단되어 있었다.

"쿠니베르트 왕에게 가지 마시오. 가게 되면 당신들은 목숨을 잃게 될 것입니다."

이 말에 깜짝 놀란 알도와 그라우조는 교회로 도망가 제단 뒤에 몸을 숨겼다. 하지만 곧 누군가가 왕에게 그들이 교회로 도망쳤다며 밀고하였다. 그러자 왕은 마르파히스가 그 계략을 누설했음이 틀림없다고 의심의 눈초리를 던졌다. 그러자 마르파히스가 대답하였다.

"대왕 폐하! 폐하와 함께 알도와 그라우조에 대해 상의를 한 이래로, 폐하의 눈에서 한시도 벗어난 적이 없었던 제가 어찌 그렇게 할 수 있었겠습니까?"

그러자 왕은 사람을 시켜 알도와 그라우조를 불러오게 하였고, 알도와 그라우조에게 어째서 그 신성한 장소로 도주하게 되었는지 물었다. 그들은 이렇게 대답하였다.

"왕께서 우리를 죽이려 한다고 누군가 얘기를 해 주었기 때문입니다."

왕은 도대체 누가 그런 말을 하였는지 얘기하라고 하였다. 그들은 더 이상 누설자를 밝히지 못할 명분이 없다는 것을 알고서, 그간 일어났던 일을 자초지종 왕에게 말을 하였다. 즉, 그들은 지나가다가 다리를 절룩거리는 어떤 남자를 만났는데, 그의 다리는 무릎 이하가 절단되어 있었고 그 자리에 나무로 만든 의족을 하고 있었다고 말하였다. 또 그 남자는 자기들에게 곧 끔찍한 일이 닥칠 것이라고 미리 예언해 주는 것이라고 얘기하고 갔다는 말을 왕에게 하였다. 이 말을 듣자 왕은 그가 다리를 절단시킨 파리가 악령(惡靈)이었으며, 그 악령이 자기의 은밀한 계책을 누설한 것임을 알아차렸다. 그 즉시 왕은 알도와 그라우조에게, 그들이 교회에서 나오면 그들의 죄를 용서해 주겠다고 약속을 해 주었다. 그리고 왕은 그들을 그때 이후 자기의 충실한 신하로 삼았다.

409
리우트프란드 왕의 발

전설에 따르면, 랑고바르드족의 왕 리우트프란드(역자 주: 랑고바르드 왕국의 왕(재위 712-744). 본토로부터의 비잔틴 세력의 일소를 꾀하였고, 로마계 이탈리아 토착민 및 베네벤토, 스폴레토의 양대 공령도 지배하에 두려고 하였다.)의 발은 너무 길어서 자기 팔꿈치에 닿을 정도였다고 한다. 그래서 랑고바르드 사람들은 리우트프란드 왕의 발을 기준으로 그들의 농경지를 측정하곤 했다. 길이가 얼마인지 막대기나 끈으로 재어보니 약 1미터 정도였다고 한다.

410
창(槍)의 끝에 앉은 새

리우트프란드 왕이 오랜 병으로 쇠약해져 쓰러지고 또 그의 회복에 대해 사람들이 비관하고 있었을 때, 롬바르드 사람들은 리우트프란드 왕의 조카인 힐데프란드를 내세웠다. 그래서 그를 성모 마리아 성당으로 가는 도시 앞으로 인도했으며, 또 그를 왕으로 추대하였다. 관습적으로 으레 그러하듯이, 롬바르드 사람들은 이제 그의 손에 창을 쥐어 주었다. 그때 한 마리 뻐꾸기가 날아오더니 그 창의 끝에 앉았다. 그러자 현명한 사람들은, 이러한 기이한 일은 힐데프란드의 통치가 무의미한 것임을 나타내주는 것이라고 말하였다.

411
아이스툴프의 출생

8세기 중엽 랑고바르드를 지배하였던 아이스툴프 왕에 대해 다음과 같은 전설이 전해진다. 아이스툴프 왕의 어머니가 한 시간 만에 그것도 한 번에 다섯 명의 아이를 낳았다. 사람들이 이 기이한 소식을 왕에게 아뢰자, 왕은 이 다섯 아이를 커다란 바구니에 넣어 자기에게 보내라고 명령하였다. 왕이 다섯 아이를 보자 깜짝 놀랐지만, 곧바로 아이들을 내버리려고 하지는 않았다. 그는 신하를 시켜 자기의 창을 가져오게 하였고, 신하들에게 이렇게 말하였다.

"이 다섯 아이 중에 나의 창을 손으로 쥐는 아이만은 생명을 유지할 것이로다!"

그리고 난 다음 왕은 자기의 창을 바구니 안에 있는 아이들 밑으로 쭉 밀어 넣었다. 한 아이가 작은 손으로 그 창을 쥐었다. 그 이후 아버지는 이 아이를 아이스툴프라고 불렀다.

412
수도원의 발터

영웅 발터는 전쟁터에서 혁혁한 공을 세웠지만 고령이 되자 자기가 저지른 죄를 생각하면서 엄격한 종교적 삶을 통해 하늘의 용서를 구하려고 하였다. 그는 막대기를 하나 구해서 그 끝 뾰족한 부분에 여러 개의 반지를 매달고, 각 반지에 방울을 부착하였다. 그런 후에 그는 순례자의 복장을 하고 거의 전 세계를 떠돌아다녔다. 하지만 그는 모든 수도사들의 수행방법과 규칙을 정확히 알고 싶어 어느 수도원에 들어갔다. 그리고 그가 예배를 보러 갈 때는 들고 있던 막대기를 두세 번 바닥에 세게 내리치곤 하였다. 그러면 모든 방울에서 딸랑거리는 소리가 났다. 이러는 동안에 그는 예배에 몰두하고 있음을 확인하였다. 한번은 그가 노발레제 수도원에 갔을 때, 역시 습관대로 순례자의 막대기를 바닥에 두세 번 내리쳤다. 예배 시중을 드는 동자 하나가 무슨 소리가 나는지 알아보려고 몸을 뒤로 돌렸다. 그랬더니 곧장 주교가 벌떡 일어나더니 그 동자의 뺨을 손바닥으로 갈겼다. 그러자 발터가 놀라 거의 탄식하듯 이렇게 말했다.

"여태까지 저는 오랫동안 여기저기 세상을 돌아다녔습니다. 그런데 이와 같은 곳은 찾을 수가 없었습니다."

그러고 나서 발터는 대수도원장에게 말씀을 드려 그 수도원에 들어갈 수 있도록 간청했고, 그리고 그 수도원의 수도사 옷을 입었다. 또한 발터는 자기 뜻대로 그 수도원의 정원사로 일하게 되었다. 그는 두 개의 긴 끈을 가지고 하나는 세로로, 하나는 가로로 정원을 가로질러 팽팽하게 잡아 폈다. 그리고 그는 한여름 더위 때 온갖 잡초를 그 위에 매달아 그 뿌리가 햇빛을 보게 하였다. 뿌리가 바싹 말라 다시 살아나지 않도록 하기 위해서였다.

그런데 수도원에는 나무로 만든 수레가 하나 있었다. 그 수레는 아주 보기 좋게 손질되어 있었고, 수레 위에는 청명하게 울리는 방울이 달린 막대기 외에는 아무 것도 올려놓지 못했다. 수도원에서는 이 막대기를 때때로 수레 위에 꽂았는데, 그러면 누구나 이 막대기를 볼 수 있었고 또 딸랑거리는 소리도 들을 수 있었다. 물론 수도원 안의 모든 농가와 마을에도 그들의 수레는 있었으며, 그 수레 위에 곡식과 포도주를 실어 짐꾼들이 수도사들에게 공급해 주었다. 그럴 때 방울이 달린 막대기가 꽂힌 수레가 제일 앞에 나섰으며, 그 뒤를 오십 내지 백 대의 수레들이 뒤따랐다. 이 광경을 보는 사람은 누구나 이 행렬이 그 유명한 노발레제 수도원의 행렬이라는 것을 알 수 있었다. 그리고 제후이든 공작이든 신사이든 농부이든 어느 누구도 그 수레를 감히 훼손시키려는 사람은 아무도 없었다. 물론 1년에 한 번 열리는 시장의 상인들은 이 방울 달린 수레가 완전히 지나갈 때까지는 물건 거래를 해서는 안 되었다. 한 번은 짐을 가득 실은 이 수레가 수도원으로 돌아가고 있을 때, 궁정의 말들에게 방목지에서 풀을 뜯어 먹이게 하고 있는 궁정 신하들과 마주쳤다. 궁정의 신하들은 엄청나게 많은 짐이 수도원으로 운반되어 가는 것을 보자, 오만불손하게 그들을 습격하여 모든 짐을 빼앗아 버렸다. 수도원의 짐꾼들은 저항했지만 아무 소용없었다. 하지만 그들은 곧바로 대수도원장과 모든 형제들에게 이 사실을 알렸다. 그러자 대수도원장은 전 수도원을 집합시켜 이 사실을 말해 주었다. 그 당시 교단의 책임자는 아시나리우스라는 이름을 가진 프랑크족 출신의 품행이 바른 이성적인 사람이었다. 아시나리우스는, 강도에게는 영리한 형제들을 보내 반드시 그 물건이 수도원의 소유임을 나타내어야 할 것이라고 말하는 발터의 충고를 듣자마자 이렇게 말했다.

"발터, 그대가 빨리 그쪽으로 가야만 하겠소. 우리 형제들 중에 그대보다 더 영리하고 현명한 사람은 없기 때문이오."

발터는 아시나리우스가 궁정 신하들의 무례함과 오만함을 참을 수 없을 것이라는 것을 잘 알고 있었다. 그래서 이렇게 말했다.

"그렇다면 형제들로 하여금 제 수도복을 벗기게 하여 주십시오."

아시나리우스가 말했다.

"만약 형제들이 그대의 수도복을 벗기면, 그들에게 그 수도복을 주시오. 그리고 이렇게 말하시오. 형제들의 명령에 따랐을 뿐이라고."

발터가 말했다.

"그럼 제가 입게 될 모피 외투와 속옷은 어떻게 되는 겁니까?"

존경스런 대수도원장 아시나리우스는 이렇게 대답했다.

"그 외투와 속옷을 받는 것도 역시 형제들의 명령에 따라 받았을 뿐이라고 말하시오."

이 말을 듣고 발터는 덧붙여 이렇게 말했다.

"제가 자꾸 질문한다고 노여워하지 마십시오. 만약 형제들이 다른 옷들처럼 바지도 그렇게 하려 한다면요?"

대수도원장은 대답했다.

"그대는 그대의 겸손을 이미 충분히 입증하였소만, 바지에 관해서는 형제들에게 내맡기라고 내가 그대에게 명령을 내릴 수는 없는 문제라오."

이 말을 듣고 발터는 만족하였다. 그리고 바깥으로 나가 수도사들에게, 위급할 때 전쟁터로 나가도 괜찮은 말이 여기에 있는지 물어보았다. 수도사들이 대답했다.

"여기 튼튼하고 썩 괜찮은 짐마차의 말 몇 마리가 있습니다."

그러자 발터는 재빨리 그 말들을 데려오라고 하였다. 그리고 첫 번째 말에 올라타서 박차를 가해 보더니, 이내 두 번째 말에 올라타 박차를 가해 보았다. 그러더니 두 마리 말 모두 어딘가 심한 결함이 있다며 물리쳤다. 잠시 후에 발터는 옛날 자기가 수도원으로 들어올 때 타고 왔던 말을 기억해 내었다. 그래서 그 말이 아직도 살아 있는지 물어보았다. 한 수도사가 이렇게 말했다.

"네, 그 말은 아직 살아 있습니다. 하지만 무척 늙어서 지금은 빵집에서 매일 방앗간으로 곡식을 날라다 주러 왔다 갔다 하고 있답니다."

발터가 말했다.

"그 말을 내게 데려다 주시오. 내가 직접 보아야겠소."

수도사가 말을 대령시키자 발터가 말 위에 올라타더니, 이렇게 외쳤다.

"오, 이 말은 내가 어렸을 때 가르쳐 주었던 훈계를 아직도 잊지 않고 있소이다."

이 말을 남기고 발터는 대수도원장을 위시한 다른 수도사들과 작별을 고하고, 두세 명의 하인을 거느리고 서둘러 강도들이 있는 곳으로 갔다. 발터는 강도들에게 다정하게 인사를 하고는 그들이 수도원의 하인들에게 저질렀다고 하는 부당한 행위를 이제 그만두라고 나무랐다. 그러나 강도들은 더욱더 화를 내며 우쭐대더니, 강제로 발터가 입고 있는 옷을 벗겼다. 발터는 이 모든 일을 꾹 참으며, 그는 단지 명령을 받고 왔을 뿐이라고 말했다. 강도들은 발터의 옷을 모두 벗긴 다음, 발터의 신발과 팔다리 가리개도 벗기기 시작했다. 마침내 그들이 발터가 입은 바지까지 보게 되자, '이 바지는 내가 명령을 받고 입은 것이 아니니라' 하고 발터가 말했다. 강도들은 수도사들이 어떤 명령을 내렸는지 자기들은 그것에 대해 전혀 관심이 없다고 대답했다. 그러자 발터가 '이 바지는 길어서 나에게 어울리지도 않아'라고 말했다. 그러면서 그들이 폭력을 사용했던 것처럼, 발터도 갑자기 말의 등자(鐙子)를 떼어내더니 그것으로 강도 한 녀석을 갈겼다. 그놈은 푹 고꾸라져 죽은 듯했다. 발터는 그놈의 무기를 꺼내 쥐고 그것으로 자기 주위 오른쪽 왼쪽 사방을 휘둘렀다. 그런 후 발터는 자기 옆에 있는 송아지가 풀을 뜯어먹고 있는 것을 보고 달려가, 그 송아지의 견갑골을 뽑아내어 그것을 가지고 강도들을 향해 휘둘렀다. 그러자 강도들은 들판을 가로질러 혼비백산 도망을 쳤다.

물론 여기에 대해 다른 전설도 있다. 발터가 강도들 중 가장 파렴치한 행동을 하면서 자기의 신발을 벗기려고 몸을 구부렸던 강도 한 놈에게 주먹으로 목 부분을 강타했더니, 그 놈의 목뼈가 부러져 그것이 바로 목구멍 속으로 떨어졌다고 한다. 그리고 발터가 강도 여럿을 죽이자, 살아남은 강도들은 도망을 쳤는데 모든 것을 버리고 달아났다는 것이다. 그러자 발터는 자기의 물건뿐만 아니라 낯선 물건까지 다 차지하였으며, 풍성한 전리품을 말에 싣고 수도원으로 돌아갔다.

대수도원장은 발터를 보자 깊은 한숨을 쉬며 그를 호되게 꾸짖었다. 그러자 발터는 참회를 하였으며, 영혼에 독이 되는 그러한 행동에 대해 기뻐하지 않았다. 그럼에도 불구하고 다른 전설에서 얘기하듯, 발터는 침범한 이교도들과 세 번이나 전투를 벌였고 그들을 수도원의 들판에서 처참하게 내쫓아 버렸다고 한다.

언젠가 한번은 데시데리우스 왕의 말들이 몰리스라 불리는 수도원 목초지에서 풀을 뜯어 먹어서, 목초지가 황폐해졌다는 것을 알고서 목초지 감시인들을 내쫓기도 하고 때려죽이기도 하였다. 이러한 일을 해결하고 기쁜 마음으로 돌아오는 길에서 그는 불끈 쥔 주먹으로 길 옆에 서 있는 돌기둥을 두 번 쾅쾅 쳤다. 그랬더니 그 거대한 돌기둥에 금이 가더니 무너져 바닥에 떨어졌다. 그래서 오늘날까지 바로 이곳을 '발터의 타격' 내지 '발터의 강타'라고 부른다.

이 유명한 영웅 발터는 매우 오래 살았으며 죽을 때는 수도원에서 죽었다. 그는 이곳의 산 정상에 바위를 깎아 자기의 무덤을 직접 만들었다. 발터가 죽은 후, 그와 그의 손자 라트할트는 그곳에 묻혔다. 라트할트는 라트헤르의 아들이었으며, 라트헤르는 발터와 힐트군덴 사이에 태어났다. 옛날 어느 여인이 기도를 하기 위해 묘지로 갔다가 거기서 라트할트의 머리를 몰래 꺼내어 자기가 사는 성으로 가져왔다. 어느 날 이 성에 불이 났을 때, 그녀는 라트할트의 머리가 생각이 나서 그것을 꺼내어 불이 난 방향으로 내밀었다. 그러자 금방 불이 꺼졌다. 이민족의 마지막 침입이 있은 후, 그리고 이 성스러운 성이 다시 건축되기 전에는 주민들 중 어느 누구도 발터의 무덤이 어디에 있는지 알지 못했다. 그 당시 세구시움 마을에는 페트로닐라라고 불리는 매우 늙은 미망인이 살고 있었는데, 그녀는 허리가 굽어 지팡이에 몸을 의지했고 눈도 침침했다. 이 늙은 미망인에게는 아들이 있었는데, 그 아들이 이민족의 포로가 되어 30년 이상을 이민족의 시중을 들어야만 했다. 하지만 마침내 그 아들은 자유의 몸이 되어 고향으로 돌아왔다. 돌아와서 어머니를 보니, 어머니가 나이가 들어 매우 수척해진 것을 알았다. 어머니는 날마다 마을 근처 바위 위에서 햇볕을 쪼이곤 하였다. 종종 사람들이 어머니에게 찾아와 고대 유물에 대해 물어 보았다. 그러면 그녀는 사람들에게 많은 것을 이야기해 주었는데, 그중에서도 특히 노발레제 수도원에 대한 것을 말해 주었다. 그 진기한 것들은 어머니가 직접 목격했던 것도 있었고, 조부모로부터 들었던 것도 있었다. 어느 날 그녀에게 또 다시 몇몇 사람들이 찾아 왔는데, 그녀는 그 사람들에게 발터의 무덤에 대해 알려 주었다. 발터의 무덤에 대해서는 사람들이 더 이상 아는 바가 없어서, 그들의 조상들로부터 이야기를 들어왔을 뿐이었다. 일찍이 어떤 여자도 감히 이 묘지로 들어가지 못했지만, 어머니는 들어간 적이 있었던 것이다. 어머니는 또한 옛날에는 이곳에 분수도 많이 있었다고 얘기해 주었다. 이웃사람들의 주장으로는, 이런 것을 알 정도라면 그 부인의 나이는 거의 200살 정도일 거라고 하였다.

413
작센족의 기원

민간설화에 따르면 작센족은 최초의 왕 아샤네스(아스카니우스)의 영도하에 하르츠의 바위산에서 기원했다고 한다. 그곳 푸른 숲 한 가운데에는 달콤한 물이 솟는 작은 분수가 있었다. 수공작업을 하는 사람들 사이에서는 오늘날까지도 다음과 같이 운율을 맞춘 노래가 전해진다.

그래서 나는 작센으로 갔노라,
수목 위에서 아름다운 소녀들이 성장하고 있는 곳;
그곳이 생각났더라면,
그 소녀들 중 한 명을 데려왔을 텐데.

독일인들은 수목 위에서 성장하였다고 전해지기 때문에, 아벤틴은 게르만족이라는 이름을 게르미나레, 즉 성장하다에서 소급하여 찾고 있다.

414
작센족의 혈통

작센 사람들은 옛날에 알렉산더 대왕(역자 주: 마케도니아의 왕, 재위 BC 336 - BC 323. 그리스, 페르시아, 인도에 이르는 대제국을 건설하였다)의 남자들이었다는 얘기가 책에 나온다. 알렉산더 대왕은 12년 만에 거의 전 세계를 정복하였는데, 그가 바빌로니아에서 숨을 거두자 그의 왕국은 네 제국으로 나누어졌다. 모든 제후들은 그 네 제국에 속하기를 바랐다. 하지만 네 제국에 속하지 않은 나머지 제후국들은 헤매며 돌아다니다가 그 중 일부는 배를 타고 아래쪽 엘베 강까지 이르게 되었다. 그런데 그곳에는 튀링겐 사람들이 이미 정착하고 있었다. 그래서 튀링겐 사람들과 작센 사람들 간에 전쟁이 벌어졌다. 작센 사람들은 커다란 칼을 소지하고 있었는데, 두 나라 사람들이 서로 평화를 지키기로 맹세해 놓고 튀링겐 사람들이 그 약속을 지키지 않았다고 작센 사람들은 그 칼로 튀링겐 사람들을 제거해 버렸다. 그래서 작센 사람들은 예리한 칼을 지니고 있는 사람들이라고 불리어졌다. 작센 사람들의 변덕스런 용기는 로마인들에게 고통을 안겼다. 왜냐하면 케사르가 작센 사람들을 정복했다고 생각할 때마다, 그들은 다시금 케사르에 맞서 대항하고 있었기 때문이었다.

415
작센족의 유래

튀링겐 사람들을 내쫓았던 옛 작센 사람들은, 본토로 들어오기 전에, 그 옛날 알렉산더 대왕의 군대에 있던 사람들이었다. 그들의 도움으로 알렉산더 대왕은 세계를 정복할 수 있었다. 알렉산더 대왕이 죽자 그 나라 사람들의 증오심 때문에, 작센 사람들은 더 이상 그곳에서 지낼 수가 없었고, 그럴 마음도 없었다. 그래서 작센 사람들은 삼백 개의 용골(龍骨)을 갖춘 배를 타고 그곳을 떠났다. 대부분의 배들은 못쓰게 되었는데, 18척의 배는 프로이센으로 가서 그곳을 점령했고, 12척의 배는 루기(역자 주: 고대 게르만의 종족 중 루기 사람이 사는 곳을 일컫는다)를 점령했고 또 24척의 배는 이곳 본토로 들어왔다. 이곳에는 식량이 풍족하지 않아서 그들이 밭을 갈아야 했다. 그런데 그들은 튀링겐 남자들을 죽이거나 내쫓았기 때문에, 농사를 짓는 농부들에게 좋은 조건을 제시하며 정착하게 하였고, 또 농노를 가질 권리까지 주며 농부들에게 밭을 갈게 하였다. 여기에서 농노란 말이 생겨났고, 권리를 박탈당한 농노란 말에서 일용 노동자(역자 주: 여기서는 하루 경작량에 해당하는 30아르(약 900평) 밭을 가는 일꾼을 뜻한다)라는 말이 나왔다.

주해서에는 이런 내용보다 더 자세하게 다음과 같이 언급하고 있다. 그때, 즉 알렉산더 대왕이 죽자 그 나라 사람들은 작센 사람들을 습격하려고 하였지만, 작센 사람들은 이미 배를 타고 떠나 버렸다. 용골이 못쓰게 되었다는 것은, 그들이 더 이상 배를 타고 갈 수 없다는 것을 뜻했다. 그중 18척의 배는 프로이센을 향했는데, 그곳은 아직도 황무지나 다름없었다. 그런데 이곳이 삼림으로 변했다. 그리고 12척의 배는 루기로 향했는데, 거기에서 슈토르머족, 디트마르스족, 홀스트족, 하델러족이 생겨났다. 또 24척의 배는 이곳 본토로 들어왔는데, 이곳은 아직도 바위산이라 불린다. 왜냐하면 그리스어로 페트라는 돌을 뜻하고, 작숨(역자 주: 임시 튀링겐 사람 또는 예비 튀링겐 사람을 뜻한다)은 자갈을 의미하기 때문이다. 그래서 우리는 아직도 작센이라 부른다.

하지만 튀링겐 사람들이 보기에 작센 사람들은 튀링겐 방백(方伯)의 영지 출신이 아니라 '노트튀링겐 사람', 즉 진정한 벤트족(역자 주: 서기 8-9세기경 독일 북동부에 이주한 슬라브 계통의 종족)을 의미한다. 튀링겐 사람들은 그 이후 작센 사람들을 '노트되링게 사람'이라 불렀는데, 이 말은 '노트퇴리히테 사람'이나 '퇴리히테 사람'보다 더 많이 언급되었다. 왜냐하면 그들은 싸우기 좋아했고 멍청했기(역자 주: 독일어로 멍청이를 퇴리히트라고 한다) 때문이다.

416
작센 사람들과 튀링겐 사람들

작센 사람들은 길을 떠나 배를 타고 하돌라바라 불리는 지역에 이르렀다. 그곳에는 튀링겐 사람들이 살고 있었는데, 작센 사람들의 마음에 매우 거슬려 두 나라 사람들은 격렬하게 싸웠다. 그 와중에 작센 사람들은 자꾸만 항구를 넘겨 달라고 주장하였기 때문에, 결국 그들 사이에 조약이 맺어졌다. 작센 사람들은 이곳에서 자기들이 원하는 것을 무엇이든 사고팔 수 있지만, 사람을 죽이는 일과 영토 침탈은 하지 않기로 한 것이다. 그래서 오랜 기간 평화가 유지되었다. 하지만 작센 사람들은 수중의 돈이 떨어지자 튀링겐 사람과 맺은 조약 따위는 쓸데없는 것이라고 생각하였다. 그때 젊은이들 중 하나가 배에서 내려 육지로 올라갔다. 그는 많은 금을 몸에 지녔는데, 특히 금으로 만든 목걸이와 허리띠를 여러 개 지니고 있었다. 그와 마주친 어느 한 튀링겐 사람이 그에게 말했다.

"당신의 말라빠진 목에 무슨 황금이 그렇게도 많이 걸려 있소?"

작센 사람이 대답했다.

"나는 지금 이 황금을 살 사람을 찾고 있소. 지금 난 배가 고파 미칠 지경이라 이것을 팔려고 몸에 지니고 있다오. 어떻게 내가 이런 판에 황금을 보고 즐거워할 수 있겠소?"

튀링겐 사람이 그에게 필요한 게 무엇인지 물었다.

그러자 작센 사람이 대답하였다.

"아무 거나 상관이 없소. 당신 자신이 좋아하는 무언가를 분명 내게 줄 수가 있을 것이오."

그러자 튀링겐 사람이 웃으면서 대답하였다.

"그렇다면 당신의 상의를 이 흙으로 채워 주겠소."

왜냐하면 그 지역에는 마침 많은 흙이 쌓여 있었기 때문이었다. 그래서 작센 사람은 자신의 상의를 벌려 흙을 받았고 대신 황금을 내주었다. 두 사람 모두 이 거래에 대해 기뻐하면서 제 각각 돌아갔다. 튀링겐 사람들은 그렇게 형편없는 대가를 지불하고 엄청난 황금을 받아온 그 튀링겐 사람을 칭찬하였다. 한편 거래를 한 작센 사람은 흙을 가지고 배로 돌아가자 몇몇 작센 사람들이 그에게 어리석은 짓을 했다고 야단을 쳤다. 그래서 그는 그들에게 자기를 따라오라고 소리쳤다. 그러면서 자신이 한 어리석은 행동을 그들이 이해하게 될 것이라고 하였다. 그들이 정말 그의 뒤를 따라가 보았더니, 그는 거래에서 가져 온 그 흙을 광활한 벌판에 아주 잘게 골고루 뿌렸다. 하지만 이것을 본 튀링겐 사람들은 사신을 보내 작센 사람들이 평화의 약속을 깨뜨렸다고 비난하였다. 작센 사람들은 이렇게 대답하였다.

"우리는 그 약속을 언제나 신성하게 지켰노라. 그러니 우리가 황금을 지불하고 산 흙을 우리는 평화롭게 지키든지 아니면 무력으로라도 방어하겠노라."

그러자 튀링겐 주민들은 조금 전까지도 칭송하던 그 황금을 저주하였으며, 그 황금이 자기들에게 닥친 재앙의 원인이라고 간주했다. 분을 참지 못한 튀링겐 사람들은 작센 사람들에게 달려들었지만 작센 사람들은 전쟁 승자의 권리에 따라 자기들 주변의 땅을 지켰다. 양측은 오랜 세월 격렬하게 싸웠으며 마침내 튀링겐 사람들은 패배하였다. 그 이후에 양측은 새로운 평화를 위하여 무기 없이 정해진 어떤 장소에 모이기로 합의하였다. 그런데 게르만 민족의 하나인 앵글족이 그러하듯, 작센 사람들 사이에서는 커다란 칼을 지니고 다니는 전해 내려오는 관습이 있었다. 그래서 작센 사람들은 그들의 옷 속에 칼을 지니고 모임장소로 갔다. 작센 사람들은 적들이 아무런 무기도 없는데다가 적의 영주들이 모두 함께 있는 것을 보았을 때, 그들은 이 땅을 정복하기 위한 좋은 기회로 간주하고, 들고 있던 칼로 돌연 튀링겐 사람들을 습격하여 모조리 죽여 버렸다. 살아남은 사람은 단 한 사람도 없었다. 이 사건을 통해 작센 사람들은 커다란 명성을 얻었고, 이웃 종족들은 그들을 두려워하기 시작하였다. 그리고 많은 종족들이 이 사건 이후 그들에게서 작센족이라는 이름을 파생시켰다. 왜냐하면 그들이 지녔던 칼은 그들의 언어로는 '작세'라고 불렸기 때문이다.

417
앵글족[11]과 작센족의 도착

브리타니아의 켈트계 사람들이 끔찍한 흉년과 역병을 겪게 되었을 때의 일이다. 그들이 이민족과 야만인들의 침입을 막기에는 역부족이란 것을 알게 되자, 그들은 무엇을 해야 할지 머리를 맞대고 해결책을 찾고 있었다. 논의의 결과 그들의 왕 비르트게오른(혹은 보르티게른)은 작센족들에게 바다를 건너와 그들을 도와달라는 청을 할 것을 결정하였다. 앵글족과 작센족은 청을 받아들여 세 척의 커다란 배를 타고 브리타니아로 왔다. 그들은 브리타니아 섬의 동쪽에 진을 치고, 그들을 초대한 왕의 기대에 어긋나지 않게 도움을 주었으며, 또 마치 자기 나라를 위해 싸우는 것처럼 열심히

11 역자 주: 게르만 민족의 하나. 지금의 독일의 슐레스비히홀슈타인 주에 있는 앙겔른 지역을 근원지로 하는 민족이다. 그들은 5-6세기경 로마제국이 쇠퇴한 시기에 그들과 비슷한 문화와 관습을 갖고 있는 색슨족과 유트족을 연합하여 앵글로색슨족을 형성하고, 브리타니아에 집단 이주하였다. 그들은 브리튼 섬에 살던 원주민을 정복하고 거기에 왕국을 세우는데, 그 나라가 지금의 잉글랜드다.

싸웠다. 그래서 결국 작센족은 브리타니아를 침범한 적들을 모조리 물리쳤다. 그래서 작센족은 브리타니아 전령들을 그들의 고향으로 보내어 그들이 대승을 거두었음을 전하게 하였고, 브리타니아는 다시 아름답고 풍요로워졌다. 하지만 브리타니아 사람들은 이내 게으르고 태만해졌다. 그러자 작센 사람들은 아주 강력하고 엄격한 무리를 보냈다. 그들이 브리타니아에 도착하자, 그들은 무적의 용사가 되었다. 브리타니아 사람들은 그 작센 사람들에게 자기들 바로 곁에 땅을 빌려 주었다. 자기들의 안전과 평화를 위해 그 작센사람들이 브리타니아의 적들과 싸워 주기를 바라서였다. 그들이 승리를 거둔 것에 대해서는 브리타니아는 그들에게 급료와 양식을 지급하였다. 그들이 바로 가장 강력한 독일 부족들 중 세 부족, 즉 작센족, 앵글족 그리고 유틀란트족[12]이었다. 브리타니아의 칸트바르족과 비히트자트족은 유틀란트족의 후손이고, 동 작센족과 남 작센족 그리고 서 작센족은 고(古) 작센족의 후손이며, 동 앵글족과 중부 앵글족 그리고 메르시어족과 모든 노르툼버족은 앵글족의 후손이다. 독일에서 앵글족의 땅은 유틀란트족과 작센족 사이에 위치해 있었다. 그런데 전설에 의하면, 그곳은 먼 옛날부터 황폐해 있었고 아무도 살고 있지 않았다고 한다. 앵글족의 영도자이자 사령관은 헹스트와 호르자 두 형제였다. 그들은 비히트기젤의 아들들이었으며, 비히트기젤의 아버지는 비히트였고, 비히트의 아버지는 보덴이었다. 그래서 보덴의 후손들이 여러 나라의 최초의 왕이 되었던 것이다. 하지만 브리타니아 섬에 있는 종족 수가 금방 늘어나 앵글족을 두렵게 만들었다.

---

12 역자 주: 게르만족의 한 파(派). 영미식으로는 주트족이라고 한다. 원주지는 유틀란트 반도이며 5세기 중엽 이후에 브리튼 섬으로 이주하여, 잉글랜드 남동부의 켄트를 중심으로 정주하였다. 그 뒤 7왕국의 하나인 켄트 왕국을 건설하였으며, 앵글로색슨족의 부류로서 영국인의 한 원형을 이루었다.

418
픽트족[13]의 도착

시칠리아의 페오트족이 항해를 하다가 우연히 스코틀랜드에 도달하였는데 그곳에서 그들은 스코틀랜드족과 접하게 되었다. 그들은 스코틀랜드족에게 그곳에서 정착할 수 있을 만한 땅을 달라고 요구하였다. 그러자 스코틀랜드족이 대답하기를, 이곳은 두 부족이 살기에는 크기가 충분하지 않다고 하면서 이렇게 말하였다.

"하지만 당신들에게 적절하게 관계되는 정보를 알려 주겠소. 여기에서 멀지 않은 곳에 또 다른 섬이 하나 있다오. 날씨가 맑으면 여기에서도 저 멀리 동쪽으로 그 섬을 볼 수가 있다오. 당신들이 그곳에 간다면, 거기에는 당신들이 정착할 만한 땅을 발견할 수 있을 것이오. 누군가 당신들에게 저항한다면, 그렇다면 우리가 당신들에게 도움이 되어 드리겠소."

그래서 페오트족은 브리타니아를 향해 떠났으며, 브리타니아 섬의 북부지방에 정착하였다. 이 섬의 남쪽지방에는 브리타니아족들이 살고 있었다. 그런데 이 당시 페오트족들에게는 여자들이 별로 없어서 스코틀랜드족에게 여자들을 시집보내달라는 간청을 하였다. 스코틀랜드족은 여기에 동의를 하였고, 여자들을 페오트족들에게 시집보내었다. 물론 다음과 같은 조건이 있었다. 즉, 페오트족들에게 분쟁이 일어날 경우 남자들 중에서 왕을 뽑기보다 여자들 중에서 왕을 뽑는다는 것이었다. 이 전통은 오늘날까지 페오트족들 사이에 전해져 오고 있다.

---

13 역자 주: 고대 스코틀랜드의 동부에 살던 종족. 페오트족이라고도 함.

419
작센 사람들이 옥젠부르크를 건립하다

작센 사람들이 영국에 도착했을 때, 그들은 영국 왕에게 황소 가죽으로 덮을 만한 한 뼘의 땅을 불하해 달라고 간청했다. 영국 왕이 그렇게 하라고 하자, 작센 사람들은 황소 가죽을 가늘게 벗겨서 끈으로 만들었고, 그것으로 제법 넓은 공간을 덮었으며, 그곳에 옥젠부르크(독일어로 '황소의 성'이란 뜻)라는 이름의 성을 건립하였다.

420
작센족과 슈바벤족 간의 증오

앵글로색슨족의 지도자 헹스트(또는 헤스트, 헤스터무스)가 군대를 거느리고 영국으로 떠났을 때, 본국 작센 땅에는 여자들만 남아 있었다. 그러자 슈바벤족이 작센 땅으로 들어와 그곳을 점령하고 그곳의 여자들을 강제로 취했다. 하지만 작센족이 다시 돌아와서 슈바벤족을 내쫓았을 때, 몇몇 작센 땅의 여자들은 슈바벤족과 함께 떠났다. 그 당시 슈바벤족과 함께 떠났던 여자들의 자식들을 사람들은 슈바벤 사람이라고 부른다. 그래서 이 여자들은 같은 혈통의 상속인도 없었다. 법령에는 이렇게 씌어 있다.

"작센 사람들은 작센 여자들의 증오를 통해 슈바벤족의 권리를 유지하도록 한다."

421
슈바벤족의 유래

슈바벤족의 조상은 옛날에 대부대를 이끌고 바다를 건너와 수에보 산에 있는 진지들을 격퇴하였다. 그래서 사람들은 그들을 슈베벤 또는 슈바벤이라 부른다. 그들은 선량하고 영리한 종족이었으며, 싸움을 해결하며 백전백승의 훌륭한 용사가 되려고 종종 마음먹었다. 그들의 사령관 브레노는 율리우스 케사르와 결사항쟁의 피의 전투를 벌였다.

422
바이에른족의 유래

바이에른 종족은 아르메니아(역자 주: 현재 소아시아와 카스피해 사이에 있는 공화국)에서 이주해 왔다고 한다. 아르메니아란 곳은 구약성경에 나오는 노아에게 비둘기 한 마리가 초록색의 나뭇가지를 가져다주자, 노아가 방주에서 내렸던 곳이다. 바이에른족의 문장(紋章)에는 그들이 방주를 타고 아라라트 산 위에 있는 모습이 보인다. 그래서 독일어를 말하는 종족들이 인도 쪽으로도 살고 있다고 전해진다.

바이에른족은 싸움을 좋아하고 용맹하였으며, 또한 칼 만들기도 뛰어나서 어떤 다른 칼도 바이에른족이 만든 칼을 부수지 못했다. 그들의 수도는 "레긴스부르크 전설"이라 불렸다. 왜냐하면 케사르가 바이에른족 사령관 뵈문트와 그의 동생 잉그람을 격퇴하였지만, 그 승리에 대한 대가로 케사르는 엄청나게 많은 자기 로마인들의 피를 흘리게 해야 했기 때문이다.

423
프랑크족의 유래

프랑크 종족은 로마 종족과 아주 유사한데, 두 종족의 선조들은 옛 트로이아의 후손들이었다. 그리스 사람들이 신의 뜻에 따라 이 트로이아 성을 파괴했을 때, 단지 몇 명의 트로이아 사람들이 거기서 빠져나왔으며 그들은 오랫동안 온 세상을 돌아다녀야 했다. 프랑코는 가족과 부하를 거느리고 라인 강을 따라 내려와 바로 그곳에 정착했다. 그는 자기 가문의 혈통을 기억하기 위해 기쁨에 충만한 채 작은 트로이아를 건설했고, 그들의 옛 고향에서 흘렀던 하천의 이름을 따서 산텐 하천이라 명명하였다. 그들은 바다를 갖기 위해서 라인 강을 손에 넣었다. 그렇게 하여 프랑크 종족은 성장하였다.

424
메로빙거족

메로빙거족은 보르스티겐족(역자 주: '보르스트'는 독일어로 동물의 뻣뻣한 털을 뜻한다)이라 불렸다. 전설에 따르면, 이 종족의 모든 왕들의 등 한 가운데에 마치 돼지처럼 뻣뻣한 털이 자랐기 때문이다. 파라문트의 아들 클로디오가 어느 날 왕비와 함께 한여름 뙤약볕을 피하기 위해 해안가에 가 앉아 있었다. 그때 갑자기 황소처럼 생긴 괴물이 파도를 타고 오더니 수영을 하고 있던 왕비를 덮쳤다. 그런 지 얼마 후 왕비는 기이하게 생긴 아들을 낳았는데, 그 때문에 그 아이의 이름은 메로비히, 즉 '바다의 괴물'이란 뜻의 메레펙으로 불렸다. 그리고 메로빙거족이라 불리는 프랑크 왕들은 모두 그 아이의 후손들이다.

425
킬데리히와 바시나

메로비히의 아들 킬데리히는 나라를 잘 다스리지도 못했고 또 귀족의 딸들에게 나쁜 짓을 했기 때문에, 프랑크족들은 그를 왕좌에서 쫓아내었다. 그러자 킬데리히는 튀링거족의 왕 비시누스에게로 도망쳐 가서 그의 보호를 받았는데, 상당히 오랜 시간 동안 융숭한 대접을 받으며 머무르고 있었다. 그런데 킬데리히에게는 프랑크 귀족인 둘도 없는 친구 비노마두스가 있었다. 그는 킬데리히가 왕좌에 있을 때, 여러 가지 일에 대해 조언도 하고 열심히 보필해 주었다. 비노마두스는 킬데리히가 나라에서 쫓겨날 때도, 당장은 킬데리히가 불가피하게 나라를 떠나지만 그가 왕좌에 없는 동안 점차적으로 그의 나쁜 명성은 완화될 것이라는 기대를 갖고 있었다. 그래서 비노마두스는 프랑크족의 마음을 늘 세심하게 관찰하며 프랑크족의 마음이 다시 킬데리히에게로 가도록 노심초사했다. 그와 동시에 비노마드는 갖고 있던 반지를 둘로 쪼개더니, 한 쪽을 킬데리히 왕에게 주며 이렇게 말했다.

"언젠가 내가 자네에게 다른 한 쪽을 보낼 터이니 그때 그것을 맞춰보게. 만약 그 두 조각이 정확하게 맞다면, 그것은 프랑크족이 너를 용서해 주었다는 징표일 것일세. 그렇다면 지체하지 말고 곧장 자네 고국으로 돌아오게나."

한편, 그 사이에 프랑크족은 로마인 애기디우스를 그들의 왕으로 선출

했었다. 비노마두스는 애기디우스 왕의 비위를 잘 맞추어 금방 그의 심복이 되었다. 그러고 나서 비노마두스는 왕에게 이렇게 권고했다. 국민들에게는 무거운 세금을 부과하고 이 나라에서 가장 권력이 센 몇 사람을 골라 처형하라는 것이었다. 물론 비노마두스는 영리하게도 킬데리히의 적들을 골랐던 것이다. 프랑크족들은 애기디우스의 잔혹한 행위를 보자 금방 그에게 등을 돌렸다. 그리고 그들의 원래의 왕 킬데리히를 추방시킨 것에 대해 후회를 하고 있었다.

그러자 비노마두스는 전령을 시켜 반쪽짜리 금반지를 가지고 튀링겐으로 가도록 하였다. 그래서 킬데리히는 급히 고국으로 되돌아왔고, 온 사방에 있는 국민들을 규합하여 애기디우스를 축출하였다.

이제 킬데리히 왕은 나라를 아주 안정적으로 다스렸다. 그런데 튀링겐 왕 비시누스의 아내인 바시나가 남편인 비시누스 왕의 곁을 떠나 킬데리히에게로 갔다. 킬데리히가 튀링겐으로 도망쳐 그곳에서 체류하고 있을 때 둘이 서로 눈이 맞았던 것이다. 그녀는 칼데리히에게 그를 찾는 일이라면 어떠한 난관이나 어려움도 자기를 가로막을 수 없다고 말했다. 왜냐하면 이 세상에서 칼데리히보다 더 멋지고 위엄 있는 사람은 찾을 수 없었기 때문이었다. 그래서 킬데리히는 이교도였던 자기를 위해 비시누스가 행한 호의를 잊어버리고, 바시나의 첫 번째 남편 비시누스가 살아 있는 동안에 바시나를 신부로 맞이하였다. 결혼식이 있던 날 밤에 다음과 같은 일이 일어났다. 바시나가 킬데리히 왕과의 첫날 밤 잠자리를 거부하였던 것이다. 그러면서 바시나는 왕으로 하여금 왕궁 밖으로 나가게 하였고, 거기에서 왕이 목격한 것을 자기에게 일일이 고해 달라고 하였다. 킬데리히가 바시나의 말대로 왕궁 밖으로 나갔더니, 성문 앞에 커다란 짐승들, 표범, 일각수(一角獸), 사자들이 어슬렁거리는 것이 보였다. 킬데리히는 깜짝 놀라 서둘러서 아내 바시나에게 돌아와 그가 본 광경을 모두 얘기했다. 그녀는 왕에게 걱정 말라며 진정시키면서, 또 한 번 밖으로 나가보라고 하였다. 이번에 킬데리히 왕은 곰과 늑대들이 어슬렁거리는 것을 보았고, 그 광경을 아내에게 다시 낱낱이 얘기했다. 그랬더니 아내는 다시 세 번째로 왕을 밖으로 내보내었다. 세 번째 왕이 본 것은 서로서로 물어뜯고 있는 개들과 작은 동물들이었다. 너무 놀란 채 왕은 침실로 돌아와 아내에게 모든 것을 얘기했으며, 이런 놀라운 일들이 도대체 무엇을 의미하는지 현명한 아내로부터 그 해석을 해 달라고 요구하였다. 그러자 바시나는 왕에게 이 밤을 금욕과 절제를 하며 보내어 달라고 하면서 날이 새면 이 모든 것을 알려주겠다고 하였다. 아침 해가 떠오르자 바시나는 킬데리히 왕에게 이렇게 말했다.

"이 모든 것은 장차 일어날 일에 대한 것과 또 우리 후손들에 관한 일을 알려주는 것입니다. 우리의 첫째 아들은 사자나 일각수처럼 용감하고 힘이 셀 것입니다. 그리고 그의 아들들, 즉 우리의 손자들은 늑대와 곰처럼 탐욕적이고 저돌적일 것입니다. 그 후손들과 우리 종족의 최후의 왕손은 개처럼 비겁할 것입니다. 그런데 당신이 보았던 서로서로 물어뜯고 있는 작은 짐승들은 다름 아닌 국민들을 의미합니다. 그들은 더 이상 왕을 두려워하지 않으며 그들끼리 서로 증오와 우둔한 행동을 하게 될 것입니다. 이상이 바로 당신이 보았던 광경에 대한 해석입니다."

그러자 킬데리히는 자기 후손들이 광범위하게 퍼져 나간 것에 대해 기뻐했다.

426
성당 항아리

프랑크 족의 왕인 클로도비히[14]가 여전히 이교도로 살면서 기독교도들

14 역자 주: 프랑크 왕. 프랑스 말로는 루이(814-840). 메로빙거 왕조의 클로도비히 1세.

의 재산을 빼앗으려고 노력하고 있을 때, 랭스 교회에 있는 우아하게 장식된 크고 무거운 항아리를 프랑크 사람들이 도둑질한 일이 있었다. 하지만 성인(聖人) 레미히가 클로도비히 왕에게 사자(使者)를 보내 여타의 부당한 행위는 눈감아 줄 테니 이 항아리만은 반드시 돌려 달라고 간청하였다. 왕은 그 사자에게 쉐송으로 향하는 자기를 따라오라고 하였다. 그곳에서 프랑크 사람들은 약탈한 모든 전리품을 모아 놓고 제비를 뽑아 분배할 작정이었던 것이다.

"네가 돌려 달라고 간청하고 있는 이 항아리를 내가 제비뽑기에서 차지하게 된다면, 너는 그것을 돌려받게 될 것이니라."

사자는 왕의 명령에 따라 왕과 함께 정해진 장소로 갔다. 그곳에 그들이 도착하자마자 즉시 왕의 명령에 따라서 약탈한 모든 전리품들이 한 곳에 모아졌다. 제비뽑기를 하기 위해서였다. 하지만 클로도비히는 이 항아리가 자기 이외 다른 사람의 몫으로 돌아가면 어쩌나 걱정스러워서, 그는 하인들과 신하들을 불러 모아 제비뽑기에서 자기가 뽑은 전리품 이외 특히 그 항아리도 자기에게 줄 수 있는 호의를 베풀라고 요청하였다. 프랑크 사람들은 이렇게 대답하였다.

"우리가 우리의 목숨을 바치는 분에게 다른 어떠한 것을 거절할 수가 있겠습니까?"

모두가 여기에 동의하였는데, 딱 한 사람만이 벌떡 일어서더니 자기 칼로 항아리를 내리쳐 산산조각을 내고는 이렇게 말하였다.

"왕이시여, 당신은 정당한 제비뽑기에서 분배받은 것 이외에는 어떠한 것도 가질 수 없소이다."

모두가 이 남자의 대담성에 깜짝 놀랐다. 하지만 왕은 분노를 가라앉히고 그 깨어진 항아리를 주교의 사자에게 건네주었다. — 그로부터 1년 후 클로도비히 왕은 명령을 내려 군대를 3월 의회에 소집시켰다. 모든 군대가 적과 대항해서 싸울 수 있도록 완전무장을 하고 나오라는 명령이었다. 이제 모두가 번쩍이는 무기로 무장한 채 나타나자 클로도비히가 그들을 검

열하였는데, 그때 예전에 칼로 항아리를 깨뜨린 사람 앞에 다가가 그를 바라보며 이렇게 말했다.

"군대 전체에서 너같이 비열한 놈은 없다. 너의 창과 투구, 방패와 칼은 아무 짝에도 쓸모없이 아주 형편없구나."

이 말을 하면서 클로도비히는 손을 뻗어 전사의 칼을 뽑아 그 칼을 바닥으로 내동댕이쳤다. 이 전사가 자기의 칼을 주우려고 몸을 굽혔을 때, 왕은 자신의 칼을 뽑아 그의 목덜미를 힘껏 찔렀고 이렇게 말했다.

"너는 쉐송에서 내 항아리를 이렇게 했지!"

이렇게 하여 그 전사는 죽었고, 왕은 나머지 사람들에게 집으로 돌아가라고 명령하였다. 그 후로 모든 프랑크 사람들은 왕을 더욱 두려워하게 되었으며, 그래서 어느 누구도 감히 왕에게 저항하지 못하였다.

427
성인(聖人) 레미히가 자기 땅을 둘러보다

프랑크족의 왕 클로도비히는 랭스교회의 주교인 성인 레미히에게 많은 땅을 하사하였다. 왕이 낮잠을 자고 있을 동안 레미히가 둘러볼 수 있을 만큼의 넓디넓은 땅이었다. 그래서 레미히는 출발을 하였고, 어느 지점에 이르러 말뚝 같은 상징물로 경계를 지었다. 그 상징물은 오늘날까지도 남아 있다.

레미히가 어느 물방앗간을 지나치면서 그곳을 자기 구역으로 편입시키려 하자, 방앗간 주인이 나타나 레미히를 물리치며 자기는 레미히의 경계 구역 안으로 편입되고 싶지 않다고 항변하였다. 레미히는 그를 차분하게 진정시키며 이렇게 말했다.

"이보게, 친구. 이 일을 너무 꺼려하지 말게. 우리는 방앗간을 다 함께 소유하는 것일세."

하지만 방앗간 주인은 완강하게 거절의 표시를 하면서, 즉시 물레방아 바퀴를 거꾸로 돌리기 시작했다. 그러면서 레미히에게 이렇게 소리쳤다.

"자, 그래요. 주교님. 어디 방앗간을 다 함께 소유해 봅시다!"

레미히는 대답했다.

"방앗간을 소유한다는 것은 나도 안 되고, 당신도 안 된다오."

그때부터 바로 그곳의 지표면이 약해지더니 깊은 웅덩이가 생겨 버렸다. 그래서 그곳에서는 어느 누구도 방앗간을 더 이상 소유할 수 없었다.

레미히는 계속 자기 땅을 둘러보며 어느 작은 숲에 다다랐다. 거기에도 많은 사람들이 있었는데, 레미히가 그 숲을 자기 구역으로 편입시키려고 하자 모두들 반대하였다. 레미히는 이렇게 말했다.

"그렇다면 당신들의 숲에서 바람에 날려 오는 단 하나의 나뭇잎도 나의 경계구역을 넘어오면 안 될 것이고, 또 단 한 개의 나뭇가지도 나의 경계구역에 떨어져는 안 될 것이오!"

그 직후에 이 모든 일은 그대로 일어났다. 숲이 존재하는 한, 일어날 수밖에 없는 일이었다.

드디어 레미히는 카비니악(또는 샤비뇽)이라 불리는 마을을 지나치게 되었는데, 역시 그곳을 자기의 구역으로 편입시키려고 하였다. 그러자 이번에도 역시 마찬가지로 주민들은 그의 제안을 거부했다. 레미히는 더 가까이 다가가기도 하고, 더 먼 곳으로 가기도 하다가 결국 오늘날에도 볼 수 있는 말뚝 같은 상징물로 그곳에 경계를 지었다. 마침내 레미히는 주민들에게 이렇게 외쳤다.

"그대들은 고된 노동을 하게 될 것이고 또 빈곤 속에서 살아갈 것이로다!"

시간이 지남에 따라 이 모든 것은 정말 그렇게 실현되었다. 드디어 왕이 낮잠에서 깨어나자, 왕은 주교 레미히에게 그가 자기 영토 내에서 경계 표시하였던 모든 땅을 왕의 하사품이라고 은혜를 베풀었다.

428
큰 화재를 진압한 레미히

랭스 도시에 큰 화재가 발생하여 가옥의 3분의 1이 이미 전소되자, 성인(聖人) 레미히는 니클라스 교회에서 교서를 발표하고 신 앞에 엎드려 간청하였다. 그런 직후 신속하게 시내로 뛰어갔다. 그런데, 그가 교회 계단을 얼마나 황급하고 힘차게 내려왔는지, 돌로 된 그 계단이 마치 점토로 된 계단인 것처럼 그의 발자국이 선명하게 나 있어서 오늘날까지도 신의 경이로움에 대한 증거로 남아 있다. 그런 다음 그는 화염에 맞서 싸웠는데, 그가 오른손으로 십자가를 긋자마자 불길은 약해졌고, 잠시 후 그가 보는 앞에서 불길은 저쪽으로 도망가기 시작했다. 레미히는 그 불길을 뒤쫓았고, 아직 화를 입지 않은 지역에는 얼씬도 못하게 막아 결국 그 불길은 열려 있는 성문 밖으로 사라져 버렸다. 그러자 즉시 그는 모든 문들을 닫았고, 모든 사람들에게 이제부터 절대로 문들을 열지 말라고 엄명을 내렸다. 몇 년이 지난 후, 그 옆에 살고 있는 페르신크투스라는 시민이 성을 막아놓았던 담을 무너뜨리자, 전염병이 성 안으로 들어왔다. 그래서 성 안에서는 사람도 가축도 더 이상 살 수 없게 되었다.

429
바시쉔 숲의 레미히 구역

성인 레미히는 자기 교회 소유로 바시쉔 숲에 많은 토지를 구매하여 그곳에 코슬라와 글레니라는 이름의 몇몇 부락을 세웠다고 한다. 레미히는 이 부락에 인접 도시 베르나 출신의 주민들을 이주시켰다. 이 주민들은 매년 어느 정도의 역청이나 송진을 교회에 조달하고 있었다. 이 소유지의 경계를 너무나 정확히 갈라놓았던 레미히는 자기 손으로 직접 돌 하나를 구멍이 뚫린 어느 나무에 던져 넣었다. 그런 일이 있고 난 후에 이 돌에는 다음과 같은 놀라운 일이 생겼다. 누군가가 이 돌을 끄집어내려고 구멍 속으로 손을 밀어 넣어도 이 돌은 그 자리에서 꿈쩍도 하지 않았다. 어느 악당 하나가 도끼로 이 나무를 찍어 구멍을 더 크게 내려고 했을 때였다. 그가 나무를 겨냥해 도끼를 휘두르려고 하자, 갑자기 그의 오른손이 바싹 말라 버렸고 양쪽 눈은 멀어 버렸다.

루트비히 황제 시절에 어느 두 형제가 황제령 숲의 산림관으로 임명되었다. 이 두 형제는 레미히 교회 소유의 땅이 황제의 것이라고 주장을 하였고, 이것 때문에 교회 사람들과 마찰을 일으켰다. 결국 다음과 같은 일이 일어났다. 이 형제 중 한 명은 숲으로 보낸 자기 돼지들을 찾으려고 하다가 한 마리 늑대를 만났다. 그가 그 짐승을 포획하려고 추적했을 때, 그가 타고 있는 말이 깜짝 놀라 날뛰는 바람에 그는 나무에 머리를 부딪쳤다. 그러자 그의 머리는 산산조각이 났고 순식간에 그는 죽어 버렸다. 그 후에 형제 중 다른 한 명은 어느 날 숲에 있는 바위 쪽으로 가서 이렇게 소리쳤다.

"사람들은 들으시오. 이 돌들이 있는 곳까지 모두가 황제의 숲이라오!"

그가 이 말을 하면서 도끼로 돌을 내리치자, 돌조각들이 튀어 그의 눈을 찔렀고, 그는 실명하고 말았다.

430
크로틸트의 약혼

클로도비히 왕은 그의 시종(侍從)으로부터 부르군트족의 왕궁에 살고 있는 크로틸트의 아름다움에 관해 여러 차례 들어왔다. 그래서 클로도비히 왕은 둘도 없는 친구 아우렐리안을 시켜 선물을 잔뜩 가지고 크로틸트에게 보냈다. 그녀의 모습을 세밀하게 관찰하고, 또 그녀에게 왕의 뜻을 알려주고, 그리고 난 다음 그녀의 의중을 물어보라고 하였다. 아우렐리안은 왕의 명령에 따라 부르군트로 향해 떠났다. 그가 부르군트 왕궁에 도착했을 때, 그는 부하를 시켜 근처 숲에 몸을 숨기고 있으라고 하였다. 그리고 그 자신은 거지의 옷을 입고 왕궁으로 들어갔으며, 미래의 왕비와 과연 대화를 나눌 수 있을 것인지 탐색하였다. 그 당시 부르군트는 기독교를 신봉하였지만 프랑크족은 아직 아니었다. 그날은 마침 일요일이었기 때문에 크로틸트는 기도를 드리러 교회로 갔다. 아우렐리안은 다른 많은 거지들처럼 교회 정문 앞으로 가서 그녀가 나오기를 기다렸다. 미사가 끝나자 크로틸트는 교회 밖으로 나왔고, 관습에 따라 거지들에게 자비를 베풀었다. 아우렐리안은 그녀에게 다가가서 구걸했다. 크로틸트가 금화 한 냥을 적선해 줄 때, 그는 그녀의 외투소매 아래에 있는 가냘픈 손을 붙잡아 자기 입으로 가져가 손등에 키스를 했다. 새색시처럼 깜짝 놀라 얼굴이 빨개진 크로틸트는 왕궁으로 돌아갔지만, 이내 자기 시녀 중의 한 명을 시켜 그 거지를 자기 앞에 대령시키라고 하였다. 아우렐리안이 잡혀 왔을 때 그녀는 이렇게 물었다.

"네 이놈, 대관절 무엇이 네 마음에 들었단 말이냐? 내가 적선을 베풀고 있을 때, 내 외투소매를 벗기고 내 손에다가 키스를 하다니?"

묻는 말에 곰곰이 생각을 하더니 아우렐리안은 이렇게 대답했다.

"프랑크족의 왕이신 제 주인께서 공주님의 우아함에 대해 많은 얘기를 들었고, 공주님을 부인으로 맞이하려고 합니다. 여기 이것이 왕께서 약혼의 징표로 보내주신 반지와 보석들입니다."

그가 몸을 돌려 문 옆에 세워 두었던 포대에 손을 뻗어 신부의 선물을 꺼내려고 하자, 그 포대가 별안간 사라져 버렸다. 누군가가 훔쳐 간 것이었다. 하지만 수색을 한 결과 그 포대는 다시 발견되었고, 공주에게 보내는 선물은 제대로 전달되었다. 하지만 크로틸트 공주는 이렇게 말했다.

"기독교를 믿는 처녀가 이교도 남자를 신랑으로 맞이하는 것은 어울리지 않는다. 그렇지만 하느님께서 나로 인해 그 남자를 개종시켜 주신다면, 나는 그의 구혼을 거절하지 않을 것이며 오히려 그분의 뜻을 따르도록 할 것이니라."

하지만 크로틸트는 자기가 말한 모든 것을 비밀로 지켜 달라고 부탁하였으며, 또 클로도비히 왕이 그녀에게 보낸 반지를 그녀의 숙부집 금고에 보관시켜 두었다.

431
가위와 검(劍)

늙은 왕비 크로틸트가 자기 아들 클로도머마저 죽자 고아가 된 손자들을 받아들여 애지중지 키우고 있을 때, 크로틸트의 또 다른 아들인 킬데베르트 왕은 이 광경을 보면서 시기심과 두려움을 함께 느끼고 있었다. 킬데베르트 왕은 그 아이들이 그의 어머니 크로틸트의 후의를 입고 언젠가 그 왕국을 차지하려고 할 것이고 믿었다. 그래서 그는 비밀리에 그의 셋째 형인 클로타르 왕에게 다음과 같은 편지를 보내었다.

"어머니께서 지금 우리 큰형의 아이들을 옆에 끼고 그 아이들에게 왕국을 물려주려고 하십니다. 형님, 빨리 파리로 오십시오. 어떻게 해야 좋을지 의논을 해야겠습니다. 그 아이들이 평범한 서민으로 보이도록 그들의 두발을 가위로 잘라버리든지, 아니면 그 아이들을 죽여 큰형이 남겨준 왕국을 우리가 나누어 갖든지 해야 하겠습니다."

클로타르는 이 편지를 받자 기뻐하며, 파리로 가서 함께 의논을 했다. 그러고 난 후 그들은 하나가 되어 그들의 어머니 크로틸트를 알현하여 이런 말을 전달했다.

"어머님, 두 아이들을 저희들에게 보내주세요. 그 아이들이 어머님의 뒤를 이어 왕좌에 앉도록 해드리겠습니다."

이런 말을 한 이유는, 비록 킬데베르트가 조카들이 어머님의 왕국에 있는지 확인하기 위해 셋째 형 클로타르와 함께 왔다하더라도, 그 역시 국민들 앞에서 자기 위신을 내세우고 싶었기 때문이었다. 크로틸트는 기뻐하며 자기 아이들에게 먹을 것과 마실 것을 주면서 이렇게 말했다.

"내가 큰 애의 입장에서 너희들을 보게 된다면, 아마 난 큰 애를 잃은 고통을 견뎌낼 수 있을 것이야."

그래서 크로틸트는 손자들을 두 아들에게 보내었으며, 그 아이들은 즉시 놀이담당 선생과 교육담당 선생에 의해 격리되어 거의 포로 상태가 되었다.

그 후에 킬데베르트와 클로타르는 어머니인 크로틸트 왕비에게 사자를 보내었다. 그 사자에게는 가위 하나와 칼집에서 뺀 장검(長劍) 하나를 가져가게 했다. 사자는 왕비 앞으로 다가가 이렇게 말했다.

"존엄하신 왕비님! 왕비님의 두 아들, 즉 우리 군주께서 왕비님의 의향을 알고 싶어 하십니다. 왕비님의 두 손자의 두발을 가위로 자르든지, 아니면 장검으로 죽음에 이르도록 하실 것인지 말입니다."

그러자 깜짝 놀란 불행한 크로틸트 왕비는 분노했고, 장검과 가위를 둘러보더니 이렇게 말했다.

"나의 왕국을 손자들이 물려받지 못한다 하더라도, 손자들의 머리를 자르게 하느니 내 차라리 그 손자들이 죽는 것을 보고 말리라."

이 말을 하고 난 직후 그 아이들은 살해되었다.

432
마부 아탈루스와 하인 레오의 이야기

프랑크 족의 왕들인 테오데리히와 킬데베르트[15]가 서로 반목과 불만 속에서 살고 있던 시절, 그리고 또 많은 귀족 집안의 아들들이 인질로 잡히거나 하인의 신분으로 끌려갔던 시절에, 다음과 같은 일도 역시 그 시절에 일어난 일이다.

성인(聖人) 그레고르의 가까운 친척인 훌륭한 가문 출신의 아탈루스가 트리어 지역에 사는 어떤 프랑크 사람 집에 하인으로 일하게 되었는데, 마구간에서 말을 지키고 돌보는 일을 하였다. 그의 운명이 걱정되었던 그레고르 주교는 사자(使者)들을 보내 그를 탐문하게 하였고 마침내 그가 있는 곳을 알아내었다. 주교는 아탈루스를 구해 내기 위해 그의 주인에게 몸값을 지불하겠다고 제안하였다. 하지만 주인은 그 제안을 거절하고 이렇게 말하였다.

"그런 훌륭한 집안의 자식이라면 금화 10파운드의 몸값을 지불해야 합니다."

이 말을 들은 사자들은 전전긍긍하며 고향으로 돌아와 그레고르에게 그 사실을 보고하였다. 그러자 주교 집 부엌에서 일하던 하인 레오가 이렇게 말하였다.

"그를 찾아오는 일을 제게 맡겨 주신다면, 아마도 제가 그를 하인의 신

15 역자 주: 497-558. 클로도비히 1세의 아들.

분에서 구해 내어 이쪽으로 데려올 수 있을 것입니다."

주교는 기뻐하면서 그에게 그 일을 맡겼다. 레오 역시 트리어로 가서 비밀리에 그 소년을 구해 내려고 해보았지만 할 수가 없었다. 그래서 그는 어떤 다른 사람을 만나 은밀한 약속을 하면서 이렇게 말했다.

"나와 함께 트리어로 가서 나를 저 프랑크 사람의 집에 팔아넘겨 주시오. 그 대가로 당신이 받는 돈은 당신이 가져도 좋소."

그 남자는 약속대로 그렇게 했고 금화 12굴덴을 받고 그를 팔아넘겼다. 레오를 산 사람은 하인이 된 그에게 무슨 일을 잘하는지 물어보았다.

"주인님 식탁에 올려드리는 음식이라면 무슨 음식을 장만하든 잘할 수 있습니다. 어느 누구도 저보다 그 일을 더 잘할 수는 없을 것입니다. 만약 주인님께서 임금님을 접대하려고 하신다면, 저는 임금님의 음식도 물론 마련할 수 있으니까요!"

주인이 대답하였다.

"다음 일요일에 이웃과 친구들을 초대할 것이니라. 그때 너는 음식을 장만하되, 사람들의 입에서 이보다 더 나은 음식은 궁궐에서도 먹어보지 못했다고 말할 만한 음식을 장만하도록 하거라."

레오가 대답하였다.

"주인님, 어린 수탉들을 많이 준비해 주십시오. 그러면 주인님의 분부를 확실하게 이행할 것입니다."

레오가 원하는 대로 모든 것이 준비되자, 그는 일요일 잔치를 위한 아주 맛 좋은 음식을 장만하였고 잔치에 온 모든 손님들의 칭찬은 끝날 줄을 몰랐다. 손님들이 집으로 돌아가고 나자 주인은 레오를 크게 신뢰하였고, 그래서 그에게 집안의 모든 저장품을 감독할 권한을 맡겼다. 그렇게 1년이 지나갔으며, 주인은 그를 점점 더 총애하였고 급기야 그를 완전히 믿게 되었다.

언젠가 한 번은 레오가 집 가까이에 있는 목초지로 갔는데, 그곳에서 아탈루스는 말들을 기다리고 있었다. 거기서 레오는 그와 이야기를 나누기 시작하였다. 그들은 서로 등을 돌린 채 바닥에 누워 있었는데, 서로 멀리 떨어져 있었기 때문에 어느 누구도 그들이 이야기를 나누고 있다고는 추측할 수가 없었다. 레오가 말했다.

"이제 우리가 조국을 생각할 시간이다. 내 너에게 경고하노니, 오늘 밤 말들을 마구간에 집어넣고서 잠이 들지 않도록 해라. 오히려 깨어 있어야 한다구. 그래서 내가 부르면 우리는 곧바로 출발할 수 있어야 한다."

하지만 주인인 프랑크 사람이 또다시 많은 친척들과 친구들을 손님으로 초대하였다. 그런데 그중에는 주인의 딸과 결혼한 사위도 있었다. 자정 무렵 그들이 식탁에서 일어나 잠자리에 들려고 할 때, 레오가 주인의 사위에게 술잔을 건네주었다. 사위는 농담으로 이렇게 말했다.

"뭐라고, 레오? 네 주인님의 말들을 타고 고향으로 다시 돌아가고 싶다고?"

레오도 역시 농담조로 진심을 말하였다.

"예, 오늘 밤에요, 그게 신의 뜻이라면 말입니다."

사위가 대답하였다.

"네가 내 물건들 중 어느 것도 가져가지 못하도록, 내 부하들이 나를 잘 지켜야 하겠구나."

이렇게 웃으면서 그들은 서로 헤어졌다. 하지만 모두가 잠에 빠졌을 때, 레오는 아탈루스를 잠자리에서 불러냈다.

"칼을 가지고 있나?"

"아니, 짧은 창뿐인데."

그러자 레오는 주인의 방으로 가서 창과 방패를 집어 들었다. 하지만 주인은 완전히 잠에서 깨어난 듯 이렇게 물었다.

"너는 누구며 대체 무슨 짓을 하는 게냐?"

"주인님의 종 레오입니다. 아탈루스가 일찍 일어나 말들을 목초지로 데려가도록 하라고 그를 깨우고 있습니다. 그는 술에 취해 늦잠을 자고 있으니까요."

주인이 말했다.

"그래, 그렇게 하도록 하여라."

이 말을 한 다음 그는 다시 잠이 들었다. 하지만 레오는 문밖으로 나가 젊은 아탈루스를 무장시켰다. 전날 밤에 그가 말들의 안전을 위해 망치로 못질하여 막아 두었던 마구간의 문이 마치 신의 섭리로 그런 것처럼 지금은 활짝 열려 있었다. 레오는 곁에서 항상 지켜주시는 하느님께 감사를 드렸다. 그러고 나서 그들은 말들을 마구간에서 밖으로 끌어내어 길을 떠났다. 그들은 말 덮개와 매 한 마리도 함께 가지고 길을 떠났다. 그런데 모젤강을 건널 때 그들은 지체가 되었고, 말과 말 덮개를 버릴 수밖에 없었다. 그들은 방패에 몸을 의지한 채 강을 헤엄쳐서 건넜다. 밤이 되어 어둑어둑해졌을 때, 그들은 숲 속으로 들어가서 몸을 숨겼다. 벌써 사흘째 밤이 되었지만 그때까지 음식이라고는 입에 대어보지도 못했으며 계속 숲 속으로 도망을 다녔다. 그때 그들은 신의 도움으로 사람들이 서양자두라고 부르는 과일이 주렁주렁 달린 나무를 발견하고는 그 과일을 따 먹고 기운을 차렸다. 그런 다음 그들은 캄파니언(샹파뉴)에 도착하였다. 갑자기 뒤에서 말발굽 소리가 들리자 이렇게 외쳤다.

"사람들이 말을 타고 오고 있어. 얼른 땅에 엎드려 그들에게 들키지 않도록 하자!"

주변을 둘러보자, 커다란 가시나무 덤불이 옆에 서 있었다. 그들은 덤불 뒤로 갔으며, 칼집에서 칼을 빼든 채 그곳 바닥에 엎드렸다. 만약 그들이 들키게 되면 즉시 싸우기 위해서 그렇게 하였다. 말을 탄 사람들이 그곳으로 다가오더니 그 가시덤불 바로 앞에 멈추어 섰다. 그들은 말들에게 오줌을 누이면서 그들 중 한 사람이 이렇게 말했다.

"도망친 두 녀석을 못 찾고 이렇게 헤매다니 정말 불쾌한 걸! 하지만 맹세코 내가 놈들을 잡고야 말거야. 그래서 한 놈은 교수대에 매달 것이고, 다른 한 놈은 칼로 천 토막을 내서 죽이고 말거야."

이 말을 한 사람은 바로 그들의 주인인 프랑크 사람이었다. 주인은 그들을 잡기 위해서 랭스에서 친히 여기까지 왔으며, 그사이 밤만 되지 않았어도 그는 아무 문제 없이 그들을 찾아냈을 것이다. 여러 명의 남자들이 계속 말을 타고 주인의 뒤를 따랐다. 하지만 두 도망자는 운 좋게도 같은 날 밤 그 도시에 도착하여 어떤 시민에게 파울룰루스 신부의 집이 어디냐고 물었다. 시민이 그 집을 가리켜 주었다. 그들이 골목길을 따라 신부의 집으로 가고 있을 때, 새벽 미사를 알리는 종이 울렸다. 마침 일요일이었기 때문이었다. 그들이 신부의 집 문을 두드리자 문이 열렸다. 소년은 자기 주인 이야기를 하기 시작하였다. 그러자 신부가 말했다.

"정말 내 꿈이 진짜였구나! 어젯밤 비둘기 두 마리가 내게로 날아와 내 손 위에 앉는 꿈을 꾸었기 때문이지. 한 마리는 하얀색이고, 또 한 마리는 검은색이었지."

젊은 두 도망자들이 신부에게 말했다.

"오늘은 성스러운 주일이니, 부탁하건대 저희에게 먹을 것을 좀 주십시오. 우리는 빵도 죽도 먹어보지 못한 지가 오늘로써 벌써 나흘째나 됩니다."

신부는 젊은이들을 자기 집에 숨겨 주고 그들에게 빵과 포도주를 주고는 미사를 드리러 갔다. 주인인 프랑크 사람 역시 바로 이곳에 당도하였으며, 젊은 도망자들을 수색하였다. 하지만 신부가 그에게 거짓으로 대답을 해 주자 그는 돌아갔다. 왜냐하면 신부는 성인(聖人) 그레고르와 오래된 친구였던 것이다. 이제 젊은이들은 음식을 먹고 기운을 차렸고 이틀 동안 이 집에 머물렀다. 그런 다음 신부에게 작별을 고했고, 무사히 그레고리우스 주교 집에 도착하였다. 주교는 두 젊은이의 모습을 보자 기뻐했고, 조카(또는 손자) 아탈루스의 목을 끌어안고 눈물을 흘렸다. 그리고 주교는 레오와 그 혈족을 하인의 신분에서 해방시켜 주었고 레오 개인 소유의 땅을 내주었다. 그곳에서 레오는 아내와 자식들과 함께 자유인으로 살다 생을 마감하였다.

433
잠자는 왕

프랑크 왕인 군트람(역자 주: 973년 사망. 합스부르크 왕조의 조상. 원래 엘자스 출신임)은 무척 선하고 평화를 사랑하는 사람이었다. 한 번은 그가 사냥을 나갔는데 신하들이 모두 우왕좌왕 이리저리로 흩어졌다. 하지만 그가 가장 사랑하는 충성스런 신하 딱 한 사람만 그의 곁에 남았다. 그때 왕은 갑자기 심한 피로를 느꼈다. 그래서 나무 그늘에 앉아 친구 같은 신하의 무릎에 머리를 기대었고, 눈꺼풀이 무거워 스르르 잠에 빠져들었다. 잠이 들자 군트람의 입에서 작은 짐승 한 마리가 뱀처럼 구불구불 기어 나오더니 근처를 흐르고 있는 냇가에까지 기어갔다. 냇가 가장자리에 멈추어 서더니 저쪽으로 건너가고 싶어 하는 듯하였다. 왕을 자기 무릎에서 쉬게 하고 있는 그 신하는 이 모든 것을 지켜보더니 칼집에서 칼을 꺼내 냇물 위에 걸쳐 놓았다. 그러자 그 작은 짐승은 칼 위로 기어올라 저편으로 건너가더니, 그곳 산에 있는 구멍으로 다가가 그 안으로 기어 들어갔다. 몇 시간이 지나자 그 작은 짐승은 구멍에서 나왔으며, 그리고 구멍으로 들어갈 때 이용했던 칼 다리를 건너 다시 왕의 입으로 들어갔다. 왕이 깨어나더니 신하에게 이렇게 말했다.

"내 꿈 이야기를 해 주마. 내가 겪은 정말 기이한 꿈이었어. 나는 굉장히 큰 강을 보았는데, 그 강 위에 쇠로 만든 다리가 걸쳐져 있었어. 나는 그 다리를 건너 어느 높은 산의 동굴 속으로 들어갔어. 동굴 속에는 이루 말로 다 형용할 수 없는 보물들, 바로 옛 조상들의 보물들이 가득 차 있지 않겠어."

그러자 신하는 왕이 잠든 사이에 자기가 보았던 모든 것을 왕에게 얘기했고, 꿈이 실제 현상과 완전히 일치한다고 말했다. 그런 직후 왕이 꿈에서 본 바로 그 장소가 파헤쳐졌는데, 그 산속에는 아주 오래전에 묻어 두었던 엄청난 양의 금과 은이 있었다.

434
움직이는 숲과 소리 나는 방울

킬데베르트가 대군을 이끌고 군트람 왕과 프레데군트 왕비의 왕국으로 침범했을 때, 프레데군트 왕비는 자기 나라 프랑크 사람들에게 용감하게 싸우라고 명령하였으며 또 군트람의 유복자인 갓난 아들을 요람 속에 눕힌 채 데려오게 하였다. 그래서 무장한 병사들이 어미 품에 안긴 젖먹이의 뒤를 따랐다. 프레데군트는 한 가지 꾀를 생각해 내었다. 칠흑같이 어두운 밤, 어린 왕자 클로타르의 후견인 란더리히의 지휘 하에 프랑크 군대는 진군하여 어느 숲으로 들어갔다. 란더리히는 손도끼를 꺼내 잡더니 나뭇가지 하나를 잘라 냈다. 이어서 그는 방울을 꺼내었고, 자기가 타고 있는 말의 목에 그 방울을 매달았다. 그는 모든 병사들에게 자기와 똑같이 하라고 명령하였다. 모두가 손에는 나뭇가지를 들고, 그들의 말에는 딸랑딸랑 울리는 방울을 매달고서 이른 아침에 적의 진지로 가까이 다가갔다. 어린 클로타르를 품에 안은 왕비가 선두에 서서 갔다. 그들이 싸움에서 패하게 될 경우 포로로 붙잡힐 어린아이에 대한 연민의 감정을 병사들에게 불러일으키게 하기 위해서였다. 적의 보초병 하나가 새벽 어스름 속에 바깥을 주시하다가 동료에게 외쳤다.

"이보게, 저기에 대체 웬 숲이 있지? 어제 저녁만 해도 작은 덤불조차 없었는데."

다른 보초병이 말했다.

"너는 아직도 술에 취해 있구나. 모든 것을 깡그리 잊었어. 우리 병사들이 숲 가까이에서 말들의 사료와 풀을 찾아내었잖아. 풀을 뜯고 있는 말들의 목에서 딸랑거리는 방울 소리가 들리지 않니?"(이것은 옛날부터 프랑크족의 풍습이었다. 특히 동프랑크족의 풍습이었는데, 풀을 뜯는 말의 목에 방울을 매달아서 혹시라도 말이 길을 잃게 되면 그 방울 소리로 말을 쉽게 찾아낼 수 있도록 하기 때문이다.) 보초병들이 서로 이런 이야기를 나누는 사이에, 프랑크 사람들은 들고 있던 나뭇가지를 떨어뜨렸다. 숲은 나뭇잎이 다 떨어진 앙상한 모습이 되었다. 하지만 번쩍이는 창들이 마치 나무기둥처럼 빽빽한 숲이 드러났다. 그러자 깜짝 놀란 적들은 혼란에 빠져들었다. 그들은 잠에서 막 깨어나자마자 피의 전투를 하게 되었다. 그래서 도망칠 수 없었던 사람은 프랑크 사람들의 창에 찔려 쓰러졌다. 빠른 말을 타고 있던 장수(將帥)들마저 거의 목숨을 건질 수가 없었다.

435
작센족을 물리친 클로타르

클로타르는 자기 아들 다고베르트를 아우스트라시아 왕국(역자 주: 옛 프랑크 왕국의 일부로, 오늘날의 프랑스 북동부 · 벨기에 · 독일 북서부를 포함한다.)을 다스리는 왕의 자리에 앉혔었다. 다로베르트는 괘씸한 작센족을 혼내 주기 위해 군대를 이끌고 라인 강을 넘어 진격했다. 하지만 작센의 제후 베르토알트는 완강하게 저항하여 다로베르트를 무척 힘들게 하였다. 다고베르트는 전투 중 적의 칼에 베어 머리에 상처를 입었다. 그래서 그는 그 즉시 그의 투구 일부와 잘린 머리카락을 아버지 클로타르에게 보냈다. 남아 있는 자기 군대가 전멸하기 전에 빨리 와서 도와달라는 표시였다. 클로타르는 이 전갈을 받았다. 마침 그가 사냥을 하고 있을 때였다. 다급해진 클로타르는 자기를 호위하고 있던 최소한의 부하들만 거느리고 전투가 벌어지고 있는 벌판으로 달려갔다. 낮과 밤을 쉴 새 없이 달려 마침내 프랑크족이 진을 치고 있는 베저 강가에 도착했다. 이른 아침 프랑크족 군사들은 왕이 도착했음을 알고 기쁨의 환호성을 질렀다. 그러자 강 저편에 있던 베르토알트가 이 함성을 듣고, 대체 이게 무슨 소리냐고 물었다. 베르토알트 부하 중 한 명이 이렇게 대답했다.

"프랑크족 군사들이 클로타르 왕의 도착을 환영하는 소리입니다."

그러자 베르토알트는 이렇게 말했다.

"저것은 망상 내지 착각이니라. 내 정보에 의하면 클로타르는 분명 이 세상 사람이 아니기 때문이야."

이때 클로타르가 강가에 우뚝 섰다. 그리고 아무런 말도 하지 않고 재빨리 그의 투구를 머리에서 들어 올리자 흰 머리가 뒤섞인 아름다운 곱슬머리가 바람에 나부꼈다. 황제의 이 화려한 장식품을 보자 적들도 이 자가 바로 클로타르 왕이라는 것을 알았다. 베르토알트는 이렇게 외쳤다.

"여기 있었구나, 이 어리석은 놈!"

그러자 격분한 클로타르 왕은 투구를 머리 위로 다시 쓰고, 마치 적군에게 복수하려는 것처럼 말의 박차를 가해 강을 건넜다. 모든 프랑크족 군사들이 그의 뒤를 따랐다. 클로타르의 무기는 무거웠으며, 강을 건널 때 그의 가슴 갑옷과 구두는 물에 찼지만 그래도 그는 도망치는 작센족의 제후를 끝까지 추적했다. 베르토알트는 뒤를 돌아보며 이렇게 외쳤다. '그토록 유명한 왕이나 주인은 자기 하인을 부당하게 박해하지 않는다고 들었소이다'라고. 그러나 클로타르는 베르토알트가 계략적으로 그렇게 말하는 것을 알고 있었다. 그래서 그가 지껄이는 말에는 신경도 안 쓰고, 말을 타고 달려 그를 잡아들였고 이내 그를 죽여 버렸다. 그런 후 클로타르는 베르토알트의 목을 베었으며, 뒤따라오는 프랑크족 군사들에게 그것을 들고 나르게 했다. 그러자 프랑크족 군사들의 슬픔이 이제는 기쁨으로 변했다. 그들은 작센 전역을 침략하였고 유린했다. 클로타르 왕은 당시 자기가 들고 있던 전투용 칼보다 키가 더 큰 모든 작센 남자들은 죽여 없애라고 명령을 내렸다. 작센의 어린아이들이 이런 생생한 기억을 통해 프랑크족에 대해 겁을 집어먹도록 하기 위해서였다.

436
성인의 무덤

다고베르트가 어렸을 때의 일이다. 어느 날 그가 사냥을 나가 노루 한 마리를 뒤쫓았는데, 그 노루는 산과 계곡을 이리저리 달려 그에게서 도주하고 말았다.

노루는 결국 어느 조그만 오두막 안으로 달아났는데, 그곳에는 성인 디오니소스(역자 주: 그리스 신화에 나오는 포도주와 생산의 신)와 그 동반자의 유골들이 파묻혀 있었다. 사냥개들이 노루의 흔적을 찾았지만 — 오두막의 문이 열려 있었음에도 불구하고 — 오두막 안으로 들어가지 못하고 밖에 서서 짖고만 있을 뿐이었다. 다고베르트가 가까이 가서 살펴보고는 놀라움에 입을 다물지 못했다. 그때부터 다고베르트는 성인처럼 행동을 하였다. 언젠가 이런 일이 있었다. 자트레기젤 제후의 우쭐한 행동으로 모욕감을 느낀 다고베르트가 그의 뺨을 때리고 수염을 잡아당기면서 그 제후에게 모욕을 주었다. 이 오만불손한 행동 때문에 다고베르트는 아버지의 노여움이 무서워 숲으로 도망을 쳐 피난처에 몸을 숨겼다. 그런데 그 피난처는 지난 번 노루가 도망을 쳤던 곳이었다. 자기의 신하인 자트레기젤 제후가 모욕을 받았다는 얘기를 들은 클로타르 왕은 아들 다고베르트를 즉시 잡아서 벌을 주라고 명령하였다. 이러한 일이 벌어지고 있는 동안, 다고베르트는 성인의 유골 앞에서 무릎을 꿇고 기도하다가 잠이 들어 버렸다. 이때 온화한 모습의 존경스러운 한 노인이 그의 앞에 나타나더니 그에게 두려워하지 말라고 하면서 이렇게 얘기하는 것이었다. 다고베르트가 만약 성인을 영원토록 존경하겠다고 약속하면, 지금 이러한 곤경에서 벗어나는 것은 물론 앞으로 영원한 곤경에서도 벗어날 수 있으며 또 왕관을 물려받을 것이라고 말하는 것이었다. 다고베르트를 이 성스러운 곳에서 데려 나와야 하는 신하들은 기도를 하고 있는 그에게 더 가까이 다가갈 수 없었다. 당황한 그들은 결국 궁성으로 돌아와 이 사실을 클로타르 왕에게 알렸다. 왕은 그들을 꾸짖었고, 이번에는 다른 신하들을 보내었다. 하지만 이 신하들 역시 똑같은 일을 당하고 돌아왔다. 그러자 이젠 클로타르 왕이 직접 나섰다. 그가 성스러운 곳에 가까이 다가가려고 했을 때, 그는 자기의 모든 힘이 스르르 몸에서 빠져 나가는 것을 느꼈다. 그래서 그 이후부터 그는 신의 힘을 인정했으며, 또 자기 아들을 용서해 주었을 뿐만 아니라 아들에게 깊은 만족을 느끼게 되었다. 그래서 다고베르트는 이곳을 다른 어떤 곳보다 더 좋아했다.

437
성(聖) 아르보가스트

슈트라스부르크의 주교인 성 아르보가스트는 신의 은총을 입고 비밀리에 프랑스의 왕 다고베르트와 함께 돌아왔다. 왕은 그에게서 아무 것도 원하지 않았다. 다만 그와 얘기를 나누며 그의 현명한 충고를 듣고 싶은 것뿐이었다. 한번은 이런 일이 있었다. 왕궁 소속 사냥꾼과 왕의 아들 지게베르트가 덤불과 숲이 우거진 일(Ill)이란 곳에 사냥을 갔다가 커다란 멧돼지를 발견했다. 그들은 사냥개를 풀어 이쪽과 저쪽에서 그 멧돼지를 몰았다. 그런데 어린 지게베르트가 혼자 말을 몰다가 그만 멧돼지와 부딪쳤다. 말이 멧돼지를 보고 놀라 달아나는 바람에 지게베르트가 떨어졌고 그러면서 등자(鐙子)에 매달려 끌려 다니고 있었다. 그러다가 이 말은 지게베르트를 밟아버렸고, 그는 죽은 듯 바닥에 쓰러졌다. 왕의 신하들이 그가 쓰러져 있는 것을 발견하자, 무척 슬퍼하며 그를 일으켜 세워 왕궁으로 데려왔다. 하지만 그는 그 다음 날 죽고 말았다. 이때 누군가 다고베르트에게 성 아르보가스트를 불러들이라는 충고를 하였다. 즉시 성 아르보가스트가 도착했으며, 그는 애도와 설교를 길게 한 후에 죽은 시체 앞에 무릎을 꿇고 우리의 여신들을 불러들였다. 그 여신들이 이 세상의 모든 생명을 탄생시켰기 때문에, 이 죽은 아이에게 다시 생명을 불어넣어 달라는 뜻이었다. 그러자 이 아이는 다시 생명을 얻었으며 장례복을 입은 채 벌떡 일어섰다. 신하들은 그의 장례복을 벗겨 왕자의 옷을 입혔다. 이때 왕과 왕비 그리고 모든 신하들은 성 아르보가스트의 발밑에 머리를 조아리며 그의 은혜에 깊이 감사드렸다. 성 아르보가스트는 금도 은도 받으려고 하지 않았다. 하지만 왕은 슈트라스부르크에 있는 여신들의 대성당에 농사를 지을 토지, 삼림, 목초지 등을 선사하였다.

이제 세월이 흘러 아르보가스트가 노인이 되고 병이 들었을 때, 그는 자기 사제들에게 이렇게 말했다. 우리 주 예수가 악인을 파멸시키는 곳 성지 예루살렘 바깥쪽에 묻힌 것처럼, 그 자신도 예수의 길을 따라가고자 하였다. 그래서 그가 죽자, 사람들은 악인을 심판하는 교수대가 옆에 있는 슈트라스부르크 바깥쪽에 그를 묻었다고 한다. 그를 칭송하기 위해서였다.

438
다고베르트와 성(聖) 플로렌티우스

성 플로렌티우스은 어려서부터 신을 섬기기 시작했다. 그는 고향 스코틀랜드를 떠나 네 명의 교우와 함께 순례여행을 떠났다. 아르보가스트, 피델리스, 테오다투스, 그리고 힐돌프였다. 그들은 처음에 브뤼쉐 강(브로이쉬 강이라고도 한다) 연안의 알사스에 도착했다. 그곳은 지금 하젤로가 있는 곳이다. 플로렌티우스는 그곳에서 머물고 싶다고 말했지만, 그의 교우들은 슈트라스부르크를 향해 계속 순례길에 올랐다. 하지만 플로렌티우스는 브뤼쉐 강가에 작은 집을 지었고, 나무를 베고 땅을 다져 농토를 만들었다. 그곳에다 그는 씨앗을 뿌렸고, 또 용변을 본 후에는 잡초를 사용했다. 그러자 야생동물이 그의 곡식과 채소를 먹어 버렸다. 성 플로렌티우스는 들판에다가 네 개의 나뭇가지 말뚝을 박아 놓고 야생동물들이 자기가 일구어 놓은 들판으로 더 이상 들어오지 못하도록 하였다. 그러자 그 이후 야생동물들은 들판 안으로 더 이상 들어가지 않았다. 이 당시 다고베르트 왕에게는 딸이 하나 있었는데, 그 아이는 태어날 때부터 앞을 보지 못했으며 게다가 자라면서 말도 하지 못했다. 그래서 왕은 플로렌티우스의 신성함을 전해 들었을 때, 왕은 존경받는 사신들과 황금 덮개를 씌운 말 한 마리를 플로렌티우스에게 보내었다. 그 말을 타고 오라는 뜻이었다. 하지만 플로렌티우스는 그 말을 타지 않았고, 대신 나귀를 타고 다고베르트 왕에게 갔다. 아직 플로렌티우스가 왕궁에 완전히 도착한 것은 아니었지만, 그는 왕의 딸이 이제 보고 말할 수 있게 되었다고 큰 소리로 외쳤다. 그러자 왕의 딸이 말한 첫 번째 말은 이랬다.

"보세요! 저기에 플로렌티우스가 이쪽으로 오고 있어요, 저 분의 은총으로 하느님께서 나의 눈을 뜨게 해 주셨고, 나의 말문을 열게 해 주셨습니다."

그러자 왕과 왕비는 그 기적에 깜짝 놀랐고, 또 기쁨에 겨워하였다. 그리고 모든 국민들은 성스러운 플로렌티우스를 보려고 바깥으로 몰려 나와 그를 극빈으로 영접하였으며, 그를 통해 하느님이 행하신 기적의 증거를 위해서 그의 발밑에 엎드렸다. 왕은 그에게 넓은 땅(평원)과 대지를 그의 소유로 해 주셨고 — 그곳은 플로렌티우스가 살았고 지금은 하젤로가 있는 곳이다 —, 키르히하임에 있는 왕 소유의 토지도 그에게 하사하였다. 그러자 성인 플로렌티우스는 왕에게 자기가 받은 토지를 구분지어(경계지어) 줄 것을 요청했고, 그가 가진 땅이 얼마나 넓은지 더 잘 알고 싶다고 하였다. 다고베르트 왕은 이렇게 대답했다.

"내가 목욕탕에서 목욕을 하고 나와서 내 옷을 입을 때까지, 그대가 나귀를 타고 갔다가 다시 돌아올 수 있는 곳 그곳 전부가 그대의 땅이며 그대의 집이라오."

플로렌티우스는 다고베르트 왕이 얼마나 오래 목욕탕에 앉아 있는지 잘 알고 있었다. 그래서 그는 자기의 나귀를 타고 서둘러 출발하였고, 산과 계곡을 지나 멀리멀리 갔다. 그리고 나서 그는 약속한 대로 시간에 맞게 다시 왕에게 돌아왔다. 그 후 플로렌티우스는 아르보가스트가 죽자 모든 국민, 평신도, 성직자들로부터 만장일치로 슈트라스부르크의 주교로 선출되었다.

439
다고베르트의 영혼

훌륭했던 다고베르트 왕이 세상을 떠났을 때, 그가 모든 죄를 씻어내지 않았기 때문에 악마들이 그의 영혼을 붙잡아 배에 태워서 어디론가 데려가려고 생각했다. 그러나 성스러운 디오니소스는 친한 자기 친구를 잊지 않았으며, 우리의 주인 다고베르트 왕의 영혼을 구하러 가겠다고 허락을 구했다. 물론 그에게는 허락되었다. 성 디오니소스는 성 마우리티우스와 특히 다고베르트 왕이 생전에 존경하고 찬미했던 여러 친구들을 데려갔다. 천사들 또한 그들 뒤를 따라가 바다에 이르기까지 그들을 안내했다. 이윽고 그들은 악마들에게 도착하였고, 악마들이 탄 배에 올라 전투를 벌였다. 악마들은 성인들에 대항하여 아무 힘도 쓰지 못했고, 이리저리 도주하다가 배에서 뛰어내려 바다로 몸을 던졌다. 그런 후 천사들은 다고베르트 왕의 영혼을 영접하였고, 덕이 높은 다고베르트 왕은 시종들과 함께 낙원으로 돌아갔다.

440
다고베르트와 개

오늘날에도 프랑크 왕국의 국민들은 다고베르트 왕에 관한 두 개의 격언을 알고 있다. 그 하나는, "다고베르트 왕이 식사를 할 때면, 그의 개도 음식을 먹게 한다"라는 격언이다. 또 다른 하나는, "임종을 하는 자리에서 다고베르트 왕은 그의 개에게 '헤어질 수 없는 교제라면 좋은 교제가 아니다'라고 말했다"라는 격언이다.

441
꼭 닮은 두 아들

프랑크 왕국의 피핀 왕은 아름다운 처녀와 결혼하였는데, 그녀는 그에게 아들을 낳아 주었지만 출산으로 인해 바로 죽어 버렸다. 곧 바로 피핀 왕은 새로운 아내를 얻었는데, 그녀 역시 그에게 아들을 낳아 주었다. 그는 이 두 아들을 모두 멀리 떨어진 나라로 보내었고, 그곳에서 자라게 하였다. 두 아들은 모든 면에서 너무 비슷해서 사람들은 그 둘을 거의 구분할 수가 없었다. 얼마간의 시간이 흐르자 왕비는 자기 남편에게 제발 아들을 보게 해 달라고 간청하였다. 왕은 두 아들을 모두 궁정으로 데려오라고 명령하였다. 동생이 형보다 한 살 어렸음에도 불구하고 둘은 모습이나 덩치가 완전히 똑같았다. 그리고 둘 다 아버지를 닮아서 어머니도 둘 중 어느 아이가 자기 아들인지 알아보지 못했다. 누가 누구인지 피핀이 밝히려 하지 않았기 때문에 그녀는 울기 시작했다. 그랬더니 마침내 그가 말했다.

"그만 울음을 그쳐요. 이 아이가 바로 당신 아들이오."

그러면서 왕은 첫째 아내가 낳은 아들을 가리켰다. 왕비는 무척 기뻐하였고, 모든 방법을 다 써서 이 아이를 애지중지 돌보며 키웠다. 반면 진짜 자기 아들인 다른 아이는 조금도 신경 쓰지 않았던 것이다.

442
힐데가르트

카를 황제가 원정길에 있었고, 아름다운 그의 부인 힐데가르트는 왕궁에 남아 있을 때의 이야기이다. 카를의 이복동생 탈란트가 힐데가르트에게 자기의 뜻에 따라 달라고 요구하였다. 그러나 덕망 있고 고결한 힐데가르트는 남편 카를의 신의를 깨뜨리느니 차라리 죽음의 고통도 마다하지 않을 심정이었다. 그녀는 난봉꾼 같은 탈란트가 자기를 위해 아름다운 신방을 지어 주겠다는 말을 하자 그 자리에서 일부러 태도를 바꿔 그의 요구를 들어주는 척 했다. 그 즉시 탈란트는 아주 화려하고 아름다운 신방을 지었으며, 세 개의 문으로 보호막을 치고 힐데가르트에게 청하기를 들어와서 자기를 방문해 달라는 것이었다. 힐데가르트는 마치 그의 말을 따르는 것처럼, 그에게 먼저 들어가 있으라고 하였다. 그가 기뻐하며 세 번째 문으로 막 뛰어 들어갔을 때, 그녀는 재빠르게 문을 쾅 닫고 거기에 무거운 빗장을 가로질렀다. 탈란트는 이 감옥 아닌 감옥에 오랫동안 갇혀 있었다. 그러다 마침내 카를이 작센족에게 승리를 거두고 돌아왔다. 힐데가르트는 탈란트가 불쌍하기도 하고 애걸복걸 간청도 하고 해서 그만 그를 풀어 주었다. 충분히 그가 벌을 받았다고 생각했던 것이다. 하지만 카를이 탈란트를 보자, 왜 이렇게 얼굴이 몰라보게 창백해지고 야위어졌느냐고 그 이유를 물었다. 탈란트는 이렇게 대답했다.

"그 책임은 사악하고 음탕한 폐하의 부인 왕비마마에게 있습니다."

탈란트는 계속 말을 했다. '왕비께서 제게 자기를 보호해 달라고 했습니다. 하지만 저는 우리가 죄를 지어서는 안 된다고 대답을 했습니다. 그랬더니 왕비께서 탑을 새로 지어 그 속에 저를 감금시켰답니다.' 이 얘기에 왕은 무척 슬퍼하였고, 또 분에 못 이겨 부하들을 시켜 힐데가르트를 물에 빠뜨려 죽이라고 하였다. 힐데가르트는 도망을 쳤으며, 그녀의 한 친구 집에 몸을 숨겼다. 하지만 금방 카를 왕이 그녀가 있는 곳을 알아내었고, 다시금 새로 명령을 내렸다. 그녀를 숲으로 끌고 가서 두 눈을 멀게 하고, 그 눈을 아예 빼서 다시는 이 나라에 발을 붙이지 못하도록 하라고 했던 것이다. 그 이후 과연 어떻게 되었을까? 카를 왕의 부하들이 그녀를 끌고 숲으로 갔을 때, 그들은 프로이덴베르크 출신의 한 귀족을 만났다. 그는 힐데가르트의 여동생 아델군트 백작부인이 보낸 사람이었는데, 힐데가르트에게 보내는 어떤 소식을 가지고 있었던 것이다. 그는 힐데가르트 왕비가 곤경에 처하고 위기에 빠졌음을 알아차리자, 카를의 부하들에게서 그녀를 구출해 내었고 또 그 부하들에게는 자기와 동행하였던 개를 넘겨주었다. 그들은 그 개의 두 눈을 빼내어 궁으로 돌아갔으며, 카를 왕에게 분부대로 이행하였다고 아뢰었다. 신의 도움으로 목숨을 건진 힐데가르트는 로시나 폰 보드머라는 귀족의 부인으로부터 안내를 받아 로마로 갔다. 거기서 그녀는 행복한 마음으로 평생 동안 배우고 익혔던 의술을 펼쳤고, 얼마 되지 않아서 큰 명성을 얻었다. 그러는 동안에 사악한 탈란트는 신의 형벌을 받아, 두 눈이 멀고 나병에 걸리게 되었다. 그의 병을 고칠 수 있는 사람은 아무도 없었다. 수소문 끝에 드디어 그는 로마에 있는 한 유명한 여자 치료사가 자기 병을 고칠 수 있다는 얘기를 듣게 되었다. 마침 카를 왕이 로마로 행차하는 일이 있었을 때, 탈란트 역시 수행원으로 따라갔었다. 거기서 탈란트는 그 여자 치료사의 집을 문의하였고, 그녀에게 자기 이름을 알려주며 자기 병을 고쳐 달라고 부탁하였다. 하지만 그는 그 여자 치료사가 힐데가르트 왕비라는 사실을 몰랐다. 힐데가르트는 탈란트에게 그의 죄를 신부님께 고백하고 참회할 것을 굳게 맹세하라고 하였다. 그렇게 한다면 그녀는 그의 병을 고쳐 주겠다고 하였다. 탈란트는 그녀의 말대로 자기 죄를 고백하고 참회하고서, 곧 바로 그녀에게로 몇 년 만에 다시 다가갔으며 그녀는 그의 병을 고쳐 주었다. 탈란트는 다시 건강을 찾았던 것이다. 이 놀라운 치료술에 대해 알게 된 교황과 왕은 그 여자 치료사를 보기를 원했고, 그래서 그녀를 불러오게 하였다. 하지만 그녀는 자청해서 즉시 낮 동안에 성 페트리(Petri) 성당 안으로 가겠다고 했다. 얼마 후 그녀는 거기로 갔고 그녀의 남편인 왕에게 그녀가 누명을 쓴 이야기 전부를 해주었다. 카를 왕은 기쁨에 겨워 그녀를 인정했고 다시 자기의 아내로 맞아들였다. 하지만 그의 이복동생 탈란트에게는 사형 선고를 내렸다. 그러나 왕비가 그를 살려 줄 것을 간청했고, 목숨만을 건진 탈란트는 황량한 벌판으로 추방되었다.

443
닭싸움

언젠가 카를 대제가 켐프텐 근처의 성으로 자기 아내 힐데가르트에게 간 적이 있었다. 어느 날 그들이 식탁에 앉아서 선조들의 통치에 대해 많은 얘기를 나누고 있을 때, 그들의 아들들 피핀, 카를, 루트비히가 옆에 서 있었는데 불쑥 장남 피핀이 말을 꺼냈다.

"어머니, 먼 훗날 아버지가 하늘나라에 가시면 제가 왕이 되나요?"

그러자 둘째 카를이 아버지를 향해 이렇게 말했다.

"피핀이 아니라 제가 아버지의 뒤를 이어 나라를 다스릴 게요."

아니나 다를까 막내 루트비히도 아버지와 어머니를 향해 자기를 왕으로 만들어 달라고 부탁하였다. 아이들이 이렇게 싸우자 왕비가 말했다.

"당장 너희들의 싸움을 끝내야겠구나. 너희들은 마을로 내려가서 각자 농부들에게서 수탉을 한 마리씩 얻어 오너라."

아들들은 그들의 스승과 또 여타의 다른 아이들과 함께 요새 아래로 내려가서 수탉을 가지고 왔다. 그러자 힐데가르트가 말했다.

"자, 이제 수탉들을 서로 풀어놓고 싸우도록 하거라! 싸움에서 이긴 수탉의 주인이 왕이 될 것이다."

수탉들은 서로 싸움을 하였고, 루트비히의 수탉이 다른 두 마리를 이겼다. 그리고 아버지가 죽은 다음 정말로 이 루트비히가 통치권을 넘겨받았다.

444
헝가리 땅에서 카를 왕이 귀환하다

카를 왕이 이교도들을 개종시키려고 헝가리와 발라카이로 떠날 때, 그는 아내에게 10년 내에 고향으로 돌아오겠노라고 약속하였다. 만약 10년이 지났는데도 그가 돌아오지 않는다면, 자기가 죽은 것으로 간주하라고 하였다. 하지만 그가 자신의 황금 반지를 사자(使者)를 통해 그녀에게 보내주게 된다면, 그 사자를 통해 그녀에게 보내어지는 모든 것을 믿어도 된다고 하였다. 이미 9년이 지났는데도 왕이 돌아오지 않자, 라인 강변의 아아헨(역자 주: 옛날 카를 왕의 궁이 있던 곳이다)지방에서는 도둑질과 방화가 방방곡곡에서 일어났다. 그러자 귀족들이 왕비에게 찾아가서 다른 한 남자를 남편으로 선택하여 이 왕국을 지켜 주시기를 엎드려 간청하였다. 왕비가 대답하였다.

"내가 어떻게 카를 왕을 거역하는 그런 죄를 짓고 내 정절을 깨뜨릴 수가 있겠소! 왕이 이곳을 떠날 때 내게 일러 준 징표도 그는 아직 내게 보내지 않았단 말이오."

하지만 귀족들이 나라가 전쟁으로 멸망할 게 틀림없다고 너무나 오랫동안 설득하는 바람에, 그녀는 마침내 그들의 뜻에 따르겠다고 약속하였다. 일사천리로 성대한 결혼식이 준비되었고, 이제 사흘이 지나면 그녀는 어느 부자 왕과 결혼을 하기로 하였다.

하지만 이런 일을 막으려고 하는 주 하나님은 천사를 사자의 자격으로 헝가리 땅으로 보내었다. 카를 왕은 헝가리 땅에 이미 오랫동안 머물고 있었던 것이다. 카를 왕이 사자에게서 이 소식을 듣고 말했다.

"내가 내 나라에 도착하기까지는 백 번의 휴식과 또 거기에다 열다섯 번의 휴식을 취해야 할 거리인데, 어떻게 내가 그 먼 길을 사흘 만에 돌아간단 말입니까?"

천사가 대답하였다.

"하나님은 능력이 많아서 원하는 대로 뜻을 이룰 수 있다는 것을 네가 알지 못하느냐? 네 서기에게 가 보아라. 그는 훌륭하고 튼튼한 말을 가지고 있으니, 그에게서 그 말을 얻어내어야만 할 것이니라. 그 말은 하루 만에 이끼 낀 습지대와 넓은 황야를 지나 라아프(오스트리아)까지 너를 태워 갈 것이다. 이것이 너의 첫날 도달거리다. 다음날 아침 일찍 네가 길을 떠나면, 도나우 강을 거슬러 올라 파사우(바이에른)에까지 이르게 될 것이다. 이것이 너의 둘째 날 도달거리다. 파사우에서 그 말을 버리도록 하거라. 네가 묵는 여관집 주인이 훌륭한 망아지를 가지고 있을 것이니 그에게서 그것을 사도록 하여라. 바로 그 망아지가 셋째 날에 너를 고향으로 데려다 줄 것이니라."

카를 왕은 천사가 일러 준 대로 서기에게 말을 샀으며, 그 말을 타고 하루 만에 불가리아를 지나 라압에 이르렀다. 하룻밤을 쉬고 둘째 날 해가 뜰 무렵 파사우를 향해 출발하였다. 파사우에서는 여관집 주인이 그에게 훌륭한 방을 내주었다. 가축이 집으로 돌아오는 저녁에 그는 망아지를 보았고, 그 갈기를 잡고서 주인에게 이렇게 말했다.

"주인장, 이 말을 내게 파시오. 나는 내일 아침 이 말을 타고 들판을 달려야 하겠소."

"안 됩니다." 주인이 말했다. "이 망아지는 아직 너무 어리기도 하고, 또 당신이 너무 무거워서 우리 집 망아지는 당신을 태울 수가 없을 것입니다."

왕은 그에게 다시 간청을 하였고, 주인은 이렇게 말했다.

"이 망아지가 고삐를 채운 적이 있다거나 아니면 사람을 태운 적이 있다면, 당신에게 이놈을 팔 수 있겠지요."

왕이 그에게 세 번째로 간청하였다. 주인은 카를이 이 망아지를 아주 마음에 들어 하는 것을 보자 마음이 동하여 결국 말을 양도하고자 하였다. 그래서 결국 왕은 주인에게서 이 망아지를 샀고, 그 대신 자기 말을 내주었다. 그 말은 그가 이틀 동안이나 이곳으로 타고 왔던 말이었는데, 쓰러지지 않은 게 기적이었다.

그리하여 사흘째 되는 날 왕은 다시 출발을 하였고, 쉬지도 않고 빠르게 말을 달려 아아헨에 도착하여 요새 성문 앞에 다다랐다. 그곳에서 그는 여관집에 들러 휴식을 취했다. 그런데 아아헨 도시 전체가 어디라고 할 것 없이 온통 노래와 춤추는 소리로 들썩거렸다. 그는 도대체 무슨 일이 일어났느냐고 물었다. 여관집 주인이 대답했다.

"오늘 성대한 혼인식이 열린답니다. 우리 왕비께서 어느 부자 왕과 결혼을 하기 때문이죠. 그래서 큰 잔치가 벌어져 젊은이와 늙은이, 가난한 자와 부자 등 너나할 것 없이 모두가 빵과 포도주를 넉넉히 받죠. 말들도 먹이를 잔뜩 받는다오."

왕이 말했다.

"나는 여기 이 방에서 묵겠소. 그리고 이 도시에서 나누어 주는 음식에는 조금도 관심이 없소이다. 그러니 내가 주는 이 돈으로 내게 필요한 것들을 사다 주시오. 그것도 아주 넉넉히 마련해 주시오."

주인이 금화를 보자, 이렇게 혼자 중얼거렸다.

"정말 귀족인가 보네. 이런 것은 난 결코 본 적이 없는데!"

정성들여 잘 차려진 상이 나왔으며 카를은 식사를 마쳤다. 그리고 난 다음 그가 하룻밤 묵는 동안 자기의 시중을 들게 될 하인 하나를 여관집 주인에게 요구했으며, 그러고는 침대에 누웠다. 하지만 침대에 누운 채로 그는 하인을 불러 단단히 경고했다.

"대성당 종이 울리거든 나를 반드시 깨워야 하느니라. 그래서 내가 그 종소리를 들을 수 있어야만 하느니라. 그렇게 해 준다면 그 대가로 네게 이 황금 반지를 주마."

하인이 종소리가 울리는 것을 들었을 때, 그는 잠자고 있는 왕의 침대로 갔다.

"자, 그럼, 나리. 이제 제게 그 대가를 주십시오. 지금 대성당 종이 울리고 있습니다."

카를은 재빨리 일어나 호화롭고 기품 있게 옷을 차려입고, 여관집 주인에게 가서 자기와 동행해 달라고 부탁하였다. 그래서 주인의 손을 붙잡고 그와 함께 성문 앞으로 갔다. 하지만 성문에는 튼튼한 빗장이 질러져 있었다. 여관집 주인이 말했다.

"나리, 할 수 없이 성문 아래로 기어 들어가야 하겠습니다, 그렇게 한다면 나리의 이 호화로운 옷은 아주 더러워질 겁니다."

"그 일이라면 아무 상관없소. 옷이 아주 갈가리 찢어져도 괜찮겠소."

그래서 그들은 성문 아래로 기어 들어갔다. 지혜로운 생각으로 가득 찬 왕은 여관집 주인에게 대성당 주위를 돌라고 시켰고, 그러는 동안 자신은 성당 안으로 들어갔다. 프랑크 사람들에게는 다음과 같은 법이 있었다.

"대성당의 의자에 앉는 자, 그 자는 왕이 되어야 한다."

그는 그 법이 괜찮다는 생각이 들었다. 그래서 그는 대성당의 의자에 앉았으며, 칼을 칼집에서 빼내어 자기 무릎 위에 올려놓았다. 그때 성당지기가 성당 안으로 들어와 몇 권의 책을 제단 위에 갖다 놓으려고 했다. 하지만 왕이 칼집에서 칼을 빼서 그것을 무릎 위에 올려놓고 말없이 앉아 있는 것을 보았을 때, 그는 무서워 움찔하였고 서둘러 돌아가 신부님께 알렸다.

"신부님, 제가 제단으로 가려고 했을 때, 웬 늙은 남자 하나가 제단의 신성한 의자에 앉아 자기 무릎 위에 날이 번쩍이는 칼을 올려놓고 있는 것을 보았습니다."

대성당 원로들은 성당지기의 말을 믿으려고 하지 않았다. 그런데 원로들 중 한 명이 등불을 켜 들고 지체 없이 신성한 의자가 있는 곳으로 다가갔다. 정말로 늙은 남자가 그 의자에 앉아 있는 것을 보았을 때, 그는 깜짝 놀라 손에서 등불을 떨어뜨리고 주교에게로 달려갔다. 주교는 하인들에게 촛불 두 개를 들고 따라오라 일렀고, 그래서 자기가 성당으로 가는 길을 환하게 비추게 하였다. 주교는 그 신성한 의자에 그 남자가 앉아 있는 것을 보자 약간 겁을 내며 말했다.

"당신이 수상한 사람이든 아니든, 아무튼 당신이 어떤 사람인지 말해 주시오! 그리고 누가 당신에게 해를 입혔기에 이렇게 당신이 그 신성한 의자에 앉아 있단 말이오? 말해 주시오!"

그러자 왕이 몸을 일으켰다.

"나는 그대가 익히 아는 사람이오. 나는 카를 왕이라고 하며 어느 누구도 나를 능가하는 능력을 가진 사람은 없소이다!"

이렇게 말을 하며 그는 주교가 자신의 모습을 똑똑히 볼 수 있도록 주교에게 가까이 다가갔다. 그러자 주교가 소리쳤다.

"환영합니다. 사랑하는 왕이시여! 당신이 오셔서 정말로 기쁩니다."

주교는 두 팔로 왕을 끌어안고 그를 자신의 집으로 안내하였다. 그러자 도시에 있는 모든 종이 울려 퍼졌고, 결혼식 하객들은 이 종소리가 도대체 무슨 소리인지 서로 물어 보았다. 그들은 카를 왕이 돌아왔다는 소식을 들었을 때, 모두들 뿔뿔이 흩어져 제각기 도망쳤다. 그러나 주교는 왕에게 간청하기를, 그들에게는 평화를 주시고 왕비에게는 다시 은총을 내리시라고 하였다. 왕비의 잘못으로 일어난 일이 아니었기 때문이었다. 카를은 주교의 간청을 받아들였고, 그리고 다시 왕비에게 은총을 내려 왕비를 받아들였다.

445
마그데부르크의 사슴

롤란트 근처 마그데부르크에서의 일이다. 마그데부르크로 들어가는 길목의 어느 돌기둥 앞에 금목걸이를 한 사슴 한 마리가 서 있어서 카를 황제가 그 사슴을 잡았다고 한다. 다른 전설 이야기도 있다. 카를 황제는 그 사슴을 다시 풀어 주면서 목에다 금목걸이를 걸어 주었다. 그리고 목걸이에 다음과 같은 말을 새기며 십자 표시를 하였다.

"사냥꾼님이시여, 저를 살려 주세요,

그러시면 제 목걸이를 드리겠습니다."

그 이후 이 사슴은 프리드리히 로트바르트의 시절에 처음으로 사냥꾼에게 포획되었다고 한다.

446
롬바르디아의 악사

카를이 데시데리우스[16] 왕과 결전을 치르려고 마음먹고 있었을 때, 롬바르디아의 악사 한 사람이 프랑크 왕국으로 와서 다음과 같은 내용의 노래를 불렀다.

"카를을 이탈리아 땅으로 안내하는 자는 어떤 보상을 받을까? 그것도 카를에게 맞서 창으로 겨누지도 않고, 방패로 저항하지도 않고, 또 카를의 부하들을 해치지도 않을 그런 길로 안내를 한다면 과연 어떤 보상을 받을까?"

이 노랫소리가 카를의 귀에까지 들리자, 카를은 그 자를 불러들이라고 명령하였다. 그리하여 카를은 자기가 원하는 승리를 얻게 되면, 그 자가 원하는 모든 것을 보장하겠노라고 약속하였다.

군대가 소집되고 악사가 앞장서서 진격해 나갔다. 하지만 그는 큰 길이건 작은 길이건 모든 길을 다 피하여 산의 한 쪽 귀퉁이로 왕을 안내하였다. 이 길은 오늘날까지도 '프랑크족의 길'이라 불리는 곳이다. 그들은 이 산에서 이탈리아의 가비 평원으로 내려간 다음, 일사분란하게 한 곳에 모였다. 그리고 전혀 예상치 못한 방법으로 랑고바르드 사람들을 뒤에서 습격하였다. 데시데리우스 왕은 파비아로 도망쳤고, 프랑크 사람들은 그 나라 전체를 점령하였다. 그러자 악사가 카를 왕 앞에 나타나더니 왕에게 자기와 했던 약속을 상기시켰다. 왕이 말했다.

"네가 원하는 것을 얘기해 보거라!"

그러자 악사가 대답하였다.

"이 산속의 어느 한 곳에 올라가 제가 가진 뿔피리를 힘껏 불겠습니다.

---

16 역자 주: 마지막 랑고바르드 왕(754-774년). 카를 대제는 770년에 그의 딸과 결혼했다가 772년에 도로 내쫓았다. 그리고 프랑크 사람들이 773년에 데시데리우스를 공격하였다.

피리 소리가 들리는 데까지의 모든 땅을 제게 주십시오. 물론 그 땅에 거주하는 모든 남자와 여자들까지 합쳐서 말입니다. 제가 수고한 대가입니다."

카를이 말했다.

"오냐, 네가 말한 대로 그렇게 해 주마."

악사는 감사의 머리를 조아렸고, 곧바로 산으로 올라가서 뿔피리를 불었다. 그리고 난 다음 산을 내려와 마을과 들판을 지나가면서, 그가 만나는 사람마다 모두 붙잡고 이렇게 물었다.

"혹시 뿔피리 소리를 들었소?"

그리고 "그렇소, 내가 들었소."라고 대답하는 사람은 누구에게든 뺨따귀를 한 대 치면서, 이렇게 말했다. "너는 이제 나의 소유물이로다."

카를은 사람들이 악사의 피리 소리를 들었을 법한 모든 땅을 그에게 내주었다. 악사는 그가 살아 있는 동안 이 땅을 소유하였고, 그의 후손들도 아무 문제없이 이 땅을 소유하였다. 오늘날까지도 이곳 주민들은 '피리 소리를 듣고서 모여든 사람들'이라 불린다.

447
철인 카를

카를 왕이 롬바르디아 왕 데시데리우스와 서로 원수로 지내던 시절이었다. 데시데리우스의 궁정에는 프랑크 귀족 오거(또는 오드거, 아우차르)가 살고 있었는데, 그는 카를의 은총을 잃어서 카를이 다스리는 나라를 떠나야만 했었다. 카를이 군대를 이끌고 쳐들어온다는 소식이 퍼졌을 때, 데시데리우스와 오거는 온 사방으로 왕국을 굽어볼 수 있는 높은 탑의 꼭대기에 올라갔다.

배낭을 멘 사람들이 무리 지어 다가왔다. 데시데리우스 왕이 물었다.

"카를이 이들 무리 속에 있느냐?"

오거가 대답했다.

"아직 안 보입니다!"

그 다음엔 전국에서 모인 프랑크 왕국의 향토 방위대들이 다가왔다. 데시데리우스가 확신을 갖고 말했다.

"여기 이들 중에는 분명 카를이 있겠지."

오거가 대답하였다.

"아직 안 보입니다. 아직요."

그러자 왕이 미친 듯 펄펄 뛰며 말했다.

"더 많은 사람들이 그와 함께 온다면, 우린 대체 무엇을 해야 한다는 말이냐?"

오거가 대답하였다.

"그가 오게 되면 자연히 아시게 될 겁니다. 우리에게 무슨 일이 일어날지, 저는 알지 못합니다."

이런 말을 하는 가운데 보급품 수송부대가 새로이 나타났다. 데시데리우스는 깜짝 놀라 말했다.

"그래도 저 무리 속엔 있을 테지?"

오거가 말했다.

"아뇨, 아직도 안 보입니다."

잠시 후에는 다른 성직자들과 함께 주교들, 수도원장들, 신부들이 그 모습을 보였다. 얼이 빠진 데시데리우스는 신음하듯 말했다.

"오, 차라리 아래로 내려가 이 끔찍스런 적의 얼굴을 피하도록 땅속에 숨도록 하자꾸나."

그러자 오거는 전성기의 비할 바 없이 화려했던 카를 왕의 권력을 떠올리고는 이렇게 말을 했다.

"들판 위의 씨앗들이 말라 버리고, 쇠로 된 포 강과 티시노 강이 흑연의 시커먼 파도로 도시 성벽을 뒤덮는 모습이 보인다면, 그때 비로소 카를이 온다고 기대해도 될 겁니다."

이 말을 하자마자, 맑은 하늘을 뒤덮는 시커먼 구름이 서쪽에서 나타났다. 그리고 무쇠처럼 강인한 카를이, 쇠로 만든 투구와 쇠로 만든 팔 가리개와 무릎 가리개, 넓은 가슴에 두른 쇠로 만든 갑옷, 왼손에 쇠철봉을 높이 쳐들고 나타났다. 오른손에는 강철 무기를 들었고, 방패는 완전히 쇠로 만든 것이고, 그의 준마 역시 배짱이나 혈색을 보니 마치 무쇠 같았다. 카를보다 앞서서 온 모든 사람이 옆으로 물러나더니 그의 뒤를 따랐다. 군대 전체가 마치 똑같은 방식으로 무장한 것처럼 보였다. 그 위로 재빨리 눈을 돌려보던 오거가 소리쳤다.

"여기 이 분입니다. 왕께서 그렇게도 많이 제게 물어보았던 바로 그 분 말씀입니다."

이 말을 하고 오거는 거의 죽은 상태로 바닥에 쓰러졌다.

448
파비아를 포위한 카를

데시데리우스는 아들 아델기스와 딸 하나를 데리고 파비아의 성으로 도망을 쳤는데, 카를은 오랫동안 이 성을 포위했다. 데시데리우스는 훌륭한 왕이었으며, 또 겸손한 왕이었다. 전설에 따르면, 항상 밤 12시에 일어나 교회에 기도를 드리러 갔으며, 교회의 문은 그가 나타나기만 하면 저절로 열렸다고 한다. 데시데리우스가 포위되어 있는 동안, 그의 딸은 카를 왕에게 한 통의 편지를 써서 그 편지를 테시모 강 너머로 활을 쏘아 보냈다.

편지 내용은 이랬다. 만약 카를 왕이 자기를 아내로 맞이하려고 한다면, 자기는 카를 왕에게 자기 아버지의 도시와 금·은 보화를 모두 넘기겠다는 것이었다. 카를이 그렇게 하겠다고 대답하자, 그 처녀는 강렬한 사랑의 불을 지피게 되었다. 그녀는 잠을 자고 있는 아버지의 머리 밑에서 그 도시의 열쇠를 훔쳐 내었다. 그리고 프랑크 왕 카를에게 자기 아버지가 오늘 밤 그 도시로 이동할 준비를 하고 있다고 알려 주었다. 카를의 군대가 성문 가까이 다가가 진군하자, 그녀는 뛸 듯이 기뻐하며 그를 맞이하였다. 하지만 쇄도하는 군대의 무리 속에 빠져들어 말발굽에 밟히고 말았다. 칠흑같이 어두운 밤이었기 때문이었다. 히힝거리는 말의 울음소리에 깨어난 아델기스는 날쌔게 그의 칼을 빼들고 여러 프랑크 군사들을 죽였다. 하지만 그의 아버지가 그에게 저항을 그만두라고 하였다. 왜냐하면 도시를 프랑크족들에게 넘겨주는 것은 신의 뜻이기 때문이라는 것이다. 그 후 아델기스는 도망을 쳤고, 카를은 그 도시와 왕궁을 넘겨받았다.

449
아델기스

데시데리우스의 아들 아델기스(또는 알기스, 아델거)는 어려서부터 힘이 세고 용맹이 대단하였다. 전쟁이 나면 그는 쇠철봉을 들고 말에 올라타 수많은 적을 때려죽이곤 하였다. 그래서 그는 랑고바르드 땅으로 쳐들어온 프랑크 사람들도 많이 죽였다. 그럼에도 불구하고 그는 더 강한 자에게 굴복해야만 했다. 바로 카를이 티치눔(파비아)까지 정복하였던 것이다. 하지만 이 대담한 젊은이는 티치눔에서 카를을 한번 탐색해 보기로 결심하였다. 그는 왕의 아들이 아니라, 미천한 신분의 사람처럼 주위에 사람들도 거의 거느리지 않고서 배를 타고 티치눔으로 갔다. 옛날 그의 아버지가 가장 신뢰했던 부하 중 한 명을 제외하고는 어느 누구도 그를 알아보지 못하였다. 그는 아버지의 부하에게 자기의 정체를 밝히지 말아 달라고 간곡히 부탁하였다. 부하가 대답하였다.

"맹세코, 제가 당신을 은닉할 수 있는 한 어느 누구에게도 당신이 누군지 밝히지 않겠습니다."

아델기스가 말했다.

"오늘, 당신이 왕의 점심식사를 제공할 때 나를 만찬 식탁 중 한 끝에 앉게 하여 주시오. 그리고 사람들이 식탁에서 버린 뼈다귀는 모조리 내 앞에 가져다 놓아 주시오."

아버지의 부하는 그렇게 하겠다고 약속하였다. 그가 바로 왕의 식탁에 음식을 운반하는 사람이었기 때문이다. 식사가 시작되었을 때, 그는 과연 그렇게 하여 모든 뼈다귀를 아델기스 앞에 가져다 놓았다. 아델기스는 그 뼈다귀를 부러뜨려 굶주린 사자처럼 골수를 먹었다. 아델기스는 그 뼛조각들을 식탁 아래로 던져 나중에 유용하게 쓸 무더기로 모아두었다. 그리고 나서 그는 다른 사람들보다 먼저 식탁에서 일어나 그곳을 떠났다.

왕이 식탁에서 일어서다가 식탁 아래에 있는 한 무더기의 뼈다귀를 보고 물었다.

"어떤 손님이 이 많은 뼈다귀를 부러뜨렸느냐?"

모두가 자기들은 모르겠다고 대답하였다. 그러나 한 사람이 이렇게 말했다.

"어느 건장한 무사가 앉아 있었는데, 그가 사슴의 뼈이건 곰의 뼈이건 황소의 뼈이건 모든 뼈를 마치 대마(大麻) 줄기 꺾듯 부러뜨렸습니다."

카를 왕은 음식을 운반한 사람을 불러오게 하여 이렇게 물었다.

"바로 여기에서 이 많은 뼈다귀를 부러뜨린 사람은 누구이며, 어디서 온 사람인지 말해 보거라!"

그가 대답하였다.

"모릅니다, 전하."

카를 왕이 이렇게 말하였다.

"내 머리의 왕관을 걸고 맹세하건대, 너는 그것을 알고 있다."

그는 자기가 현장에서 들켰다고 생각했기 때문에, 벌벌 떨며 아무 말도 하지 못했다. 하지만 왕은 그가 바로 아델기스였다고 가볍게 말했다. 그리고 왕은 아델기스가 아무런 벌도 받지 않고 그곳을 떠나도록 내버려 둔 것을 유감스러워했다. 그리고 이렇게 말했다.

"그는 어느 쪽으로 갔느냐?"

누군가가 대답하였다.

"그는 배를 타고 왔으니 아마 배를 타고 떠났을 것입니다."

다른 사람이 말했다.

"그렇다면 제가 그를 뒤쫓아 가서 죽일까요?"

카를이 대답했다.

"어떤 방법으로?"

"제게 전하의 황금 팔찌를 주십시오. 그러면 제가 그것을 이용하여 놈을 없애도록 하겠습니다."

왕이 그에게 팔찌를 내주자, 그는 그것을 가지고 재빨리 육로로 그를 뒤쫓아 가서 마침내 따라잡았다. 그는 배를 타고 가는 아델기스에게 멀리서 소리쳤다.

"멈춰라! 왕이 네게 선물로 황금 팔찌를 보내셨다. 왜 너는 그렇게 몰래 도망쳤느냐?"

아델기스가 배를 강가로 돌렸다. 그리고 가까이 다가가면서 왕이 선물로 보낸 팔찌가 창끝에 매달려 있는 것을 보자, 그는 자기를 죽이려는 계략임을 알아차렸다. 그는 갑옷을 어깨 위로 걸치고는 이렇게 외쳤다.

"네가 창으로 내게 건네주는 것을 나도 창으로 받으마.[17] 나를 죽이라고 네 주인이 속임수로 이 선물을 보낸 것이라면, 나도 그것에 걸맞게 나의

17 『힐데브란트의 노래』 36행 참조.

선물을 네 주인에게 주도록 하마."

그러고서 아델기스는 카를 왕의 팔찌를 받고는 자신의 팔찌를 창끝에 매달아 카를의 부하에게 넘겨주었다. 카를의 부하는 자신의 기대에 못 미쳐 실망하며 돌아가서 카를 왕에게 아델기스의 팔찌를 전하였다. 카를이 그 팔찌를 착용하였더니, 그 팔찌는 그의 어깨까지 올라갔다. 카를이 외쳤다.

"이 친구가 거인의 힘을 가졌다는 게 놀랄 일이 아니군."

카를 왕은 이 아델기스를 언제나 두려워하였다. 왜냐하면 카를 왕은 아델기스와 그 아버지에게서 왕국을 탈취하였기 때문이다. 아델기스는 어머니 안사 왕비가 있는 브릭센으로 도주하였는데, 거기는 그의 어머니가 대성당을 건립하였던 곳이었다.

450
카를 왕과 프리슬란트

프랑크에서 출발한 카를 왕과 덴마크에서 출발한 라트보트 왕이 프리슬란트(역자 주: 독일 니더작센 주의 한 지역을 뜻하기도 하고, 네덜란드의 북부에 있는 주를 뜻하기도 한다.)에서 서로 만나게 되었을 때, 프라네커가우를 사이에 두고 각각의 부대를 상징하는 방패를 치켜들며 서로 자기 땅이라고 우기고 있었다. 현명한 사람들은 이 일을 두고 서로 화해를 해서 잘 해결하려고 하였지만, 남자들은 끝까지 싸우려고 하였다. 사람들은 오랫동안 해결책을 찾았지만 뾰족한 방법이 없었다. 그러다 마침내 두 왕의 결정에 달려 있는 해결책을 찾아내었다. 그것은 바로, 차렷 자세를 해서 더 오래 서 있는 사람이 이기는 것이었다. 드디어 이쪽저쪽 사람들이 모여들었다. 시합시간은 정오부터 그 다음날 정오까지를 한 라운드로 정했고, 두 왕은 이제 부동자세로 섰고 시합은 시작되었다. 약간의 시간이 흐른 후, 카를 왕이 자기 손수건을 떨어뜨렸다. 그러자 라트보트 왕이 그것을 주워서 카를 왕에게 건네주었다. 바로 그때 카를 왕이 이렇게 말했다.

"하하하, 이 땅은 이제 우리 프랑크의 땅이오."

그렇게 말하고 크게 웃었다. 그래서 그곳의 이름은 하켄제(웃는다는 뜻)라 불리어졌다. 그러자 라트보트가 말했다.

"그 이유가 무엇이오?"

카를이 다시 이렇게 말했다.

"그대가 움직였기 때문이오. 그대들은 이제 내 부하가 되었도다."

라트보트가 말했다.

"오, 이럴 수가!"

그래서 라트보트 왕이 있던 쪽의 장소는 바켄제(고통의 외침이라는 뜻)라 불리어졌다. 그리고 나서 라트보트 왕은 그곳을 떠났다. 그리고 난 후 그는 민회(역자 주: 여기서는 Ding으로 되어 있는데, 이것은 Thing으로 보아야 한다. Thing이란, 군사 집회와 재판 집회를 겸한 고대 게르만족의 인민 집회를 일컫는다.)를 개최하려고 하였다. 하지만 그렇게 할 수 없었다. 왜냐하면 민회를 개최할 수 있는 자유로운 곳이 별로 없었기 때문이었다. 그래서 그는 7개의 제란트(네덜란드에 있는 섬)로 사람들을 보내어, 그가 민회를 열 수 있는 자유로운 곳을 자기에게 제공할 수 있도록 하라고 했다. 그래서 그들은 금·은 보화를 주고 델데마네스를 샀다. 그런 후 라트보트 왕은 그곳에서 민회를 열어 프리슬란트 사람들을 오게 하였으며, 그리고 그들이 원하는 것이 무엇인지 말하라고 하였다. 프리슬란트 사람들은 자기들끼리 먼저 의논한 후에 얘기를 하겠다고 얼마간의 시간여유를 달라고 하였다. 라트보트 왕은 그들에게 얼마간의 시간을 주었다. 그 다음 날 라트보트 왕은 그들에게 그들의 권리를 행사할 수 있도록 하였다. 즉, 원하는 것을 얘기할 수 있도록 하였다. 그래서 그들은 모여들었고, 7개의 제란트에서 12명의 대표자를 뽑았다. 그러자 라트보트 왕은 그들에게 그들의 권리를 행사하라고 하였다. 그랬더니 그들은 다시 또 얼마간의 시간을 달라고 하였다. 사흘째 되는 날 라트보트 왕은 그들은 다시 모이게 했다. 그러자 그들은 (법적인 방해사유를 증거로 내세우는) 긴급증서를 꺼내어 다시 얼마간의 시간 여유를 가졌다. 나흘째도 그랬고, 닷새째도 그랬다. 이 두 번의 시간유예와 세 번의 긴급증서 보이기는 자유로운 프리슬란트 사람들이 당연히 가져야 하는 권리였다. 엿새째 되는 날 라트보트 왕은 그들에게 권리를 행사하라고 하였다. 그러자 그들은 그렇게 할 수 없다고 말하였다. 그랬더니 라트보트 왕은 이렇게 말하였다.

"이제 내가 너희들에게 세 개의 선택권을 주겠노라. 그중에 하나를 선택하도록 하라. 하나는 너희들이 죽음을 맞는 것이고, 다른 하나는 노예가 되는 것이며, 또 다른 하나는 튼튼한 배를 하나 갖는 것이다. 물론 그 배는 밀물과 썰물에도 견뎌 낼 수 있으며 특별한 노와 특별한 닻줄이 구비되어 있어서 아주 안정되고 튼튼한 배이니라."

그러자 그들은 배를 선택하였으며, 그 배를 타고 썰물을 이용하여 먼 바다로 빠져 나갔다. 그래서 그들은 더 이상 어떠한 육지도 볼 수 없었다. 그런 후 그들의 마음은 고통스러웠다. 그러자 그들 중 아제겐(재판관을 뜻함)이라는 비테킨트 종족 출신의 한 사람이 이렇게 말하였다.

"내가 듣기로는, 우리 주 예수는 땅에 있을 때 12명의 형제를 가졌고 그 자신은 13번째 형제였습니다. 그리고 그는 닫힌 문 곁에 있는 12형제 각각에게 와서 위로하고 그들을 가르쳤습니다. 그런데 왜 우리는 지금 그에게 부탁하지 않는 것입니까? 그가 우리에게 13번째 형제를 보내주시어, 우리에게 권리를 가르쳐 주시고 우리가 살아가야 할 땅을 알려 주어야 하지 않습니까?"

그리고선 그들 모두는 엎드려 간절히 기도했다. 그들이 기도를 드리고 나자, 13번째 형제가 조종간에 앉아서 선장처럼 키를 잡고 있는 모습이 보였다. 그는 모진 폭풍과 세찬 바람을 뚫고 육지로 운항했다. 드디어 그들은 육지에 도착하였다. 그런데 그가 운행하던 핸들 축과 섶나무 다발을 땅 위에 던지자 그곳에 하나의 분수가 생겨났다. 그래서 그곳은 악센호프(역자 주:

'핸들 축 마당'이란 뜻)라 불리어진다. 그리고 그들이 도착한 육지는 에쉬벡이라고 하는데, 그곳에 도착하여 이제 그들은 분수를 둘러싸고 앉았다. 거기에서 13번째 형제가 그들에게 가르쳐 준 것을 그들은 정당하게 받아들였다. 하지만 그 13번째 형제가 누구인지 아무도 몰랐다. 그래서 금방 그는 그들과 똑같은 한 사람이 되었다. 그가 그들에게 권리를 알려 주었기 때문에, 그들에게는 12개의 권리가 있었다. 그 때문에 그곳에는 언제나 13명의 아제겐(재판관)이 있었다고 한다. 그리고 그들이 판결을 내릴 때는 '악센호프'나 '에쉬벡'에서 했다고 한다. 만약 그들의 의견이 대립되면(여러 의견이 있게 되면), 7명의 재판관이 6명의 재판관을 묵살시킬 수가 있었다. 그것이 프리슬란트 전체의 법이었다.

451
세례받지 않은 라트보트

성인(聖人) 볼프람이 프리슬란트 사람에게 기독교를 설파하면서, 마침내 그들의 제후 라트보트가 세례를 받도록 하였다. 이미 라트보트는 세례반에 한쪽 발을 담그고 있었다. 그때 갑자기 그에게 번쩍 떠오른 생각은, 도대체 자기 선조들은 어디로 갔는지에 대해 질문해야겠다는 것이었다. 선조들이 축복 받은 무리들 속에 있는 것인지, 아니면 지옥에 있는 것인지에 대한 질문이었다. 성 볼프람은 이렇게 대답했다.

"그들은 이교도들이어서, 그들의 영혼은 없어져 버렸다."

그러자 라트보트가 재빨리 발을 세례반에서 빼내더니 이렇게 말했다.

"당신들의 예배모임에 나는 가고 싶지 않소이다. 그들이 없는 천국에서 호화롭게 사는 것보다 차라리 그들이 있는 지옥에서 불행하더라도 나는 그렇게 살겠소이다."

그렇게 악마가 방해를 하여 라트보트는 세례를 받지 않았다. 그런 직후 사흘 째 되던 날 라트보트는 죽었고, 그의 친척들이 있는 곳 지옥으로 갔다.

다른 전설은 다음과 같다.

볼프람이 대답하기를, 라트보트의 선조들은 지옥에 있다고 하자 라트보트는 자기 선조의 대다수는 어디에 있는지 재차 물었다. 볼프람은 말했다.

"정말 두려운 것은, 지옥에 그대 선조들 대다수가 있다는 것이지."

그러자 이교도 라트보트가 세례반에서 발을 빼내더니 이렇게 말했다.

"나의 선조 대다수가 있는 곳, 그곳에 나 또한 머물 것이오."

452
악마의 황금 집

볼프람이 잠을 자다가 꿈속에서 환영을 보았는데, 그 환영이 자기더러 프리슬란트 사람들에게 기독교를 설파하라고 명령하는 것이었다. 그는 몇 사람을 동반하고 프리슬란트로 갔다. 그런데 프리슬란트에서는 제비뽑기에서 당첨된 사람을 신들의 제물로 바치는 것이 관습이었다. 이번에는 오코라는 이름의 어린아이가 제비뽑기에서 당첨되었다. 성 볼프람이 라트보트 왕에게 그 아이를 살려주기를 간청하자, 라트보트는 이렇게 대답했다.

"만약 당신의 그리스도가 그 아이를 죽음에서 구해 낸다면, 그 아이는 당신 것이오."

그들이 아이를 교수대로 끌고 가자, 볼프람은 기도를 드렸다. 그러자 순식간에 교수대에 걸린 줄이 끊어지더니 아이는 땅에 떨어졌다. 아이는 상처 하나 없었으며, 즉시 세례를 받았다. 그랬더니 어린아이 오코가 볼프람에게 설명하기를, 라트보트 왕이 악마의 꾐에 빠졌다는 것이었다. 다시 말해, 악마가 머리에는 광석이 섞인 금띠를 두르고 금빛 찬란한 옷을 입은 천사의 모습으로 라트보트 왕에게 나타났다는 것이다. 라트보트가 그를 보자, 악마는 그에게 이렇게 말했다.

"세상에서 가장 강하고 용맹한 자여, 어찌하여 그대는 신들을 모시는 군주와 구별되려고 하는가? 그런 행동을 하지 말고 그대가 배웠던 것을 고수한다면, 그대는 황금으로 된 집에 살 수 있을 것이며 그 황금 집은 영원히 그대의 소유가 될 것이로다. 내일 볼프람에게 가 보거라. 그 분은 그리스도의 선생님이므로 그분께 물어보아라. 그분이 너에게 약속한 영원의 황금 집이 어느 것인지. 그분이 만약 네게 영원의 집을 분명하게 제시하지 않는다면, 양측이 대표자들을 선택하여도 좋다. 나는 그들의 여행 길잡이가 되어서 그들에게 황금 집을 보여 주고, 또 너를 위해 준비한 아름다운 집도 보여 줄 것이다."

라트바트가 정신을 차리자 그는 이 모든 것을 성인 볼프람에게 설명했다. 그랬더니 볼프람은, 사기꾼 사탄이 라트바트에게 요술을 부렸다고 말했다. 라트바트가 대답하기를, 자기가 믿는 하느님이 자기에게 황금 집을 내보이지 않으면 자기는 기독교인이 될 거라고 말했다. 즉시 라트바트 측의 프리슬란트 사람 하나와 볼프람 측의 목사 한 사람이 대표로 내보내어지게 되었다. 그 두 사람이 도시에서 벗어나려고 할 때, 그들은 여행 안내자 한 사람을 발견했으며, 그가 그 두 사람에게 이렇게 말하는 것이었다.

"빨리 서두르시오, 나는 당신들에게 라트보트 제후를 위해 마련된 아름다운 집을 보여 주겠소."

그들은 길을 떠나 사람이 살지 않는 곳을 지났으며, 또 너무나 아름답게 여러 종류의 매끈한 대리석으로 장식된 길도 보았다. 그들은 또 멀리서 마치 황금처럼 빛나는 집을 보고, 그 집으로 향하는 길에 들어섰다. 그 길은 황금과 보석으로 포장되어 있었다. 그들이 그 집에 들어서자, 그 집은 너무나 아름답고 믿기지 않을 정도의 놀라운 광채를 뿜어냈으며 저 안쪽에는 엄청나게 큰 왕관이 하나 있었다. 그러자 여행 안내자가 말했다.

"여기가 라트보트 제후를 위해 마련된 아름다운 집입니다!"

그러자 함께 온 목사가 놀라면서 바로 이렇게 말했다.

"만약 이 집이 하느님께서 만들어 주신 것이라면, 이 집은 영원히 존재할 것입니다. 하지만 악마가 만들어 준 것이라면, 이 집은 금방 사라져 버릴 것입니다."

그러면서 그가 십자가를 꺼내 들자 순식간에 그 여행 안내자는 악마로 변하였고, 황금 집은 진흙으로 변했다. 그리고 그 목사는 동행한 프리슬란트과 함께 물이 가득 찬 늪지대 한 가운데에 키 큰 갈대들로 둘러싸여 있었다. 그들은 3일 동안 엄청나게 먼 길을 돌아와, 마침내 그들의 도시에 도착했다. 거기서 그들은 라트보트 제후가 죽은 것을 알았고, 그들이 보았던 것을 성 볼프람에게 설명해 주었다. 그 프리슬란트 사람은 세례를 받았으며, 이후 주고마르라는 이름을 얻게 되었다.

453
비테킨트의 세례

카를 왕은 큰 축제가 열릴 때마다 자기 뒤를 따라온 많은 거지들에게 은화 한 닢씩을 주곤 하는 버릇이 있었다. 그래서 부활절 전주(前週)의 수난 주간에, 엥거른의 비테킨트[18]는 거지 옷을 입고 거지들 틈에 섞여서 카를의 진영에 들어갔으며, 그곳에서 카를 왕을 위시한 프랑크 사람들을 탐색하려

18 역자 주: 비테킨트 폰 엥거른. 유명한 작센의 비두킨트 공작. 기독교 신앙과 카를 대제에 대항한 가장 중요한 인물. 나중에 카를 대제와 평화조약을 맺고, 기독교로 개종하고 세례를 받는다.

하였다. 하지만 부활절에 카를은 자신의 천막에서 미사를 드렸다. 그런데 그때 신부가 성체를 높이 들어 올렸을 때 기적이 일어났는데, 성체 안에서 살아 있는 아이를 비테킨트는 보았던 것이다. 그가 생각하기에 지금까지 그가 보았던 아이 중에 가장 아름다운 아이였다. 그리고 비테킨트 외에는 어느 누구도 그 아이를 보지 못했다. 미사가 끝난 후 가난한 사람들에게 은화 한 닢씩 돌아갔다. 바로 그때 사람들은 거지 옷을 하고 있는 비테킨트를 발견하고 그를 붙잡아 왕에게 끌고 갔다. 왕 앞에서 비테킨트는 자기가 본 것을 말했다. 그는 신에 관한 모든 것을 알게 되어 깊은 감동을 받았을 뿐 아니라 세례도 받았다. 그리고 자기 진영의 다른 영주들에게도 사람을 보내 전쟁을 중지하고 세례를 받도록 하였다. 카를은 그를 공작으로 임명하면서 그의 방패에 새겨진 검은 말을 흰 말로 바꾸게 하였다.

454
비테킨트의 도주

오늘날에도 엥터 지역에 사는 사람들은 누구나 알고 있듯이, 비테킨트는 이곳 엥터 지역에서 프랑크족들의 공격을 받았는데(783년), 많은 사람들이 이곳 비텐펠트 들판에서 목숨을 잃었다. 비테킨트는 아녀자들과 함께 엘러브루흐 쪽으로 도주를 하다가 그리 깊지 않은 강에 다다랐다. 그런데 한 늙은 여자가 강을 건널 수가 없었다. 그녀는 적의 손에 잡히면 안 되었기 때문에, 벨만의 종묘장 근처에서 작센 사람들에 의해 산 채로 모래 언덕 속에 파묻혔다. 이때 그들은 이렇게 말했다.

"이제 아무도 너에게 신경 쓰지 않아. 너는 격리되었어. 너는 부대 행렬을 따라갈 수 없어."

어떤 사람들은 여기에서 그녀의 유령을 보았다고 하며, 어떤 사람들은 그런 유령을 본 적이 없다고 한다. 하지만 밤에는 어느 누구도 그 들판을 지나다니지 않았다. 그곳에서는 아무리 창들을 번쩍이는 정예부대라 해도 시끌벅적한 행렬이 된다는 사실을 대부분의 사람들은 옛날부터 알고 있었다. 그래서 몇 년 전 많은 사람들이 실제로 그곳을 지나치게 되었을 때, 그 지역 주민들은 공포에 빠졌으며 또 그곳을 벗어나야 한다고 생각했다.

455
프랑크푸르트의 건설

카를 왕이 작센족들에게 패하여 도망치다가 마인 강에 이르렀을 때, 이들 프랑크족들은 강의 얕은 부분(푸르트)을 찾을 수가 없었다. 그곳이라면 이들이 강을 건너 적들로부터 목숨을 구할 수 있었을 텐데 말이다. 그때 갑자기 암사슴 한 마리가 나타나더니 앞장서서 여행 안내자가 되어 주었다. 그래서 프랑크족들은 마인 강을 건넜고, 그 이후로 이 장소는 '프랑크족들이 강을 건너도록 안내해 주다'라는 뜻으로 '프랑크푸르트'라 불리게 되었다.

456
슈바벤 사람들이 왕국을 위해 앞장서 싸우는 이유

옛날부터 슈바벤 사람들은 독일제국의 모든 종족들 중에서 슈바벤 군대를 선두에 세워 싸우게 하는 권리를 가지고 있었다. 이 권리는 카를 대제가 게롤트(힐데가르트의 오빠) 제후에게 수여한 것이었다. 게롤트 제후는 피비린내 나는 룬체팔 전투에서 황제 앞에 무릎을 꿇고 군대의 최연장자로서 이 특권을 요구했던 것이다. 그 이후로 아무도 그들의 앞장에 서서 싸우지 않았다. 다른 전설에는, 슈바벤 군대가 카를 대제를 도와주었던 이유가 로마를 접수하기 위해서였다고 한다. 또 다른 전설에는, 슈바벤의 제후가 황제의 깃발을 들었고 그래서 우선권을 획득하였던 이유는 밀라노를 접수하기 위해서였다고 한다.

457
에긴하르트와 임마

카를 대제의 전속 목사이자 서기인 에긴하르트는 왕궁에서 봉사를 하였는데, 모든 사람들이 존경할 만큼 그는 훌륭한 사람이었다. 그런데 황제의 딸인 임마가 그를 너무도 사랑하였다. 임마는 그리스 왕과 약혼한 사이였지만, 시간이 흐를수록 에긴하르트와 임마 사이의 은밀한 사랑은 더더욱 커지기만 했다. 다만 왕이 자기들의 사랑을 알아채고 노여워하지 않을까 하는 두려움이 두 사람을 제지하고 있었다. 결국 젊은이는 더 이상 자신의 마음을 감출 수가 없었기도 하고 또 낯선 심부름꾼을 통해서는 아무것도 임마의 귀에 들려주고 싶지 않았기 때문에, 스스로 용기를 내서 조용한 밤에 그녀의 거처로 찾아갔다. 그는 마치 왕의 분부에 따라 파견되어 온 것처럼 나지막하게 방문을 두드렸고, 그리고 안으로 들어갔다. 그들은 서로에 대한 사랑을 고백하고, 간절히 바라던 대로 서로 끌어안고 즐겼다.

그러는 사이 어느새 동이 터서 젊은 남자는 왔던 곳으로 되돌아가려 했는데, 그때 그는 밤사이 많은 눈이 내린 것을 보았다. 그러자 그는 문지방을 넘어 발을 디디기를 꺼렸다. 왜냐하면 남자 발자국이 계속 이어지면 자기가 다녀간 것이 금방 발각될 것이기 때문이었다. 사랑하는 두 남녀는 불안하고 당혹스러워서 무엇을 할까 전전긍긍하다가 젊은 아가씨가 대담한 행동을 생각해 냈다. 그녀는 날이 밝아지기 전에 에긴하르트를 자기 등에 업고 그의 숙소 근처까지 가서 거기에 그를 내려놓고, 그런 다음 조심스럽게 자신의 발자국을 밟아 되돌아올 생각을 했던 것이다. 바로 이날 밤 하늘의 운명인지, 황제는 잠을 이루지 못하고 있었다. 그러다가 이른 아침 동이 틀 때 황제는 일어나 앉아 성의 안뜰을 내려다보고 있었다. 그때 자기 딸이 등에 무거운 짐을 지고 비틀비틀 걸어가더니 그 짐을 내려놓은 후에 후다닥 되돌아가는 것을 보았다. 황제는 이 광경을 똑똑히 지켜보았으며, 경탄과 고통을 동시에 느꼈다. 하지만 그는 침묵을 지켰다. 그러나 이런 행동이 오랫동안 은폐될 수 없다는 것을 잘 알았던 에긴하르트는 혼자 곰곰이 생각하다가 황제 앞으로 나아가 무릎을 꿇었다. 그리고 자신의 성실한 봉사가 제대로 보답받지 못할 것이라고 생각했기 때문에, 그만 공직에서 물러나겠다고 청하였다. 황제는 한참동안 침묵을 지키면서 마음을 드러내지 않고 있었다. 그러다가 마침내 그는 젊은이에게 곧 결정을 알려주겠노라고 약속하였다. 그러는 사이에 황제는 법정을 열어, 그가 가장 귀하게 여기는 고문관들을 소집하여 자기 딸 임마가 서기를 사랑하여 왕의 위신이 손상되었음을 알려 주었다. 이 새롭고 엄청난 범행에 대해 모두들 경악을 금치 못하고 있는데, 왕은 계속해서 그런 일은 분명 일어났고 또 자기의 두 눈으로 그것을 직접 보았다고 말했다. 그리고서 이제 왕은 고문관들의 충고와 판단을 요청하였다. 지혜롭고 온화한 심성의 고문관들 대부분은 왕이 직접 이 사건에 대한 결정을 내려야 한다는 의견이었다. 카를은 모든 점을 검토하여 이 사건에는 하늘의 뜻이 있음을 인정한 다음, 관대히 처리하기로 하고 서로 사랑하는 두 남녀를 결혼시키기로 결정하였다. 모든 사람이 기뻐하며 왕의 너그러움을 칭송하였고, 왕은 서기를 불러 이렇게 말했다.

"그대가 전에 그대의 봉사에 대한 충분한 보상을 받지 못해서 내게 불만을 토로했지만, 사실 이미 오래전부터 그대의 봉사에 대해서 멋진 보상을 해 주고 싶었느니라. 이제 나는 너의 봉사에 대한 보답으로, 내가 손수 업어 가며 키운 내 딸 임마를 너의 정식 부인으로 넘겨주고자 하느니라."

이어서 왕은 사람을 보내 딸을 불러왔고, 딸은 홍조 띤 얼굴을 하며 궁정 사람들이 모두 지켜보는 가운데 사랑하는 연인과 혼약을 맺게 되었다. 또한 카를은 딸에게 토지와 금과 은을 넉넉하게 지참금으로 마련해 주었다.

황제가 죽은 다음 루트비히 왕은 특별 문서를 통해 마인 지역에 있는, 오늘날의 젤리겐슈타트라 불리는, 미힐린슈타트와 뮐렌하임을 그들에게 선물로 주었다. 사랑하는 두 남녀는 죽어서 젤리겐슈타트의 교회에 매장되었다. 그곳에는 입으로 전해지는 이야기들이 있어서, 사람들은 아직도 그들을 기억한다. 그 이야기에 따르면, 언젠가 임마가 그 근처 숲을 향해 "오, 너 숲이여!(O du Wald!)"라고 말을 걸었다고 하여 그 숲은 '오덴발트(Odenwald)'라는 이름을 얻었다고 한다.

또 어떤 이야기에 따르면, 젤리겐슈타트는 다음의 이야기에서 나온 이름이라고 한다. 카를 대제가 임마를 내쫓았고, 그런 후 왕이 사냥을 하다가 길을 잃어 바로 이곳을 찾았다는 것이다. 다시 말해, 이곳에 있는 어부의 오두막에 사는 여자가 왕이 좋아하는 음식을 만들어 내놓는 것을 보고서 왕은 자기 딸임을 알아차렸고, 이렇게 외쳤다고 한다.

"내가 임마를 다시 찾은 곳,

이 도시를 행복이라 부르도록 하라!"[19]

458
아아헨 근처 바다 속의 반지

페트라르카는 독일로 가는 여행길에서 아아헨의 목사들로부터 다음과 같은 이야기를 들었다. 그들은 이 이야기는 진짜 사실이라고 하면서 입에서 입으로 전해져 내려온 것이라 하였다. 옛날 카를 대제가 미천한 신분의 여인과 격렬한 사랑을 나누게 되었는데, 그래서 카를 대제는 자기의 모든 본분을 잊고 정사를 내팽개치고 심지어 자신의 몸도 소홀히 하였다. 궁정의 모든 사람들은 식을 줄 모르는 이 사랑 놀음에 당황스럽기도 하고 불쾌하기도 하였다. 그러다 마침내 이 여인은 병에 걸려 죽고 말았다. 그래서 사람들은 카를 대제가 이제는 사랑을 포기할 거라고 기대했지만, 오히려 카를 대제는 그 시체를 자기 곁에 두고서 그 시체가 마치 살아 있는 듯 입을 맞추고 끌어안으며 말을 걸기까지 하였다. 시체는 냄새가 나고 부패하기 시작했다. 그럼에도 불구하고 카를은 그 여인을 포기하지 않았다. 그 때 대주교 투르핀의 생각으로는 마술을 부리는 수밖에 없다는 것이었다. 그래서 어느 날 카를이 시체가 있는 그 방을 나왔을 때, 대주교는 그 방에 들어가 마치 무엇을 찾아내려는 듯 여인의 시체 여기저기를 뒤적거려보았다. 마침내 여인의 입 속 혀 밑에서 반지 하나를 발견해, 그 반지를 꺼내어 치워 버렸다. 그리고 나서 카를 대제가 다시 방으로 들어왔을 때, 카를은

---

19 역자 주: 젤리겐슈타트(Seligenstadt)는 말 그대로 '행복도시'라는 뜻이다. 이 도시 이름에는 행복(Selig)과 도시(Stadt)라는 말이 들어 있다.

마치 깊은 잠에서 깬 사람처럼 놀라면서 이렇게 물었다.

"도대체 누가 이 악취 나는 시체를 방 안에 들여다 놓았느냐?"

이렇게 말하고 당장 이 시체를 매장하라고 명령하였다. 이런 일이 있고 난 후, 이제 카를 대제의 애착은 대주교에게로 향했다. 그가 어디로 가든 카를은 그를 따라다녔던 것이다. 현명하고 경건한 대주교가 이것을 눈치 채고 또 반지의 위력을 알았을 때, 대주교는 그 반지가 부당하게 다른 사람의 손에 끼워져 있는 것이 두려워서, 그 반지를 빼게 하여 아아헨 도시 근교 바다에 던져 버렸다. 사람들이 말하기를, 그 시간 이후로 카를은 그곳을 사랑하여 아아헨 도시를 떠나려고 하지 않았다고 한다. 더욱이 카를은 그곳에 황제의 궁궐과 대성당을 짓게 하였고, 또 그의 여생을 그곳에서 보내었으며, 자기가 죽고 난 다음에 무덤을 그곳에 세우게 하였다. 또한 그는 자기의 모든 후손들이 이 도시에서 왕위를 물려받고 또 성직에 임명되도록 명령을 내렸다.

459
황제와 뱀

카를 황제가 취리히에서 '구멍으로'라는 이름의 집에 살고 있을 때, 그는 한 개의 기둥을 세웠는데 그 위에는 종을 매달고, 또 그 종에는 밧줄을 연결해 두었다. 그래서 황제가 점심식사를 하고 있을 때, 법의 집행을 원하는 사람은 누구나 그 밧줄을 잡아당길 수 있도록 하였다. 어느 날 종이 울려서 하인들이 밖으로 나가 보았지만 밧줄 주위에는 아무도 없었다. 하지만 종소리는 계속해서 울렸다. 황제는 그들에게 다시 한 번 더 나가서 그 이유를 알아보라고 명령하였다. 그러자 그들은 커다란 뱀 한 마리가 밧줄을 잡아당겨 종을 울리고 있는 것을 발견하였다. 그들은 깜짝 놀라 황제에게 이 사실을 알렸다. 황제는 벌떡 일어나 적어도 인간을 대할 때와 조금도 다름없이 그 동물에게 판결을 내리려고 하였다. 뱀은 왕 앞에 정중하게 고개를 숙이고 난 후에, 왕을 물가로 인도하였다. 그곳에는 뱀의 둥지가 있었고, 둥지에는 뱀의 알들이 있었다. 그런데 아주 커다란 두꺼비 한 마리가 그 알을 품고 있었다. 카를은 자세히 살펴보더니 두 동물들의 싸움에 대해 결정을 내렸는데, 뱀은 죄가 없으니 두꺼비를 화형에 처하라는 것이었다. 이러한 판결이 정식으로 선포되고 집행되었다. 그런 일이 있은 지 며칠 후 그 뱀은 다시 궁정으로 와서 절을 하고는, 식탁으로 가서 식탁 위에 놓여 있던 잔의 뚜껑을 살짝 열었다. 그러고는 입에 물고 온 귀한 보석을 잔 속에 떨어뜨리고, 다시 절을 하고 사라졌다. 카를은 뱀의 둥지가 있던 장소에 교회를 세우게 하였는데, 사람들은 그 교회를 '물의 교회'라 불렀다.

카를은 뱀이 가져온 그 보석을 특별히 사랑하는 자기 아내에게 선물하였다. 이 보석은 신비한 힘을 지니고 있어서 언제나 황제를 아내의 곁으로 불러들였고, 또 서로 함께 있지 못하면 황제는 그녀를 향한 애타는 마음과 그리움을 느끼게 되었다. 그래서 그녀는 이 보석이 다른 사람 손에 들어가면 황제가 곧바로 자신을 잊어버릴 거라는 것을 잘 알고 있었기 때문에, 그녀가 죽을 때 이 보석을 자기 혀 아래 집어넣고 죽었다. 황후는 그 보석과 함께 땅에 묻혔다. 그러자 카를은 그녀의 시신과 헤어질 수가 없어서, 시신을 땅에서 도로 파내 18년 동안이나 자기가 어느 곳에 가든 그 시신을 데리고 돌아다녔다. 그 사이 이 보석의 감추어진 효력에 대해 전해 들어 알고 있던 어떤 신하가 시신을 자세히 조사하였으며, 마침내 혀 아래 있는 것을 찾아냈다. 그는 그것을 꺼내어 자기가 지니고 다녔다.

그러자 황제의 사랑은 죽은 아내에게서 등을 돌려 신하 쪽으로 향했는데, 황제는 이 신하를 사랑하여 그와 헤어지려고 하지 않았다. 언젠가 이 신하는 쾰른으로 가는 여행길에서 갑자기 두려운 마음이 들어 이 보석을 뜨거운 온천수에 던져 버렸다. 그 이후로 어느 누구도 그 보석을 다시 찾을 수가 없었다. 그 신하를 향한 황제의 사랑은 멈추었지만 황제는 이상하게도 보석이 묻혀 있는 그 장소에 마음이 끌렸고, 바로 그 장소에 아아헨이라는 도시를 건설하여 그 이후로 언제나 그곳에 즐겨 머물렀다.

460
카를 황제

로마제국의 왕 자리가 비게 되면 로마인들은 왕관을 가져와 성 베드로 제단 위에 올려놓았다. 그리고 모든 국민들이 보는 앞에서 이제부터는 자기 종족 출신의 왕은 절대로 선출하지 않을 것이며, 다른 나라 출신의 왕을 선출할 것이라고 맹세하였다.

그 당시 로마인들은 다른 왕국의 어린아이들을 데려와 로마의 궁에서 귀족의 품위를 가르치며 양육시키는 것이 관습이었다. 그 아이들이 칼을 다룰 줄 아는 나이가 되면, 로마인들은 그 아이들을 흔쾌히 자기 고국으로 돌려보내었다. 그런 이유로 모든 왕국들은 매우 두려운 마음으로 로마인들을 섬겼다.

다음과 같은 일이 있었다. 케를링겐의 부자 왕 피핀에게는 두 아들이 있었는데, 큰 아이의 이름은 레오였고, 작은 아이 이름은 카를이었다. 레오는 로마에서 양육되어 나중에 교황의 자리에 올랐다. 하지만 카를은 계속 고국에 있었다. 어느 날 밤 카를이 자고 있을 때, 어떤 목소리가 세 번이나 그에게 들려왔다.

"자, 어서. 카를! 로마로 떠나거라. 너의 형 레오가 너를 찾고 있어."

즉시 카를은 떠날 채비를 하였지만, 아무도 그가 무엇을 하려는지 몰랐다. 마침내 그는 아버지이신 왕에게 여행을 다녀오겠다는 허락을 받았다.

카를은 이렇게 말했다.

"저는 교황을 만나 뵙고 싶습니다. 그리고 수도 로마에서 기도를 드리고 싶구요."

많은 선물을 준비하고서 카를은 장도에 올랐다. 그러면서 하느님께 기도를 했는데 눈가에 눈물이 촉촉했다. 하지만 그가 눈물을 흘렸다는 것을 아무도 눈치 채지 못했다. 로마에 도착한 카를은 노인이나 어린이 할 것 없이 융숭한 환영을 받았다. 교황은 미사곡을 불렀다. 모든 로마인들은 카를이 올곧은 행정관이자 재판관이 될 것이라고 얘기들을 나누었다.

카를은 그들의 말에 신경 쓰지 않았다. 왜냐하면 그는 기도하러 그곳에 온 것이기 때문이었다. 카를은 어떤 것에도 현혹되지 않았다. 맨 발로 카를은 교회에 가서 진심으로 하느님께 간구하고, 영혼을 걸고 기도했다. 그렇게 그는 4주 동안 신을 섬겼다. 그러자 교황인 그의 형과 모든 국민들이 자기 앞에 엎드렸고, 그는 귀한 왕관을 두 손으로 받았다. 그러자 모든 국민들이 아멘이라고 외쳤다.

카를 왕이 재판을 하고 있었다. 교황이 카를 왕에게 제후들이 교회의 십일조와 주임 사제 성직록(聖職祿) 그리고 부조금 등을 몽땅 가져갔다고 청원을 했던 것이다. 카를 왕은 이렇게 말했다.

"그것은 속세의 관습이로다. 어떤 사람이 신을 위해 바치는 것, 그것을 다른 사람이 인수하게 되는 법이다. 하지만 이 공공연한 도적질을 자행하는 자는 결코 선한 기독교인이 아닐 것이다. 나는 지금 이 청원을 바로잡을 수가 없도다. 내가 낮 동안에 그런 일을 한다면, 성 베드로가 나에게서 그것을 빼앗아갈 것이다."

그러자 교황과 제후들은 서로 질투심을 느끼며 물러났다. 카를은 이 땅에 오래 머물려고 하지 않았으며, 리프란텐[20]으로 가려고 하였다. 로마인들은 카를이 그들의 올곧은 재판관임을 잘 알고 있었다. 하지만 그들 중 악한들은 카를이 내린 판결을 수락한 것을 후회하고 있었다. 그들은 성 베

20 리푸라이아.

드로 성당으로 몰려가 교황을 붙잡고, 교황의 두 눈을 뽑아내 버렸다. 그런 후 그들은 눈이 먼 교황을 리프란덴으로 보내었다. 카를 왕을 조롱하기 위해서였다. 교황은 나귀를 타고, 그에게 길을 안내할 두 명의 목사와 두 명의 하인과 함께 길을 떠났다. 리프란덴으로 가는 길에 교황은 이 고통과 고뇌를 견디어 내었다. 그가 왕궁이 있는 잉겔른하임에 도착하자, 어느 누구도 그에게 무슨 일이 있었는지 알지 못했다. 그래서 그는 나귀를 탄 채, 함께 동행한 목사 중 한 사람을 왕에게 알현하라고 비밀리에 들여보내며 이렇게 말했다.

"자네 말을 조심하고 또 서둘지 말게. 왕께는 불쌍한 순례자 한 사람이 왕께 드릴 말씀이 있다고만 전하게."

목사는 들어가면서 눈물을 흘렸는데, 얼굴에 난 피가 수염 위로 흘러내렸다. 왕이 그가 들어오는 것을 보자 이렇게 말했다.

"이 사람이 커다란 고통을 받고 있구나. 힘이 닿은 한, 그를 도와주도록 하라."

목사는 무릎을 꿇어 절을 하고 가까스로 이렇게 말했다.

"폐하!, 어서 나오셔서 밖에 있는 성직자 한 분과 얘기를 해 보십시오. 그 분은 커다란 고통을 겪고 있사옵니다."

카를은 서둘러 목사를 따라 궁궐 마당으로 나왔고, 신하들은 길을 터 주었다. 카를이 말했다.

"그대 순례자들이여! 그대들이 이곳에서 머물고 싶다면, 나는 기꺼이 그대들을 맞이하겠노라. 그대들의 고통을 내게 얘기하도록 하라, 그러면 내 힘이 닿는 한, 해결해 주도록 하겠노라."

그러자 가련한 교황이 왕에게 몸을 돌리려 하자, 머리는 비스듬히 기울어졌으며 얼굴은 눈먼 사팔뜨기인 상태였다. 교황은 말했다.

"신의 축복으로 당신의 도움을 받기를 원합니다! 제가 로마에서 당신을 위해 미사곡을 불렀던 적이 있는데, 그것이 불과 얼마 전이었습니다. 그 당시 저는 당연히 제 두 눈을 뜨고 있었습니다."

이 말을 듣자 카를 왕은 그의 형을 알아보고, 너무나 놀라서 바닥에 쓰러져 자기 머리를 쥐어뜯었다. 신하들이 황급히 달려와 그들의 왕을 진정시켰다. 교황 레오는 이렇게 말했다.

"당신의 은총으로 저는 여기로 왔었고, 당신 때문에 저는 두 눈을 잃었습니다. 사랑하는 동생이여, 더 이상 울지 마시게. 대신 신의 위대한 자비로움을 찬양하세나!"

그러자 국민들 사이에 눈물의 통곡소리가 들렸고, 어느 누구도 흐르는 눈물을 멈추지 못했다.

이제 카를 왕이 교황인 형에 관한 모든 이야기를 듣고서 이렇게 말했다.

"형의 두 눈을 이 지경으로 만들어 놓은 자들을 엄벌하리라! 그 이후에는 다시는 칼을 사용하지 않겠노라."

카를 왕은 아버지 피핀과 케를링겐의 제후들에게 사자(使者)들을 보내었다. 모두가 카를에게 호의적이었다. 사자들은 서둘러 이 나라에서 저 나라로, 귀족들에서부터 평민에 이르기까지 이 사실을 알렸다. 심지어 아무도 동원할 수 없는 농부들과 상인들도 선뜻 자기들의 전 재산을 내놓고 무리를 뒤따랐다. 그들은 마치 구름처럼 모여 들었다. 그 행렬은 알프스산을 넘어 트리엔탈을 통과했으며, 그 수많은 무리는 한 마디로 로마로 향하는 군사들의 대규모 출정이었다.

군대가 로마 저 멀리 멘델베르크[21]에 도착하자, — 물론 이것은 그들이 로마를 멀리서 보기 위해서였다 — 거기서 카를 왕은 3일 낮 3일 밤을 기도했다. 그러자 제후들이 고통스러워하더니 이렇게 말했다. '사람들이 저 멀리서 대기하고 있습니다. 그들의 고통을 얼마나 더 오래 보기를 원하십니까?' 그랬더니 카를 왕이 이렇게 대답했다.

"우선 우리는 하느님께 기도를 드리고 신의 허락을 구해야 하느니라. 그런 다음 우리는 소리 없이 싸울 수가 있으리라. 하느님이 내게 보내 주신 한 명의 봉신(封臣)만으로도 이런 상황에서는 충분하지만 말이다."

21 이곳에서 카를 대제 군사들이 함성을 지르면 로마까지 들리는 산이다.

4일째 되는 날 아침, 더 이상 기다리지 말고 로마를 공격하라는 목소리가 하늘에서 울려 나왔다.

"복수를 감행하라. 신의 판결이 뒤따를지니."

왕의 깃발이 펄럭이기 시작했다. 사람들이 산에서 내려오고 있을 때, 게롤트가 카를 왕을 향해 말을 타고 달려왔다. 그런데 카를 왕은 그에게 격식을 갖추고 큰 소리로 말했다.

"오랫동안 그대를 기다렸노라. 용맹한 장수여!"

카를은 머리 투구를 벗고 그에게 키스를 했다. 모두가 그 사람이 누구길래 왕이 그렇게 다정하게 인사하는지 궁금해 했다. 그는 방패 하나만 들고 있었던 것이다. 알고 보니 그가 바로, 슈바벤 종족이 세 무리를 지어 기쁨에 넘쳐 뒤따랐던 그 용맹한 게롤트였다. 그때 카를은 슈바벤 종족이 왕국을 위해 늘 앞장서 싸울 것을 허락하였었다.

7일 낮 7일 밤 동안 카를의 군대는 로마와 라테란(로마의 옛 교황궁)을 포위하였다. 여태껏 어느 누구도 감히 로마와 라테란에 대항해 싸우려고 한 종족은 없었다. 8일째 되는 날 로마인들은 성문을 열고 왕을 안으로 들어오게 하였다. 카를은 재판정에 앉아 재판을 하고 있었다. 고소장이 읽혀졌고, 피의자들이 거명되었다. 로마인들이 거론되자 그들은 부인하였다. 이때 왕이 진실을 밝혀내기 위해서는 전쟁도 불사한다고 하였다. 그러자 로마인들이 말했다. 그것은 자기들의 권리가 아니며, 어떤 왕도 그것을 강요하지 않았다고 하면서 자기들의 손가락을 뻗치며 맹세하려고 하였다. 그러자 카를이 말했다.

"그대들의 권리에 대해서는 어느 누구를 몰아세우지 않겠다. 하지만 그대들은 나에게 성인 판크라티우스(역자 주: 가톨릭에서 얘기하는, 4세기 초 순교한 로마의 성인) 앞에서 맹세해야 할 것이니라."

그들은 판크라티우스 공회당으로 들어가 그들의 손가락을 성전 위에 올려놓아야 했다. 맹세하려는 첫 번째 사람이 바닥에 쓰러졌다. 그때 남아 있던 다른 사람들은 절망하였고, 뒤로 물러나더니 그만 달아나기 시작했다. 카를 왕은 격분해서 말을 타고 그들을 뒤쫓았으며, 사흘 동안 그들을 살해하도록 하였고, 죽은 시체들을 성 베드로 성당에서 바깥으로 날랐으며, 바닥을 청소하고 또 교황을 다시금 등장시켰다. 그런 직후 카를은 제단 앞에 엎드려, 로마의 악한들이 믿음을 가질 수 있도록 어떤 기적이 일어나길 빌었다. 또한 그는 천국의 문지기인 성 베드로에게 자기 교황을 한번 보아 주십사 이렇게 기도드렸다.

"저는 그를 건강한 상태로 당신의 집에 맡겨 두었습니다. 그런데 그는 지금 눈이 먼 상태로 있다는 것을 또한 알았습니다. 만약 당신께서 다시 그가 볼 수 있도록 해 주시지 않는다면, 저는 당신의 성당을 파괴할 것이며, 당신의 공회당을 부셔 버리고 고향 리프란덴으로 떠날 것입니다."

그러자 교황 레오가 말을 타고 왔다. 그가 하느님께 고백을 하자 하늘에서 한 줄기 빛이 비쳤다. 그래서 그는 종족들에게 다시 돌아갔으며, 다시금 두 눈의 광명을 되찾았다. 카를 왕은 모든 군사들과 함께 십자가 대열로 엎드려 신을 찬양하였다. 교황은 카를 왕을 황제로 임명했고, 그의 모든 동행인들의 죄를 씻어 주었다. 그러자 로마에는 커다란 기쁨이 넘쳐났다.

카를은 천상의 사자(使者)의 도움을 받아 법령을 제정하였으며, 모든 군주와 귀족들은 그 법령을 준수하기로 맹세했다. 무엇보다 먼저 그는 크고 작은 교회들과 여러 주교들을 정비하였고, 그들에게 십일조와 주임 사제 성직록(聖職祿)을 기부하였다. 그러고 나서 농부들에게도 다음과 같은 훈령을 내렸다. 농부들은 검은 색 내지 회색 옷을 입어야 하고, 창을 옆에 지참할 것이며, 소가죽 신발을 신을 것이며, 상하의는 자연 그대로의 천으로 7엘레(역자 주: 독일의 옛 치수 이름. 약 2자 1치=66센티미터) 길이가 되어야 하며, 6일 동안 논밭을 갈며 일을 할 것이며, 일요일에는 손에 회초리를 들고 교회에 가야 한다. 만약 농부가 긴 칼을 가지고 있는 것이 발각되면, 교회 울타리에 묶여 머리와 피부를 모조리 벗겨 낼 것이다. 또한 상대방에게 증오심이 생기면, 포크(갈퀴)로 저항을 하도록 하라. 카를은 이러한 훈령을 제정하였다.

그러자 왕의 명성은 더 높아져 갔으며, 그는 여러 적들을 차례로 제압하였다. 그는 아풀리아의 제후인 아델하르트의 목을 잘랐지만, 소시니아의 제후 데시데리우스는 은혜를 베풀어 살려 주었다. 대신 그의 딸 아바를 아내로 맞아들여 그녀를 라인지방으로 데려갔다. 베스트팔렌(역자 주: 독일 서부의 노르트라인 베스트팔렌 주의 일부) 사람들은 카를에게 순순히 땅을 내어 주었고, 프리슬란트 사람들도 카를에게 굴복당했다. 하지만 작센족들은 카를을 받아들이려고 하지 않았다. 그들은 그들의 옛 관습을 유지하였으며, 카를의 군대와 전투를 벌여 카를을 패배시켰다. 그렇지만 비테킨트[22]는 그 승리를 오래 향유하지 못했다. 왜냐하면 게롤트가 치밀한 계략으로 그를 공격했기 때문이었다. 다시 말해, 카를의 군대와 작센족은 수차례 전투를 벌였으며 결국 작센족은 두 손을 들고 말았다.

그런 다음에 카를은 스페인과 나바라(역자 주: 프랑스와 에스파냐의 국경지대에 있던 봉건국가)로 말머리를 돌려, 그 왕국들과 이틀 동안 꼬박 격렬한 전투를 벌여 유리한 고지를 점령하였다. 카를은 이제 아를(Arl) 성을 포위했는데, 무려 7년 이상을 포위해야만 했다. 왜냐하면 그들에게는 지하로 포도주와 물이 공급되고 있었기 때문이었다. 하지만 마침내 카를은 그들의 술수를 알아차렸고, 그 통로를 막아 버렸다. 그러자 그들은 더 오래 싸울 수가 없어서, 성문 앞으로 나와 젖 먹던 힘과 용기를 다 내어 필사적으로 싸웠다. 어느 쪽도 상대방에게 화해를 청하지 않았으며, 양쪽 기독교도와 이교도들은 어느 누구도 감히 말하지 못할 만큼 서로 엄청난 사상자를 내었다. 하지만 카를은 신의 도움으로 결국 승리를 거두었고, 기독교도들은 멋있게 장식된 관 속에 넣어져 매장되었다.

이어서 카를은 게룬토(역자 주: 로나를 말한다. 현재의 북동 스페인에 위치해 있다) 성을 점령하여, 그 족속들을 굶주림으로 제압했고 모든 사람에게 세례를 베풀었다. 그러나 갈라시아에서는 카를이 그곳 이교도 왕에게 커다란 고통을 당

---

22 역자 주: 비테킨트 폰 엥거른. 유명한 작센의 비두킨트 공작. 기독교 신앙과 카를 대제에 대항한 가장 중요한 인물. 나중에 카를 대제와 평화조약을 맺고, 기독교로 개종하고 세례를 받는다.

했다. 그의 기독교도들이 거의 살해되었고, 그만 겨우 빠져 나왔던 것이다. 그곳 바위는 오늘날까지도 젖어 있는데, 카를은 그 바위에 앉아서 뜨거운 눈물을 흘렸으며 하느님께 이렇게 빌었다.

"오, 나의 주여. 못난 제 육신을 이 지상에서 작별하게 해 주소서! 제게는 더 이상 기쁨이 있을 수 없습니다."

그러자 천사가 나타나 그를 위로해 주었다.

"카를, 하느님께서 너를 사랑하고 계신다. 그러니 곧 네게 기쁨이 찾아올 것이니라. 서둘러 너의 사자(使者)를 고국으로 보내거라. 그래서 고국에 있는 모든 여자들에게 주의를 환기시키도록 하라. 그 여자들이 너의 명예를 다시 찾는 데 도움을 주어야 하느니라."

사자는 서둘러 고국에 당도하였고 어린 소녀, 처녀, 부인 할 것 없이 모든 여자들을 불러모았다. 그 수가 자그마치 5만 366명이었다. 카를의 계곡이라 불리는 곳에서는 처녀들이 남자들처럼 용감하게 전투에 임했다. 이교도 군사들은 이 많은 수의 사람들이 어디서 왔는지 너무 놀랐다. 그 여자들은 그들의 왕 카를에게 이렇게 말했다.

"폐하, 우리가 노인들을 처치했습니다. 그랬더니 사내아이들이 그 노인들을 위하여 복수하러 여기 왔습니다. 그 사내아이들은 가슴 주위가 탄탄하며, 머리카락은 꽤 길고, 걸음걸이는 아름답습니다. 아무튼 그들은 건방진 족속들입니다. 그들을 상대로 우리가 전투를 벌여 봐야 이로울 것이 없사옵니다. 이곳에 어떤 일이 일어나든지 간에, 그들은 우리를 이기지 못할 것입니다. 그들의 거동은 마비되어 있습니다."

이 여자들의 말을 듣고 이교도의 우두머리는 깜짝 놀랐다. 그래서 이교도의 현자들은 그 우두머리에게 이렇게 충고하였다. 카를 왕에게 인질을 잡히고, 그리고 이교도 모든 족속들은 세례를 받게 하라는 것이었다. 그렇게 하느님께서는 칼 한 번 쓰지 않고 기독교도들에게 승리를 안겨 주었다. 카를의 처녀들은 하늘이 늘 그들과 함께 한다는 것을 깨닫게 되었다.

카를과 그의 부하들은 고국으로 돌아왔다. 여자 영웅들은 푸른 목초지에 도착하여, 그들의 창을 땅에 꽂고 십자 대열로 엎드려 하느님께 찬양을 드렸다. 거기서 그들은 밤을 새웠다. 다음날 아침이 되자 그들의 창에는 푸른 싹이 생겼고, 꽃이 만발해 있었다. 그래서 그곳은 오늘날까지도 사람들이 볼 수 있는 '창의 숲'이라 불린다. 카를 왕은 바로 그곳에 그리스도와 성녀 마리아를 기리기 위해 교회를 건축하였다.

카를에게는 과거에 지은 죄가 있었는데, 그 죄에 대해 어느 누구에게도 고백하려 하지 않았다. 하지만 그는 오랫동안 무거운 죄책감에 시달렸다. 그래서 그는 성인의 한 사람인 에기디우스를 찾아가서, 그때까지 자기가 행했던 모든 행위를 고해 바쳤다. 카를은 이렇게 말했다.

"저는 지은 죄가 많습니다. 당신께 아직 고백하지 않았던 죄입니다. 그래서 저는 심히 불안합니다."

에기디우스는 다음날 아침까지 머물러 있으라고 충고했다. 두 사람은 함께 밤을 지냈다. 아무도 잠을 이루지 못했다. 다음날 아침 일찍 카를 왕은 성인 에기디우스에게 자기의 일을 처리해 달라고 청했다. 그러자 에기디우스는 하느님께 기도하면서 왕의 비밀스런 고통을 고해 바쳤다. 에기디우스가 미사를 마치고 축복의 말을 했을 때, 그는 사람이 보낸 편지가 아니라 천상에서 보낸 편지를 한 통 발견했다. 그는 카를 왕에게 그것을 보여주었고, 카를 왕은 그것을 읽었다.

"자기의 죄를 진심으로 뉘우치며 또 신을 믿는 자, 그런 자를 하느님께서는 더 이상 부르지 않으신다."

카를 왕에게 일어났던 경이로운 일들을 모두 이야기하자면 너무나 긴 시간이 필요할 것이다. 카를 왕은 대담하고, 멋지고, 자비롭고, 복이 있고, 겸손하고, 변함이 없으며, 훌륭하며 또 무섭기도 한 분이었다. 아아헨에 그는 매장되어 있다.

461
잠자고 있는 병사

랭스의 대주교이자 루트비히 왕의 형인 하인리히가 어느 여름날 시골을 여행하고 있었다. 한낮의 햇빛으로 잠시 낮잠이 들자, 그를 호위하던 병사들 몇몇도 역시 편하게 휴식을 취하며 잠이 들었다. 그런데 보초를 서고 있던 나머지 병사들이 이상한 광경을 목격하였다. 잠을 자고 있던 한 병사의 벌어진 입에서 마치 족제비처럼 생긴 흰색의 작은 짐승이 기어 나와 가까이 있는 냇가를 향해 서둘러 뛰어 가는 것이었다. 냇가에 다다르자 허둥지둥 거렸다. 냇물을 건널 수가 없었던 것이다. 그때 옆에서 지켜보고 있던 병사들 중 한 명이 칼집에서 칼을 빼 그 칼을 밟고 지나가라고 마치 다리처럼 걸쳐 두었다. 작은 짐승은 그 다리를 지나더니 사라져 버렸다. 잠시 후 그 짐승은 냇가 저편에서 다시 나타나 다가오더니 좀 전의 다리를 부지런히 찾고 있었다. 칼로 걸쳐 놓았던 다리는 그 사이 그 병사가 도로 칼집에 꽂아놓았던 것이다. 그가 다시 그 칼로 냇가에 다리를 만들어 주자, 작은 짐승은 칼 위에 오르더니 이쪽으로 건너왔고, 여전히 입을 벌리고 자고 있는 병사에게 다가와 그 입으로 다시 들어가 버렸다. 잠시 후 그 병사는 잠에서 깨어났다. 그러자 그의 동료가 그에게 꿈속에서 무엇을 만났는지 물었다. 그 병사는 이렇게 대답했다.

"꿈속에서 나는, 이동해야 할 길이 너무 멀어서 기진맥진해 있었어. 그런데 나는 길을 가다가 두 번이나 쇠로 된 다리를 건넜어."

이 말을 듣자 다른 병사들은 그들이 두 눈으로 보았던 일이, 잠자고 있던 병사의 꿈속에서 실제로 일어났음을 추정할 수 있었다.

462
힐데스하임을 건설한 루트비히 왕

루트비히 왕은 언제나 성모상을 목에 걸고 다녔는데, 한 번은 이런 일이 있었다. 그가 숲 속에서 말을 타다가 발을 보호하기 위해 말에서 내렸고, 그사이 성모상을 어느 바위 위에(또는 어느 나무 위에) 올려놓았다. 잠시 후 그가 다시 성모상을 가지려고 했을 때, 그곳에서부터 그것을 가져올 수 없었다. 그러자 루트비히 왕은 무릎을 꿇고 하느님께 기도하면서, 자기가 저지른 악행 때문에 그 돌 위에 있는 성모상을 가져올 수 없는 것인지 하느님께 알려 달라고 했다. 그때 그의 귀에 어떤 목소리가 들렸는데, 이렇게 말하는 것이었다.

"하얀 눈이 저 먼 곳까지 멀리 넓게 내리면, 그대는 마리아의 영광을 위해 크고 넓은 예배당을 짓도록 하라!"

그러자 갑자기 그 장소에 하늘에서부터 눈이 내리기 시작했다. 루트비히 왕은 이렇게 말했다.

"이것은 급박하게 내리는 눈이로다. 그러니 이곳을 힐데스슈네(힐데스슈네의 독일어는 Hilde(급박한)+Schnee(눈)의 복합어다.)라고 부르도록 하라."

이제 눈이 온 천지에 내리자, 루트비히 왕은 마리아의 영광을 위해서 교회를 지었다. 그 이후 권터는 공식적으로 인정받는 최초의 주교가 되었다. 그래서 그 교회와 그 도시는 '급박하게' 내리는 '눈'이라는 뜻으로 다음과 같은 이름을 갖게 되었다. 힐데스슈네라고 불리어지다가 이후에 힐데스하임(역자 주: 니더작센주의 하노버 남동쪽에 있는 도시. 815년 황제 루트비히 1세가 주교령으로 삼았으며, 주교들은 나중에 신성로마제국의 영주가 되었다.)이라 불리어졌던 것이다.

463
힐데스하임의 장미나무

어느 겨울철 경건한 왕 루트비히가 힐데스하임 지역에서 사냥을 하고 있었을 때, 그가 특히 애지중지하는 성스러움으로 가득 찬 십자가를 그만 잃어버렸다. 그는 그것을 찾기 위해서 신하들을 대거 내보내었고, 십자가를 찾아내면 바로 그 장소에 예배당을 세우겠다고 맹세하였다. 신하들은 눈 위에서 어제의 사냥 흔적을 추적하였는데, 얼마 지나지 않아 숲 한가운데 있는 푸른 잔디와 그 위에 푸른색 야생 장미나무가 있는 것을 멀리서 보았다. 신하들이 그쪽으로 다가가 보니 잃어버린 십자가가 장미나무에 매달려 있었다. 십자가를 찾은 신하들은 황제에게 그것을 발견한 장소를 아뢰었다. 그러자 루트비히는 그 장소에 예배당을 짓되 장미나무가 서 있는 곳에 제단을 앉히라고 명령하였다. 그렇게 예배당이 지어졌고, 장미나무는 지금까지도 푸른 싹을 내며 꽃을 피우고 있다. 물론 그렇게 하기 위해 장미나무는 특별히 고용된 남자의 보살핌을 받았으며, 또한 그 남자는 크고 작은 나뭇가지들로 바깥 지붕까지 둥근 예배당을 에워쌌던 것이다.

464
루트비히 왕의 늑골이 부러지다

독일의 루트비히 왕의 엄격함과 강인함에 대해서는 다음과 같은 이야기가 전해진다. 어떤 출정길에서 성 공격용 귀갑차(龜甲車)가 바로 자기 밑으로 지나가는 바람에 그는 굴러 떨어졌고, 그만 늑골이 부러졌다. 하지만 그는 병사들 앞에서 그 상처를 숨겼고, 출정을 완수하였다. 출정길 내내 루트비히 왕을 보필했던 신하들은 행렬의 이동 중에 그의 늑골에서 무슨 소리가 나는 것을 들었다. 모든 일을 마치고 난 다음에 루트비히 왕은 아아헨으로 가서 거기서 침대에 두 달 동안이나 누워 있었다. 그 이후에야 그의 늑골은 제대로 연결될 수 있었다.

465
밀랍 옷을 입은 왕비

독일 왕 루트비히는 세 명의 아들을 남기고 죽었다. 카를과 루트비히 그리고 카를만이었다. 이들 중 카를 왕은 아름답고 고결한 부인을 맞이했는데, 그녀의 순수한 삶은 궁정의 여인들에게 시기와 질투를 불러일으켰다. 어느 날 아침 일찍 왕이 기도를 하러 가고 있는데, 그의 신하 지게라트가 그를 따라와 이렇게 말했다.

"폐하, 제 부인이 저지른 일이 폐하의 명예를 실추시켰습니다. 그러니 도저히 더 이상 말씀을 드릴 수가 없습니다."

왕이 그를 빤히 쳐다보고 슬픈 표정을 지으며 말했다.

"어서 내게 진실을 말해 보시오. 왕국의 명예에 저촉되는 것을 그대가 어디서 보았는지 어서 말해 보시오."

간교한 늙은 신하는 대답했다.

"유감스럽게도 저는 제 아내가 다른 남자들에게 연정을 품은 것을 보고서 더 이상 기쁨과는 관계없는 사람이 되었습니다. 제가 만약 거짓말을 하는 것이라면, 저를 나무에 매달아 죽여도 괜찮습니다."

이 말을 듣고 왕은 서둘러 침실로 돌아와 말없이 왕비 곁에 드러누웠다. 그러자 왕비가 말했다.

"오늘은 특별한 날인가 봅니다. 어쩐 일로 폐하께서 이렇게 일찍 돌아오셨사옵니까?"

왕은 왕비의 뺨을 한 대 때리더니 이렇게 말했다.

"그 옛날 내 눈이 당신에게 매혹 당했던 것이 고통스럽구려. 당신 때문에 나는 나의 명예를 다 잃게 되었소. 그것은 이제 당신의 목숨이 달린 문제라오."

왕비는 깜짝 놀라 흐느껴 울면서 이렇게 말했다.

"폐하, 말씀을 삼가시고 체통을 지키십시오! 누군가 저를 모함한 것 같습니다. 하지만 이것도 제 잘못이라면, 저는 기꺼이 목숨을 버리겠나이다."

카를은 화를 억누르며 대답했다.

"당신은 부도덕한 사랑을 나누었소. 그러니 어찌 더 이상 이 나라의 왕비에 어울린다 할 수 있겠소?"

그녀가 말했다.

"저는 신의 판결에 따르겠습니다. 저는 결코 부도덕한 일을 행하지 않았습니다. 믿어 주십시오. 신의 은총이 저와 함께 하실 것입니다."

왕비는 4명의 주교에게 사자를 보냈다. 주교들은 왕비의 고해성사를 들으며 항상 왕비 곁에 있어야 했다. 그녀는 기도하고 금식했다. 마침내 판결의 날이 왔다. 주교들, 제후들 그리고 많은 군중들이 모여들었고, 왕비는 힘든 재판에 임해야 했다. 그런데 귀족들이 간섭하려고 하자 왕비는 이렇게 말했다.

"저에 대해 좋지 않은 말이 들리는데 제가 왕비의 자리에 오래 앉아 있다는 것을 하느님께서는 원하지 않으실 겁니다."

그 말을 듣자 모든 제후들은 슬퍼했다. 고양된 시선에 많은 축복을 받으며 왕비는 준비되어 있던 옷을 걸쳐 입었다. 노래를 부르고 경전을 낭송하며 기도는 계속 되었다. 그러자 양 사방에서 사람들이 나타나더니 왕비의 걸쳐 입은 옷에다가 불을 붙였다. 삽시간에 왕비에게서 불꽃이 타올랐으며, 잠시 후 밀랍이 포석(鋪石) 위에 흘러 내렸다. 왕비는 손끝 하나 다치지 않았고, 악의가 전혀 없는 순수한 아이처럼 서 있었다. 모두가 외쳤다.

"하느님의 영광이여!"

왕은 거짓말쟁이를 교수대에 매달아 처형했다. 하지만 왕비는 거기서부터 즐겁게 작별을 고하고, 왕국을 떠났다. 그리고 그녀의 여생을 오로지 하느님을 모시며 살았다.

466
아델하이트 왕비

로타르의 아내인 아델하이트 왕비가 카누시움 성에서 베렝가르(역자 주: 845-924. 이탈리아의 왕) 왕에 의해 삼엄하게 포위를 당해서 이미 오래전부터 도망칠 수단과 방책을 찾고 있었는데, 그때 아르두인이 물었다.

"성 안에는 밀이 몇 셰펠(역자 주: 곡량의 옛 단위. 지방에 따라 30~300리터로 일정치 않음)이나 남았느냐?"

아토가 대답하였다.

"얼마 없습니다. 5 셰펠의 호밀과 3 젝터(역자 주: 약 7리터를 나타내는 옛 곡량의 단위)의 밀뿐입니다."

"그렇다면 내 충고를 따르도록 하라. 멧돼지 한 마리를 잡아와서 그 멧돼지에게 밀을 배불리 먹이고, 그리고 멧돼지를 성문 밖으로 내보내도록 하여라."

성 안의 사람들은 아르두인의 충고대로 하였다. 성 바깥에 있는 적군이 그 돼지를 포획하고 배를 가르자 뱃속에는 많은 곡식이 들어 있었다. 적군은 이 성을 포위하여 성 안의 사람들을 굶주려 지치게 하는 것은 아무 소용이 없을 것이라는 결론을 내렸고, 그리고 포위를 풀었다.

467
지옥과 천국에서 선조를 본 카를 왕

카를 왕이 크리스마스 때 아침 일찍 예배를 보고 와서 휴식을 취하다가 잠깐 잠이 들었는데, 그때 어떤 섬뜩한 목소리가 그에게 이렇게 말하는 것이었다.

"카를, 지금 당장 너의 육신에서 영혼이 빠져나갈 것이다. 네 영혼은 주인이 행하는 정의를 볼 것이며, 그리고 난 다음 다시 돌아올 것이니라!"

곧 그의 영혼은 끌려갔는데, 그의 영혼을 끌고 간 것은 전신이 흰 생명체였다. 그런데 그것은 떨어지는 별처럼 반짝거리는 실을 가지고서 이렇게 말했다.

"이 실의 끝을 잡아라. 그리고 네 오른손 엄지에 그것을 묶도록 하라. 나는 너를 지옥의 고통스러운 장소에 너를 데려갈 것이니라."

이 말을 하고 난 후 그 생명체는 그를 데려갔다. 그 생명체는 반짝거리는 실뭉치에서 실을 술술 풀면서, 깊은 계곡을 지나 불이 활활 타오르는 분수로 안내했다. 이 분수 속에는 황(黃), 역청, 흑연, 그리고 밀랍이 있었다. 카를은 그 속에서 아버지와 선조 때의 주교들과 성직자들을 보았다. 카를은 두려워하며, 왜 그들이 고통을 받고 있는지 물었다. 그들은 말했다.

"우리는 제후들에게 평화를 상기시켜 주지 않고, 전쟁과 불화를 퍼뜨렸기 때문에 이렇게 고통을 받고 있다오."

그들이 계속 말을 하고 있었지만, 검은 복장의 악마들이 번쩍이는 갈고리를 타고 날아오더니 카를 왕이 의지하고 있는 실을 자기들 쪽으로 당겨오려고 무진 애를 쓰고 있었다. 하지만 악마들은 카를 왕의 광채 때문에 그렇게 할 수 없었고, 왔던 길로 되돌아갔다. 잠시 후 그들은 이번에는 뒤로 와서 긴 갈고리로 카를 왕을 잡아당겨 떨어뜨리려고 했다. 하지만 카를을 데려왔던 자가 카를의 어깨 둘레에 실을 이중으로 던져 카를을 단단히 잡아두었다.

그런 다음에 그들은 높은 산 위에 올라갔다. 산자락에는 반짝이는 강과 호수가 있었다. 이곳에서 카를은 아버지, 선조, 형제들 등 여러 사람들의 영혼을 보았는데, 그들은 머리까지 물에 잠겨 있었다. 그런데 어떤 이들은 턱까지 물에 잠겨 있었고, 어떤 이들은 배꼽까지 물에 잠겨 있었다. 그들은 카를을 보자 외치기 시작했다.

"카를, 카를, 우리는 살인을 저질렀고 또 전쟁과 약탈을 자행했기 때문에, 이런 고통을 받고 있어야 해!"

그런데 카를 뒤에서 어떤 이들이 비탄의 소리를 내자, 카를은 몸을 돌렸으며 그의 눈에 보인 것은 강가에 용과 뱀들로 가득 찬 용광로들이었다. 그 속에서 다른 많은 제후들이 고통을 겪고 있는 모습을 보았던 것이다. 그 용들 중 한 마리가 자기 쪽으로 날아오더니 그를 휘감으려고 했다. 그러나 카를의 안내자가 카를의 어깨 둘레에 있는 실의 세 번째 매듭을 감아버렸다.

얼마 안 있어 그들은 깊고 깊은 골짜기에 다다랐는데, 한 쪽은 밝게 빛나고 있었지만 다른 한 쪽은 어둠에 싸여 있는 골짜기였다. 어두운 쪽 골짜기에는 몇몇 왕과 선조들이 끔찍한 고통을 받으며 누워 있었다. 그리고 실이 던져 있는 밝은 곳에서는 끓는 물이 들어 있는 커다란 통 속에 자기의 아버지 루트비히 왕이 있는 것을 카를은 보았다. 아버지 루트비히는 비참한 표정으로 카를에게 경고하면서 왼쪽에 있는 두 개의 똑같은 통을 카를에게 가리켰다. 자기 죄에 대해 참회를 하지 않으면, 끓는 물이 들어 있는 통에 들어가야 한다는 것이었다. 그러자 카를은 소스라치게 놀랐다. 그래서 카를을 데리고 온 자는 그를 골짜기의 밝은 쪽으로 데려갔다. 거기서 카를은 그의 백부 로타르가 커다란 보석 위에 앉아 있는 것을 보았다. 로타르는 다른 왕들에 둘러 싸여 있었고, 왕관을 쓴 채 기쁜 표정을 하고 있었다. 로타르를 위시한 여러 왕들이 카를에게 경고하며, 카를의 왕국이 오래 지속되지 않을 거라고 알려 주었다. 왕국은 로타르의 딸이 낳은 아들 루트비히(역자 주: 독일 전설에 '루트비히'라는 이름은 여러 명 있다) 시절에 멸망한다는 것이다. 아무튼 바로 이때 카를은 저쪽 한 편에 서 있는 아이 루트비히를 보았다. 카를의 선조인 로타르가 카를에게 이렇게 말했다.

"이 아이가 루트비히야, 아무 잘못이 없는 아이지. 네 손에 쥐고 있는 그 실을 통해 네 왕국의 권력을 이 아이에게 넘겨주었던 아주 순수한 아이야."

그러자 카를은 엄지손가락에 있던 실을 감았고 그 아이에게 그 실(왕국)을 넘겨주었다. 갑자기 그 실은 햇빛처럼 번쩍거리더니 그 아이의 손에서 뒤죽박죽 헝클어졌다.

이때 카를의 영혼은 육체로 되돌아왔고, 카를은 피곤해서 녹초가 되어 버렸다.

468
아델베르트 폰 바벤베르크

서기 905년, 루트비히 왕이 어렸을 때 일어났던 일이다. 이 이야기는 오랜 세월을 두고 길거리에서나 식탁에서 노래로 불려져 사람들에게 전해졌으며, 또한 왕들의 행적을 다룬 책에서도 빠지지 않고 등장한다. 고귀한 프랑크 족의 백작인 아달베르트(854-906)는 루트비히 왕의 형인 콘라트를 죽였다. 그 때문에 아달베르트는 자신의 바벤베르크(밤베르크) 성에서 왕의 군대에게 포위를 당하였다. 하지만 왕의 군대는 무력으로 이 영웅 아달베르트를 제압할 수 없었기 때문에, 어린 루트비히 왕의 고문관인 마인츠의 대주교[23] 하토가 기발한 생각을 해내었다. 그는 아달베르트 백작과 대화를 하기 위해 경건한 척 위장하고서 성으로 들어가 아달베르트에게 왕의 은총을 구하라고 설득하였다. 하느님에 대해 경건하고도 겸허한 아달베르트는 기꺼이 대주교 하토의 말을 따랐지만 한 가지 조건을 요구하였다. 대주교 하토가 아달베르트 자신을 안전하고 생명의 위험이 없게 성으로 다시 데려다 주겠다는 약속을 하라는 것이었다. 하토가 그것을 약속하고서 두 사람은 길을 떠났다. 그들이 토이르슈타트(역자 주: 오늘날 뷔르츠부르크 지방에 있는 베네딕트 수도원 근처)라는 이름의 바로 이웃 마을에 가까이 이르렀을 때, 대주교 하토가 이렇게 말했다.

"우리가 왕 앞에 도착하기까지 아무것도 먹지 않고 간다는 것은 어려운 일일 테지요. 그러니 괜찮으시다면 그전에 무얼 좀 먹는 게 어떻겠습니까?"

노인들처럼 단순하고 고지식한 아달베르트는 이 말에 어떤 악의가 있다는 것을 알아채지 못했다. 아달베르트는 하토의 말이 끝나자마자 곧바로 그에게 자기 성에서 식사를 하고 가자고 초대하였다. 그래서 그들은 바로 전에 출발했던 성으로 발걸음을 돌렸다. 맛있는 식사를 마친 다음 그들은 곧바로 왕의 진영으로 갔다. 그곳에서 아달베르트의 소송사건이 처리되었는데, 아달베르트에게는 대역죄의 혐의가 내려져 참수형의 판결을 받았다. 사람들이 막 이 판결을 집행하려고 할 때, 아달베르트는 대주교 하토에게 그와 했던 약속을 지키라고 요구하였다. 하토는 자기도 모르게 속마음을 드러내며 대답하였다.

"우리가 아침을 먹으러 당신의 성으로 다시 돌아갔을 때, 이미 나는 그 약속을 지켰다. 그때 당신은 아무런 위험이 없이 안전했으니까."

곧 이어 아달베르트 폰 바벤베르크는 참수형을 당하고 그의 나라에는 왕의 군대가 진입하였다.

---

23 역자 주: 하토 1세. 이 사건 이후에 동프랑트 왕국의 재상을 지냈다.

그런데 또 다른 이야기를 들려주는 사람들도 있다. 아달베르트가 처음에 바로 하토에게 식사 대접을 하겠노라고 제안하였지만 하토가 그것을 거절하고는 나중에 길을 가다가 이렇게 말했다는 것이다.

"사람이란, 앞서 거절했던 것을 종종 다시 원하기도 하지요. 하지만 나는 먼 길에 좀 지치긴 했지만, 정신은 아주 말짱하군요."

그러자 아달베르트는 무릎을 꿇고 절을 하였다. 그리고 대주교 하토를 생각해서, 함께 돌아가서 무엇을 좀 먹고 가자고 초대를 하였다. 하지만 대주교 하토는 그를 성으로 도로 데려가자마자, 자신의 맹세를 지킨 것으로 생각하였다. 아달베르트의 처형은 트리부르에서 행해졌다.

469
하인리히 공작과 황금목걸이

오토의 아들 하인리히는 아버지의 유산과 아버지가 왕으로부터 하사받은 영지들을 상속받았다. 그러나 모든 것을 다 물려받은 것은 아니었다. 콘라트 왕이 하인리히가 너무 강력해지는 것을 두려워했기 때문이었다. 이는 하인리히에게도 고통스러운 일이었다. 그리하여 둘 사이에는 밀밭의 잡초처럼 적대감이 자라났다. 작센 사람들은 불평을 늘어놓았다. 왕은 말로는 하인리히에 대해 친절한 태도를 보였지만, 교활한 술수로 그를 속이려 하였다. 이러한 배신의 원흉이 된 것은 그러나 마인츠의 주교 하토였다. 그는 하인리히의 사촌인 아달베르트 백작을 속여 죽음으로 이끈 인물이었다. 바로 그 하토가 한 금세공사를 찾아가 하인리히를 목 졸라 죽이는 데 사용할 황금목걸이를 주문했다. 어느 날 왕의 부하들 중 하나가 작업하는 것을 보기 위해 금세공사의 작업장을 찾았다. 그는 대장장이가 일하는 모습을 보며 한숨을 쉬었다. 금세공사가 물었다. "왜 그렇게 한숨을 쉬십니까?" — "아" 하고 왕의 부하가 대답했다. "그 목걸이가 곧 최고의 사내인 하인리히 공작의 피로 붉게 물들게 될 것이기 때문이지요." 금세공사는 별 일 아니라는 듯 아무런 대꾸도 하지 않았다. 하지만 후에 자신의 훌륭한 작품이 완성되자마자 몰래 작업장을 빠져나가 길을 가고 있던 하인리히 공작에게로 갔다. 카살라[24]에서 공작과 마주친 그는 공작에게 어디로 가시는지를 물었다. 하인리히가 대답했다. "매우 영예로운 연회에 초대를 받아 가고 있는 길이라네." 금세공사는 그에게 사실의 전모를 알려 주었다. 하인리히는 초대를 전하러 온 사신을 불렀다. 그러고는 혼자 가서 그의 주인에게 감사와 함께 초대에 응하기 힘들다는 말을 전하라고 일렀다. 그리고 다음과 같은 전갈을 하토에게 전해 주도록 했다고 한다. "가서 하토 주교에게 이렇게 말하라. 하인리히는 아달베르트보다 더 단단한 목을 가지고 있지 못하니, 그와 그의 여러 신하들을 귀찮게 하느니 차라리 그냥 집에 있고자 한다고 말이다." 그러고 나서 하인리히는 작센과 튀링겐에 있는 주교의 소유지를 공격하였고, 왕의 친구인 주교의 적이 되었다. 하토는 그 후 얼마 되지 않아 화를 못 이기고 죽어 버렸는데, 몇몇 사람들은 그가 삼일 뒤에 번개에 맞아서 죽었다고도 한다.[25] 행운은 이제 왕을 떠나, 완전히 하인리히 공작의 편이 되었다(후에 그는 새잡이 하인리히라 불렸다).

24 헤센주의 카셀.

25 어떤 이들은 악마들이 그의 영혼을 에트나(역자 주: 시칠리 섬의 활화산)로 데려갔다고도 한다.

470
새잡이 하인리히 황제

영주들이 하인리히를 독일 황제로 추대하기 위해 그를 찾았을 때, 그들은 하인리히가 그물과 새덫을 들고 그의 사랑스런 아이들과 함께 새를 잡고 있는 모습을 보았다. 그래서 사람들은 하인리히를 농담조로 새잡이라고 불렀다.

471
용감한 난쟁이[26]

새잡이 하인리히 왕은 쿠노라는 이름의 충직한 영웅을 한 명 데리고 있었다. 그는 왕족이었으며, 몸집이 작았지만 마음과 용기만은 거대했다. 그의 작은 외모 때문에 사람들은 그에게 난쟁이라는 별명을 붙여 주었다. 로트링겐 폰 기질베르트와 프랑켄 폰 에버하르트가 반란을 일으켜 이제 막 브라이자흐에서 군대를 배에 태우려 하고 있을 때였다. 두 사람이 라인 강가에서 체스를 두고 있는데 난쟁이가 단지 스물네 명의 군인만을[27] 이끌고 그들을 습격하였다. 기질베르트는 배로 뛰어들었지만, 쿠노는 어마어마한 힘으로 창을 휘둘러 공작과 배에 타고 있던 사람들 모두를 물속에 가라앉

26 역자 주: 원문은 쿠르츠볼트(Kurzbold)이다. 저자는 이에 대해 다음과 같은 각주를 달고 있다. Churziboldt, pugillus, Däumling(역자 주: 원래는 "엄지만큼 작은 것"이라는 의미이며 일반적으로 골무를 뜻한다. 동화에 등장하는 작은 인물들을 뜻하기도 한다), Kurzboldt, 일종의 옷(로테르, 4546), 고프랑스어로는 cortibaut, courtibaut, 라틴어로는 cortibaldus.

27 슐로서, II, 2, 186 참조.

혔다. 에버하르트는 강가에서 그의 칼에 찔렸다. — 또 한 번은 사자가 우리에서 탈출했는데, 그때 왕의 곁에는 난쟁이밖에 없었다. 왕은 쿠노가 당시의 관습에 따라 차고 있던 칼을 뽑으려 했다. 그러나 쿠노는 그 전에 이미 사자에게 달려들어 사자를 죽여 버렸다. 이 일에 대한 이야기는 널리 퍼졌다. — 쿠노는 천성적으로 여자와 사과를 혐오했다. 그래서 둘 중 하나와 마주치게 되는 곳에는 머무르지 않았다. 이에 관해서는 많은 전설과 노래들이[28] 전해져 내려온다. 또 한 번은 거인처럼 덩치가 큰 이교도(슬라브족)가 도전을 해 왔는데, 그가 왕의 진영에서 나타나 이교도를 꺾어 버렸다.

472
오토의 턱수염[29]

오토 대제는 모든 나라에서 공포의 대상이었다. 그는 엄격하고 무자비했으며, 아름다운 붉은색 턱수염을 기르고 있었다. 그는 그 턱수염에 대고 맹세한 것은 반드시 실행했다. 한 번은 그가 바벤베르크(밤베르크)에서 화려한 궁정 모임을 가졌으니, 고위 성직자들과 영주들은 모두 여기에 참석해야만 했다. 부활절 아침에 왕은 모든 제후들과 함께 장엄한 미사에 참석하기 위해 대성당으로 갔다. 그사이 성에서는 연회를 위해 식탁이 차려졌다. 사람들은 빵을 차리고 아름다운 술잔을 올려놓았다. 당시 황제의 궁정

28 에케하르트가 살던 시대(11세기 후반)에 이 노래들은 너무나 잘 알려져 있었기 때문에, 그는 노래의 내용을 전하지 않고 있다.

29 붉은 수염 오토는 추측컨대 오토 1세가 아니라 오토 2세이다. 로엔그린: Str. 741 및 라이프니츠: 엑세스, I., 184쪽 참조. 그러나 이 전설은 이름들이 동일한 순서로 나열됨에도 불구하고 내용에서는 차이를 보인다.

에는 아름다운 귀족 사내아이 한 명도 종사하고 있었다. 아버지는 슈바벤의 공작이었으며, 아들이라고는 그 아이 하나밖에 없었다. 그런데 예쁘장하게 생긴 이 사내아이는 우연히 한 식탁 앞으로 갔다가 부드러운 빵에 가늘고 하얀 손을 뻗었다. 그러고는 모든 아이들이 다 자기 의지가 향하는 먹음직스런 것들을 즐거이 베어 물듯이, 빵을 집어 먹으려고 했다. 아이가 막 하얀 빵 한쪽을 뜯었을 때, 연회를 감독하는 관리인이 지팡이를 들고 나타났다. 그는 화가 나서 아이의 머리를 때렸는데, 어찌나 세고 거칠게 때렸던지 아이의 머리와 머리카락이 피로 물들었다. 아이는 쓰러져서 뜨거운 눈물을 흘리며 울었고, 연회감독관이 감히 자신을 때렸다고 소리쳤다. 그 모습을 하인리히 폰 켐프텐이라 불리는 선택받은 영웅이 목격했다. 그는 아이와 함께 슈바벤에서 왔으며, 그 아이의 엄격한 교사이기도 했다. 연약한 아이를 그렇게 무자비하게 때렸다는 사실이 그를 매우 화나게 만들었다. 그는 연회관리인의 부적절한 행동을 심한 말로 야단쳤다. 연회감독관은 그가 자신의 직책에 따라 궁정의 모든 되먹지 못한 장난꾸러기들을 지팡이로 물리칠 권리가 있다고 말했다. 그러자 하인리히는 커다란 몽둥이를 집어 들어 연회감독관의 머리를 쪼개 버렸고, 연회감독관은 계란처럼 깨져서 죽어 바닥에 쓰러졌다.

그사이에 미사를 보고 찬송가 부르는 일을 마친 왕과 영주들이 다시 돌아왔다. 황제는 피로 얼룩진 바닥을 보고 무슨 일이 일어났는지를 물어보았으며 사실을 들어 알게 되었다. 하인리히 폰 켐프텐은 그 자리에서 앞으로 불려 나갔고, 끓어오르는 분노에 휩싸인 오토는 이렇게 외쳤다. "나의 연회감독관이 여기 맞아죽어 누워 있는 것에 대해 나는 그대에게 복수할 것을 맹세하노라! 나의 턱수염에 맹세하노라!" 하인리히 폰 켐프텐이 이 귀한 맹세를 듣고 자신의 목숨이 왔다갔다한다는 사실을 알았을 때, 그는 정신을 바짝 차리고 재빨리 황제에게 뛰쳐나가서 그의 붉은 턱수염을 붙잡았다. 그러고는 갑자기 턱수염을 식탁 위로 내리쳤으니, 황제의 왕관이 오토의 머리에서 떨어져 홀 바닥으로 떨어졌다. 그리고 — 영주들이 이 분노한 사람으로부터 황제를 풀어 주기 위해 달려들었을 때 — 그는 단도를 꺼내 들고 다음과 같이 커다란 소리로 외쳤다. "아무도 나를 건드리지 마시오, 그렇지 않으면 황제는 여기서 죽어 누워 있게 될 것이오!" 모두가 뒤로 물러섰다. 커다란 궁지에 몰린 오토가 그들에게 눈짓으로 명령했던 것이다. 한 치의 두려움도 없이 하인리히는 이렇게 말했다. "황제폐하, 목숨을 부지하길 원하신다면, 제가 무사히 여길 떠날 수 있도록 해 주십시오." 자신의 목에 칼이 닿아 있는 것을 본 황제는 즉시 손가락을 높이 들고, 그 고귀한 기사에게 목숨이 선사될 것임을 황제의 명예를 걸고 맹세했다.

서약을 받자마자 하인리히는 붉은 수염을 손에서 놓았고, 황제가 일어설 수 있도록 해 주었다. 황제는 곧장 황제의 의자에 앉아 자신의 턱수염을 어루만지며 이렇게 말했다. "기사여, 육체와 생명을 나는 그대에게 허락했다. 그러니 이제 네 갈 길을 가라. 그러나 내 눈 앞에 나타나지 않도록, 다시는 내 두 눈이 그대를 보게 되지 않도록 주의하라. 그리고 나의 궁궐과 나의 나라를 떠나라! 그대를 궁궐의 일꾼으로 쓰기는 너무 어렵다. 나의 턱수염이 앞으로 그대의 단도를 피하게 되기를 바라노라!" 그러자 하인리히는 모든 기사들, 그리고 그 밖의 아는 사람들에게 작별을 고하고 수도원으로부터 영지로 받은 자신의 땅과 밭이 있는 슈바벤을 향해 떠났다. 그리고 그곳에서 외롭고 명예롭게 살았다.

그 후로 십 년이 지난 뒤 오토 황제는 산맥 너머에서 격렬한 전쟁을 치르게 되었으며, 그 와중에 어떤 견고한 도시 앞에 이르렀다. 그곳에서 인력과 병력이 부족하게 되자, 그는 독일의 여러 나라들로 사신을 보냈다. 제국으로부터 봉토를 받은 자라면 영지와 자신의 임무를 버리고 빨리 자신을 도우러 오라는 것이었다. 그리하여 켐프텐의 수도원장에게도 출정을 종용하는 사신이 도착했다. 이에 수도원장은 하인을 보내 그가 누구보다도 필요로 했던 하인리히에게 함께 가 줄 것을 요청했다. "아, 고귀하신 수도원장님, 무엇을 바라시는 것입니까?" 기사가 대답했다. "수도원장님께서도 제가 황제의 은총을 잃었다는 것을 알고 계시지 않습니까. 차라리 제 두 아들을 드릴 테니, 그들과 함께 가십시오." — "그렇지만 자네가 그 두 사람 모두를 합친 것보다 더 필요하다네." 수도원장이 말했다. "나는 그대를 이 출정에서 빼놓을 수 없네. 그렇게 하지 아니하면 더 합당한 봉사를 할 수 있는 사람에게 그대의 땅을 주도록 하겠네." — "정말로" 하고 고귀한 기사가 대답했다. "영지와 명예가 걸려 있는 일이라면 수도원장님의 명령에 따르겠습니다. 운명이 정하는 대로 되겠지요. 황제의 위협도 있는 그대로 받아들이겠습니다."

이 말과 함께 하인리히는 출정을 위해 무장을 했다. 그리고 곧 독일 군인들이 진을 치고 있는 도시가 있는 벨쉬란트로 갔다. 그러나 하인리히는 황제의 얼굴이 보이지 않는 곳에 숨어 있었으며, 그를 피해 다녔다. 자신의 천막은 부대의 약간 옆쪽에 세웠다. 어느 날 그는 물통 속에 팔다리를 펴고 누워 목욕을 하고 있었다. 목욕을 하면서 그는 주위를 둘러볼 수 있었다. 그때 하인리히는 한 무리의 시민들이 포위된 도시에서 나와 다가오는 것을 보았다. 그들은 양측이 이미 합의한 협상을 위해 황제에게 말을 타고 달려가고 있었다. 그러나 이 신뢰할 수 없는 시민들은 다음과 같은 계략을 가지고 있었다. 황제가 무기 없이, 아무 것도 모른 채 말을 타고 오면, 무장한 일당을 뒤쪽에 숨겨 놓고 있다가 그 파렴치한 손으로 황제를 덮쳐서 잡아 때려죽이려 했던 것이다. 반역과 살인이 일어나는 것을 본 하인리히는 목욕을 중단하고 물통에서 뛰쳐나와, 한손에는 방패를 들고, 다른 한손에는 칼을 들고 벌거벗은 채 그 무리를 향해 달려갔다. 하인리히는 용감하게 적들 사이로 뛰어들어 수많은 적들을 죽이고 상처를 입혔으며, 죽거나 다치지 않은 자들은 모두 도망치도록 만들었다. 그러고 나서 그는 황제를 묶고 있던 포박을 풀어 주고 재빨리 다시 원래 있던 곳으로 뛰어 돌아가 아까처럼 물통에 몸을 누이고 목욕을 했다. 오토 황제는 다시 군대로 돌아온 후 누가 그 미지의 구원자였는지를 알아보려 했다. 그는 막사에 있는 자신의 의자에 화가 난 채 앉아 말했다. "그 기사도적인 두 손이 나를 도와주지 않았더라면 나는 반역을 당하고 말았을 것이다. 그 벌거벗은 남자가 누구인지를 알아본 사람이 있다면 그를 내 앞으로 데리고 오라. 그는 많은 보상과 나의 은총을 받을 것이다. 그보다 더 용감한 영웅은 여기에도, 다른 곳에도 없도다."

이때 몇몇 사람들은 그가 하인리히 폰 켐프텐이라는 사실을 잘 알고 있었다. 그러나 그들은 황제가 죽일 것을 맹세한 사내의 이름을 입 밖에 내는 것을 두려워했다. "그 기사는" 하고 그들은 대답했다. "황제폐하의 커다란 노여움을 불러일으킨 적이 있습니다. 만약 그가 다시 폐하의 은총을 얻게 된다면, 저희가 그를 폐하의 앞으로 불러오겠습니다." 황제가 설령 자기 아버지를 죽인 사람이라고 하더라도 그를 용서해 주겠다고 말하자, 부하들은 하인리히 폰 켐프텐의 이름을 밝혔다. 오토는 곧장 그를 데려오라고 명령했다. 황제는 그러나 그에게 겁을 주려고 그를 냉담하게 맞이할 작정이었다.

하인리히 폰 켐프텐이 불려오자 황제는 짐짓 진노한 듯 행동하며 이렇게 말했다. "그대는 어찌 감히 다시 내 눈 앞에 나타날 생각을 했는가? 내가 왜 그대의 적이 되었는지를 잘 알고 있지 않은가? 내 턱수염을 잡아 쥐고, 면도칼도 없이 턱수염을 잘라버려 여전히 풍성하게 자라지 못하도록 만든 그대가 말이다. 도대체 그 어떤 주제 넘는 오만함이 그대를 지금 여기까지 오게 만들었는가?" — "은총을 베풀어 주시옵소서, 폐하." 그 용감한 전사가 말했다. "저는 이곳으로 오도록 강요를 받았습니다. 여기 서 있는 저의 영주가 그의 은총을 걸고 제게 명령했습니다. 제가 얼마나 내키지 않아 하면서 이곳에 왔는지는 하느님께서 증인이 되어 주실 것입니다. 그러나 전 충성의 맹세를 지켜야만 했습니다. 이것을 나쁘게 생각하는 사람이 있다면, 저는 그에게 충분한 대가를 치르게 하여 다시는 한 마디도 말을 할 수 없도록 만들어 줄 것입니다." 그때 오토 황제가 웃기 시작했다. "내게 오길 너무나 잘했네, 그대 선택받은 영웅이여! 그대의 도움이 아니었다면 나는 목숨을 잃어버리고 말았을 걸세. 그대가 나를 구해 주었네, 하느님의 은총을 받은 사나이여." 황제는 벌떡 일어서서 그의 눈과 볼에 키스를 했다. 두 사람 사이의 적대관계는 사라져 버렸으며, 진심 어린 화해가 이루어졌다. 황제 폐하는 그에게 커다란 부를 선사했으며, 명예를 주었으니, 이를 사람들이 아직까지도 기억하고 있다.

473
라우잉겐의 구두장이

라우잉겐이라는 도시에 있는 궁궐의 탑에는 다음과 같은 전설이 그림으로 묘사되어 있다.[30] 이교도 혹은 훈족이 슈바벤까지 밀고 들어왔을 때 황제가 군대와 함께 그들과 맞섰으며, 라우잉겐과 파이밍겐 성 사이, 도나우에서 멀리 떨어지지 않은 곳에 진을 쳤다. 기독교도들과 이교도들은 몇 번의 공방에도 승패가 나지 않자 마침내 일 대 일 대결을 통해 승패를 가름하기로 합의했다. 황제는 대결을 맡을 전사로 폰 칼라틴(파펜하임) 원수를 선택했다. 그는 기쁘게 임무를 받아들이며, 어떻게 하면 확실하게 승리를 쟁취할 수 있을지 곰곰이 생각했다. 그사이에 한 정체불명의 사나이가 그의 앞에 나타나 이렇게 말했다. "무엇을 고민하고 있는가? 내가 그대에게 말하노니, 황제를 위하여 싸우는 것은 그대여서는 아니 된다. 헴프빌(후에 라우잉겐)의 구두장이가 그 임무를 위해 선택되었노라." 칼라틴은 거센 목소리로 말했다. "당신은 누구시오? 어떻게 이 싸움의 영광을 내게서 앗아가려 하는 것이오?" — "나는 크리스트의 영웅인 게오르기우스이다." 미지의 남자가 대답했다. "그리고 그 상징물로 내 골무를 가져가거라." 이 말과

30 이 탑에는 다른 그림도 남아 있다. 이 그림은 키가 15피트에 이르며 두 개의 심장을 가지고 있었다는 말을 묘사하고 있는데, 이 말은 1260년에 라우잉겐에서 태어났다고 한다.

함께 그는 손에서 골무를 빼서 원수에게 주었다. 원수는 지체 없이 골무를 들고 황제에게로 가서 사건의 전모를 이야기해 주었다. 그리하여 구두장이가 이교도와 싸우기로 결정되었다. 구두장이는 임무를 받아들였고 기쁘게도 적을 쓰러뜨렸다. 이에 황제가 그에게 세 가지 소원을 말하도록 하였다. 구두장이는 첫 번째로 라우잉겐 근처의 들판을 원하였으니, 그 들판은 이 도시에 공동소유지로 주어졌다. 두 번째로, 그는 그 도시가 붉은 밀랍으로 날인할 수 있도록 허락해 줄 것을 원했다(근처에 있는 그 어떤 도시도 허락받지 못한 일이었다). 세 번째로, 그는 칼라틴의 남성들이 무어인 여성을 투구의 장식으로 쓸 수 있도록 해 주기를 바랐다. 그의 모든 소원들은 허락되었으며, 성 게오르기아의 골무는 파펜하임 사람들에 의해 소중하게 간직되었으니, 그 절반은 황금에 박아 넣어 카이스하임으로 보내졌고, 나머지 절반은 파펜하임으로 보내졌다.

474
마인츠 문장(紋章)의 바퀴

경건하고 학식이 높은 빌레기스가 1009년에 마인츠의 주교로 선발되었다. 그는 그러나 가진 것 없고 가난한 집안 출신이었으니, 그의 아버지는 수레를 만드는 목수였다. 이런 이유로 왕족과 수도원의 사람들은 그를 미워했으며, 그를 화나게 만들기 위해 분필로 그의 성문과 성벽에 바퀴를 그려놓았다. 그 그림들을 통해 주교에게 모욕을 주려고 했던 것이다. 자신에 대한 조롱에 대해 알게 되자 경건한 주교는 한 화가를 불러 그의 모든 방에 좋은 물감으로 빨간 바탕 위에 하얀 바퀴를 그리도록 시켰다. 그러고는 다음과 같은 시구를 덧붙이도록 했다. “빌레기스, 빌레기스, 네가 어디에서 왔는지를 생각해라." 여기에서 유래하여 이때 이후로 마인츠의 모든 주교들은 붉은색 판 위에 하얀색 바퀴들을 그려 놓았다. 어떤 이들은 덧붙여 말하기를, 빌레기스의 겸허함이 그로 하여금 나무로 된 쟁기 바퀴를 항상 자신의 침실에 걸어 놓도록 만들었다고 한다.

475
람멜스베르크

오토 1세가 하르츠부르크에 거주하고 있던 때에 그는 하르츠 산에서도 대규모의 사냥을 했다. 한 번은 그의 가장 뛰어난 사냥꾼 중 하나였던 람(어떤 이들에 따르면 레메)이 성의 서쪽에 있는 앞산에서 사냥을 하며 짐승을 쫓고 있었다. 그러나 곧 산이 너무 가팔라져서, 말에서 내려 말을 나무에 묶고 서둘러 짐승을 쫓아 달려갔다. 뒤에 남은 그의 말은 조급해하며 발을 굴렀고, 앞발굽으로 땅을 긁었다. 말의 주인인 사냥꾼 람이 추격을 마치고 돌아왔을 때, 그는 말이 애를 써 가며 해놓은 것을 보고 깜짝 놀랐다. 말이 발로 청동광맥을 파놓았던 것이다. 람은 거기에서 청동 몇 덩어리를 집어 들어 황제에게 가지고 갔고, 황제는 즉시 밖으로 드러난 광산을 파서 채굴을 해보도록 했다. 사람들은 풍부한 양의 청동을 발견했고, 그 산은 사냥꾼의 영예를 기리기 위해 람멜스베르크[31]라고 불리게 되었다. 사냥꾼의 부인은 고자라는 이름을 가지고 있었는데, 산 옆에 세워진 도시는 그녀의 이름으로부터 명칭을 얻게 되었다. 뿐만 아니라 그 도시를 가로질

31 람멜스베르크 산에는 브라운슈바이크와 고슬라보다 더 많은 나무들이 심어졌다고 한다. 사람들은 다음과 같이 시작되는 오래된 노래를 가지고 있다.
"람멜스베르크는 황금의 발을 가지고 있어 우리는 자랑스럽고 당당하다네."

러 흐르는 작은 강 역시 고제라고 불렸으며, 그 물로 만들어진 흰 맥주 역시 같은 이름으로 불렸다. 사냥꾼은 아우구스틴 예배당에 묻혔으며 그와 부인의 모습이 비석에 실제와 같은 크기로 조각되었다. 그 조각에서 람멜은 오른손으로 칼을 높이 들고 있었으며, 고자는 머리에 왕관을 쓰고 있었다.

다른 이들에 따르면 람멜이란 이름을 가진 것은 사냥꾼이 아니라 한 젊은 사내의 말이었다고 한다. 어느 날 그 말이 광산 옆에 묶여 있었을 때 격렬하게 날뛰며 발을 굴러 매우 날카로웠던 말의 편자못이 황금광맥을 드러나게 만들었다는 것이다.

람멜스베르크에 가면 아직도 분수 하나를 볼 수 있는데, 어린이분수라 불리는 이 분수 위에는 두 어린이의 석상이 서 있다. 이는 하인리히 2세 시절에 한 임산부가 이 분수 옆에서 아이 둘을 낳았기 때문이다. 오토 황제는 산 위의 베를이라는 곳에 성, 혹은 홀을 하나 가지고 있었으며, 그 앞에서 사로잡은 왕의 목을 베게 한 적이 있다고 한다. 후에 이 광산이 벼락에 맞은 적이 있었는데, 너무나 많은 일꾼들이 목숨을 잃어서 350명의 과부들이 산 앞에 서서 그들의 남편들에 대해 탄식했다고 한다. 그 뒤 이 광산은 백 년 동안 버려지게 되었고, 고슬라는 너무나 외로운 도시가 되어 모든 길에 잔디가 높게 자랐다.

476
폰 에버슈타인 백작

오토 황제는 적들을 물리치고 슈트라스부르크를 정복한 후 적들과 동맹을 맺고 있던 폰 에버슈타인 백작의 성 앞에 진을 쳤다. 그 성은 숲에 맞닿아 있는 높은 절벽 위에 (슈바벤의 바덴에서 멀지 않은 곳) 위치하고 있었으니, 황제의 군대는 천혜의 견고함과 백작의 용감한 방어 때문에 2년 반 동안 성을 정복할 수 없었다. 마침내 한 영리한 사내가 왕에게 다음과 같은 계략을 고했다. 황제가 슈파이어에서 궁정모임을 열어 누구나 마상 무술시합에 참여할 수 있다고 공지하면, 폰 에버슈타인 백작은 자신의 용기를 증명하기 위해 여기에 참여할 기회를 놓치지 않을 것이니, 그사이에 뛰어나고 용감한 사람들을 시켜 성을 정복하면 된다는 것이었다. 그리하여 곧 슈파이어의 궁정모임이 공지되었다. 황제는 물론 많은 영주와 남성들이 참석했으며, 참석자들 중에는 에버슈타인 집안의 세 백작도 있었다. 저녁에 춤이 시작되자 에버슈타인 집안의 가장 젊은 백작이 — 그는 곱슬머리를 가진 아름답고 기품 있는 사내였다 — 앞에 나와 춤을 춰야만 했다. 무도회가 끝나자 한 아름다운 처녀가 세 명의 백작에게 몰래 다가와 속삭였다. "조심하세요. 그대들이 여기에 있는 동안 황제가 병사들을 시켜 당신들의 성을 정복하려 할 것입니다. 오늘 밤에 서둘러 돌아가세요!" 세 형제들은 의논 끝에 그 경고를 따르기로 결정했다. 그러고는 무도회로 돌아와 신분 높은 자들과 기사들에게 다음 날 아침에 결투를 할 것을 요청하고 금화 100굴덴을 부인들의 손에 보증금으로 남겨 놓았다. 그러나 이들은 자정에 배를 타고 라인 강을 건너 무사히 그들의 성에 도착하였다. 다음 날 황제와 기사들은 마상 창 경기에 그들이 나타나기를 기다렸으나 허사였다. 마침내 사람들은 에버슈타인의 백작들이 누군가에게 귀띔을 받았으리라 생각하게 되었다. 오토 황제는 이에 서둘러 성을 공격하라고 명령을 내렸다. 그러나 백작들은 이미 돌아와 있었으니, 이들은 용감하게 공격을 막아냈다. 무력으로는 아무것도 얻지 못하게 되자, 황제는 협상을 위해 세 명의 기사를 보냈다. 성 안으로 들여보내진 그들은 와인을 보관하는 지하실과 식량 창고로 안내되었다. 사람들은 이들에게 백포도주와 적포도주를 가져왔고, 씨앗과 밀이 산더미처럼 쌓여 있었다. 사신들은 그 비축량에 깜짝 놀랐다. 그러나 나무통은 바닥이 이중이거나 물만 가득 들어 있었고, 곡식에는 왕겨와 오물, 누더기들이 섞여 있었다. 사신들은 황제에게 성을 더 오랫동안 공격하는 것은 헛된 일이라고 알렸다. 성 안의 와인과 곡식은 사람들이 앞으로 2년 반은 버틸 수 있을 만큼 충분하기 때문이라는 것이었다. 이에 황제가 자신의 딸을 에버슈타인의 가장 젊은 백작인 에버하르트에게 시집보내, 이 용감한 종족을 그의 편으로 끌어들이는 것이 좋겠다는 진언이 있었다. 결혼식은 작센에서 행해졌고, 전설에 따르면 신부가 그날 밤 백작들에게 경고를 해 준 바로 그 여인이었다고 한다. 오토 황제는 후에 업무를 처리하기 위해 자신의 사위를 교황에게 보냈는데, 그때가 마침 장미일요일(역자 주: 사순절의 네 번째 일요일)이었기 때문에 교황은 그에게 장미꽃이 담긴 하얀 바구니를 선사했다. 에버하르트는 이를 받아 브라운슈바이크로 돌아왔고, 황제는 하얀색 바탕에 그려진 장미를 에버슈타인의 문장으로 사용하도록 했다.

477
오토가 자신을 때리게 내버려 두지 않다

아헨에서 황제에 즉위했을 때 오토 3세는[32] 아직 나이가 어렸고, 그의 삼촌이자 후견인인 브루노 주교의 보호 하에 있었다. 어느 날 어린 오토가 욕실에서 심하게 매를 맞는 일이 있었다. 그러자 이 아이는 죽은 어린이를 자신의 침대에 가져다 놓도록 하고 자신은 몰래 숨었다. 브루노가 침대 앞에 섰을 때, 그는 깜짝 놀랐다. 황제가 죽은 줄 알았기 때문이었다. 그러나 곧 오토 3세를 다시 찾을 수 있었다. 이에 주교가 오토에게 왜 그런 일을 했는지 물었다. 그러자 아이가 대답했다. "주교께서 저를 목욕탕에서 날카

32 오토 2세? 슐로서, II, 2, 208.

로운 회초리로 때리라고 명령하셨잖아요. 제가 아무리 울어도 소용이 없었지요. 저는 주교님께 너무나 화가 나서 깜짝 놀라게 해드리고 싶었어요." 이에 브루노는 앞으로는 그런 괴로운 일이 생기지 않을 것이라고 약속했다. 그러고는 영주들을 같은 날 마인츠로 소집해서 그들에게 아이와 그의 왕국을 넘겨주었다. 그러나 곧 영주들은 아이를 마인츠의 주교인 빌레기스에게 맡겼다.

478
람파르텐의 황제 오토

오토 왕이 대부대를 이끌고 람파르텐으로 가서 마이란트를 정복하고 그곳에 오테린이라 이름 붙여진 주화를 만들도록 했다. 황제가 그곳에서 떠나자, 사람들은 그의 주화를 조롱했다. 이에 왕은 다시 그곳으로 와서 기존의 주화를 수거하여 제출하도록 만들었다. 이때 한 여인이 그의 앞에 나타나 자신에게 폭력을 행사한 남성을 고발했다. 왕은 다음과 같이 이야기했다. "내가 여기 다시 올 때 판결을 내려 주겠소." — "폐하", 그녀가 말했다. "아마도 잊어버리고 마시겠지요." 왕은 자신의 손으로 한 교회를 가리키며 말했다. "이 교회가 약속에 대한 나의 증명이오." 그렇게 말하고 왕은 다시 독일로 떠나 반역을 일으킨 그의 아들 루돌프를 제압했다. 그리고 얼마 지나지 않아 다시 람파르텐으로 돌아왔을 때, 그는 한 여인에게 곤란한 상황을 해결해 주겠다고 약속하며 가리켜 보여 주었던 교회 옆을 지나가게 되었다. 왕은 그녀를 불러오게 해서 문제가 무엇인지 이야기하도록 했다. "폐하, 그 사람은 이제 제 남편이 되었습니다. 저는 그와 함께 사랑스런 아이들을 얻었습니다." 이에 왕은 말했다. "오토의 턱수염에 맹세한 일이다!" 그리하여 왕은 여인에게 다음과 같이 맹세했다. "그는 내 턱수염(손도끼) 맛을 보게 될 것이다!" 그러고는 법에 따라 악행을 저지른 사내의 육체에 형벌을 가할 것을 명령했다. 왕은 그녀의 뜻과는 반대로 판결을 내린 것이다.

479
죄 없는 기사

아이라 불렸던 황제 오토 3세는 궁정에 고귀한 기사 한 명을 데리고 있었다. 그런데 결혼 전 성이 아라고니엔이었던 왕비 마리아가 그에게 함께 잠자리를 하자고 청하였다. 기사는 깜짝 놀라 이렇게 말했다. "저와는 상관이 없는 일입니다. 저에게는 저와 제 주군의 명예가 훨씬 소중합니다." 그러고는 왕비를 떠나 버렸다. 화를 내며 그녀를 떠나는 기사를 본 왕비는 황제에게로 가서 교태를 부리며 이렇게 말했다. "폐하께서는 폐하의 궁정에 있는 기사들에 대해 어떻게 생각하시는지요? 기사들 중 한 명이 저를 욕보이려 했답니다." 이 말을 들은 황제는 그 자리에서 기사를 잡아오도록 하였고, 참수형에 처하였다. 그러나 그의 목에서는 피가 아니라 우유가 흘렀다고 한다. 이 기적을 목격한 황제는 이렇게 소리쳤다. "이건 뭔가 이상하다." 그러고는 왕비를 불러들여 진실을 말할 것을 강력하게 명령했다. 왕비는 당황하여 그의 발 아래 엎드려 은총을 빌었다. 그러나 엄격한 판관이었던 황제는 왕비가 거짓말을 했다는 사실을 알게 된 후, 죄악을 이유로 그녀를 붙잡아 화형에 처하도록 했다. 황제는 또한 일생 동안 부인과 자식 없이 지냈다.

480
오토 황제가 과부와 고아들을 위한 재판을 열다

오토 3세의 부인은 한결같지 못한 사람이었는데, 그녀는 한 백작에게 부정한 요구를 했다. 그러나 백작은 그에 따르려 하지 않았으니, 주군과 자기 자신의 명예를 더럽히고 싶지 하지 않았던 것이다. 이에 왕비는 왕에게 백작의 이름을 대며 이렇게 고발했다. "그 백작이 제게 명예를 저버릴 것을 요구하였습니다." 격노한 왕은 백작을 사형에 처하도록 했다. 죽음에 이르게 되었을 때 백작은 자신의 부인과 마주쳤다. 그는 아내에게 왕비가 어떤 사악한 방식으로 그에게서 경건함과 정직함, 그리고 생명을 앗아갔는지를 밝히고, 자신이 죽은 후 자신의 무죄를 증명하기 위해 뜨거운 쇠붙이를 들어 옮겨 달라고 당부했다. 곧 백작의 목이 잘렸다. 얼마 뒤 황제는 재판을 열고 과부들과 고아들을 불러 정의에 의거하여 그들의 문제를 해결하려 했다. 재판관이 자리에 앉자 백작의 부인이 앞으로 나섰다. 남편의 머리를 옷 속에 몰래 숨긴 채 그녀는 무릎을 꿇고 도움과 정의를 요청했다. 이어 그녀는 죄 없는 다른 이의 목을 치게 한 죄인은 어떤 죽음을 당해야 하는가 하고 물었다. 황제는 이렇게 말했다. "그 자신의 목을 치도록 해야 한다." 이에 그녀는 백작의 머리를 끄집어내며 말했다. "폐하, 폐하께서 바로 죄 없는 제 남편을 죽도록 만든 장본인이십니다." 그리고 왕비가 어떤 거짓말을 했는지를 밝혔다. 왕은 깜짝 놀라서 증거를 요구했다. 과부는 하느님의 판결을 선택하여 뜨거운 쇠붙이를 손에 쥐었으며 어떠한 고통도 느끼지 않았다. 이에 황제는 그녀의 판결에 몸을 맡겼고, 과부는 정의에 따라 그를 죽일 수도 있었다. 그러나 궁정의 신하들이 중재하여 판결의 유예를 허락받았다. 처음에는 열흘, 다음에는 8일, 그리고 세 번째는 7일, 네 번째는 6일이었다. 그리고 황제는 매번 연기를 위해 백작부인에게 훌륭한 성을 하나씩 주었다. 이 성들의 이름은 그로부터 유래하였으니, 첫 번째 성은 열 번째, 다음 성은 여덟 번째,

세 번째 성은 일곱 번째, 네 번째 성은 여섯 번째라 불렸으며, 이 성들은 륌의 교구에 남아 있다. 그리고 유예기한이 다 되기 전에 — 과부는 황제의 목을 칠 것을 주장했으며, 그것이 아니면 그 창녀가 죽어야 하니, 오로지 그렇게 할 때에만 왕이 풀려날 수 있다는 것이었다 — 황제는 왕비를 붙잡아 산 채로 묻어 버렸다. 황제는 네 개의 성으로 풀려난 것이다.

481
카를 대제 무덤 속의 오토 3세

오랜 시간이 흐른 뒤 카를 대제의 두 다리가 쉬고 있는 무덤에 도착한 오토 3세는 두 명의 주교와 오토 폰 라우멜 백작(그가 이 모든 이야기를 전했다)과 함께 무덤 안으로 들어섰다. 시신은 다른 죽은 자들처럼 누워있는 것이 아니라 마치 살아 있는 사람처럼 의자 위에 똑바로 앉아 있었다. 머리에는 황금관이 씌워져 있었으며, 장갑을 끼고 있는 손에는 황제의 권위를 상징하는 화려한 지팡이가 들려 있었으나, 손톱이 가죽을 뚫고 자라 있었다. 둥근 무덤의 벽은 대리석과 석회로 매우 내구성 있게 만들어져 있었다. 안으로 들어가기 위해서는 구멍을 뚫어야만 했는데, 안으로 들어가자 강한 냄새가 났다. 모두가 곧 무릎을 꿇고 죽은 자에게 공경을 표했으니, 오토 황제는 그에게 하얀 옷을 입히고, 손톱을 잘라 주었으며, 문제가 있는 모든 것들을 고치도록 했다. 카를 대제의 사지는 전혀 썩지 않았으며, 단지 코끝이 조금 비어 있을 뿐이었는데, 오토는 황금으로 그 빈자리를 매우도록 했다. 마지막으로 황제는 카를 대제의 입에서 이빨 하나를 뽑았으며, 봉분의 구멍을 다시 원래대로 메우도록 하고, 그곳을 떠났다.

그날 밤 오토 황제의 꿈에 카를 대제가 나타나 그가 나이를 먹지 않을 것이며 그의 뒤로 후계자를 두게 되지 않을 것이라고 말했다고 한다.

482
신성한 쿠니군트

황제 하인리히 2세와 쿠니군트 두 사람은 모두 죽을 때까지 한 치의 오점도 남기지 않았다. 그러나 악마가 그녀의 명예를 앗아가려 하였으니, 황제는 그녀가 한 공작과 부정한 관계에 있다며 그녀를 고발하였다. 이에 쿠니군트는 자신의 무죄를 증명하겠다는 제안을 했다. 재판에는 여러 주교들과 영주들이 참석했으며, 일곱 개의 뜨거운 무쇠 작두가 바닥에 놓여졌다. 쿠니군트는 하느님을 향해 두 손을 들고 이렇게 이야기했다. "하느님이시여, 오로지 주님께서만 저의 무죄를 알고 계십니다. 부당한 누명으로부터 선한 수잔나를 구하셨던 것처럼 저를 이 고난에서 구해 주시옵소서!" 이제 쿠니군트는 두려움 없이 작두 위에 올라서서 이렇게 말했다. "보십시오, 폐하. 저는 폐하와 마찬가지로, 그리고 여기 모든 남성분들과 마찬가지로 죄가 없습니다." 여인은 이로써 명예롭게 누명을 벗었다. 황제는 그녀의 발 앞에 무릎을 꿇었으며, 다른 주교와 영주들도 또한 그렇게 하였다.

483
밤베르크의 대성당

새잡이 하인리히의 누이이자 알브레히트 백작의 부인인 바바는 — 다른 이들에 따르면 하인리히 2세의 부인인 쿠니군트 — 자신의 재산으로 바벤베르크 대성당을 세웠다. 성당을 짓는 동안 그녀는 매일 커다란 대접에 돈을 가득 담아 두고 모든 일용노동자들이 직접 자기가 일을 한 만큼 돈을 집어가도록 했다. 아무도 자기가 일한 것 보다 더 많이 가져갈 수 없었기 때문에 가능한 일이었다. 그녀는 또한 악마로 하여금 그녀가 짓고 있는 교회가 있는 산으로 대리석 기둥을 가져오도록 만들었다. 이 교회는 오늘날에도 여전히 찾아볼 수 있다.

484
비둘기가 적에 대해 알리다

황제 하인리히 2세의 치하에 이런 일이 있었다고 전해진다. 곧 적에 의해 습격을 받고 포위될 운명에 처한 어떤 도시에 비둘기 한 마리가 날아들었다. 사람들은 비둘기의 목에 쪽지 하나가 묶여 있는 것을 발견했는데, 그 쪽지에는 바로 곧 있게 될 적의 습격에 대해 적혀 있었다.

485
이 빠진 잔

황제 하인리히 2세가 죽음을 맞이하던 시기에 한 은둔자가 악마들이 허공을 날아가는 요란한 소리를 들었다. 그는 하느님의 이름으로 간청하여 그들이 어디로 가는지를 말하도록 만들었다. 악귀들은 이렇게 말했다. "하인리히 황제에게 간다." 이에 그 선량한 사내는 악마들에게 무엇을 원하는 것인지를 살짝 가르쳐 달라고 부탁했다. 그러나 악마들은 제 갈 길을 갔고, 선량한 사내는 황제의 영혼을 위해 하느님께 기도했다. 잠시 뒤에 악마들이 다시 은둔자에게 와서 말했다. "황제가 행한 악행이 그의 선함보다 더 크다고 해서 우리는 그의 영혼을 가져가려 했다. 하지만 그때 하느님의 은총을 받은 라우렌티우스가 나타나 재빠르게 잔 하나를 저울에 던졌다. 그래서 잔의 모퉁이 한쪽이 깨져 떨어져 버렸지. 어쨌든 그래서 우리는 그의 영혼을 놓치고 말았다. 그 잔이 저울의 착한 쪽 사발을 더 무겁게 만들었기 때문이다." — 이 이야기를 들은 은둔자는 하느님의 은총에 감사하며 이를 메르제부르크의 대성당 신부들에게 보고했다. 그리고 신부들은 오늘날까지 남아 있는 그 이 빠진 잔을 찾아냈다. 그런데 그 잔은 황제가 언젠가 살아생전에 선의에서 메르제부르크의 성 라우렌츠에게 봉헌했던 바로 그 잔이었다.

486
황제 하인리히 3세의 전설

콘라트 데어 프랑케 황제는 법령 하나를 하달했다. 평화를 깨뜨리는 자는 참수형에 처한다는 내용이었다. 그러나 이 법령을 레오폴트 폰 칼브 백작이 깨뜨렸다. 왕이 자신의 지역을 찾아오자 레오폴트 백작은 슈바르츠발트 숲 속의 인적 없는 방앗간으로 도망쳤다. 그곳에서 왕의 은총을 다시 얻게 될 때까지 부인과 머무르려는 것이었다. 한 번은 왕이 우연히 그 숲 근처 방앗간 앞까지 말을 타고 왔다. 왕이 오는 소리를 들은 레오폴트는 왕이 자신을 찾을까 봐 두려워 숲 속으로 달아났다. 그는 부인을 방앗간에 남겨 두었는데, 그녀는 아무 데도 갈 수가 없었다. 바로 그 순간 아기를 출산했기 때문이었다. 방앗간 근처까지 왔을 때 황제는 레오폴트의 부인이 산고 속에서 지르는 소리를 들었다. 이에 왕은 그녀에게 무슨 일이 일어났는지 알아보라고 명령을 내렸다. 이때 왕은 어디선가 이렇게 말하는 목소리를 들었다. "지금 이 시간 네 딸의 남편이 될 아이가 여기서 태어났도다!" 콘라트는 깜짝 놀랐다. 왜냐하면 그는 그 여인이 농부의 아내라고밖에 생각할 수 없었기 때문이었다. 이제 왕은 어떻게 하면 그 아이를 막아서 자신의 딸이 농부의 차지가 되지 않도록 할 수 있을까에 대해 생각하였다. 콘라트는 자신의 부하 두 명을 방앗간 안으로 들여보내 갓 태어난 아기를 죽이도록 했으며, 그 증거로 아이의 심장을 가져오라고 시켰다. 속죄를 위해서 그것이 반드시 필요하다는 것이었다. 부하들은 황제에게 복종해야 했지만, 하느님이 두려웠고, 또 아이를 죽이고 싶지도 않았다. 왜냐하면 그 아이는 아주 귀여운 사내아이였기 때문이었다. 그리하여 그들은 누군가가 아이를 발견할 수 있도록 아이를 나무 위에 올려놓았다.

부하들은 황제에게 토끼의 심장을 가져다주었다. 황제는 그 심장을 개 앞에 던져 놓으며 예언의 목소리를 막았다고 생각했다.

그사이 하인리히 폰 슈바벤 공작이 숲에서 사냥을 하다가 엄마의 뱃속에서처럼 홀로 있는 아기를 발견했다. 공작은 그 아이가 이제 막 태어난 신생아임을 알아차리고는 아이를 갖지 못하는 자신의 부인에게 몰래 데리고 갔다. 그러고는 부인에게 아기를 받아들여 아기침대에 눕히고 친자식처럼 데리고 있어 달라고 부탁했다. 왜냐하면 하느님께서 그 아이를 그들에게 선사하셨기 때문이라는 것이었다. 공작부인은 기꺼이 그렇게 했다. 그리하여 아이는 세례를 받고 하인리히라 불리게 되었다. 모두가 그 아기를 슈바벤의 공작이라 생각했다. 아기는 자라서 궁정의 콘라트 왕에게 보내지게 되었다. 왕은 그 소년을 자신의 궁정에 있는 다른 젊은 귀족들보다 더 자주 자신의 앞에 세웠다. 사내의 총명한 지혜와 예절바름 때문이었다. 그러던 중 황제의 귀에 그를 비방하는 소리가 들려왔다. 그 젊은 사내는 진짜 폰 슈바벤 공작이 아니라 훔쳐 온 아이라는 것이었다. 그 이야기를 들은 황제는 그의 나이를 계산해 보고 그가 숲 속 방앗간에서 들었던 목소리가 이야기하던 그 아이일 수도 있겠다는 두려움에 사로잡혔다. 그러고는 다시 한 번 그 아이가 딸의 남편이 되는 것을 막으려 했다. 이에 황제는 왕비에게 편지를 써서 목숨이 귀한 것인 줄 알고 있다면 이 편지를 전해 주는 사람을 죽이라고 명령했다. 황제는 편지를 봉한 채 하인리히에게 맡기며 왕비에게 직접 건네주되 다른 사람에게는 절대로 건네주지 말라고 명령했다. 젊은 하인리히는 이 말에서 선의가 아닌 다른 것은 기대할 수 없었기에 사자의 소임을 완수하려 했다. 길을 가던 중 그는 글을 읽고 쓸 줄 아는 주인이 운영하는 여관에 묵었고, 안전을 위해 편지와 다른 물건들이 들어 있는 가방을 그에게 맡겼다. 그러나 여관 주인은 호기심에 편지를 열어 보았으니, 그를 죽여야 한다고 쓰여 있던 곳에 편지를 가지고 온 젊은 사내에게 왕비의 딸을 주고 즉시 동침시키라고 고쳐 적었다. 그는 편지를 다시 봉하고 봉인을 실수 없이 아주 깔끔하게 다시 붙였다. 이제 젊은이가 왕비에게 편지를 건네주자 왕비는 그녀의 딸을 주고 젊은이와 동침하도록 했다. 이 소식은 곧 황제에게 전해졌다. 황제는 슈바벤의 공작과 다른 기사들, 그리고 시종들과 함께 그 젊은이가 레오폴트 부인이 방앗간에서 낳은 아들이며, 그 목소리가 예언에서 언급했던 사람임을 알게 되었다. 이에 황제는 이렇게 말했다. "이제 나는 하느님의 섭리는 아무도 거역할 수 없다는 것을 알게 되었다." 그리고 자신의 사위를 왕으로 추대했다. 하인리히 왕은 이후에 자신이 태어난 방앗간이 있던 자리에 첫 번째 수도원인 히르샤우를 세웠다.

487
도나우 강 소용돌이 옆의 악마 탑

오스트리아에 그라인이라는 이름의 도시가 있다. 이 도시 위쪽으로 도나우 강이 흐르는데, 그곳에 위험한 장소가 있었으니, 사람들은 그곳을 슈토케라우의 소용돌이라고 불렀다. 이곳에서는 아주 멀리까지 울려 퍼지는 물소리를 들을 수 있었으며, 암초 위로 높게 파도가 치고 거대한 거품이 일어 배를 타고 이곳을 지나는 것은 매우 위험한 일이었다. 배가 이 소용돌이에 들어서면 바퀴처럼 돌다가 강물이 배 안으로 쏟아져 들어와 배에 타고 있던 모든 사람들이 완전히 다 젖어버리게 된다. 배가 조금이라도 암초에 부딪치면 배는 산산조각이 나고 만다. 여기에서 빠져 나가기 위해서는 모든 사람이 노를 있는 힘껏 저어야만 했다. 이 주변에는 소용돌이 물결의 특성을 잘 아는 뱃사람들이 많이 살았으며, 이곳을 지나가는 배의 선원들은 소용돌이를 특별한 피해 없이 더 쉽게 지나가기 위해 이들을 고용하였다.

한 번은 하인리히라는 이름을 가진 세 번째 황제가 이 소용돌이를 지나갔다. 다른 배에는 황제의 사촌인 브루노 폰 뷔르츠부르크 주교가 타고 있었다. 주교 역시 이 소용돌이를 지나가려고 할 때, 강물 위로 솟아나온 바위 위에 무어인처럼 검은 사내가 서 있었으니, 그의 모습은 끔찍했고 보는 이를 전율토록 만들었다. 그가 브루노 주교에게 소리쳤다. "들어라, 들어라, 주교여! 나는 너의 악한 정령이니, 너는 나의 것이다. 네가 가고 싶은 곳으로 가거라. 그러면 너는 나의 것이 될 것이다. 지금은 내 너에게 아무것도 하지 않을 것이나, 곧 너는 나를 다시 보게 될 것이다." 이 소리를 들은 모든 사람들은 깜짝 놀라 두려움에 떨었다. 주교는 성호를 그으며 하느님의 가호를 빌고, 몇 번이나 하느님께 기도를 드렸다. 그러자 유령은 그들 모두의 앞에서 사라져 버렸다. 이 바위는 오늘도 찾아볼 수 있다. 그 위에는 작은 탑이 하나 세워졌는데, 오로지 돌로만 만들어졌고, 나무는 쓰이지 않았으며, 지붕도 없었다. 이 탑은 악마의 탑이라 불린다. 그곳에서 멀지 않은, 약 2마일(역자 주: 약 15km) 정도 떨어진 곳에서 황제는 부하들과 함께 땅 위로 올라섰다. 푀젠바이스라는 성에서 밤을 지내려 했던 것이다. 그곳에서 아델바르 폰 에베르스베르크 백작(그는 그러나 이미 죽은 뒤였다)의 부인인 리킬타 부인이 황제를 영접했다. 그녀는 황제를 손님으로 모시고 그 와중에 남편이 관리인으로서 소유하고 운영했던 푀젠바이스와 다른 농장들 주변의 땅을 그녀 동생의 아들인 벨프 3세에게 영지로 달라고 부탁했다. 황제는 방 안으로 들어갔다. 그리고 브루노 주교, 알레만 폰 에레르스베르크 백작과 리킬타의 옆에 서서 부인과 악수를 하며 부탁을 수락하는 동안 갑자기 방의 바닥이 무너져 내렸다. 황제는 조금도 다치지 않고 욕실의 바닥에 떨어졌고, 알레만 백작과 리킬타 부인도 마찬가지였다. 그러나 주교는 욕조의 얇은 판자 위에 떨어져 갈비뼈와 심장이 부서져 버렸으니, 그로부터 며칠 뒤에 죽고 말았다.

488
강아지 크베들

하인리히 3세의 아름다운 딸 마틸트는 너무나 품위가 있어서, 그녀의 아버지조차 그녀를 여자로서 사랑하게 되었다. 이에 그녀는 하느님에게 도망쳐 아버지의 마음이 돌아설 수 있도록 자신을 추한 모습으로 만들어 달라고 간절히 기도했다. 그러나 하느님은 마틸트의 기도를 들어주지 않았다. 그때 그녀의 앞에 흉악한 적이 나타나, 그녀가 자신의 것이 된다면 황제의 사랑을 증오와 분노로 바꿔 주겠다고 제안했다. 마틸트는 악마의 제안에 동의했다. 그러나 다음과 같은 조건을 내걸었다. 즉, 자신은 그가 세 밤 동안 자신이 자고 있는 모습을 보고 난 후에야 그의 것이 될 수 있다는 것이었다. 그러나 마틸트는 잠을 자지 않고 버텼기 때문에, 악마는 그녀를 가질 수 없었다. 마틸트는 베틀로 훌륭한 천을 짜고, 긴 밤 동안 그 천에 수를 놓았으니, 그 일이 그녀의 정신을 생기 있게 유지시켜 주었다. 또한 마틸트는 크베들, 혹은 베들이라는 이름의 충실한 강아지 한 마리를 곁에 두고 있었는데, 그 강아지는 마틸트의 눈이 졸음에 감기려 할 때마다 크게 짖으며 꼬리를 흔들어댔다. 사흘 밤을 연달아 찾아왔지만 항상 생기 있게 깨어 있는 모습만을 보게 되자 악마는 화가 치밀어 올라 발톱으로 마틸트의 얼굴을 잡고는, 그녀의 코를 납작하게 짓누르고, 입을 찢었으며, 한쪽 눈을 다치게 만들었다. 이에 그녀는 사팔뜨기에 커다란 입과 납작한 코를 가진 모습이 되었으니, 그녀의 아버지도 그녀를 더 이상 좋아할 수 없게 되었으며, 부정한 사랑 역시 잃게 되었다. 그러나 마틸트는 정신적인 삶을 살아갔으니, 강아지의 명예를 기리기 위해 대수도원을 짓고, 그 수도원을 크벤들린부르크라고 불렀다.

489
대학생 힐데브란트의 전설

황제 하인리히 3세가 로마에 있던 시절, 그는 세 명의 교황을 폐위하고 그들을 비참한 상황에 몰아넣었다. 당시 그 도시에 한 목수가 살고 있었는데, 그에게는 작은 아이가 하나 있었다. 아이는 목공작업실에서 나뭇조각을 가지고 놀고 있었는데, 나뭇조각들을 글자가 되도록 모아 놓았다. 그때 한 신부가 그곳에 와서 그 글씨를 읽었다. 아이는 나뭇조각을 다음과 같이

놓았다: dominabor a mari usque ad mare. 그리고 그것은 "나는 바다로부터 바다까지 지배하는 지배자가 될 것이다"라는 의미였다. 신부는 이 아이가 교황이 될 것임을 깨닫고, 그 사실을 아이의 아버지에게 말했다. 이에 아버지는 아이가 교육을 받도록 했으니, 아이는 대학생이 되어 황제의 궁정으로 가 그곳 서기들로부터 사랑을 받았다. 그러나 후에 역시 황제가 되는 하인리히의 아들은 그를 괴롭히고 제멋대로 대했다. 그 학생에게 장차 무슨 일이 벌어질지 분명하게 예감하고 있었기 때문이었다. 황제는 그의 아들과 학생의 장난을 웃어넘겼다. 하지만 왕비는 그 모습이 마음에 들지 않아 아들을 혼냈다. 어느 날 황제는 꿈을 꾸었는데, 그 꿈에서 자신의 아들이 책상에 앉아 있는 모습을 보았다. 그런데 대학생 힐데브란트에게서 뿔 두 개가 자라나더니 하늘까지 뻗어 갔다. 그러자 학생은 이 뿔로 황제의 아들을 들어 올려 똥 속으로 던져 버렸다. 황제는 왕비에게 이 꿈에 대해 이야기해 주었다. 그러자 왕비는 그 학생이 교황이 될 것이며, 그녀의 아들을 왕국에서 내쫓게 될 것이라고 대답했다. 이에 왕은 힐데브란트를 붙잡아 함머슈타인에 있는 탑에 가둘 것을 명령했다. 하느님의 뜻을 바꿀 수 있다고 착각했던 것이다. 왕비는 단순한 꿈 때문에 불쌍한 학생에게 부정한 일을 저질렀다고 황제를 자주 비난했다. 그리고 일 년이 넘게 지난 후 황제는 다시 학생을 풀어 주었다. 학생은 후에 수도사가 되었으며, 그의 수도원 원장과 함께 로마로 왔다. 그는 궁정에서 사랑을 받았으니, 결국에는 교황이 되었다.

490
마늘왕

황제 하인리히 4세는 작센 사람들에게 자기의 아들을 왕으로 선택하면 결코 작센으로 쳐들어가지 않겠다는 뜻을 전했다. 그러나 작센 사람들은 그럴 생각이 없었으니, 오토 폰 베제르는 다음과 같이 말했다. "나는 못된 소에서 좋은 송아지가 나오는 법이 없다는 말을 들은 적이 있다." 그리하여 그들은 헤르만 폰 로트링겐(룩셈부르크)을 그에 대항하는 또 다른 왕으로 선출하여, 마인츠의 주교를 통해 즉위하도록 하고, 마늘이 자라는 아이스레벤의 성에 앉혀 놓았다. 황실에서는 그를 마늘왕이라 부르며 비웃었다. 폰 로트링겐은 결코 권력을 얻지 못했으며, 어떤 성으로 도망쳤다가 그곳에서 맞아 죽었다. 이때 사람들은 다시 한 번 말했다. "마늘왕이 죽었다!"

491
황제 하인리히가 왕비를 시험하다

왕은 아버지(하인리히 4세)의 시신을 어떻게 하는 것이 좋을지 신하들에게 조언을 구했다. 그 시신은 루데케(뤼티히)에 있는 성 람프레히트 대성당에 묻혀 있었는데, 신하들은 그 시신을 다시 파내, 왕이 로마에 사신을 보낼 때까지 아직 봉헌되지 않은 성당에 두자는 것이었다. 이러한 최후를 맞이한 황제는 바로 악당 황제 하인리히였다. 그는 나라에서 찾을 수 있는 가장 훌륭한 말을 묶어 라인 강에 던지게 하였으니, 말은 익사하고 말았다. 그는 또 자신의 부하 중 한 명으로 하여금 왕비의 사랑을 청하도록 했다.

그녀는 마음이 아팠다. 기사가 그녀에게 애걸을 하자, 이 숙녀는 주님의 뜻에 따르겠다고 말했다. 이 말을 들은 황제는 말을 타고 나가는 척 했다. 그러고는 자신의 명령에 따라 구애를 했던 사내의 옷을 입고 밤에 왕비에게로 갔다. 그러나 왕비는 이미 힘 센 남자들을 자신의 방에 데리고 있었으니, 그들은 커다란 몽둥이를 가지고 있었다. 이들은 황제를 둘러싸고 흠씬 두들겨 팼다. 황제는 자기가 왕이라고 소리쳤다. 왕비는 깜짝 놀라서 말했다. "폐하, 제게 아주 못된 짓을 하셨습니다."

492
만스펠트의 백작 호이어

1112년에 벨프스횔츠헨이라 불리는 곳에서 황제 하인리히 5세와 작센 사이에 전투가 벌어졌다. 그곳에는 특이한 돌이 하나 서 있는데, 이 돌은 비가 올 때는 완전히 물러졌다가 어느 정도 시간이 지난 뒤에는 다시 딱딱해지는 특성을 가지고 있다. 이 돌에는 온통 못이 박혀 있으며, 그 위에 아주 선명하게 손과 엄지손가락에 눌린 자국을 볼 수 있다. 작센의 최고 지휘관이었던 호이어 폰 만스펠트 백작이 전투가 시작되기 전 그 돌을 움켜쥐고 이렇게 외쳤다고 한다. "내가 이 돌을 쥐고 있는 것이 분명한 사실인 것처럼, 우리가 승리를 거머쥐고자 한다는 것도 분명한 사실이다!" 그에 걸맞게 황제의 군대는 패배했다. 그러나 호이어는 비프레히트 폰 그로이치에게 맞아 죽었다. 작센 사람들은 그를 기리기 위하여 오른손에는 전투용 봉을 들고, 왼손에는 작센의 문장을 든, 투구 쓴 사내의 입상을 세웠다. 사람들은 이 기념상을 요두테라고 불렀으며, 끊임없이 그곳에 와서 기도를 했다. 성직자들 역시 그 입상을 성스러운 것으로 존중했다. 그러나 루돌프 황제는 1289년 에어푸르트 제국의회에서 그 상을 없애 버리도록 했다. 사람들이 그것을 우상처럼 숭배했기 때문이었다. 그리고 그 자리에 예배당을 세우도록 했다. 그러나 민중들은 여전히 그 예배당 안의 버드나무기둥을 숭배했으니, 어떤 신부는 그 버드나무기둥이 예의 전투 때 요두테를 불렀고, 그로 인해 승리를 거둘 수 있었다고도 말한다.

493
바인스페르크의 여인들

왕 콘라트 3세가 벨프 공작을 물리치고(1140년) 바인스페르크를 포위하자, 포위당한 지역의 여인들은 항복의 조건으로 다음과 같은 요구를 해왔다. 즉 여인들 각자가 자신의 어깨에 짊어질 수 있는 것은 모두 가지고 갈 수 있도록 해야 한다는 것이었다. 황제는 이를 여인들에게 허락해 주었다. 이에 여인들은 다른 모든 물건들은 포기한 채, 어깨에 자신의 남편을 짊어지고 밖으로 나왔다. 이 모습을 본 왕의 부하 여럿이 그런 것을 뜻한 것이 아니었다고 말하며, 허용하지 않으려 했다. 그러나 왕은 미소를 지으며 여인들의 영리한 계획에 은총을 베풀었다. "일단 한 번 허락한다고 한 왕의 말은", 그가 외쳤다. "바뀌어선 안 된다."

494
사라져 버린 황제 프리드리히[33]

프리드리히 황제는 교황으로부터 파문을 당하여 교회와 예배당에 입장하는 것을 금지당했으며, 그 어떤 신부도 더 이상 그의 앞에서 미사를 보려 하지 않았다. 이 고귀한 사나이는 하나님을 섬기는 자들이 성스러운 축제를 여는 성령강림절을 바로 앞둔 시점에 말을 타고 사냥을 나갔다. 이는 성스러운 축제를 방해하지 않기 위해서였으나, 황제의 부하들 중 그 어느 누구도 그의 용기와 뜻을 헤아리지 못했다. 그는 인도에서 보내온 고상한 옷을 입고, 좋은 냄새가 나는 물이 들어 있는 작은 병을 하나 가지고 훌륭한 말 위에 올랐다. 단지 몇 명의 사내들만이 그를 따라 깊은 숲 속으로 들어갔다. 그곳에서 황제는 갑자기 놀라운 반지 하나를 손에 쥐었으니, 그렇게 하는 순간 그는 사람들의 눈앞에서 사라져 버렸다. 이때 이후로 사람들은 그를 더 이상 보지 못했다. 고귀한 혈통의 황제가 이렇게 사라져 버린 것이다. 그가 어디로 갔는지, 그가 숲에 있는지, 목숨을 잃었는지, 혹은 야생 동물이 그를 찢어 버렸는지, 아니면 그가 아직 살아 있는지는 아무도 알 수 없다. 그러나 늙은 농부들은 프리드리히가 여전히 살아 있으며, 그들 곁에 순례자의 모습으로 나타난다고 이야기한다. 그렇게 나타난 황제는 자신이 로마의 땅에서 강력한 힘을 갖게 될 것이며, 타락한 성직자들을 방해할 것이니, 성스러운 나라를 다시 기독교의 품으로 가져오기 전에는 포기하지 않을 것이라고 자주 말했다고 한다. 그러고 나서 "문장(紋章)의 무게를 얇은 나뭇가지에 걸어 놓겠다"고 했다는 것이다.

---

33 이 전설에는 프리드리히 2세와 1세의 이야기가 뒤섞여 있다.

495
알베르투스 마그누스와 빌헬름 황제

1248년 삼인의 황제의 날(역자 주: 1월 6일)을 맞아 황제 빌헬름 폰 홀란트가 쾰른에 도착했다. 그러자 저명하고 학식 높은 수도사 알베르투스 마그누스는 황제를 모든 궁정 인사들과 함께 수도원에 딸려 있는 정원으로 초대하였고, 황제는 초대에 기꺼이 응했다. 그러나 그날은 견딜 수 없을 만큼 대단한 추위가 몰아닥쳤을 뿐만 아니라 눈까지 많이 내렸다. 그래서 왕의 부하와 시종들은 수도사의 적절치 못한 초대를 매우 불쾌하게 생각했으며, 왕에게도 이렇게 매서운 겨울에 수도원 밖에서 식사를 하는 것은 불가한 일이라고 진언했다. 그러나 그들은 이미 초대를 수락한 왕의 마음을 돌릴 수 없었으니, 왕은 부하들과 함께 때에 맞춰 약속된 장소에 나타났다. 수도사 알베르트는 나무와 정자, 잔디가 모두 눈으로 덮인 수도원 정원에 — 모든 사람들이 이 기이하고 불합리한 계획에 매우 놀라고 있었지만 — 모든 식기가 준비된 여러 개의 탁자를 놓도록 하였으며, 시중을 들도록 하기 위해 꽤 많은 수의 매우 아름답고 매력적인 청년들을 데려다 놓았다. 황제는 영주 및 그 밖의 궁정 인사들과 함께 식탁 앞에 앉았고, 음식이 차려졌다. 그러는 동안 갑자기 날이 위쪽에서부터 맑게 개고 좋아졌으니, 순식간에 눈이 사라졌으며, 즐겁고 사랑스러운 여름날이 눈앞에 펼쳐졌다. 나뭇잎과 잔디가 생겨났고, 그와 마찬가지로 온갖 아름다운 꽃들이 땅에서 솟아났다. 나무들은 꽃을 피우기 시작했고, 꽃이 피자 곧 모든 나무가 아름다운 과실을 매달기 시작했다. 곧 이어 온갖 새들이 내려와 사방을 사랑스러운 노래로 가득 채웠다. 이제 온도가 너무 올라가 거의 모두가 겨울옷의 일부를 벗어야만 했다. 그러나 그 누구도 음식들이 어디에서 요리되고 준비되는지는 보지 못했다. 또한 아름답고 공손한 시종들이 누구인지 아는 사람이 아무도 없었으니, 아무도 그들이 어떤 사람들이며 어디에서 왔는지 알지 못했다. 그리하여 모두가 그곳에서 벌어진 일들과 저녁식사의 준비에 대해 놀라움을 금치 못했다. 그러나 잠시 뒤 식사 시간이 끝나자 우선 수도사의 놀랍도록 훌륭한 시종들이 사라졌으며, 곧 사랑스러운 새들이 나무에 달린 잎, 바닥의 잔디와 함께 사라져 버렸다. 모든 것들이 눈이 쌓이고 추웠던 조금 전의 겨울과 비슷하게 되어 버렸다. 그래서 사람들은 벗어놓았던 옷을 다시 입었으며, 추위가 너무나도 혹독하게 느껴졌기 때문에 한 사람도 빠짐없이 그 자리를 떠나 서둘러 불이 피워진 따듯한 방으로 옮겨 갔다.

모험과도 같았던 이 즐거운 경험을 이유로 빌헬름 황제는 알베르투스 마그누스와 그의 수도원 사람들, 수도회에 많은 부를 하사하였으며, 그의 뛰어난 재주 때문에 그를 매우 존경하고 가치 있는 사람으로 여겼다.

496
막시밀리안 황제와 마리아 폰 부르군트

높이 칭송받는 황제 막시밀리안 1세는 마리아 폰 부르군트를 부인으로 두고 있었다. 황제는 그녀를 진심으로 사랑했기에 그녀의 죽음은 그를 매우 슬프게 만들었다. 이 슬픔을 슈판하임의 수도원장인 요하네스 트리템이 잘 알고 있었다. 그래서 그는 황제에게 원하기만 한다면 아내의 모습을 보고 마음을 위로받을 수 있도록 죽은 자를 다시 눈앞으로 데려오겠다고 제안했다. 황제는 이 제안에 설득당하여 위험한 호기심에 발을 들여놓고 말았다. 그들은 함께 특별한 방으로 갔는데, 이때 세 사람으로 이루어진 그룹을 만들기 위해 한 사람을 더 데리고 갔다. 마법사는 그들에게 유령이 나타나 있는 동안 한 마디도 말을 해서는 안 된다고 당부했다. 곧 마리아가

들어섰고 그들의 앞을 친절한 모습으로 지나쳐 갔다. 유령은 살아생전의 진짜 마리아와 너무나 똑같아 차이점을 전혀 찾아볼 수 없었으니, 아주 사소한 것조차 빠진 것이 없었다. 그렇다. 실제와 똑같은 유령의 모습을 보고 놀란 왕은 그녀의 목 뒤에 아주 작은 검은 점이 있었다는 것을 생각해 내고, 주위 깊게 살펴보았다. 그리고 그녀가 다시 그의 앞을 지나갈 때 실제로 그 점을 찾아냈다. 이에 황제는 전율을 느끼며 유령을 사라지게 하라고 수도원장에게 신호를 보냈다. 그러고 나서 황제는 몸을 떨며 화난 목소리로 그에게 말했다. "수도사여, 다시는 이 우스운 연극을 내 앞에서 하지 마시오." 그리고 황제는 그녀에게 말하는 것을 참기가 너무나 어려워 거의 불가능에 가까웠다는 사실을 고백했다.

497
바이에른의 아델거에 관한 전설

세베루스 황제 시절 바이에른에 아델거라는 이름의 공작이 살았다. 그는 크게 칭송을 받았으며, 로마인들에게 굴복하려 하지 않았다. 아델거 공작 외에는 왕국의 그 누구도 자신에 대한 당연한 공경을 거부하는 자가 없다는 이야기가 황제의 귀에 들어가자, 황제는 바이에른으로 사신을 보내 아델거를 로마로 불렀다. 아델거에게는 충직한 사내가 한 명 있었는데, 아델거는 그에게 모든 문제에 대해 조언을 구했다. 아델거는 그를 자신의 방으로 불러 이렇게 말했다. "나는 기분이 좋지 못하오. 로마인들이 나에게 사신을 보냈으나 내 마음은 그곳으로 가길 원하지 않기 때문이오. 그들은 악한 족속들이고 내게 악한 짓을 하게 될 것이오. 나는 이 여행을 하고 싶지 않으니, 내게 조언을 해 주시오. 그대는 늘 현명한 생각을 가지고 있으니 말이오." 늙은 조언자는 이렇게 답했다. "어떻게 해야 폐하의 명예가 해를 입지 않을지 폐하께 기꺼이 조언을 드리겠습니다. 만약 제 조언을 따르고자 하신다면 폐하의 부하들을 부르셔서, 그들에게 이 나라에서 구할 수 있는 가장 훌륭한 옷을 입으라고 명령하십시오. 두려워하지 마시고 그들과 함께 로마로 가셔서, 황제가 그의 권리 안에서 행하는 모든 일들에 따르십시오. 왜냐하면 폐하께서는 로마 제국을 상대로 싸울 만큼 강하지 못하기 때문입니다. 그러나 만일 황제가 그의 권리 이상의 것을 요구한다면 그에게 안 좋은 일이 일어날 것입니다."

아델거 공작은 그의 부하들을 불러 로마에 있는 황제의 궁정으로 향했고, 그는 그곳에서 불쾌한 대접을 받았다. 황제는 분노하여 그에게 이렇게 말했다. "그대는 나에게 많은 괴로움을 안겨 주었으니, 오늘 그대의 목숨으로 이를 갚아야 하겠다." — "폐하의 사신은", 아델거가 대답했다. "정의로운 판결을 위해 나를 이곳으로 데리고 왔습니다. 모든 로마인들이 말하는 것에 나는 따를 것이니, 폐하의 자비를 바랍니다." — "자비에 대해서 나는 더 이상 아는 바가 없다." 왕이 말했다. "네 목을 치게 될 것이며, 네 왕국은 다른 주인을 가지게 될 것이다."

로마인들은 분노한 왕을 보고 끼어들어 공작의 목숨을 구해 줄 것을 요청했다. 곧이어 그들은 함께 상의를 했으며, 결국 아델거의 옷을 무릎까지만 오도록 잘라내고, 그의 앞머리를 잘랐다(역자 주: 중세의 의복규정에서 짧은 머리와 옷은 천한 신분을 나타낸다.). 그들은 이렇게 함으로써 고귀한 영웅의 명예를 박탈할 수 있다고 생각했던 것이다.

아델거는 매우 분노한 채 숙소로 갔다. 그의 모든 부하들이 슬퍼했다. 그러나 나이든 조언자는 이렇게 말했다. "폐하, 하느님께서 폐하를 지켜 주시기를 바라옵니다! 그만 슬퍼하시고 제 조언에 따라 행동하십시오. 그러면 모든 것이 폐하에게 명예롭게 끝날 것입니다." — "그대의 조언이" 하고 아델거가 말했다. "나를 이곳으로 이끌었소. 이제 그대의 현명함이 내 문제를 해결해 준다면, 내 그대를 더욱 소중한 사람으로 생각하겠소. 그러나 명예를 되찾지 못한다면 나는 다시는 바이에른 땅으로 돌아가지 않을 것이오." 늙은이가 말했다. "폐하, 저에게 폐하께서 당하신 것과 똑같이 하도록 명령하십시오. 그리고 폐하의 부하들을 모두 부르셔서 땅과 제화를 선물하고 모두 머리와 옷을 자르게 하십시오. 그러면 폐하의 명예를 온전히 구하게 되실 겁니다." 이에 공작은 그의 부하들을 하나씩 앞에 불러 말했다. "곤경에 처한 나의 편에 서는 자들에게 나는 영지와 재화를 선사할 것이다. 나를 사랑하는 자는 내가 당한 것처럼 머리를 자르라." 모든 부하들이 그렇게 하겠다고 말했다. 그들은 죽음에 이르기까지 그에게 충성을 다하고자 했으며, 모든 임무를 완수하고자 했다. 공작과 함께 로마로 온 모든 이들은 즉시 머리를 잘랐고, 옷도 무릎까지만 내려오도록 잘라냈다. 영웅들은 키가 크고, 용모가 훌륭했으며, 덕이 높아 뭇사람들의 칭송을 받을 만했다. 그래서 그들을 보는 사람들은 모두가 놀라워했으니, 그렇게 그들의 태도는 당당했던 것이다.

다음날 아침 일찍 아델거는 자신의 부하들을 모두 이끌고 왕의 궁정으로 갔다. 황제는 그들을 보고 반쯤 화가 나서 이렇게 말했다. "친애하는 사나이여, 누가 그대에게 이렇게 하라고 조언을 해 주었는가?" — "저는 충성스런 부하를 한 명 데리고 왔습니다"하고 아델거 공작이 말했다. "그는 이미 여러 차례 충성을 증명해 보인 적이 있지요. 조언을 해 준 것은 바로 그였습니다. 또한 이런 것이 우리 고향 바이에른의 관습이기도 합니다. '누군가에게 괴로운 일이 일어나면, 우리 모두가 이를 함께 감내해야 한다'는 것이지요. 그래서 이제 가난한 자이든, 부자이든 상관없이 한 사람 한 사람이 다 똑같은 복장을 한 것입니다. 그것이 우리의 관습입니다." 로마의 왕은 이렇게 말했다. "그대가 여기를 떠날 때 나에게 그 늙은 시종을 건네주시오. 그를 내 궁정에 두고 싶소. 그러면 그대는 나의 자비를 얻게 될 것이오." 공작은 그렇게 하고 싶은 마음이 전혀 없었지만, 부탁을 거절할 수 없었기에 충성스런 조언자를 데려가 왕의 명령에 따르도록 시켰다. 그 후 공작은 허락을 받아 조국으로 떠났다. 이때 그는 미리 사신을 보내 모든 신하들에게 영작권과 기사의 이름을 갖고자 한다면 앞머리를 자르고 옷을 잘라 내라고 명령했으니, 그렇게 하지 않는 자는 오른손을 잃게 되리라고 했다. 이제 바이에른 사람들이 이렇게 머리를 잘랐다는 사실이 알려지자, 이러한 관습은 이후 모든 독일의 나라들에서 관습이 되었다.

그러나 오래지 않아 로마의 왕과 공작 사이의 평화는 다시금 깨졌고, 아델거는 사신을 통해 다시 한 번 직접 로마로 오라는 요청을 받았다. 왕이 그와 이야기를 하고 싶다는 것이었다. 이 요구에 불쾌해진 아델거는 벨쉬란트(역자 주: 이탈리아)에 있는 자신의 늙은 시종에게 몰래 사신을 보냈다. 사신은 늙은 조언자의 신의를 일깨워, 왜 왕이 그를 궁정으로 부르는지를 알아내고, 또 그가 가야 하는지, 아니면 그대로 머물러 있어야 하는지 조언을 부탁하는 임무를 맡았다. 그러나 그 늙은이는 아델거의 사신에게 이렇게 말했다. “그대가 나에게 온 것은 옳지 않은 일이오. 예전에 공작의 부하였을 때는 내가 늘 가장 올바른 것이 무엇인지 조언을 해드렸소. 그러나 공작은 나를 왕에게 넘겨줬으니, 이제 내게 옳지 않은 요구를 하고 있는 것이오. 내가 제국을 배신하면 나는 신뢰할 수 없는 자가 되어 버리고 말 것이기 때문이오. 그러나 나는 궁정에서 왕에게 이야기 하나를 들려드릴 것이오. 그것을 잘 기억해 두었다가, 그대의 주인에게 전달하시오. 그 이야기가 공작에게 도움이 된다면 그의 명예는 무사할 것이오.”

다음날 아침 일찍 모든 궁정의 사람들이 다 모였을 때, 늙은이가 왕의 앞에 나서더니 이야기 하나를 들려드려도 좋겠는가 하고 물었다. 왕이 기꺼이 들어보겠다고 말하자, 늙은 조언자는 이야기를 시작했다. “제 아버지가 이야기해 주시기를, 아주 오래전에 여기에 한 사나이가 살았답니다. 그는 매우 성실하게 정원을 가꾸고 거기에서 유용한 야채와 향료들을 많이 키웠습니다. 그런데 이것을 알게 된 어떤 사슴 한 마리가 어느 날 밤 정원으로 숨어들어 사내의 야채들을 먹어치우고 뒤집어 놓아 모든 것들이 다 망가졌습니다. 사슴은 이런 짓을 며칠 동안 계속했고, 결국 이 사실을 알아챈 정원사가 자신이 입은 피해에 대해 복수를 하려고 마음먹었습니다. 그러나 사슴은 너무 재빨랐기 때문에, 사내는 그저 사슴의 한 쪽 귀만을 잘라낼 수 있을 뿐이었습니다. 그럼에도 불구하고 사슴이 정원을 멀리하려 들지 않자, 사내는 다시 한 번 사슴을 잡아 꼬리의 절반을 잘랐습니다. '그 상처를' 하고 그가 말했습니다. '징표로 몸에 지니고 다녀라! 그것이 고통스럽다면 다시는 오지 말거라.' 그러나 상처는 곧 아물었고, 사슴은 이전에 숨어 다니던 길로 다시 와서 사내가 키우던 야채와 식물의 뿌리들을 절단 내 버렸지요. 마침내 정원사는 꾀를 내어 그물로 정원을 둘러쌓았고, 도망치던 사슴은 붙잡혀 버리고 말았습니다. 정원사는 사슴의 몸에 창을 꽂고 말했습니다. '이제 네게 달콤했던 것은 신맛이 될 것이니, 나의 야채에 비싼 값을 지불하게 될 것이다.' 곧이어 그는 사슴을 잡아, 껍질을 벗기고 살을 베어냈다고 합니다. 그런데 그때 한 교활한 여우가 옆 도랑에 조용히 누워 있었습니다. 정원사가 떠나자 여우는 몰래 그리로 기어 와서 사슴의 심장을 훔쳐 갔습니다. 이제 사슴 사냥에 즐거워진 정원사가 돌아와 그 짐승을 가져가려고 했을 때, 심장을 찾을 수가 없었습니다. 그는 손뼉을 마주치고는 집에 돌아와서 크고 힘이 세지만 몸에 심장을 가지고 있지 않았던 놀라운 사슴을 잡은 이야기를 부인에게 들려주었습니다. '내가 전에 그 이야기를 하려고 했었어요.' 정원사의 부인이 대답했다. '그 사슴이 귀와 꼬리를 잃었을 때, 그 녀석이 심장을 가지고 있었더라면 다시는 정원에 오지 않았을 거라고 말이에요.'"

이 현명한 이야기는 아델거의 사신에게는 아무 짝에도 소용이 없는 것이었다. 이야기를 그저 단순하게만 이해한 사신은 분노한 채 바이에른으로 돌아왔다. 공작을 만나자 그는 이렇게 이야기했다. "저는 많은 고초를 겪었지만, 아무것도 얻지 못했습니다. 제가 대체 왜 로마까지 가야만 했던 것입니까? 그 늙은 조언자는 왕에게 들려준 이야기 하나 외에는 아무것도 폐하께 보내지 않았습니다. 그는 그저 그 이야기를 폐하께 전하라고 명령했을 뿐입니다. 그가 불운한 한 해를 맞게 되기를 바랍니다!"

그러나 늙은 조언자의 비유적인 이야기를 들은 아델거는 서둘러 부하들을 불렀다. "이 이야기를" 하고 그가 말했다. "내가 그대들, 그대 영웅들에게 올바로 전달하도록 하겠다. 로마인들은 그물로 나를 잡으려 한다. 그러나 그대들은 로마인들이 나를 결코 그들의 정원인 로마로 오도록 현혹할 수 없다는 사실을 알아야 한다. 하지만 만약 그들 자신이 바이에른으로 나를 찾아온다면, 그들은 창과 칼로 몸이 뚫리게 될 것이다. 내가 심장을 가지고 있다면, 내가 사랑하는 사람들이 나를 도와주고자 한다면 말이다."

로마의 궁정에서는 아델거가 로마로 오지 않으려 한다는 사실을 알게 되었다. 이에 왕은 공작이 어떤 나라에 살고 있는지 확인해 봐야겠다고 말했다. 곧 군대가 소집되었고, 삼만의 잘 무장된 병사들이 서둘러 바이에른으로 출발했다. 그들은 우선 베로나 앞쪽으로 이동했고, 그 다음 말을 몰아 트리엔트를 통과했다. 덕조 높은 용기로 무장한 아델거는 그의 모든 부하들과 친구들, 친척들을 불러 모았다. 그들은 인이라 불리는 강가에서 서로 만났으니, 공작은 언덕 위에 올라 모인 이들에게 말했다. "자, 그대 영웅들이여, 겁내지 말지어다! 이제 그대들이 나의 덕목이라 칭찬했던 것을 잊어버리지 말고 직접 실행해야 한다. 그들은 내게 크게 부당한 일을 했다. 나는 로마에서 재판을 받고, 황제가 나의 머리와 옷에 모욕을 가했을 때 그 처벌을 참아냈다. 그것으로 나는 용서를 구할 수 있었다. 그러나 이제 황제는 죄 없는 나를 찾고 있다. 그 사내가 전투에서 죽는다면 고난은 적을 것이다. 하지만 그렇지 않으면 그들은 우리를 감옥에 처넣고, 우리의 육신을 괴롭힐 것이며, 우리의 여인들에게 모욕을 주고, 우리의 아이들을 죽이고, 도적질과 방화를 하게 될 것이니, 앞으로 바이에른은 나의 통치하에서 익숙했던 덕성과 명예를 결코 갖지 못하게 될 것이다. 그러니 더욱더, 그대 영웅들이여, 두 가지, 바로 그대의 육체와 나라를 지켜라." 모두가 두 손을 치켜들고 맹세했다. 오늘 여기서 달아나는 자는 바이에른 땅에서 재산도 목숨도 결코 갖지 못하게 되리라는 것이었다.

아델거는 게롤트 후작을 보내 슈바벤의 경계를 방어하도록 했다. 그는 로마인들과 엄청나게 치열한 전투를 치렀고, 하느님은 그가 승리하도록 해 주었다. 후작은 슈바벤의 공작인 브레노를 잡아 교수대에 매달았다.

아델거는 루돌프 백작을 그의 두 형제와 함께 보내 뵈하임(역자 주: 보헤미아)을 상대하도록 했다. 잘레에 있는 뵈하임의 왕은 큰 권력을 가지고 있었으니, 바이에른을 침략한 적이 있었다. 루돌프는 직접 깃발을 들고 그를 과감하게 공격하였다. 그는 결국 황제 오스미히를 때려눕히고 그가 약탈해 간 것들을 되찾았다. 그러고 나서 백작은 캄바흐 쪽으로 기수를 돌렸다.

아델거는 성주 비렌트를 보내 훈족들을 상대하도록 했다. 이 전투에서 얼마나 많은 훈족들이 죽었는지는 아무도 말할 수 없다. 여름의 긴 낮 동안 훈족들은 트라운 강가까지 밀려 났으며, 그곳에서도 거의 회복되지 못했다.

아델거 공작은 직접 군대를 이끌고 브릭센의 벌판을 향해 나아가서, 그곳에 진을 쳤다. 이를 로마의 감시병들이 보았으니, 로마인들은 깃발을 높이 세우고 바이에른의 군대를 향해 진군했다. 그곳에서 많은 칼이 떨어지고, 많은 창의 손잡이가 부서졌다! 폴크빈이 황제의 기수를 찔렀으니 그의 창이 기수의 몸을 관통했다. "이 공물을" 하고 과감한 영웅이 외쳤다. "너의 주인에게 가져가라. 그리고 그에게 이렇게 전하라. 그가 내 군주의 머리와 옷을 더럽혔지만, 그것도 이제 끝이다. 나의 군주가 그에게 복수를 하게 되리라." 폴크빈은 다시 깃발을 높이 들고, 말에 박차를 가해 로마 군대의 무리를 쳐부쉈다. 양쪽 편 중 어느 누구도 물러서려 하지 않았으니, 경건한 영웅들이 수없이 쓰러졌다. 전투는 여름의 긴 낮 동안 계속되었다. 로마인들의 녹색 깃발은 핏빛이 되었고, 가볍게 무장한 로마인들의 무리도 피로 물들었다. 그곳에서 사람들은 용감한 젊은이들이 전력으로 칼을 휘둘러대는 것을 보았으리라. 남자들 위로 남자들이 덤벼들었고, 피가 일 마일에 걸쳐 흘렀으니, 사람들은 그곳에서 "으악", "아" 하는 외침 외에는 아무것도 들을 수 없었다고 한다. 용감한 영웅들은 서로를 공격했으며, 죽음에 대한 두려움도, 그 어떤 어려움도 그들을 전쟁터에서 떠나보낼 수 없었다. 영웅들은 자신의 군주를 떠나려 하지 않았으며, 자신의 군주를 명예롭게 그곳에서 데리고 나가려 하였다. 그것이 그들 모두의 목적이었다.

하루가 저물기 시작하자, 로마인들이 흔들렸다. 기수 폴크빈은 이를 알아차리고 그의 깃발을 로마 왕 쪽으로 돌렸다. 그를 향해 용감한 바이에른 전사들이 날카로운 칼을 들고 돌진하며 전쟁의 노래를 불렀다. 이제 로마인들은 도망을 칠 수도 싸울 수도 없었다. 세베루스는 그의 군사들이 이미 쓰러졌거나 부상을 입고 누워 있는 것을 보았으니, 더 이상 전장에서 맞서 싸울 수 없음을 알았다. 그는 칼을 던지고 외쳤다. "로마여, 바이에른이 너를 치욕에 빠뜨렸구나. 이제 나는 더 이상 나의 목숨을 돌보지 않겠다!" 이에 폴크빈은 황제를 때려눕혔다. 왕이 쓰러지자 아델거 공작은 그의 창을 하젤샘물가의 땅에 꽂았다. "나는 바이에른 사람들의 명예를 위해 이 땅을 싸워 얻었으니, 이 경계가 앞으로도 계속 그들에게 봉사하게 되기를 바라노라!"

498
바람 난 암황새

타실로 3세의 궁내관이었던 크란츠는 하운브레히트 공작 시절에 벌어진 황새들의 진귀한 기적을 기록하고 있다. 당시에는 바람을 피우는 것이 일반적인 일이었으니, 하느님께서는 그에 대한 강력한 처벌을 이성이 없는 동물을 통해 보여 주고자 하셨다.

도나우 강에서 멀지 않은 북부 바이에른의 아바흐 지역 위쪽에 사람들이 오늘날 타이겐이라 부르는 마을이 있었다. 이 마을에 한 쌍의 황새가 둥지를 틀고 알을 낳았다. 암황새가 알을 품다가 먹이를 찾아 둥지를 떠나 날아갔을 때, 한 낯선 황새가 다가와 암황새에게 격렬하게 구애를 하더니 결국 암황새를 덮쳤다. 바람을 피우고 난 후 암황새는 밭 위를 날아 한 샘물로 가더니, 물속으로 들어가 씻고는 다시 둥지로 돌아갔다. 암황새가 이를 얼마나 감쪽같이 해냈던지, 나이든 수황새는 둥지에 돌아왔을 때 암황새가 바람을 피웠다는 사실을 전혀 느끼지 못했다. 이는 암황새로 하여금 바람피우는 짓을 계속 하도록 만들었고, 암황새의 바람은 매일 매일, 그녀의 새끼들이 알을 깨고 나올 때까지 계속되었다. 그런데 한 농부가 밭에서 이를 보았다. 그는 암황새가 매일 샘물로 날아와서 목욕을 하는 것을 보고 매우 놀랐다. 그래서 농부는 나뭇가지와 돌로 샘물을 틀어막고 무슨 일이 일어나는지 멀리서 관찰했다. 이제 암황새가 다시 돌아왔으나 샘물로 갈 수 없게 되자 큰소리로 한탄하더니, 결국은 둥지로 돌아갈 수밖에 없었다. 그러나 이제 암황새의 남편인 수황새가 둥지로 돌아와 암황새가 바람을 피웠다는 걸 알아차렸다. 이에 수황새는 갑자기 암황새를 공격하기 시작했고, 암황새는 격렬하게 저항했다. 마침내 수황새는 둥지를 떠나 다시는 돌아오지 않았다. 암황새는 새끼들을 혼자서 먹여 살려야 했다. 후에 황새들이 멀리 날아가곤 하는 성 라우렌츠 기념일(역자 주: 8월 10일)에 돌아온 늙은 황새는 무수히 많은 다른 황새들을 데려왔으니, 이들은 함께 암황새를 덮쳐 부리로 쪼고 찢어 조각내 버렸다. 여기에서 일반적으로 통용되는 속담이 생겨났다. "불륜은 냄새로 알 수 없다."

499
바이에른의 하인리히 공작이 길을 깨끗하게 유지하다

바이에른의 하인리히 공작에게는 엘스베트라는 딸이 있었는데, 그녀는 브란덴부르크로 시집을 갔으며, 마르크 지역 사람들은 그녀를 간단히 "바이에른에서 온 아름다운 엘스켄"이라 불렀다. 공작은 붉은 사슴을 매우 좋아해서 농부들의 사냥개들을 울타리 너머로 쫓아냈다고 한다. 그러나 그는 평화를 훌륭하게 유지했고, 싸움박질, 혹은 상인들이 말하는 것처럼 도적질을 나라 안에서 결코 허용하지 않았다. 그래서 상인들은 그의 왕국을 "장미 정원에서"라고 불렀다(역자 주: "장미 정원에 앉아 있다"는 속담에서 나온 말. "평화롭다", "잘 지내고 있다"는 뜻). 그러나 도둑들은 불평을 하며 이렇게 말했다. "그의 나라에서는 늑대 한 마리도 살아남을 수 없어. 밧줄을 피할 수가 없다고." 사람들은 그밖에 그에 대해서 다음과 같은 이야기도 전한다. 하인리히 공작은 그가 성인이 되기도 전에 그에게 커다란 손실을 안긴 그의 후견인을 몹시 싫어했다. 한 번은 그가 말을 타고 시골길을 달리다가 항아리가 가득한 수레와 마주쳤다. 이에 그는 수레를 통째로 사 버렸다. 그러고는 항아리들을 나란히 세워 놓고 그 항아리들을 하나씩 들어 올리며 이렇게 물었다. "너는 누구냐?" 그러고는 자기 자신이 대답했다. "공작이오." 공작은 이렇게 말했다. "그러면 대가를 지불해야 한다." 그러고는 항아리를 깨뜨려 버렸다. 그러나 "섭정자요"라고 대답하는 항아리에게는 아무것도 하지 않았으니, 그 앞에서 모자를 벗었다. 후에 그는 이렇게 말했다. "그렇게 섭정자들이 나와 함께 나라를 다스렸노라." 사람들은 그를 단순히 부자 공작이라고 불렀다. 그는 부르크하우젠의 탑을 돈으로 가득 채웠던 것이다.

500
디츠 슈빈부르크

바이에르의 루트비히 황제는 1337년에 나라의 치안을 어지럽혔던 디츠 슈빈부르크를 네 명의 부하들과 함께 붙잡았으며, 그들을 뮌헨으로 끌고

와 참수형에 처했다. 이때 디츠는 재판관에게 자신과 자신의 부하들을 8족장(역자 주: 약 2.4m) 간격으로 한 줄로 세워 놓고 자신부터 참수형을 시작해 달라고 부탁했다. 그러고 나서 자신이 일어나 부하들 앞을 달려갈 테니 자신이 지나쳐 간 부하는 살려 달라는 것이었다. 재판관이 비웃으며 이를 수락하자 그는 자신의 부하들을 가장 사랑하는 사람부터 차례대로 자신의 곁에 세웠다. 그러고는 안심한 채 무릎을 꿇었다. 목이 떨어지자 디츠 슈빈부르크는 곧 일어서서 네 명의 부하 앞을 모두 달려 지나갔다. 그러고는 곧 쓰러져 누워 버렸다. 재판관은 그러나 부하들을 자기 마음대로 살려둘 수 없었으니, 황제에게 이 사실을 전하고 부하들의 목숨을 살려 줄 것을 요청했다.

501
가죽이 벗겨진 늑대

바이에른의 오토 백작은 교황의 사신인 알브레히트를 추방하였으며, 도망칠 수밖에 없었던 알브레히트는 파사우로 피신했다. 이에 오토는 파사우까지 진군하여 도시를 점령하고 그를 고통스럽게 죽였다. 전해지는 말에 따르면, 사람들은 또한 그의 가죽을 벗겼으니, 이 때문에 파사우 사람들은 가죽이 벗겨진 늑대를 문장으로 사용하게 되었다고 한다. 또한 피의 바위라 불리는 바위를 오늘날에도 볼 수 있는데, 그 바위 위에서 알브레히트의 가죽이 벗겨지고 조각조각 잘라졌다고 한다. 실제로 어떤 일이 있었던지 간에, 그는 기독교 세계에 그토록 많은 불행을 야기한 데 대한 대가를 지불했다.

502
그레틀 방앗간

루트비히 폰 바이에른의 막내아들이었던 오토 공작은 마크 브란덴부르크를 황제 카를 4세에게 20만 굴덴에 팔았다. 그러고는 땅을 비우고 바이에른으로 옮겨 갔다. 거기에서 그는 자신의 재산을 마르가레트라는 이름의 아름다운 방앗간 여인과 탕진했으며, 란츠후트 아래쪽의 볼프슈타인 성에서 살았다. 이 방앗간은 아직도 그레티 방앗간이라고 불리며, 영주는 게으른 오토라고 불리는데, 왜냐하면 그가 마크 브란덴부르크크 같은 땅을 팔았기 때문이었다. 사람들이 말하기를, 카를은 그 땅을 살 때 오토를 속였으니, 그 땅의 종에 달린 끈의 가격만큼도 지불하지 않았다고 한다.

503
프리드리히 공작과 레오폴트 폰 외스터라이히

프리드리히 왕이 루트비히 폰 바이에른에게 붙잡혀 트라우스니츠[34]라는 요새에 갇혀 있을 때의 일이었다. 학식이 높은 한 사내가 레오폴트 폰 외스트라이히 공작(붙잡힌 자의 동생)을 찾아와 이렇게 말했다. "제가 좋은 일을 해드리지요. 악마를 불러 폐하의 형인 프리드리히 왕을 감옥에서 끌

34 포로가 된 프리드리히 왕이 끌려 들어가며 그 이름을 들었을 때 그는 이렇게 외쳤다고 한다. "그렇군, 트라우스니히트(드루베제니트)(역자 주: "트라우스니히트 Trausnicht"는 "그것을 믿지 말아라Trau es nicht"의 의미로도 읽을 수 있다), 내가 그 안으로 이렇게 끌려 들어가리라고는 믿어본 적이 없구나!"

어내 폐하의 곁으로 데려오겠습니다." 그리하여 레오폴트 공작과 학자 두 사람은 한 방으로 들어갔고, 그 방에서 학자는 자신의 기술을 발휘했다. 그러자 악마가 순례자의 모습으로 나타났으니, 프리드리히 왕을 아무런 해도 입히지 말고 데려오라는 명령을 받았다. 악마는 왕이 자신을 따르기만 한다면 그렇게 하겠다고 대답했다. 악마는 그들 앞에서 사라져 트라우스니츠에 있는 프리드리히에게 가서 이렇게 말했다. "이리 와서 내 위에 앉으시오. 그러면 내가 당신에게 아무런 해도 입히지 않고 그대의 동생에게 데려다 주겠소." 왕이 말했다. "그대는 누구인가?" 악마는 소리 높여 대답했다. "그건 묻지 마시오. 그대가 감옥에서 나가길 바란다면 내가 시키는 대로 하시오." 이에 왕과 그를 지키고 있던 사람들은 전율을 느끼며 성호를 그렸다. 그러자 악마는 사라져 버렸다.

그 이후 레오폴트 공작은 전쟁으로 루트비히 왕을 괴롭혔으니, 그는 프리드리히 왕을 감옥에서 내보내야만 했다. 그러나 공작은 루트비히의 왕국의 소유권을 요구하지 않겠다는 것을 맹세하고, 또 약속해야만 했다.

504
후작부인의 면사포

하인리히 4세의 딸이었던 아그네스는 폰 오스트리아 후작 신성한 레오폴트와 결혼하였다. 아그네스는 결혼식을 올린 후 8일째 되던 날 성의 창가에 서서 레오폴트에게 그녀가 부탁했던 수도원의 건설에 대해 이야기했다. 그때 강한 바람이 불어와 후작부인의 면사포를 날려 버렸다. 레오폴트는 그녀의 부탁을 다음과 같은 말로 거절했다. "면사포를 찾게 되면 그대의 수도원을 지어 주겠소." 8년이 지난 후 레오폴트는 숲에서 사냥을 하다가 라일락 나무 위에 아그네스의 면사포가 걸려 있는 것을 보았다. 이 기적 때문에 후작은 면사포를 발견한 자리에 노이부르크 수도원을 지었다. 면사포와 라일락 나무의 줄기는 오늘날에도 여전히 찾아볼 수 있다.

505
브렌베르거(첫 번째 전설)

고귀한 기사인 브렌베르거는 폰 외스터라이히 공작의 궁정이 있는 빈에 살았다. 선택 받은 여인인 공작부인과 그녀의 볼, 장미와 같이 피어난 그녀의 붉은 입술을 보았을 때 그는 부인을 칭송하기 위해 노래를 불렀다: 그녀에게 입을 맞춰도 되는 이는 얼마나 황홀할까, 나의 주인이 소유하고 있는 여인과 프랑스의 왕이 소유하고 있는 여인보다 더 아름다운 여인은 이 땅에 없다네. 그 어떤 여인도 이 두 여인과 같지 않다네. 공작부인이 이 찬사를 듣고 기사를 자기 앞으로 불러 이렇게 말했다. "아, 브렌베르거, 나의 가장 사랑스런 시종이여, 그대가 지금 노래로 부른 것이 그대의 진심인가요, 아니면 농담인가요? 만약 그대가 나의 시종이 아니었다면, 나는 그대를 나쁘게 생각했을 거예요." — "전혀 농담이 아닙니다."라고 브렌베르거가 말했다. "제 마음 속에선 부인께서 이 세상에서 제일 아름다운 분이십니다. 물론 사람들은 프랑스 왕비의 아름다움에 대해 말하지만, 전 믿지 않습니다." 이에 상냥한 여인이 말했다. "브렌베르거, 나의 가장 사랑스런 시종이여, 나는 그대에게 호의를 가지고 있으니, 내 부탁을 하나 들어 주세요. 나의 금과 은을 가지고 가서 왕비를 보고 오세요. 그리고 우리 둘 중 누가 가장 아름다운 여인인지를 알아봐 주세요. 그대가 진실을 가지고 온다면 그대는 나의 기분을 좋게 해 줄 것입니다." — "아, 고귀한 부인이여", 브렌베르거가 말했다. "저는 긴 여행으로 인한 고생이 두렵습니다. 또한 부인께서 듣고 싶지 않은 대답을 가지고 돌아오게 된다면, 제 마음 역시 무거울 것입니다. 그러나 제가 좋은 소식을 가지고 와서 부인께서 즐거워하신다면 이는 또한 제게도 기쁨이니 기꺼이 여행을 가도록 하겠습니다." 여인이 말했다. "가세요, 그리고 장신구도, 복장도 그 무엇도 부족함이 없도록 하세요."

그러나 브렌베르거는 그 대신 봇짐을 준비하여 그 안에 여자들의 물건들, 즉 허리띠와 실패 등을 챙겨 넣었다. 여자 잡화상으로 변장하여 그 물건들을 팔러 다니려는 것이었다. 그는 자신의 여인이 준 임무를 가지고 파리에 닿을 때까지 산과 계곡을 건너갔다. 파리에서 브렌베르거는 산 밑에 사는 선택받은 주인의 여관에 머물렀다. 주인은 브렌베르거에게 말의 먹이와 외양간의 짚, 음식과 마실 것을 아주 친절하게 제공해 주었다. 브렌베르거는 그러나 마음이 편하지도 않았고, 쉴 수도 없었다. 그는 주인을 손짓으로 불러 왕비를 직접 두 눈으로 보려면 어떻게 해야 하는지에 대해 조언을 구했다. 공작부인이 그를 오스트리아에서 이곳으로 보낸 것은 바로 그녀 때문이었던 것이다. 여관주인은 말했다. "왕비가 교회로 갈 때 항상 지나가는 곳에 자리를 잡고 있으세요. 그러면 분명 그녀를 볼 수 있을 겁니다."

이에 브렌베르거는 여자의 옷을 입은 후, 잡화들을 들고 성문 앞으로 가 앉았다. 그러고는 실패와 비단 등을 펼쳐 놓았다. 마침내 왕비가 지나갔다. 그녀의 입술은 불처럼 타올랐고, 열한 명의 처녀가 그녀의 뒤를 따랐다. "안녕하세요, 잡화상" 하고 그녀가 지나가며 말했다. "어떤 아름다운 것들을 가지고 계신가요?" 잡화상은 예절바르게 감사의 인사를 드리며 말했다. "모두의 칭송을 받는 왕비님, 은혜를 베풀어 제 물건들을 보시고 왕비님의 처녀들과 함께 구입하십시오!"

저녁 늦게 고귀한 왕비가 말했다. "성문 앞의 잡화상이 늦게 왔구나. 그녀를 들어오게 해라. 그녀는 오늘 정말로 우리 곁에 머무르게 될 것이다." 그리고 잡화상인은 여인들과 함께 예절바르게 식탁 앞에 앉았다. 식사가 끝나자 왕비가 말했다. "누구 곁에서 잠을 자겠소?" 잡화상은 숙소에서 자고 싶었기에 이렇게 대답했다. "감사합니다, 고귀한 왕비님! 괜찮으시다면 혼자서 눕게 해 주십시오." 그것은 명예롭지 못한 일이라고 왕비가 답했다. "자, 여기 열두 명의 처녀가 있습니다. 가장 어린 처녀 곁에 눕는 것이 그대에게 적당할 것이오. 그러면 그대의 명예가 지켜질 것입니다." 그리하여 잡화상은 긴 밤을 상냥한 처녀의 옆에 누워 있었다. 잡화상은 13일 동안 성 안에서 장사를 했고 매일 밤 다른 처녀의 옆에서 잠을 잤다. 이제 마지막 밤이 왔을 때 왕비가 말했다. "모든 처녀들 옆에서 잠을 잤으니, 이제 내가 어떻게 보상을 해야겠소?" 이에 브렌베르거는 그가 왕비의 옆에 누워야 한다면 목숨이 위태롭게 될지도 모른다는 두려움에 휩싸였다. 그리하여 그날 밤 여관 주인에게로 몰래 도망쳤다. 그러고는 곧 말을 타고 쉬지 않고 달려 빈에 도착했다.

"아, 브렌베르거, 나의 가장 사랑스런 시종이여, 어떻게 지냈나요? 어떤 좋은 소식을 가지고 왔나요?" — "고귀하신 부인이여", 기사가 답했다. "저는 사람들이 듣지도 보지도 못했을 사랑과 고통을 경험했습니다. 13일 동안 저는 성문 앞에서 잡화들을 팔았습니다. 이제 제게 어떤 은총이 벌어졌는지, 그 기적 같은 이야기를 들어봐 주십시오. 매일 밤 저는 성 안으로 들여보내져서, 특별히 모든 처녀들 옆에 한 번씩 누워 자야만 했습니다. 저는 오래지 않아 탄로가 날까봐 두려웠습니다. 그리고 마지막 날 밤 왕비가 직접 저를 옆에 두고자 하였습니다." — "브렌베르거, 내가 태어났다는 사실이, 그리고" 공작부인이 말했다. "그 고귀한 부인을 괴롭히라는 충고를 그대에게 해 준 것이 고통스럽군요. 하지만 이제 말해 보세요. 우리 둘 중 누가 가장 아름다운 여인인가요?" — "부인, 사실, 왕비는 그 누구보다도 아름답습니다. 나는 지상에서 그렇게 아름다운 여인을 본 적이 없습니다. 빛줄기가 그녀의 모습에 부서지고 맙니다. 그녀가 처음으로 제 잡화들 앞에 섰을 때 저는 그녀의 아름다움에서 특별한 힘을 느꼈습니다." — "아,

브렌베르거, 그녀가 나보다 더 마음에 든다면, 그녀의 시종이 되는 것이 어떤가요?" — "아닙니다, 고귀한 부인이여, 그런 뜻이 아닙니다. 제 마음 속에서는 당신이 가장 아름다운 여인입니다." — "조금 전에 그보다 더 아름다운 여인을 본적이 없다고 하지 않았나요." — "알아주십시오, 부인, 왕비는 튀어나온 입을 가지고 있습니다. 그러니 부인께서 더 아름다운 목과 턱을 가지고 계신 것이지요. 하지만 부인 다음으로는 왕비가 이 세상에서 제가 지금까지 본 여인들 중 가장 아름다운 여인입니다. 제가 그녀 때문에 부당한 죽음을 당할 뻔 했다는 것이 저의 가장 커다란 불만입니다!"

506
브렌베르거(두 번째 전설)

고귀한 브렌베르거가 아름다운 공작부인에 관한 여러 가지 노래를 부르자, 그녀의 남편이 이를 알아차렸다. 그는 기사를 잡아 오도록 해서 말했다. "네가 나의 부인을 사랑하다니, 그것은 너의 목숨이 걸린 일이다!" 그리고 그 자리에서 그의 목을 쳤다. 그리고 그의 심장을 도려내어 요리를 하라고 명령했다. 그 후 그 요리가 고귀한 부인 앞에 차려졌다. 그녀의 붉은 입이 그녀의 충실한 시종이 몸속에 지니고 있던 심장을 먹었다. 이에 공작이 말했다. "부인, 그대가 지금 먹은 것이 무엇인지 알아맞힐 수 있겠소?" 부인이 대답했다. "아니요, 저는 모르겠어요. 그렇지만 무엇인지 알고 싶어요. 맛이 있었거든요." 그가 말했다. "사실 그것은 당신에게 많은 기쁨과 즐거움을 가져다주었으며, 아마도 그대의 고통을 몰아내 주었을 당신의 시종 브렌베르거의 심장이오." 부인이 말했다. "제가 제 고통을 몰아내 준 것을 먹었다면, 이제 거기에 음료를 한 모금 더 마신다 하여도 제 불행한 영혼은 결코 속죄를 할 수 없습니다. 먹을 것과 마실 것은 이제 다시는 제 입속으로 들어가지 않을 것입니다." 공작부인은 서둘러 일어섰다. 그러고는 자신의 방으로 들어와 문을 잠그고 천상의 여왕에게 도움을 부탁했다. "저 때문에 죄 없이 죽음의 고통을 겪은 충직한 브렌베르거를 위해 저는 항상 참회를 해야만 합니다. 진실로 그는 제 몸을 건드리지 않았으며, 제 팔로 그를 안을 만한 거리에 접근하지도 않았습니다." 그 시간 이후로 이 여인의 입으로는 음식도 물도 들어가지 않았다. 그녀는 열하루 동안 살았고, 열두 번째 되던 날 세상을 떠났다. 그녀의 남편은 자신이 그녀를 불명예스럽게 배반했다는 고통 때문에 칼을 가슴에 꽂고 죽었다.

507
슈레켄발트의 장미정원

오스트리아의 묄크 아래쪽, 높은 마노(瑪瑙)석 절벽 위에 슈레켄발트라는 끔찍한 도적이 살았다. 그는 사람들을 숨어서 기다리다가 그들이 가진 것을 빼앗은 다음, 그 사람을 폭과 깊이가 세 걸음도 안 되는 가파른 절벽 위의 공간에 가둬 놓았다. 그곳에서 이 불행한 사람들은 끔찍한 깊이의 낭떠러지로 뛰어내려 그들의 비참한 삶을 직접 끝내지 않는다면, 굶어 죽는 수밖에 없었다. 그런데 한 번은 어떤 사람이 용감하게, 그리고 행운의 도움을 받아 부드러운 나뭇가지 위로 뛰어내려 무사히 바닥까지 내려왔다. 그는 완전히 구출된 뒤에 슈레켄발트가 숨어 있는 곳을 알려 그 도둑을 붙잡을 수 있도록 했으니, 그는 칼로 처형되고 말았다. 사람들은 매우 위급한 상황에서 육신과 목숨의 위험을 무릅써야만 탈출할 수 있는 사람들에 대해 "그는 슈레켄발트의 작은 장미정원에 앉아 있다"라는 속담을 말한다고 한다.

508
마르가레타 마울타쉬

티롤과 케른텐의 주민들은 여기저기서 출몰하는 마르가레타 마울타쉬에 대한 이야기를 전한다. 그녀는 오래전 그 나라의 (여자)영주였으며, 입이 굉장히 컸기 때문에 그런 이름으로(역자 주: "마울Maul"은 "입"을, "타쉐Tasche"는 "가방"을 뜻하며, "마울타쉐Maultasche"는 만두처럼 속을 채워 넣은 밀가루 반죽 요리를 뜻한다) 불리게 되었다. 클라겐푸르트 사람들은 기도시간을 알리는 종소리가 울린 뒤에는 갑옷이 보관되어 있는 무기고에 잘 가지 않는다. 호기심에 그렇게 해본다면, 그 호기심은 거센 따귀로 응징 당하게 된다. 사람들은 마르가레타 마울타쉬가 청동으로 주조된 용이 서 있는 커다란 분수에서 특정한 시간이 될 때마다 검붉은 색 말을 타고 달리는 모습을 볼 수 있다. 오스테르비츠 성에서 멀지 않은 곳에는 오래된 성벽이 있는데, 그곳 들판에서 가축을 방목하는 몇몇 목자들이 조심성 없이 그곳에 접근했다가 채찍을 맞았다. 그래서 사람들은 특별한 표식을 세워 놓았으니, 그 바깥쪽으로는 아무도 가축을 몰고 나가지 않았다. 가축들조차도 — 설령 아무것도 모르는 목자가 그들을 힘들게 그곳으로 몰고 갔다고 하더라도 — 그곳에서 자라는 아름답고 기름진 풀들을 뜯어먹지 않을 것이다. 유령은 특히 메란의 고성에 나타나 손님들을 골탕 먹이는데, 한 번은 이제 막 결혼하여 신혼 밤을 보내고 있는 신랑신부에게 칼을 들고 덤벼들었다고 한다 — 그러나 그들을 죽이지는 않았다고 한다. 마르가레타는 살아 있을 때 호전적이었으며, 여러 성과 도시를 황폐하게 하고, 죄 없는 피가 흐르도록 만들었다.

509
케른텐의 디트리히슈타인

디트리히슈타인 성에 포위공격이 계속되었을 때(1334년) 장군들은 그들이 마르가레타 마울타쉬 부인으로부터 성을 오랫동안 지켜낼 수 없으리라는 것을 알았다. 그녀는 그들이 상대하기에는 너무 강력했기 때문이었다. 게다가 이번에는 오텐 황태자의 도움도 기대할 수 없었다. 그리하여 장군들은 안개가 자욱하게 깔린 어느 날 밤, 모두가 한 마음으로 케른텐의 모든 병사들을 이끌고 조용히 디트리히슈타인을 빠져나와 성 바이트라는 도시에 무사히 도착했으니, 도시의 주민들은 매우 기뻐했다. 다음날 마울타쉬 군대는 계속되는 공격에도 아무런 저항을 받지 않았으니, 마울타쉬의 군대는 그 조용한 모습으로부터 적들이 자신들을 속이고 성을 비워 그들에게 남겨놓고 떠났다는 사실을 쉽게 알 수 있었다. 분노에 불타오른 마울타쉬 부인은 크게 소리를 지르며 부하들에게 성벽을 타고 올라가 성을 점령하도록 강요하였다. 성에는 아무도 없었기 때문에 마울타쉬의 군대가 성을 점령하는 것은 쉬운 일이었다. 그렇게 성은 정복되었으니, 성벽은 심하게 파괴되었고, 탑과 성문은 흔적도 없이 부서졌으며, 방들은 불살라져, 제대로 서 있는 건물이 거의 없었다. 이로써 디트리히슈타인은 마울타쉬에 의해 파괴되었으며 끔찍할 정도로 황폐해졌다. 그러나 디트리히슈타인 사람들은 후에 도시를 재건하여 사람들이 어느 정도는 살 수 있게 되었다고 한다. 그 땅에는 널리 알려진 전설이 하나 있는데, 폐허가 된 성 안에 막대한 재화가 숨겨져 있다는 것이다. 누군가 그 무너진 건물 안에 제대로 들어가면, 마치 모든 것을 다 뒤엎어 버리려는 듯, 돌을 던지는 소리, 사람을 때리는 소리, 화살이 날아가는 소리 등이 들려오는데, 그런 일은 오늘날에도 종종 벌어진다고 한다. 그래서 아무도 감히 그 장소에 오랫동안 머무르지 못한다.

510
마울타쉬-흙더미

디트리히슈타인 성이 마르가레트 마울타쉬 부인의 포위공격으로 파괴되자(1334년), 케른텐의 귀족과 농부들은 부인과 아이들을 데리고 서둘러 오스테르비츠로 도망쳤다. 그곳은 고귀하고 근엄한 라인헤르 셴크가 소유하고 있던 땅이었으니, 도망친 이들은 그로부터 매우 명예로운 환대를 받았다. 천혜의 자연환경 덕분에 대단히 강력하고 함락하기 어려웠던 오스테르비츠에서 그들은 가족과 함께 폭군 마울타쉬 부인의 위협으로부터 안전하게 머무를 수 있으리라는 희망을 가질 수 있었다. 오스테르비츠는 성 바이트로부터 1마일(역자 주: 옛 독일의 마일은 약 7.5km) 떨어진 곳, 푈커마크트 반대 방향 오른쪽으로 거대하고 매우 높게 솟은 절벽 위에 있었으며, 어느 쪽에서도 공격을 하거나 진군해 올 수 없었다. 그러나 마울타쉬 부인은 오스테르비츠에 많은 귀족들이 모여 있다는 것을 알고 나서 병력과 함께 즉시 그곳으로 이동했다. 귀족들을 장악하고 앞서 언급한 남자와 여자들을 붙잡게 될 때까지 그 앞에 진을 치고 있기 위해서였다. 이와 같은 사실이 정찰병들로부터 보고되자마자, 라인헤르 셴크는 급히 서둘러 300명이 조금 넘는 자신의 병사들을 성벽의 방어에 투입하고 높은 산의 곳곳에 배치했으니, 필요한 모든 조치들을 하나도 빼놓지 않았다. 그사이 마울타쉬 부인은 자신의 부대와 함께 들판을 넓게 차지하여 그 지역의 성을 포위했으며, 그 누구도 포위된 자들에게 가거나 성으로부터 도망쳐 나갈 수 없도록 했다. 이 폭군은 오스테르비츠를 함락하는 것이 불가능하다는 것을 알고 있었기 때문에, 포위하고 있는 동안 방화와 약탈, 살인과 또 다른 폭력으로 마을의 불쌍한 농부들에게 적지 않은 피해를 주었다. 파괴된 성들의 모습은 오늘날에도 여전히 그러한 사실을 충분히 증명해 주고 있다. 그러나 마울타쉬 부인은 마침내 시간을 헛되이 낭비하고 있으며, 그 어떤 폭력으로도 별로 얻어내는 것이 없으리라는 사실을 알게 되었다. 그리하여 그녀는 작전 회의에서 다음과 같은 명령과 함께 사신들을 라인헤르 셴크에게 보내기로 결정했다. 즉, 여러 가지 약속을 통해 라인헤르 셴크를 설득하여 오스테르비츠 성을 그녀에게 넘겨주고 자신의 군대와 함께 자유롭게 떠나가도록 하라는 것이었다. 그러나 라인헤르 셴크는 그러한 제안에 부정적으로 답하며 사신들로 하여금 다음과 같이 전하도록 했다. 만약 마울타쉬의 명령에 복종하고 협박에 신경을 쓴다면 자신은 어린아이와 다름없으리라는 것이었다. 그리하여 사신들은 무거운 마음으로 진지로 돌아왔다. 그리고 그들은 모두 마울타쉬에게 폭력으로는 얻을 수 있는 것이 없으니, 그 지역을 굶어 죽도록 만들어야 하며, 그와 같은 방법으로 케른텐의 귀족을 궁지에 몰아넣어야 한다고 조언했다. 마울타쉬 부인이 그 충심 어린 조언을 따르려 했든 그렇지 않았든, 그녀는 그렇게 할 수밖에 없었다. 자신의 뜻을 이루기 위해서는 다른 가능성이 존재하지 않았기 때문이었다.

포위가 상당히 오랫동안 지속되자, 오스테르비츠 성에서는 평범한 군인들뿐만 아니라 귀족들 사이에서도, 특히 귀족 여성들에게 있어서, 모든 물건들, 그중에서도 매일 사용되는 물이 매우 부족하게 되었다. 이제 삼백 명의 군인들 중 남아 있는 자는 백 명도 채 되지 않았으며, 이들은 어쩔 수 없이 고양이고기, 개고기, 말고기와 같은 끔찍한 음식들로 배를 채워야만 했다. 이에 몇몇 고귀한 사나이들과 귀족들이 이 사태를 어찌할 것인가에 대해 서로 의견을 주고받았으니, 이들은 마침내 바라마지 않았던 탁월한 해결책을 생각해 냈다. 매일 커다란 비탄의 소리가 들려왔고, 여성들, 아이들과 함께 모두가 커다란 불행을 겪고 있었으며, 앞으로 더 많은 불행한 상황에 직면하게 될 것이라는 사실이 그들에게 너무나 괴로웠기 때문에, 귀족들은 모두 라인헤르 셴크에게 가서 다음과 같이 말했다. 이번에는 오토 황태자의 도움을 기대할 수 없으니 오로지 영리한 발상을 통해서만 구원을 받을 수 있으며, 이 지독한 적을 그들의 목에서 떼어 놓기 위해 훌륭하고도 민첩한 작전을 생각해 냈다는 것이었다. 먹을 것과 목숨을 부지하기 위해 필수적인 것들을 이미 다 소비해 버려 이제 비쩍 마른 황소 한 마리와 2 피얼링(역자 주: 곡식의 양을 재는 단위. 2 피얼링은 약 6 리터)의 호밀밖에는 남아 있지 않다는 사실을 알고 있던 이들은 다음과 같은 판단과 의견, 충직한 조언을 내놓았다. 황소를 잡아서, 안쪽을 모두 비워낸 껍데기 안에 호밀을 밀어 넣은 다음 잘 꿰매어 산 아래로 던진다. 적들이 그것을 보게 되면, 이는 그들이 우리에게 생필품과 먹을 것이 아직 풍부해서 포위를 한참 더 버틸 수 있다고 생각하는 계기가 될 것이며, 그러면 그들은 틀림없이 모든 병사들과 함께 떠나게 되리라는 것이었다. 라인헤르 셴크는 곧바로 이 조언에 따랐다. 그리하여 그는 황소를 잡아 그 안에 호밀을 집어넣은 후 산에서 떨어뜨리도록 하였으니, 그 모습을 본 사람들은 모두가 크게 놀랐다. 마울타쉬가 이를 알게 되자, 그녀는 크고 날카로운 소리로 이렇게 말했다. "아! 저 자들은 좋은 시절에 식량을 절벽 틈새에 숨겨놓고 높은 절벽에 숨어 지내서 우리 손으로는 잡기 힘든 클라우스 까마귀들(역자 주: 알프스에 서식하는 까마귀의 일종)이로구나! 이제 저들은 깊은 둥지 속에 내버려 두고 다른 살찐 새들이나 찾으러 가자." 마울타쉬는 그 순간 이후로 병사들에게 투구에 흙을 가득 담아 오스테르비츠를 향해 있는 평평한 들판에 털어 놓으라고 명령했다. 명령대로 이루어지자 그것은 평평한 땅 위에 튀어나온 상당히 높은 작은 산이 되었으니, 그것을 케른텐 사람들은 오랫동안 마울타쉬-흙더미라 불렀다. 얼마 전에, 그러니까 1580년에 케른텐의 수장인 아이헬베르크의 남작 게오르크 케벤휠러 씨는 아름다운 하얀색 돌로 마울타쉬 부인의 부조상을 만들도록 했으니, 이 기둥은 마울타쉬-흙더미의 십자가라고 불린다.

511
라트볼트 폰 합스부르크

10세기에 라트볼프는 아르가우에 있는 자신의 땅에 성을 짓고 이를 합스부르크(하비히츠부르크, 암벽둥지)라 불렀다. 이 성은 작지만 견고했다. 하지만 성이 완성되었을 때, 성의 건설을 위해 돈을 대 준 그의 형 베르너 주교가 와서 성을 보고 크기가 너무 작다고 못마땅해 했다. 그러자 그날 밤 라트볼트 백작은 부하들을 시켜 성을 둘러싸게 했다. 다음 날 아침 주교가 밖을 내다보며 놀라워하자 그의 동생이 말했다. "나는 살아 있는 성벽을 쌓았습니다. 용맹한 사나이들의 신의야말로 가장 견고한 성이지요."

512
루돌프 폰 스트레틀링겐

루돌프 푼 부르군트 왕은 높은 성에서 스트레틀링겐을 강력하게 지배했다. 그는 공정했으며, 온화했고, 나라의 곳곳에 교회를 세웠다. 그러나 지나친 자만심이 그의 마음을 장악해 버렸으니, 루돌프 폰 부르군트는 황제라 하더라도 권력과 부에서 그와 비교할 수 없다고 생각했다. 이에 주이신 하느님께서 그를 죽도록 만들었다. 그러자 곧 악마가 다가와 그의 영혼을 잡아가려 하였다. 악마는 세 번이나 그의 영혼을 붙잡았지만, 성 미하엘이 그를 막았다. 이에 악마는 하느님에게 왕의 행동을 저울에 재어 볼 것을 요구했다. 더 무거운 접시를 가진 자에게 영혼을 가져가는 것이 허락되어야 한다는 것이었다. 미하엘은 저울을 가져와 한쪽 접시 안에 루돌프의 선행들을 집어넣고, 다른 쪽 접시에는 그가 저지른 악행들을 집어넣었다. 접시들이 오르락내리락 거리며 천천히 선행 쪽으로 기울자 악마는 자신의 접시가 위로 올라갈까봐 두려워졌다. 그리고 재빠르게 접시의 아래쪽에 들러붙었으니, 접시는 아래쪽으로 내려갔다. 이에 미하엘이 외쳤다. "아 괴롭도다, 첫 번째 판결이 내려지는구나!" 이에 그는 두 번째로 저울을 들어올렸다. 그러자 다시 한 번 사탄이 아래쪽에 매달려 자신의 접시를 무겁게 만들었다. "아, 괴롭도다", 하고 천사가 말했다. "두 번째 판결이 내려지는구나!" 그리고 세 번째로 그는 저울을 들고 망설였다. 그때 그는 저울접시의 얇은 테두리에서 접시를 아래로 끌어당기는 용의 발톱을 보았다. 이에 미하엘은 분노하여 지옥으로 사라지라며 악마를 저주했다. 천천히, 오랜 투쟁 끝에 선행의 접시가 머리카락 두께만큼 올라갔고, 왕의 영혼은 구원을 받았다.

513
이다 폰 토겐부르크

까마귀 한 마리가 열려진 창문을 통해 들어와 키르히베르크 가문 출신이자 백작부인인 이다 폰 토겐부르크의 결혼반지를 물고 가 버렸다. 그리고 그 반지는 그녀의 남편인 하인리히 백작의 하인이 발견하여 가져갔다. 하인의 손가락에서 반지를 발견한 백작은 격노하였으며, 불행한 이다에게 서둘러 달려가 그녀를 토겐부르크의 깊은 골짜기 아래로 밀어 떨어뜨렸다. 또한 하인은 야생마의 꼬리에 매달아 절벽 아래로 끌려 내려가도록 만들었다. 한편, 백작부인은 떨어질 때 잡목들을 붙잡아 목숨을 구했고, 밤에 그곳에서 도망쳤다. 그녀는 숲으로 들어가 물과 뿌리로 연명했다. 그녀의 무죄가 밝혀졌을 때, 한 사냥꾼이 백작부인 이다를 발견했다. 백작은 여러 차례 애원을 했으나, 그녀는 더 이상 남편의 곁에서 살고자 하지 않았다. 이다는 피싱겐의 수도원에서 경건하고 조용한 삶을 살았다.

514
스위스인들의 이주

북방의 땅, 즉 스웨덴과 프리젠에 오래된 왕국이 하나 있었으니,[35] 이 나라에 배고픔과 궁핍의 시절이 찾아왔다. 곤경에 빠진 사람들은 함께 모여 앉아 대부분의 사람들이 찬성하는 가운데 매달 모든 국민들이 모여 제비를 뽑기로 결정했다. 이때 당첨이 된 사람은 신분이 높은 사람이든, 낮은 사람이든, 남성이든, 여성이든, 어린아이든 무조건 나라에서 나가야만 하며, 그렇게 하지 않으면 사형을 당한다는 것이었다. 한동안 제비뽑기가 이루어졌다. 그러나 곧 그것도 도움이 되지 않았다. 더 이상 먹을 것을 찾을 수 없었던 것이다. 사람들은 다시 한 번 논의를 위해 모였고, 8일마다 제비를 뽑아 열 명 중 한 명이 나라를 떠나 다시 돌아오지 않는다는 원칙을 정했다. 그렇게 해서 이 북구의 나라로부터 주민들의 이주가 이루어졌으니, 이들은 높은 산과 깊은 계곡으로 나아갔으며, 친척과 친구들의 커다란 탄식 소리가 이주의 행렬과 함께했다. 아이를 가진 엄마들은 어린아이들을 이끌고 갔다. 스웨덴은 세 무리로 나눠져 이동했으니, 거인처럼 커다란 6,000명의 남성들이 부인과 아이들, 재산을 가지고 이동했다. 그들은 서로를 결코 떠나지 않기로 맹세했고, 제비뽑기를 통해 세 명의 대장을 선발했다. 그들의 이름은 스비터(슈바이처), 스웨이, 그리고 하지우스였다. 1,200명의 프리즈란트 사

35 전해오는 노래에서는 리스베트와 크리스토프 폰 오스트프리스란트가 이 시절의 왕으로 거명된다.

람들이 여기에 합류했으며, 이들의 의기양양한 두 팔로 가져갈 수 있는 재산은 많아졌다. 그런데 그들이 프랑켄을 지나 라인 강을 건너려 할 때, 페터 폰 프랑켄 백작과 다른 이들이 이 사실을 알게 되었다. 이들은 행렬을 방해하고 길을 막기 위해 출발했다. 적들은 강력한 군사들을 통해 이 불쌍한 민족을 개나 늑대를 사냥하듯 쉽게 무찌를 수 있을 거라 생각했으며, 그들의 재산과 무기를 빼앗고자 했다. 그러나 스위스인들은 이들을 성공적으로 물리쳤으며 많은 전리품을 획득했다. 이제 스위스인들은 조상들의 땅처럼 평화롭게 가축을 방목할 수 있는 땅을 달라고 하느님에게 기도하였다. 이에 하느님은 그들을 브로헨부르크라 불리는 지역으로 인도하셨다. 그곳에서는 가축이 잘 자라고, 또한 우유와 좋은 옥수수를 많이 얻을 수 있었다. 그곳에 그들은 정착하였으니, 그들 최초의 지도자인 슈바이처의 이름을 따서 슈비츠라는 이름의 나라를 건설했다. 그러나 이 민족은 규모가 커져서 그 계곡에서는 더 이상 충분한 공간을 찾을 수 없게 되었다. 그들은 땅을 사용할 수 있게 되기까지 한동안 힘든 날들을 보냈다. 숲을 베어 내는 것은 그들에게 일상적인 일이었다. 이 무리들 중의 일부는 오늘날 브라우넥이라 불리는 검은 산 옆에 있는 땅으로 옮겨 갔다. 이들은 산맥을 지나 독수리가 날아다니는 계곡으로 갔다. 그곳에서 그들은 밤낮으로 쉼 없이 일했고 오두막을 지었다. 스웨덴의 헤슬레라는 도시 출신의 사람들은 바이스란트의 하슬리(오버하슬리)를 차지했고, 그곳에서 세 번째 지도자였던 하지우스의 지도하에 살았다. 폰 합스부르크 백작이 그들에게 이를 허가해 주었던 것이다. 하느님께서 그들에게 나라를 주셨으니, 그들은 이제 그 안에 있어야만 했다. 그들은 스웨덴에서 태어났으며, 질긴 삼베로 만든 옷을 입었고, 우유와 치즈와 고기를 먹고 살았으며, 역시 그것으로 아이들을 키웠다.

목자들은 1777-80년까지도 오래전에 그 민족이 어떻게 산에서 산으로, 계곡에서 계곡으로, 프루이티겐으로, 오버지벤탈로, 자넨으로, 아플렌취로, 그리고 야운으로 이주해 왔는지를 들려주었다. 야운의 건너편에는 다른 종족이 살고 있었다. 그러나 계곡보다는 산에 더 많은 사람들이 살았다.

515
멜히탈 밭의 황소

자르넨에 폰란덴베르크 가문의 사내가 살았으니, 그는 그곳의 태수였다. 그는 멜히탈의 한 농부가 훌륭한 황소들을 가지고 있다는 사실을 알게 되자, 즉시 시종을 보내 황소들을 가져오라고 시켰다. 농부들은 쟁기질이나 해야 하는 것이니 자신이 황소들을 갖겠다는 것이었다. 시종은 명령대로 했다. 불쌍하고 신앙심 깊은 농부에게는 아들이 하나 있었다. 시종이 황소들의 멍에를 풀려고 할 때 그 아들은 몽둥이로 시종의 손을 내리쳐 손가락을 부숴 버렸다. 화가 난 시종은 돌아가 이를 일러바쳤다. 착하고 불쌍한 소년은 도망가지 않으면 그로 인하여 고통을 당하게 될 것임을 잘 알았다. 그리하여 소년은 달아나 버렸다. 태수는 분노했으며 더 많은 사람들을 보냈으나 사내아이는 이미 달아나 버린 뒤였다. 이에 그들은 늙은 아비를 잡아갔으며, 관리인은 그의 두 눈을 뽑은 후 그가 가지고 있던 것들을 빼앗아 버렸다.

516
욕조 속의 태수

또한 같은 시대에 한 정직한 사람이 알첼렌의 숲 속에 살고 있었다. 그에게는 아름다운 부인이 있었는데, 그 지역 태수가 그녀에게 반하여 자기 마음대로 그녀를 가지고 싶어 했다. 그러나 태수는 그것이 여인의 의지에 반하는 일이라는 것을 알았고, 그녀 역시 경건하게 살아가고 싶으니 그러지 말고 자신을 내버려둬 달라고 그에게 부탁했다. 이에 태수는 그녀를 강제로 굴복시키기로 마음먹었다. 어느 날 태수는 그녀의 집으로 말을 타고 갔다. 그녀의 남편은 우연히도 숲으로 가 버린 뒤였다. 이에 태수는 그녀에게 자신을 위해 목욕물을 준비하라고 강요했고, 여인은 내키지 않았지만 어쩔 수 없이 그렇게 했다. 목욕물이 준비되자 태수는 욕조 안으로 들어갔으며, 그녀가 욕조 안에 들어와 자신의 옆에 앉기를 원했다. 그러나 선한 여인은 그렇게 할 뜻이 없었으니, 여인은 할 수 있는 한 최대한 뜸을 들이며 하느님께 자신의 명예를 지켜 보호해 달라고 기도했다. 주이신 하느님께서는 그녀를 이러한 고난 속에 내버려두지 않으셨다. 왜냐하면 고난이 극에 달했을 때 그녀의 남편이 때 맞춰 숲에서 돌아왔기 때문이었다. 남편이 오지 않았더라면 그녀는 주인의 뜻에 따를 수밖에 없었을 것이었다. 남편이 돌아와 아내가 슬프게 서 있는 것을 보고 무슨 일이 있는지, 왜 그녀가 자신을 기쁘게 맞이하지 않는지 물었다. "아, 사랑하는 남편이여" 하고 그녀가 말했다. "우리의 주인이 저 안에 있어요. 제게 목욕물을 준비하라고 강요하고, 내가 그의 옆에 앉기를, 사악한 행위를 함께 하기를 원했어요. 저는 그렇게 하려 하지 않았지요." 남편이 말했다. "그러하다면, 가만히 있으시오, 그대가 명예를 지킨 것을 하느님께서 칭찬하실 거요. 내가 그의 목욕에 축복을 내려(역자 주: 중세의 속담에서 유래된 표현), 그가 더 이상 그 누구에도 이런 짓을 하지 못하도록 만들겠소." 그는 여전히 욕조에 앉아 여인을 기다리고 있던 주인에게로 가 그를 도끼로 쳐 죽였다. 그 모든 것을 하느님께서 원하셨던 것이다.

517
뤼틀리 동맹

슈퇴파허라는 이름을 가진 슈비츠 출신의 사내가 슈타이넨의 성 안쪽에 살고 있었다. 그는 예쁜 집을 한 채 지었는데, 한번은 제국의 임명을 받은 우리와 슈비츠의 태수 그리슬러가 말을 타고 그곳을 지나가다가 그를 불러 물었다. 이 아름다운 집이 누구의 것인가? 사내는 이렇게 대답했다. "태수님의 은총으로 제가 사용하고 있습니다." 그는 두려움 때문에 자기 것이라고 말할 엄두를 내지 못했다. 가이슬러는 아무 말도 하지 않고 돌아갔다. 슈퇴파허는 영리하고 이해력이 뛰어난 사람이었고, 또한 신앙심이 깊고 현명한 부인을 두고 있었다. 그는 이 일이 마음에 걸렸으니, 태수가 그의 목숨과 재산을 앗아가게 될 것이라고 생각했다. 남편이 걱정하는 모습을 본 부인이 무슨 일인지 캐물었다. 그리하여 그는 그녀에게 모든 것을 털어놓았다. 이에 그녀가 말했다. "믿을 만한 친구들에게 가서 상의를 하는 것이 도움이 될 거예요." 그리하여 곧 세 명의 남자들이 모이게 되었다. 한명은 우리에 살고 있었고, 또 한 명은 슈비츠에 살고 있었다. 다른 하나는 운터발트 사람이었는데, 사람들이 그의 아버지의 눈을 멀게 만든 적이 있었다. 이 세 사람은 비밀리에 첫 번째 서약을 하였다. 이것이 영원한 동맹의 시작이었으며, 그들은 이를 통해 정당한 일이 많아지도록 하고, 정당하지 못한 일을 억제하며, 악행을 처벌하고자 하였다. 그리하여 하느님께서 그들에게 행운을 주셨다. 그들이 비밀리에 세운 계획을 실행하고자 할 때면 미텐슈타인의 베틀린이라는 곳으로 갔으며, 그곳의 뤼틀리에서 모임을 가졌다.

518
빌헬름 텔

그리슬러[36]라 불리는 황제의 태수가 우리로 갔다. 그는 한동안 그곳에 머물렀는데, 그곳에 있는 동안 누구나 지나가야만 하는 보리수나무 아래 막대기 하나를 박아 놓도록 하고, 그 위에 모자 하나를 걸쳐놓은 후 시종을 시켜 이를 지키고 앉아 있도록 했다. 그곳을 지나가는 자는 태수를 직접 만난 것과 똑같이 고개를 숙여야만 했다. 이를 무시하고 정해진 대로 행하지 않는 자에게 그리슬러는 무거운 벌을 내리고자 했다. 이 나라에는 빌헬름 텔이라는 경건한 사내가 있었다. 그는 모자 앞을 지나가며 고개를 숙이지 않았다. 이에 모자를 지키던 시종은 태수에게 가서 그를 고발했다. 태수는 텔을 불러, 그가 왜 명령대로 막대기와 모자에 고개를 숙이지 않았는지 물었다. "친애하는 태수님, 일부러 그런 것이 아닙니다. 저는 그렇게 해서 태수님의 은총에 높은 존경을 표현해야 한다고 생각하지 못했을 뿐입니다. 제가 만약 현명한 사람이었다면 저는 텔이 아니라 다른 이름으로 불렸을 것입니다."(역자 주: "텔Tell"은 "아이처럼 말하고 행동하다"를 뜻하는 "dallen", 혹은 "tallen"과 발음이 비슷하다.) 그런데 텔은 그 나라에서 비슷한 이를 찾아볼 수 없을 정도로 뛰어난 궁사였으며, 그에게는 사랑하는 예쁜 아이들이 있었다. 이에 태수는 사람을 보내 아이들을 데려오게 했다. 아이들이 도착하자 태수는 텔에게 어느 아이가 가장 사랑스러운지 물었다. "아이들은 제게 모두 똑같이 사랑스럽습니다." 이에 태수가 말했다. "빌헬름, 그대는 뛰어난 궁사이며, 그렇게 뛰어난 궁사는 또 찾아볼 수가 없다. 그것을 그대는 이제 나에게 증명해 보이게 될 것이다. 그대는 이제 그대의 아이 머리 위에 놓인 사과를 쏴서 맞혀야 하기 때문이다. 그렇게 한다면 나는 그대를 뛰어난 궁사로서 존중하도록 하겠다." 선량한 텔은

36 혹은 게슬러. 놀이와 노래에서는 그의 이름이 등장하지 않는다.

깜짝 놀라서 자비를 빌었으며, 그런 일을 하지 않게 해 주도록 간청했다. 그것은 자연스럽지 못한 일이기 때문이었다. 다른 일을 명령하면 기꺼이 그렇게 하겠다고도 말했다. 그러나 태수는 시종들과 함께 그에게 시킨 대로 할 것을 강요했고, 직접 아이의 머리 위에 사과를 올려놓았다. 이에 텔은 더 이상 피할 수 없다는 것을 깨달았고, 화살 하나를 집어 가죽조끼 뒤에 꽂아 넣었으며, 화살을 하나 더 집어 들고 석궁의 시위를 당겼다. 그러고는 아이를 보호해 달라고 하느님께 기도했다. 이제 그는 석궁을 겨냥한 후 화살을 쏘았으니, 아이에게 해를 입히지 않고 아이의 머리에 놓인 사과를 맞추는 데 성공했다. 이에 태수가 최고의 솜씨였다고 말했다. "그런데 그대는 내게 한 가지를 말해 줘야 하겠다. 그대가 첫 번째 화살을 조끼 뒤에 꽂아둔 것은 무엇을 의미하는가?" 텔이 말했다. "그냥 활을 쏠 때의 버릇입니다." 그러나 태수는 그 정도로 물러서지 않고 진실을 듣고자 했다. 텔은 진실을 밝히기를 두려워했으나, 결국 목숨을 보장해 준다면 이야기하겠다고 말했다. 태수가 그의 조건을 수락하자, 텔은 이렇게 말했다. "좋습니다! 제게 목숨을 보장해 주셨으니 진실을 말하겠습니다." 그러고는 이야기를 시작했다. "저는 다음과 같은 이유에서 그렇게 했습니다. 제가 사과를 맞추지 못하고 제 아이를 맞혔더라면, 제 다른 화살이 태수님을 빗나가지 않았을 것입니다." 이 말을 들은 태수가 말했다. "그대의 목숨은 보장되었다. 그러나 나는 해와 달이 결코 비추지 않는 곳에 그대를 가둬둘 것이다." 태수는 텔을 붙잡아 묶게 하고는, 다시 슈비츠로 갈 때 타고 가려 했던 작은 배에 그를 실어놓도록 했다. 그들이 호수로 나아가 악센까지 나왔을 때, 끔찍하게 강한 바람이 불어와 배가 이리저리 흔들렸으니, 그들은 곧 비참하게 죽게 될 것이라고 생각했다. 파도 앞에서 그 누구도 더 이상 배를 조종할 수 없었기 때문이었다. 이때 시종 중의 하나가 태수에게 말했다. "태수님, 텔을 풀어 주도록 명령을 내리십시오. 그는 힘이 세고 강한 사내이며, 이런 날씨에 대해서도 잘 알고 있습니다. 그러면 우리는 이 위기에서 벗어날 수 있을 것입니다." 태수는 텔을 불러 말했다. “그대가 우리를 도와 여기서 빠져나갈 수 있도록 최선을 다해 준다면 그대를 풀어 주도록 명령하겠다.” 이에 텔이 말했다. “예, 태수님. 기꺼이 그렇게 하겠습니다. 저를 믿으십시오.” 이에 텔은 풀려났으니, 배의 조종간을 잡고 서서 열심히 배를 앞으로 몰았다. 그러나 그는 어디서나 은밀하게 자신에게 유리한 상황과 가까운 곳 바닥에 놓여 있던 그의 석궁에 주의를 기울였다. 그는 이제 넓적한 바위 — 이 사건 이후로 사람들이 텔의 바위라 불렀으며 오늘도 그렇게 부르고 있는 — 쪽으로 다가갔으니, 이제 달아날 때가 되었다고 생각했다. 텔은 기쁜 목소리로 모두에게 바위에 도착할 때까지 계속 노를 저으라고 소리쳤다. 그 앞에 도착하면 가장 어려운 일을 극복해야 하기 때문이라는 것이었다. 그렇게 바위에 접근하자, 엄청나게 강력한 사나이였던 텔은 배를 자신의 힘으로 이리 저리 흔들어 놓고 나서 석궁을 집어 들고 바위 위로 뛰어내렸다. 그러고는 배를 밀어 배가 호수 위에 떠서 파도에 흔들거리도록 만든 뒤, 슈비츠의 그늘 안으로 (어두운 산속으로) 달려 들어가 퀴스나흐트 방향의 텅 빈 거리로 갔다. 태수보다 먼저 도착한 텔은 그곳에서 태수를 기다렸다. 태수가 부하들과 함께 말을 타고 다가올 때 텔은 관목 뒤에 서서 그들이 자신에 대한 여러 가지 계획을 이야기하는 것을 들었다. 이제 텔은 시위를 당겨 태수를 향해 활을 쏘았으니 태수는 죽어 땅에 떨어졌다. 텔은 돌아서서 달려 산을 넘었으며, 우리로 가서 그의 동료들을 만나 자신에게 어떤 일이 일어났는지 이야기해 주었다.

519
소년이 난로에게 이야기하다

루체른이 영원한 동맹에 가입했을 때(역자 주: 루체른은 1332년에 동맹에 가입했다.) 그곳에는 아직 오스트리아를 지지하는 사람들이 살고 있었다. 그들은 붉은 소매가 달린 옷을 입어 이를 나타냈다. 붉은 소매들이 어느 날 밤 둥근 천장 아래의 통로에서 동맹을 지지하는 사람들을 습격하기 위해 모였다. 보통 그렇게 늦은 시간에는 그곳을 지나다니는 사람이 없었지만, 그날은 하느님의 섭리에 따라 한 어린 소년이 지나가게 되었다. 아이는 무기가 달그락 거리는 소리와 소음을 듣고 깜짝 놀라 도망치려 했다. 그러나 붉은 소매들이 그를 붙잡아 강한 어조로 위협했다. 만약 한마디라도 자신들에 대해 말을 하면 죽게 되리라는 것이었다. 그들은 소년으로부터 누구에게도 말하지 않겠다는 맹세를 받았다. 그러나 소년은 곧 붉은 소매의 음모에 대해 모두 듣게 되었으며, 그들이 자신에게 관심을 기울이지 않는 혼란스러운 틈을 타서 달아났다. 소년은 불빛이 보이는 곳으로 숨어 들어가 주위를 살폈다. 소년은 정육점 주인의 방에서 밝은 불빛이 비추는 것을 보고 기뻐했으며, 뒤쪽에 있는 난로 위에 올라가 누웠다. 그곳에는 아직 사람들이 모여 술을 마시며 카드를 하고 있었다. 착한 소년은 커다란 목소리로 이야기를 하기 시작했다. "아, 난로야, 난로야!" 그러고는 더 이상 아무 말도 하지 않았다. 다른 사람들은 그 말에 귀를 기울이지 않았다. 잠시 뒤 소년은 다시 한 번 말했다. "아, 난로야, 난로야, 내가 얘기해도 되겠니." 모여 있던 사람들이 그 소리를 듣고는 큰소리로 호통을 쳤다. "너 난로 뒤에서 도대체 뭘 하고 있는 거냐? 누가 너를 괴롭혔니? 아니면 바보인 게냐? 그것도 아니면 대체 무엇 때문에 난로하고 수다를 떠는 거냐?" 그러자 소년이 말했다. "나는 아무것도, 아무것도 말하지 않아요." 그러나 잠시 뒤에 아이는 세 번째로 이야기하기 시작했으니, 커다란 소리로 다음과 같이 말했다.

"아, 난로야, 난로야, 나는 네게 한탄을 해야만 하겠어. 나는 사람들한테는 말하면 안 된단다."

그러고는 둥근 천장 아래에 사람들이 모여 있으며, 그들이 오늘 심각한 살인을 저지르려 한다고 덧붙여 말했다. 모여 있던 사람들은 모두 소년의 말을 들었다. 그들은 소년에게 길게 묻지 않고 달려 나가서 모든 이에게 이 사실을 알렸으니, 곧 도시 전체가 이 경고를 듣게 되었다.

520
루체른의 사슴뿔호른

스위스 사람들은 나팔과 북, 피리를 사용한다. 그러나 황제의 군대와 동맹 측의 북소리에는 커다란 차이가 있다. 그들은 북을 좀 더 천천히 치기 때문이다. 우리의 주민들은 우리의 황소라 불리는 한 사내를 고용하여, 전쟁 시 그로 하여금 은으로 아름답게 장식된, 야생 들소의 뿔로 만든 호른을 불도록 한다. 루체른 사람들은 그러나 사슴뿔로 만든 명예로운 호른을 사용하는데, 이는 그들이 룬치팔 전투에서 용감하게 싸웠을 때 카를 황제가 그들에게 선사한 것이다. 황제는 그들 역시 그의 사촌 롤란트처럼 앞으로 항상 그 호른을 사용하게 되기를 바랐다.

521

벨펜 가문의 기원

바린은 슈바벤의 알토르프와 라벤스부르크의 백작이었다. 그의 아들은 이젠바르트라는 이름을 가지고 있었으며, 그의 부인은 이르멘트루트였다. 한 번은 알토르프에서 멀지 않은 곳에 사는 한 여인이 세 명의 아기를 한 꺼번에 낳았다. 백작부인인 이르멘트루트가 이 사실을 듣고 이렇게 외쳤다. "바람을 피우지 않고 한 남자로부터 세 명의 아이를 얻는 것은 불가능해요." 그녀는 이 말을 그녀의 남편인 이젠바르트와 모든 궁정 인사들 앞에서 공개적으로 했다. 이 바람피운 여인을 자루에 넣어 물속에 던져 죽이는 것이 당연하다는 것이었다.

다음 해에 백작부인 자신이 임신을 하게 되었으니, 백작이 마침 자리를 비운 사이에 열두 명의 아기들을, 오로지 사내아이들만을 낳았다. 사람들이 그녀 자신의 말에 따라 그녀가 분명 바람을 피웠다고 생각하게 될까봐 벌벌 떨고 두려워하면서, 그녀는 유모에게 열한 명의 아기들을 (열두 번째 아기는 그녀가 간직했다) 가까운 개천으로 데리고 가서 익사시키라고 명령했다. 늙은 유모가 열한 명의 아기들을 커다란 대야에 담아 셰르츠라 불리는, 옆쪽에 흐르는 개천에 데려가려고 했을 때, 하느님의 섭리에 따라 이젠바르트가 집에 돌아왔다. 그는 유모에게 들고 가는 것이 무엇인지 물었다. 유모는 어린 강아지들이라고 대답했다. "한번 보자"라고 백작이 말했다. "나중에 사용할 수 있도록 한두 마리를 키울 마음이 생길지도 모르니 한번 보도록 하자." — "아이고, 백작님은 개를 충분히 많이 가지고 계시잖아요." 늙은이는 이렇게 말하며 거절했다. "개들의 난잡한 모습과 불쾌한 모습을 보시면 오싹해지실 겁니다." 그러나 백작은 물러서지 않았으니, 아이들을 덮어 싸고 있는 천을 벗겨서 그에게 보여 줄 것을 강력하게 요구했다. 이제 열한 명의 아기들, 작기는 하지만 이미 아름다운 귀족적 풍채로 그들이 어떤 가문의 출신인지를 드러내는 아기들을 보자, 그는 곧장 그 아기들이 누구의 것인지를 격렬하게 따져 물었다. 이에 늙은 부인은 고백을 하였으니, 모든 이야기들, 즉 그 아기들이 백작부인의 것이며, 어떤 이유에서 죽임을 당해야만 하게 되었는지를 털어놓았다. 백작은 강아지들을 그 지역의 부유한 방앗간 주인에게 맡겨 키우게 했다. 그리고 하녀에게는 아무런 두려움도, 부끄러움도 없이 그녀의 명령대로 일을 처리했으며 일이 완수되었다는 것 외에 그 어떤 다른 말도 하지 않도록 엄하게 명령했다.

6년 뒤 백작은 귀족답게 씻기고 장식된 아이들을 오늘날 바인가르텐 수도원이 서 있는 자리에 있는 그의 성으로 데려오도록 했다. 그리고 친구들을 불러 즐거운 시간을 가졌다. 식사가 완전히 끝나자, 그는 빨간 옷을 입은 열한 명의 아이들을 불러오게 했다. 그 아이들은 모두 백작부인이 안고 있던 열두 번째 아이와 피부색, 팔다리, 체형, 키가 모두 똑같았기 때문에 사람들은 그 아이들이 동일한 아빠에 의해 동일한 엄마의 심장 아래서 생겨났다는 것을 확실히 알 수 있었다.

그사이에 백작이 일어나 그의 모든 친구들에게 이렇게 훌륭한 열한 명의 아이들을 죽이려고 한 여인은 어떠한 죽음의 벌을 받아야 하는 것인지 엄숙하게 물었다. 이 말에 백작부인은 힘없이 기절하여 쓰러졌다. 왜냐하면 그녀의 심장이 그녀에게 아이들의 살과 피가 그녀의 것임을 말해 주었기 때문이었다. 다시 정신을 차리자 백작부인은 울며 백작의 발밑에 엎드려 비탄스럽게 자비를 빌었다. 이에 백작의 모든 친구들이 그녀를 위해 부탁을 했고, 백작은 죄악을 야기한 그녀의 짧은 생각과 어린아이 같은 순진함을 용서했다. 아이들이 목숨을 구했으니 하느님을 찬양하자는 것이었다.

백작은 이 놀라운 사건을 영원히 기억하고자, 자신의 자식들이 앞으로는 알토르프의 백작이 아니라 벨펜(강아지)이라 불리고, 자신의 가문 역시 벨펜 가문으로 불리기를 원한다는 강한 소망을 그의 친구들 앞에서 이야기했으며, 실제로 그렇게 되었다.

다른 사람들은 이 이름의 유래에 대해 다른 이야기를 전한다.

이 가문의 선조는 막 아들을 낳은 그의 부인이 그를 집으로 불렀을 때 마침 황제의 궁정에 머무르고 있었다. 황제는 농담으로 이렇게 말했다. "네게 태어난 강아지 한 마리 때문에 이렇게 서두르는가?" 기사는 이렇게 대답했다. 이제 황제께서 아이에게 이름을 주셨으니 그 이름이 유효할 것입니다. 그러고는 황제에게 세례 때 아기를 잡아 주기를 부탁했으니, 왕은 또한 그렇게 했다.

522
벨펜과 기블링어

콘라트의 아들인 프리드리히 폰 슈바벤 공작은 네레스하임에 있는 리스(홀츠)의 하인리히 공작과 그의 아들 벨프의 지배하에 있던 바이에른에 승리했다. 벨프는 전투에서 도망쳤으나 빈스페르크에서 벌어진 다음 전투에서 칼에 찔려 죽었다. 바이에른의 전투 구호는 "여기 벨프가 있다!"였고, 슈바벤의 구호는 "여기 기블링이 있다!"였다. 이 구호는 프리드리히의 유모가 살던 빌레르 출신 사람이 만든 것이었으니, 프리드리히가 농부의 우유를 통해 얻게 된 힘으로 벨프의 군대를 이길 수 있다는 것을 보여 주기 위한 것이었다.

523
늑대라 불린 분두스 공작

발타자 폰 슈바벤 공작은 알반 폰 뮌헨 공작의 딸과 결혼을 했으나, 14년 동안 아이를 얻지 못했다. 그런데 공작에게는 그가 모든 일에서 신뢰하는 사냥꾼이 한 명 있었으니, 그와 다음과 같은 약속을 했다. 사냥꾼의 부인이 임신을 하면, 사냥꾼은 그 사실을 비밀에 부치고, 공작부인은 마치 자기가 임신한 것처럼 꾸민다. 그리고 사냥꾼의 부인이 아이를 낳으면 사냥꾼은 공작부인에게로 아이를 데리고 와서 그 아이가 그녀의 아기라고 말한다는 것이었다. 일은 계획대로 이루어졌다. 모두들 매우 기뻐했고, 아기는 분두스라는 이름을 가지게 되었다. 그런데 사냥꾼의 이웃들은 그날 밤 무언가 끔찍한 소리를 들었으니, 사냥꾼에게 그것이 무엇이었는지를 물었다. 사냥꾼은 그들에게 자신의 사냥개가 새끼를 낳았다고 말했다. 아이가 열네 살이 되었을 때, 아이는 사냥꾼의 곁에 있고자 했다. 그리고 그가 스물두 살이 되었을 때 늙은 공작이 죽었다. 이때 사람들은 아이에게 부인을 맞이하도록 했으니, 그녀는 폰 겔더른 공작부인이었다. 그런데 사냥꾼이 궁정의 사람들 중 하나를 구타했고, 이 때문에 탑에 갇히게 되었다. 이에 사냥꾼의 부인은 몰래 공작과 이야기하기를 간청했다. 그녀가 너무나 진지하게 이를 바랐기 때문에 공작은 그녀를 들어오라 하고 다른 사람들은 모두 나가라고 명령했다. 그러자 사냥꾼의 부인은 그의 목을 끌어안으며 이렇게 말했다. "나의 사랑하는 아들아!" 그리고는 사냥꾼이 그의 아버지라는 사실, 그리고 그가 몸 곳곳에 사냥꾼의 모습을 갖고 있다는 사실을 이야기해 주었다. 공작은 진심으로 깜짝 놀랐으며, 곧 고해신부에게 사람을 보냈다. 그는 공작에게 결혼할 것을 권하지 않았다. 그러면 영혼을 잃을 수도 있다는 것이었다. 이에 그는 하일리겐베르크 군주의 아들인 후고를 데려와서 나라의 모든 고위관리들의 뜻에 따라 그를 폰 겔더른 공작부인과 결혼하도록 했다. 그리고 후고가 살아 있는 동안 공국을 소유하고 지배하도록 고위관리들과 합의를 보았다. 분두스 공작 자신은 많은 돈과 몇몇 영토를 소유한 채로 알토르프 성당으로 들어가, 29년 동안 진지하게 하느님께 봉사했다. 그리고 죽어갈 때 후고 공작과 나라의 가장 강력한 인사들에게 사람을 보내, 그가 누구의 아들이며, 어떻게 그런 일이 벌어졌는지를 알렸다. 그리하여 그는 늑대(강아지) 공작이라 불렸으며, 그렇게 사람들의 기억과 연대기에 기록되었다.

524
황금 마차를 탄 하인리히

루트비히 폰 프랑크라이히 왕 시절, 슈바벤에 에티코 데어 벨프(강아지)라는 부유한 사내가 있었다. 그는 라벤스부르크와 알토르프에 살고 있었으며, 그의 부인은 엥겔란트 왕의 딸이자 유디트라는 이름을 가진 여인이었고, 아들은 하인리히였다. 에티코는 너무나 부유하고 자부심이 강해 문장에 황금 마차를 그려 넣었으니, 황제로부터도, 왕으로부터도 봉토를 받길 원하지 않았다. 그는 이를 자신의 아들인 하인리히에게도 금지하였다. 그러나 하인리히는 루트비히의 황제와 결혼한 여동생에게 설득당하여, 황제에게 그가 황금 마차를 타고 바이에른에서 오전 동안 달린 만큼의 땅을 영지로 달라고 부탁하기로 했다. 하인리히는 실제로 왕에게 부탁을 했으나, 루트비히는 그가 황금 마차를 소유할 만큼의 재산을 가지고 있다는 사실을 믿지 않았다. 이에 하인리히는 계속 새로운 말로 교체를 하며 그 나라의 커다란 지역을 돌았으니, 그는 황금 마차를 소유하고 있었던 것이다. 이렇게 하여 그는 봉토를 받는 황제의 부하가 되었다. 하인리히의 아버지는 자신의 고귀한 가문이 굴욕 당하는 것을 목격한 분노와 부끄러움 때문에 열두 명의 귀족을 이끌고 산속으로 들어가 그 안에 머물렀으니, 구멍을 막아 버려 아무도 그를 찾을 수 없도록 만들었다. 이는 셰렌처[37] 숲에서 일어난 일이었으며, 그 안에서 그는 열두 명의 귀족과 함께 은자로 살았다.

525
황금 쟁기를 가진 하인리히

에티코 데어 벨프는 자유를 너무나 사랑한 나머지 그의 아들 하인리히에게 결코 황제로부터 영지를 받지 말라고 강력하게 지시했다. 그러나 하인리히는 경건왕 하인리히의 청혼을 받아들인 누이 유디트의 관여로 황제의 치하에 들어가 그에게 봉사했으니, 황제로부터 그가 정오 시간에 쟁기로 뒤집어 놓은 만큼의 땅을 하사하겠다는 승낙을 얻어냈다. 이에 하인리히는 황금 쟁기를 만들게 하고 그것을 옷 안에 숨겼다. 그리고 황제가 낮잠을 자는 정오 시간에 땅을 뒤집기 시작했다. 그는 또한 말이 지치면 바로 바꿀 수 있도록 하기 위해 사방에 말을 준비시켜 놓았다. 마침내 하인리히가 산을 넘으려고 했을 때 못된 어미말의 순서가 되었다. 이 말은 전혀 말을 듣지 않아서 하인리히는 산을 넘을 수가 없었다. 그래서 이 산은 오늘날까지도 메렌베르크(말산)라는 이름으로 불리게 되었으며, 라벤스부르크의 귀족들은 암말을 타도록 강요받지 않을 권리를 주장하게 되었다. 그 사이에 황제가 잠에서 깨어났고, 하인리히는 멈춰야만 했다. 그는 쟁기를 들고 궁정으로 가서 루트비히에게 그가 한 약속을 상기시켰다. 황제는 — 하인리히

---

37 가장 오래되었으며, 가장 적합한 명칭은 스체렌체레 숲이다. 다른 사람들은 셰렌데숲이라고 부르기도 한다.

가 꾀를 써서 넓은 땅을 가져가게 된 것이 비록 가슴 아팠지만 — 또한 약속을 지켰다. 그 이후로 하인리히는 단순히 폰 알토르프라 불린 그의 선조들과 다르게 폰 라벤스부르크라는 이름을 가지게 되었다. 라벤스부르크가 쟁기질로 뒤집은 땅에 포함되어 있었기 때문이었다.

그러나 자신의 아들이 영지를 받았다는 사실을 알게 된 에티코는 슬퍼하며 바이에른을 떠났다. 그는 열두 명의 충실한 신하들과 함께 산속으로 들어가, 모든 길을 막아 버리고 죽을 때까지 그곳에 머물렀다. 후에 그의 후손 중 하나가 이 전설이 사실인지를 알아보기 위해 산속을 뒤졌으니, 죽은 자들의 유골을 땅속에서 발견했다. 이를 통해 진실을 알게 된 후손은 그 자리에 예배당을 짓게 하고 그곳에 뼈를 묻었다.

526
사자왕 하인리히

브라운슈바이크에는 청동을 부어 만든 영웅의 동상이 하나 서 있는데, 그의 발밑에는 사자가 누워 있다. 또 성당에는 그라이프(역자 주: 독수리의 머리와 사자 몸을 한 괴수)의 발톱이 걸려 있다. 이에 대한 전설은 다음과 같다. 오래 전에 고귀한 벨프 가문의 하인리히 공작이 모험을 찾아 길을 나섰다. 그가 배를 타고 거친 바다를 항해하고 있을 때, 거센 폭풍이 일어 공작을 덮쳤다. 많은 날과 밤 동안 그는 육지를 찾지 못한 채 바다 위를 헤맸다. 곧 여행자들에게 먹을 것이 떨어져 가기 시작했으니, 굶주림이 그들을 끔찍하게 괴롭혔다. 이러한 곤경 속에서 여행자들은 모자 속에 넣은 제비를 뽑기로 결정했다. 이때 걸린 사람은 목숨을 버리고 자신의 몸을 다른 사람들에게 식량으로 제공해야만 했다. 불운한 사람들은 기꺼이 몸을 던졌으며 사랑하는 주인과 길동무들을 위해 도살되었다. 이렇게 살아남은 사람들은 한동안 간신히 견뎌 낼 수 있었으며, 운명은 결코 공작이 제비를 뽑도록 만들지 않았다. 그러나 비참함은 끝이 날 기미가 보이지 않았으니, 결국 배 전체에서 살아남은 사람이라고는 공작과 단 한명의 시종 밖에 없게 되었다. 그러나 끔찍한 굶주림은 잠잠해지질 않았다. 이에 군주가 말했다. "우리 둘이 제비를 뽑도록 하자. 걸린 사람을 다른 사람이 먹는 것이다." 충직한 시종은 받아들일 수 없는 이 제안에 깜짝 놀랐지만, 자신이 걸리게 될 것이라고 생각하며 이를 수용했다. 그러나 보라, 제비뽑기에서 걸린 것은 그의 고귀하고 사랑스러운 주인이었으니, 이제 하인이 그를 죽여야만 했다. 이에 시종이 말했다. "저는 결코 그렇게 하지 않겠습니다. 더 이상 가망이 없다면, 제게 다른 생각이 있습니다. 제가 폐하를 가죽 자루에 넣고 실로 꿰매겠습니다. 그러고는 무슨 일이 일어나는지 기다려 보지요." 공작은 그의 뜻에 동의했다. 시종은 전에 배에서 잡아먹었던 황소의 가죽을 가져와 그 안에 공작을 집어넣고 꿰매어 버렸다. 그리고 자신의 칼을 그의 옆에 함께 집어넣었다. 오래지 않아 그라이프가 날아오더니 가죽 자루를 발톱으로 잡아서 집어 들고 넓은 바다 위의 하늘을 지나 자신의 둥지까지 날아갔다. 둥지에 도착한 새는 다시 새로운 먹이를 사냥하기 위해 가죽을 내려놓은 채 날아갔다. 그사이 하인리히 공작은 칼을 잡고 자루를 꿰맨 실을 잘랐다. 어린 그라이프들은 살아 있는 인간을 보자 탐욕스럽게 소리를 지르며 달려들었다. 그러나 고귀한 영웅은 이를 용감하게 방어했으며, 어린 그라이프들을 모두 칼로 죽여 버렸다. 곤경에서 탈출했음을 깨달은 하인리히는 그라이프의 발톱을 잘라 기념으로 간직하고 둥지에서 나와 높은 나무에서 내려왔다. 하인리히는 넓고 거친 숲 속에 있었다. 이 숲 속에서 공작은 한참을 걸어갔다. 그때 그는 끔찍한 린트부름(역자 주: 용과 유사하게 생긴 전설 속의 동물)이 사자 한 마리와 싸우고 있는 것을 보았으니, 사자는 곧 패하게 될 커다란 위기에 처해 있었다. 사자는 보통 고상하고 귀한 동물로 여겨지며, 린트부름은 악하고 독을 가진 괴물로 여겨지기에 하인리히 공작은 지체하지 않고 달려가 사자를 도왔다. 린트부름은 숲이 쩌렁쩌렁 울리도록 소리를 지르며 한참 동안 공격을 막아냈다. 그러나 마침내 이 영웅은 그의 훌륭한 칼로 린트부름을 죽이는 데 성공했다. 이에 사자가 공작의 방패 옆으로 다가오더니 공작의 발밑에 엎드렸으며, 그 이후 공작을 결코 떠나지 않았다. 이 충직한 동물은 한동안 사슴과 들짐승들을 잡아와 공작을 먹여 살렸다. 그리고 얼마 뒤 하인리히는 어떻게 하면 이 인적이 드문 숲과 사자와의 생활로부터 벗어나 다시 사람들 속으로 돌아갈 수 있을지에 대해 고민했다. 그리하여 하인리히는 나무를 서로 붙여 놓고 어린 나뭇가지로 엮어 뗏목을 만들었으며, 이것을 바다에 띄웠다. 그리고 사자가 숲 속으로 사냥을 하러 간 사이 자신의 탈것에 올라 해안을 밀치고 바다로 나아갔다. 사냥에서 돌아와 주인을 찾을 수 없었던 사자는 곧 해안까지 와서 아주 멀리 있는 주인을 보았다. 그러자 사자는 파도 속으로 뛰어들어 계속 헤엄을 쳤으며, 결국 공작의 뗏목에 올라와 그의 발밑에 조용히 누웠다. 그리하여 이들은 한동안 바다의 파도 위를 떠다녔으니, 곧 배고픔과 고통이 찾아왔다. 영웅은 기도를 하고 망을 봤으며, 밤이고 낮이고 불안해했다. 이때 사악한 악마가 나타나 말했다. "공작이여, 내가 그대에게 전할 말이 있다. 그대는 여기 망망대해에서 괴로움과 고통 속에 헤매고 있는데, 브라운슈바이크의 집에서는 커다란 기쁨 속에 결혼식이 거행된다. 오늘 밤 낯선 나라의 영주가 네 여자와 동침을 하여 혼인을 맺는 것이다. 그대가 떠난 후 약속했던 7년이 지났기 때문이다." 하인리히는, 물론 그럴 수도 있겠지만 자신은 모든 것을 옳게 행하시는 하느님의 뜻에 운명을 맡긴다고 슬픈 목소리로 대답했다. "그대는 아직도 하느님에 대해 많은 이야기를 하는구나" 하고 이 시험하는 자가 말했다. "하느님은 네가 이 파도를 벗어나도록 도와주지 않는다. 하지만 나는 그대를 오늘 안에 그대의 부인 곁으로 데려다 줄 수 있다. 그대가 원하기만 한다면 말이다." 둘은 오랫동안 이야기를 나누었다. 그러나 영주는 영원한 빛인 하느님에 대한 믿음을 깨트리려 하지 않았다. 그러자 여우 같은 악마가 이런 제안을 했다. 영주를 오늘밤 안으로 사자와 함께 브라운슈바이크 앞에 있는 기어스베르크 산에 데려다 놓을 것이니, 영주는 그를 기다려야만 하며, 악마가 다시 돌아왔을 때 그가 잠들어 있으면 그는 악마와 그의 왕국의 소유가 된다는 것이었다. 사랑하는 부인에 대한 뜨거운 동경으로 괴로워하던 공작은 이 제안을 받아들였다. 그리고 모든 악의 기술에 대항하는 하늘의 도움을 기원했다. 곧 악마는 하인리히를 붙잡고 빠르게 하늘을 날아 그를 브라운슈바이크 앞으로 데려 갔으며, 기어스베르크 산에 그를 내려놓고는 이렇게 외쳤다. "자, 일어나거라! 내가 곧 돌아올 것이다." 하인리히는 극도로 지쳐 있었으며 심한 졸음이 밀려왔다. 이제 악마는 약속대로 사자를 데려오기 위해 돌아갔다. 오래지 않아 악마는 그 귀한 동물과 함께 날아왔다. 여전히 하늘에서 내려오면서 악마는 공작이 피곤에 지쳐 기어스베르크 산 위에서 잠자고 있는 것을 보았고, 미리 기뻐했다. 그러나 이때 자신의 주인이 죽었다고 생각한 사자가 커다랗게 소리치기 시작했으니, 하인리히는 그 순간 잠에서 깨어났다. 사악한 적은 이제 자신이 내기에서 진 것을 알게 되었으며, 그 야생 동물을 데려온 것을 뒤늦게 후회했다. 그리하여 악마는 사자를 하늘에서 땅으로 내던졌으니, 우지끈하는 소리가 났다. 그러나 사자는 운 좋게도 산 위에 무사히 도착해서 그의 주인에게 달려갔으며, 하인리히는 하느님께 감사를 드렸다. 이미 밤이 되어 가고 있었기 때문에 하인리히는 일어서서 브라운슈바이크로 내려갔다. 그는 성으로 향해 갔으며, 사자는 그의 뒤를 계속 따라왔다. 커다란 소리가 그를 향해 들려왔다. 하인리히는 영주의 성에 들어서려 했으나, 하인이 그를 물러서게 했다. "이 소리와 피리연주는 무엇을 의미하는가?" 하고 하인리히가 외쳤다. "악마가 내게 이야기한 것이 사실이란 말인가? 낯선 사내가 이 집에 있다는 말인가?" — "낯선 사람이 아니요"하고 하인이 대답했다. — "그렇다면" 하고 공작이 말했다. "신부에게 포도주 한 모금 주실 것을 부탁해 주시오. 내 심장이 완전히 빛을 잃었소." 이에 사람들 중 하나가 영주의 부인에게 올라가 사자와 함께 나타난 한 낯선 손님이 포도주 한 모금을 부탁하더라고 전했다. 공작부인은 놀라워하며 술잔에 포도주를 채워 그 순례자에게 보냈다. "그대는 누구길래" 하고 하인이 말했다. "사람들이 오로지 공작부인에게만 따라주는 이 고귀한 포도주 한 모금을 마시고자 하는 것이오?" 순례자는 포도주를 마시고, 황금 반지를 빼내어 술잔에 넣은 후 그것을 신부에게 가져다주라고 명령했다. 그녀가 영주의 문장과 이름이 새겨져 있는 반지를 보자 그녀는 창백해졌으니, 재빠르게 일어나 그 낯선 자를 보려고 성벽 쪽으로 갔다. 공작부인은 그곳에 사내가 사자 한 마리와 함께 앉아 있는 것을 보았다. 부인은 곧 그를 홀 안으로 들어오게 하여 어떻게 그 반지를 갖게 되었으며 왜 그것을 술잔에 넣었는지 물었다. "누구에게 받은 것이 아니라 내가 직접 얻은 것이오. 이제 7년도 더 전의 일이오. 나는 그 반지를 그것이 마땅히 있어야 하는 곳에 넣었소." 사람들이 공작부인에게 이 대답을 전했을 때, 그녀는 낯선 자를 바라보고 기쁨에 겨워 바닥에 쓰러졌다. 자신의 사랑하는 남편을 알아보았기 때문이었다. 공작부인은 하인리히에게 하얀 손을 내밀어 그를 환영했다. 이에 홀 전체에 커다란 기쁨이 넘쳐났다. 하인리히 공작은 식탁 앞으로 가서 자신의 부인 옆 자리에 앉았다. 젊은 신랑은 프랑켄 출신의 아름다운 처녀와 결혼했다. 이 후 하인리히 공작은 오랫동안 행복하게 왕국을 다스렸다. 그가 나이가 들어 죽었을 때, 사자는 공작의 무덤에 올라앉아 자신 역시 죽게 될 때까지 그 자리를 떠나지 않았다. 사자는 성에 묻혔으며, 사자의 신의를 명예롭게 기리기 위해 원주 모양의 기둥이 세워졌다.

527
체링겐 가문의 기원

전설에 따르면 폰 체링겐 공작 집안의 사람들은 오래전에는 숯쟁이였으며, 그들의 집은 산 —오늘날까지 서 있는 체링 성 뒤쪽의 숲 —에 있었다. 그곳에서 숯을 구웠던 것이다. 어느 날 숯쟁이가 산속의 어떤 장소에서 숯을 태웠으니, 숯을 완전히 태워 버리려고 땅을 파고 흙을 퍼서 숯더미 위에 덮었다. 그리고 숯을 걷어냈을 때 숯쟁이는 불에 녹아내린 무거운 물질을 바닥에서 발견했다. 그 물질을 들여다보니 그것은 품질이 좋은 은이었다. 숯쟁이는 그 뒤로 항상 그곳에서 숯을 태우고 똑같은 흙으로 숯을 덮었으니, 늘 전과 같이 은을 발견했다. 이에 그는 그것이 산 때문이라는 사실을 알아차렸으며, 그 사실을 다른 사람들에게 알리지 않고 매일 그곳에서 숯을 태워 많은 양의 은을 모았다.

이때 황제가 왕국으로부터 쫓겨나 카이저슈툴(역자 주: "황제의 의자"라는 뜻)이라 불리는 브라이스가우의 산으로 부인과 아이들, 그리고 신하들과 함께 도망쳐 왔다. 그곳에서 황제는 자신의 부하들과 함께 궁핍에 시달려야만 했다. 이에 그는 왕국을 되찾는 데 도움을 주는 자는 공작의 칭호를 받을 것이며 황제의 딸과 결혼하게 될 것이라고 알리도록 했다. 숯쟁이는 이 말을 듣고 그대로 따랐으니, 은을 가득 싣고 황제의 앞에 나서서 자신이 그의 아들이 되어 황제의 딸과 결혼하고 싶으며, 또한 그 지역의 땅 — 오늘날의 체링겐, 성, 그리고 프라이부르크가 있는 곳 — 을 갖고 싶다는 — 바람을 전했다. 그러면 그는 황제에게 왕국 전체를 되찾을 수 있을 만큼 많은 양의 은을 넘겨주겠다는 것이었다. 왕은 숯쟁이의 이야기를 듣고 그에 동의했다. 그리하여 많은 양의 은을 받는 대신, 숯쟁이를 아들로 받아들여 딸을 부인으로 주었으며, 그가 원했던 대로 그 지역의 땅을 주었다. 이에 아들은 일을 시작하였으니, 광석을 녹여 그것으로 큰 재산을 모아서는 체링겐과 성을 건설하였다. 이에 그의 처남이 된 로마의 황제는 숯쟁이를 폰 체링겐 공작으로 만들어 주었다. 공작은 프라이부르크를 건설하고 나서 다른 주변 도시와 성들을 더 만들었다. 이제 그가 강력해지고, 재산과 군사력, 명예가 커지자, 그는 자만해지고 오만방자해지기 시작했다. 어느 날 숯쟁이는 요리사를 불러 어린 소년을 구워서 요리해 상을 차리도록 명령했다. 사람의 고기가 얼마나 좋은지 맛을 보고 싶었기 때문이었다. 요리사는 주인의 명령과 의지대로 모든 것을 수행했고, 곧 사내아이가 구워져 주인의 식탁에 차려졌다. 그러나 아이를 눈앞에서 보자 공작의 내면에는 경악과 공포가 생겨났으며, 공작은 죄악에 대한 후회와 고통을 느꼈다. 이에 그는 주이신 하느님께서 자비롭게 용서해 주시기를 바라며 속죄를 위해 두 개의 수도원을 지었으니, 하나는 성 루프레히트 수도원이라는 이름을, 다른 하나는 슈바르츠발트(역자 주: 검은 숲)의 성 페터라는 이름을 갖게 되었다.

528
페터 딤링어 폰 슈타우펜베르크

오펜부르크에서 멀지 않은 오르테나우에 기사 페테르스 딤링어가 조상으로부터 물려받은 성 슈타우펜베르크가 있다. 이에 관한 전설은 다음과 같다. 페테르스 딤링어는 오순절에 시종으로 하여금 말에 안장을 얹게 하고, 아침 미사를 드리기 위해 성에서 출발하여 누스바흐 쪽으로 말을 타고 달려가려 했다. 시종이 앞서 달렸는데, 그는 가는 길에 숲의 입구에서 놀랍도록 아름다우며 풍성하게 장식한 처녀가 바위에 홀로 걸터앉아 있는 것을 보았다. 그녀는 시종에게 인사를 했으나, 시종은 말을 타고 지나쳐 갔다. 곧 이어 페터가 다가와 그녀를 보고는 기뻐하며 인사를 하고, 친절하게 말을 걸었다. 여인은 고개를 숙여 인사하며 이렇게 말했다. "당신의 인사에 감사드립니다." 이에 페터는 말에서 내렸으며, 여인은 페터에게 손을 내밀었다. 페터는 여인을 바위에서 들어 내려주며 두 팔로 감싸 안았다. 두 사람은 잔디 위에 앉아 이야기를 나누었으니, 그것이 그녀가 바라던 바였다. "허락해 주십시오, 아름다운 여인이여, 제가 진심으로 궁금한 것을 물어도 되겠습니까? 왜 그대는 여기에 혼자 앉아 계시며, 그대 옆에 아무도 없는 것인지 말씀해 주십시오." — "제 충심을 걸고 말씀드리지요, 친구여. 그것은 제가 당신을 기다리고자 했기 때문입니다. 나는 그대가 예전에 말에 올라탔을 때부터 그대를 사랑했습니다. 나는 전투와 싸움, 길과 거리, 모든 곳에서 몰래 그대를 돌봐 왔으며, 그대에게 결코 어떤 괴로움도 생기지 않도록 그대를 나의 자유로운 손으로 보호해 왔습니다." 이에 기사가 예의 바르게 대답했다. "내게 그대를 만나게 된 것보다 더 기쁜 일은 있을 수 없습니다. 그리고 죽을 때까지 그대 곁에 머무는 것이 나의 바람입니다." — "그렇게 될 거예요." 하고 처녀가 말했다. "만약 그대가 나의 가르침을 따른다면요. 그대가 나를 사랑하고자 한다면, 그대는 앞으로 그 어떤 여인과도 결혼을 해서는 안 됩니다. 그런데도 만약 그리한다면 그대의 육신은 사흘째 되는 날 죽게 될 것입니다. 그러나 그대가 혼자 있고, 나를 원하신다면, 그대는 곧 나를 그대 곁에 두게 될 것이며, 행복하고 즐겁게 살게 될 것입니다." 페터가 말했다. "여인이여, 그것이 모두 진실인가요?" 그녀는 신 앞에 자신의 말이 진실이며 또 진심임을 맹세했다. 이에 페터는 자신이 그녀의 것이 되리라 약속했으니, 두 사람은 서로가 서로에게 속할 것임을 서약했다. 결혼식은 그녀의 부탁에 따라 슈타우펜베르크에서 하기로 했다. 여인은 페터에게 아름다운 반지를 주었다. 그녀는 그에게 단정하게 웃어 보였으며, 두 사람은 서로 끌어안았다. 그런 다음 페터는 가던 길을 계속 갔다. 마을에서 그는 미사를 드렸으며, 기도를 했고, 곧 그의 성으로 돌아왔다. 침실에 혼자 있게 된 페터는 마음속으로 생각했다. 이제 저 바깥 바위 위에서 발견한 나의 사랑스런 신부가 여기 내 곁에 있었으면! 그가 이 말을 입 밖에 꺼내자마자 여인은 이미 그의 눈앞에 서 있었으니, 두 사람은 입을 맞추고 기쁨 속에 함께 있었다.

한동안 두 사람은 그렇게 살았다. 여인은 그에게 돈과 재산을 주었으니, 그는 세상으로 나가 즐겁게 살아갈 수 있었다. 후에 그는 여러 나라들을 여행했으며, 어디를 가든 그가 원할 때마다 여인이 그의 곁에 있었다.

마침내 페터는 고향으로 돌아왔다. 그러자 그의 형제와 친구들이 페터도 이제 결혼을 해야 한다고 주장했다. 페터는 깜짝 놀라 핑계를 대려고 했다. 그러나 그들은 역시 그의 가문 중 한 명이었던 한 현명한 사내를 통해 페터를 더욱 강하게 압박했다. 페터는 이렇게 대답했다. "결혼을 하느니 차라리 내 성기를 자르겠소." 밤이 되어 혼자 있게 되자, 그의 여인은 형제와 친구들이 그에게 무슨 일을 하려는지 이미 알고 있었으니, 페터는 그녀에게 다시 한 번 자신의 약속을 확인시켜 주었다. 그런데 당시 프랑크푸르트에서는 독일의 왕이 새로 선출되었다. 그리하여 다른 많은 영주 및 귀족들과 마찬가지로 슈타우펜베르크 사람들도 프랑크푸르트로 갔다. 페터는 그곳에서 마상경기를 했는데, 이때 왕의 눈에 띄게 되었으며, 왕은 마침내 그에게 케른텐 출신인 자신의 조카딸과 결혼해 줄 것을 요청했다. 이에 페터는 심각한 고민에 빠졌고, 결국에는 그 요청을 거절했다. 모든 영주들이 끼어들어 거절의 이유를 알고 싶어 하자, 그는 자신에게 이미 아름다운 부인이 있고 그녀로부터 많은 재산을 받았으니, 자신은 그녀 때문에 다른 여인을 받아들일 수 없으며, 그렇게 하지 않을 경우 사흘 만에 죽게 될 것이라고 이야기했다. 이에 주교가 말했다. "기사여, 그 여인을 내가 한 번 만나볼 수 있도록 해 주게." 이에 페터가 말했다. "그녀는 저 말고는 그 누구의 앞에도 나타나지 않습니다." — "그렇다면 그녀는 제대로 된 여성이 아니라," 다른 모든 사람들이 말했다. "악마일 것이네. 그리고 그대가 순수한 여인보다 악마를 더 사랑한다면, 그것은 그대의 이름과 명예를 온 세상 앞에서 망치는 일이 될 것이네." 이 말에 혼란스러워진 슈타우펜베르크의 기사는 왕이 원하는 것을 모두 다 하겠다고 말했다. 그리고 곧 그는 왕의 값진 선물들을 받고 처녀와 약혼을 했다. 결혼식은 페터의 뜻에 따라 오르테나우에서 치르기로 했다. 페터가 자신의 여인을 그 이후 처음으로 다시 만났을 때, 여인은 애절하게 그를 비난했다. 약속을 했음에도 불구하고 페터가 자신이 금지한 일을 해 버리고 말았으니, 이제 그는 그의 젊은 삶을 잃게 될 것이라는 것이었다. "그리고 그 표시로 나는 그대에게 다음과 같은 일이 벌어지도록 하겠어요. 만약 그대가 결혼식 때 나의 발을 보게 되고, 남자건 여자건 다른 모든 사람들도 역시 나의 발을 보게 되면, 망설이지 말고 참회를 한 후 죽음을 준비하세요." 그러나 페터는 그녀가 아마도 그러한 말로 자신을 현혹하려는 것일 뿐, 모두가 공허한 거짓말일 거라는 신부의 말을 생각했다. 그뒤 곧 사람들은 젊은 신부를 슈타우펜베르크로 데리고 왔으니, 커다란 축제가 벌어졌다. 그런데 슈타우펜베르크의 기사가 식탁에서 신부와 마주앉았을 때, 사람들은 갑자기 무언가가 식탁보를 차는 것을 보았다. 그것은 상아처럼 하얗고, 너무나 아름다운 사람의 발이었으며, 무릎까지만 눈에 보였다. 이에 창백해진 기사가 외쳤다. "괴롭구나, 나의 친구들이여, 너희들이 나를 불행하게 만들었으니, 나는 사흘 뒤에 죽을 것이다." 그러자 그 발은 식탁보에 구멍 하나 남기지 않고 사라져 버렸다. 피리소리와 춤, 노래가 멈추고, 사람들은 교회에서 신부를 모셔왔다. 페터는 아내와 이별을 한 후, 자신의 죄를 참회하였으니, 곧 그의 심장이 부서졌다. 이에 그의 젊은 아내는 수도원으로 가서 그의 영혼을 위해 하느님께 기도했다. 또한 독일에 있는 모든 나라들이 이 남자다운 기사에 대해 슬퍼했다.

피시아르트의 증언에 따르면, 16세기까지도 그 지역 민중들 모두가 여전히 슈타우펜베르크의 기사인 페터와 — 당시 사람들이 불렀던 것처럼 — 아름다운 물의 요정 이야기를 알고 있었다고 한다. 슈타우펜베르크, 누스바흐와 바일러스호펜 사이에 있는, 그녀가 처음으로 페터의 앞에 나타날 때 앉아 있었던 츠뵐프슈타인은 오늘날에도 찾아볼 수 있다. 성에는 물의 요정이 때때로 머물렀다고 하는 방이 아직도 남아 있다.

529
고귀한 뫼링어의 순례

오래전에 도나우 강가에 위치한 뫼룽겐에 고귀한 기사 한 명이 살았다. 그는 어느 날 밤 자신의 부인 곁에 누워 떠나는 것을 허락해 달라고 부탁했다. 아주 멀리 성 토마스의 나라(역자 주: 인도. 사도 토마스가 선교를 했다고 전해짐)에 가고자 했기 때문이었다. 그는 아내에게 사람들과 재산을 부탁하고, 7년 동안 자신을 기다리라고 말했다. 아침 일찍 일어난 기사는 옷을 차려입고 시종에게 자기가 돌아올 때까지 7년 동안 아내를 돌봐줄 것을 명령했다. 이에 시종이 말했다. "여자들의 머리는 길지만, 여자들의 마음은 오래 가지 않습니다. 그러니 7일보다 더 오랫동안 주인님의 부인을 돌보기 어려울 것 않습니다." 이에 고귀한 뫼링어는 폰 노이펜 가문의 젊은이를 찾아가 7년 동안 그의 부인을 돌봐 달라고 부탁했다. 그는 뫼링어에게 그러겠노라고 말하며 그의 충심을 칭찬했다.

그리하여 고귀한 뫼링어는 멀리 떠났으니, 일 년, 또 일 년이 지나갔다. 이제 일곱 번째 해가 다 되었을 때, 그는 정원에 누워 잠을 잤다. 그러자 그는 꿈을 꾸었는데, 한 천사가 뫼링어를 부르며 이렇게 말하였다. "일어나라, 뫼링어여. 시간이 되었다! 그대가 오늘 그대의 나라로 가지 않는다면 폰 노이펜 가문의 젊은이가 그대의 부인을 차지하게 될 것이다." 뫼링어는 괴로움에 회색빛 턱수염을 쥐어뜯으며 자신의 불행한 처지를 하느님과 성스런 토마스에게 간절하게 호소했다. 잠에서 깨어나 눈을 떴을 때 그는 자신이 어디에 있는지 알 수 없었다. 왜냐하면 그는 고향 슈바벤의 방앗간 앞에 있었기 때문이었다. 그는 하느님께 감사드렸으나, 마음은 슬펐다. 뫼링어는 방앗간으로 갔다. "방앗간지기여" 하고 그가 말했다. "성에 뭔가 새로운 일이 있소? 나는 가련한 순례자라오." — "새로운 소식이 많지요."하고 방앗간지기가 대답했다. "폰 노이펜 가문의 사내가 오늘 고귀한 뫼링겐의 부인과 결혼합니다. 안타깝게도 우리의 선량한 주인은 죽었다고 해요." 이에 고귀한 뫼링어는 자신의 성문으로 가서 문을 세게 두드렸다. 그러자 문지기가 밖으로 나왔다. "가서 그대의 부인에게 여기 불쌍한 순례자가 하나 서 있다고 말하시오. 나는 먼 길을 오느라 지쳐 버렸으니, 하느님과 성 토마스, 그리고 가련한 뫼링어의 영혼을 위해 자선을 베풀어 주길 그녀에게 부탁하오." 이야기를 전해들은 문지기의 아내는 서둘러 문을 열고 그 순례자에게 일 년 동안 먹을 것을 주라고 말했다.

고귀한 뫼링어는 자신의 성 안으로 들어왔지만, 그 어떤 사내도 자신을 맞이하지 않는다는 사실에 마음이 너무나 아프고 무거웠다. 그는 벤치에 앉았고, 곧 밤이 되어 신부가 침대로 가야 할 시간이 되었다. 이때 한 영주가 말했다. "예전에 우리 주인이신 뫼링어께서 계실 때에는 낯선 순례자가 노래를 하나 부르기 전에는 잠을 자서는 안 된다는 관습이 있었답니다." 이를 들은 폰 노이펜 가문의 젊은 신랑은 이렇게 외쳤다. "우리에게 노래를 불러 주시오, 손님이여. 내가 그대에게 풍족하게 대가를 치르겠소." 이에 고귀한 뫼링어가 일어나 다음과 같이 시작되는 노래를[38] 불렀다. "오랫동안 나는 말없이 잊으려고 마음먹었네. 그러나 이제 예전처럼 노래를 불러야겠네." 그는 그렇게 노래를 계속하였으니, 자신을 위해 젊은 사내가 늙은 신부에게 복수를 해야 하며, 그녀를 회초리로 때려야 한다고 노래했다. 또 그는, 예전에는 주인이었으나 이제는 시종이니, 결혼식에서 그에게 주어지는 것은 이제 낡은 대접 하나밖에는 없다고도 노래했다. 이 노래를 듣자마자 고귀한 부인의 맑은 눈이 흐려졌다. 그리하여 그녀는 순례자에게 황금 잔을 주고 그 안에 맑은 포도주를 따라 주었다. 뫼링어는 사랑하는 부인과 결혼할 때 받은 붉은 금빛의 반지를 손가락에서 빼내 술잔에 집어넣고, 그것을 포도주를 따르는 하인에게 주어 고귀한 부인의 앞에 놓도록 했다. 하인은 그것을 가져갔다. "순례자가 보낸 것이니 거절하지 마십시오,

38 민네장 가수 모음집 Sammlung von Minnesängern 참조, I, 124. 여기에서 이 노래는 주의 깊게도 발터 폰 포겔바이데 편에 수록되어 있다.

고귀한 부인이여." 포도주를 마시고 잔 속의 반지를 보자 부인은 크게 소리쳤다. "나의 주인이 여기 계시다, 고귀한 뫼링어께서." 그러고는 일어서서 그의 발밑에 무릎을 꿇었다. "어서 오십시오, 사랑하는 주인이시여. 슬픔을 거두십시오! 저는 아직까지 명예를 지켰으나, 그 명예를 거의 깨트릴 뻔했으니, 저를 감옥에 가두십시오." 그러자 폰 나우펜의 귀족이 깜짝 놀라 무릎을 꿇었다. "친애하는 주인이시여, 제가 신의와 맹세를 깨뜨렸으니 제 머리를 베십시오!" — "그래서는 안 될 것이오, 폰 노이펜 경, 그대의 슬픔을 덜어 주고자 그대에게 나의 딸을 부인으로 줄 것이오. 그녀를 가지고 나의 옛 신부는 내게 주시오." 이에 폰 노이펜은 기뻐하며 그의 딸을 신부로 받아들였다. 엄마와 딸은 모두 상냥한 여인들이었으며, 두 귀족은 고귀한 사람들이었다.

530
후베르트 폰 칼브 백작

오래전 칼브에서 한 백작이 즐겁고 부유한 삶을 살고 있었다. 그러나 그는 결국 자신의 양심에 떠밀려 부인에게 이렇게 말했다. "완전히 몰락하고자 하는 것은 아니지만, 이제 나도 가난이란 어떤 것인지 배울 필요가 있는 것 같소." 그 뒤 백작은 부인과 작별하고 가난한 순례자의 복장으로 스위스 방향 시골로 떠났다. 그리하여 그는 다이슬링겐이라 불리는 한 마을에서 소를 키우는 목자가 되었으니, 근처에 위치한 산에서 그를 믿고 따르는 짐승들의 무리를 더 없이 성실하게 방목했다. 그의 보호 아래 가축들이 번성하고 살이 쪘음에도 불구하고, 농부들은 백작이 항상 같은 산에만 머무른다는 사실에 기분이 상했으며, 마침내 그를 내쫓고 말았다. 그래서 백작은 다시 고향 칼브로 돌아와 이제 막 다른 남자와의 결혼을 축하하는 연회를 벌이고 있던 옛 부인의 집 문 앞에서 자선을 요청했다. 그에게 이제 한 조각의 빵이 내놓아졌지만, 그는 이를 거절했다. 왜냐하면 그것 외에 백작부인의 잔에 가득 채워진 포도주를 기부해 주어야만 한다는 것이었다. 그러자 사람들은 그에게 포도주 잔을 가져왔고, 그는 포도주를 마시는 동안 자신의 금으로 된 결혼반지를 잔 안에 던져 넣고는 아무 말도 하지 않고 이전 마을로 돌아갔다. 마을사람들은 그의 귀환을 기뻐했다. 그 사이 그들은 가축을 안 좋은 목자에게 맡길 수밖에 없었기 때문이었다. 그러고는 백작을 다시 원래 그의 자리에 앉혀 놓았다. 그렇게 그는 죽을 때까지 짐승들을 돌봤다. 죽음이 가까이 왔다고 느끼자, 백작은 사람들에게 그가 누구이며, 어디에서 왔는지를 밝혔다. 또한 그는 자신의 시체를 소들이 끌고 가도록 하고, 소들이 가만히 멈춰서는 곳에 자신을 묻으라고 지시했다. 그리고 그 자리에 예배당을 세우라고도 말했다. 그의 뜻은 정확하게 실현되었으니, 그의 무덤 위에 그를 기리는 성스러운 건물이 지어졌다. 예배당은 그의 이름을 따서 성 후프레히트의 후베르트 혹은 오베르크라고 불리게 되었다. 그리하여 많은 사람들이 그곳으로 순례를 왔으며, 그를 기리기 위해 미사를 올리도록 했다. 그곳을 지나가는 모든 칼브의 주민들은 누구나 예배당 문을 두드릴 수 있는 권리를 가지고 있다.

531
우달리히와 벤딜가르트,
그리고 태어나지 않은 부르카르트

부흐호른(보덴 호숫가)의 백작이자 카를스 가문의 자손인 우달리히는 새잡이 하인리히의 조카딸인 벤딜가르트와 결혼했다. 그가 살던 시대에는 이교도들(헝가리)이 바이에른에 침입한 적이 있었는데, 우달리히는 이때 전쟁에 나섰다가 적에게 붙잡혀 끌려갔다. 그가 목숨을 잃었다는 이야기를 들은 벤딜가르트는 다시 결혼하지 않고 성 갈렌으로 가서 밖에 나서지 않고 조용히 살았으며, 남편의 영혼을 위해 불쌍한 사람들에게 선행을 베풀었다. 그러나 그녀는 곱게 자란 탓에 항상 단 음식에 대해 커다란 욕망을 가지고 있었다. 어느 날 그녀는 경건한 수녀인 비보라트의 옆에 앉아 이야기를 나누다가 달콤한 사과를 하나 달라고 부탁했다. "제가 불쌍한 사람들이 먹는 것과 같은 예쁜 사과를 가지고 있지요"라고 비보라트가 말했다. "기꺼이 당신께 드리겠어요." 그러고는 벤딜가르트에게 야생사과를 주었다. 벤딜가르트는 그것을 탐욕스럽게 받아들고 베어 물었다. "사과가 셔요, 수녀님. 모든 사과들이 다 이렇다면, 이브가 사과를 따먹지 않았을 거예요." — "이브 이야기를 적절하게 잘 하셨습니다." 하고 비보라트가 말했다. "왜냐하면 이브도 그대와 똑같이 단 음식을 좋아했거든요." 이에 고귀한 부인은 얼굴을 붉혔으니, 이후로 욕망을 자제하였고, 모든 단 음식들을 입에 대지 않았다. 벤딜가르트는 곧 신앙심이 너무나 깊어져, 주교로부터 성스러운 면사포(역자 주: 수녀복)를 갈망하기에 이르렀다. 그리하여 그녀에게 면사포가 주어졌으니, 그녀는 그 옷을 입고 도덕적이고 엄격한 삶을 살았다. 그 후로 4년의 세월이 흘렀다. 벤딜가르트는 남편 우달리히의 기일에 부흐호른으로 가서 매년 그래 왔던 것처럼 가난한 사람들에게 선물을 나눠 주었다.

그사이 우달리히는 운 좋게 감옥에서 빠져나와 넝마 같은 옷을 걸친 다른 거지들 사이에 몰래 끼어들었다. 벤딜가르트가 앞으로 나서자 그는 옷을 달라고 큰 소리로 외쳤다. 벤딜가르트는 그가 거칠게 요구한 것에 대해 나무랐지만, 그가 필요로 하는 옷을 주었다. 그러자 우달리히는 옷을 주는 여인의 손을 옷과 함께 잡아당겨 그녀를 안고는 그녀의 의사에 반하여 입을 맞추었다. 주변의 몇몇 사람들이 그를 때리려 하자 그는 손으로 머리를 어깨 뒤로 넘기며 이렇게 말했다. “나를 때리지 마라. 나는 이미 충분히 맞았다. 그대들의 우달리히를 알아보지 못하겠느냐!” 민중들은 옛 주인의 목소리를 듣고는, 거칠게 자란 머리 아래로 우달리히의 얼굴을 알아보았다. 모두가 그를 향해 크게 소리를 질렀다. 이때 벤딜가르트는 모욕을 당하고 뒤로 물러서 있었다. “누군가가 감히 내게 폭력을 행사하다니! 이제서야 나는 내 남편이 분명히 죽었음을 느끼게 되는구나.” 그러나 우달리히는 그녀를 들어올리기 위해 손을 내밀었으니, 벤딜가르트는 그 손에서 자신이 잘 알고 있는 흉터를 보았다. 마치 꿈에서 깨어나듯 그녀가 외쳤다. “내가 이 세상에서 가장 곁에 두고 싶은 나의 주인이여, 어서 오세요, 나의 사랑하는 남편이여!” 입을 맞추고 포옹을 하며 그녀는 이렇게 말했다. “그대들의 주인에게 옷을 입혀 드리고 목욕을 준비하라!” 우달리히는 옷을 입고 나서 이렇게 말했다. “교회로 갑시다.” 그리고 벤딜가르트가 “주교는 교회총회에 가셨습니다”라고 대답하자, 우달리히는 혼잣말로 이렇게 말했다. “이제 나는 교회의 허락을 받고 나서야 그대를 안을 수 있구나.” 성직자들과 민중들은 칭송의 노래를 불렀다. 이어서 그는 목욕을 마치고 식사를 하러 갔다. 주교는 벤딜가르트에게서 면사포를 거둬 주었고, 남편이 먼저 죽을 경우 그녀를 다시 받아들이기 위해 면사포를 성유물 상자 안에 넣고 상자를 잠갔다. 결혼식이 새롭게 치러졌다. 얼마 뒤 벤딜가르트가 임신을 하게 되었을 때, 그녀는 백작과 함께 성 갈렌으로 가서 사내아이일 경우 수도원에 아이를 맡기기로 약속했다. 벤딜가르트는 출산 14일 전 갑자기 병에 걸렸고 죽고 말았다. 그러나 아이는 그녀의 몸에서 무사히 꺼내졌으니, 갓 벗겨낸 돼지의 비계가죽으로 감싸졌다. 이렇게 힘을 얻게 된 부르카르트는 세례를 받고 수도원에서 주의 깊게 보호를 받으며 키워졌다. 아이가 자라자, 그 육체는 연약했으나 놀랍도록 아름다웠다. 수도사들은 그를 “운게보레네”(Burcardus ingenitus, 역자 주: Ungeborene, 태어나지 않은 아이)라 부르곤 했다. 그의 피부는 자라고 나서도 너무나 고왔기 때문에, 모든 모기들이 피를 빨아먹으려 날아들었다. 그리하여 그의 스승은 회초리로 늘 그를 보호해야만 했다. 시간이 흐르자 부르카르트 데어 운게보레네는 학식이 뛰어나고 도덕적인 사내가 되었다.

532
베텐하우젠 수도원의 설립

울름과 아우크스부르크 사이를 흐르는 캄라흐 강가에 베텐하우젠 아우구스틴수도원이 있다. 이 수도원은 982년 폰 로헨슈타인의 백작인 콘라트와 베른헤르 형제에 의해 지어졌으나, 그들의 어머니인 게르투르트에 의해 지어졌다고 하는 편이 더 옳겠다. 그녀는 자신이 하루 동안 쟁기로 뒤집을 수 있는 만큼의 땅을 성스러운 건물을 짓는 데 쓸 수 있도록 달라고 두 아들에게 요구하고 승낙을 받았다. 그러고 나서 아주 작은 쟁기를 마련하여 가슴에 품은 채 말을 타고 다녔으니, 그 땅에 수도원이 오늘날까지도 자리하고 있다.

533
기사 울리히, 비르텐베르크의 부하

슈바벤란트에는 비르텐부르크라는 성이 있으니, 이 성에는 오래전에 하르트만 백작이 살았다. 그의 부하인 기사 울리히는 다음과 같은 모험을 하게 되었다고 한다. 기사 울리히가 어느 금요일에 숲 속에서 사냥을 했다. 그러나 하루 종일 짐승을 한 마리도 만나지 못했다. 그러다가 그는 길을 잘못 들어 지금까지 한 번도 발을 디뎌본 적이 없는 어떤 황량한 지역으로 가는 길에 들어섰다. 오래지 않아 한 기사와 여인이 그가 있는 쪽을 향해 말을 타고 달려왔다. 둘 모두 고귀한 외모를 가지고 있었다. 그는 공손하게 인사했지만, 두 사람은 그에게 고개를 숙이지도, 말을 건네지도 않았다. 그때 울리히는 그들과 같은 사람들이 훨씬 더 많이 다가오는 것을 보았다. 그는 옆으로 물러나 500명의 기사와 같은 수의 여인들이 모두 지나갈 때까지 전나무 숲으로 들어가 있었다. 모두가 침묵하는, 말이 없는 몸짓을 하고 있었으며, 울리히의 인사에 대꾸를 하지도 않았다. 그 무리의 제일 마지막에 한 여인이 남자 없이 혼자서 말을 타고 왔다. 그리고 그녀는 울리히의 인사에 대꾸를 했다. "하느님께서 보답하시기를!" 기사 울리히는 하느님의 이름을 부르는 소리를 듣고 기뻐하며, 여인에게 이 행렬에 대해서, 그리고 그의 인사에 대답하지 않은 이 사람들이 누구인지에 대해서 물었다. "기분 나빠 하지 마십시오." 하고 여인이 이야기했다. "우리는 죽은 사람들이기 때문에 인사를 하지 않습니다." — "그렇다면 그대의 입이 생생하고 붉은 것은 어찌된 일인지요?" "그것은 그저 겉모습일 뿐입니다. 30년 전에 나의 몸은 이미 죽었으며 썩어 버렸습니다. 그러나 영혼은 고통에 시달리고 있지요." — "당신은 그런데 왜 혼자서 가고 계십니까? 모든 여인들이 기사들과 같이 말을 타고 가는 것을 봤기 때문에 의아하게 생각하고 있습니다." — "내가 데리고 있어야 할 기사는 아직 죽지 않았습니다. 그가 속죄를 하고 자신의 죄를 뉘우친다면 나는 기꺼이 혼자 다니겠다고 마음먹은 것이지요." — "그의 이름이 무엇인가요?" — "그는 폰 셴켄부르크라고 불립니다." — "그 사람은 제가 잘 압니다. 그가 세례 때 제 아이를 받아 주었지요. 제가 여기에서 경험한 것을 기꺼이 그에게 전하겠습니다. 그런데 어떻게 하면 그가 진실을 믿게 될까요?" — "진실의 증표로 이렇게 말해 주세요. 제 남편이 말을 타고 밖으로 나갔을 때 내가 그를 우리 집 안으로 들어오게 했지요. 그가 나의 입술에 키스를 했습니다. 그렇게 우리는 서로 알게 되었고, 그는 자신의 손에서 붉은 황금빛 반지를 빼내어 제게 선사했습니다. 하느님께서 나의 두 눈이 그를 보도록 하지 않았더라면!" — "당신의 영혼을 구원할 수 있는 것은 아무것도 없습니까? 기도와 순례도요?" — "성경을 읽어 주고 복음성가를 불러 주었던 모든 신부들의 혀도 저를 도울 수 없었습니다. 제가 죽기 전에 참회를 하거나 속죄를 하지 않았기 때문입니다. 하지만 저는 참회를 가길 꺼려했어요. 그랬다간 나의 경건한 남편의 귀에 제 불륜에 대한 이야기가 들어갈 것이고, 그러면 저는 목숨을 잃게 될 것이기 때문이었지요."

기사 울리히는 그녀가 자신의 애처로운 이야기를 들려주는 동안 여인의 모습을 바라보았다. 그녀의 몸에는 영혼의 괴로움이 나타나지 않았다. 오히려 그녀는 훌륭한 외모를 가지고 있었으며, 옷도 잘 차려입고 있었다. 울리히는 그녀와 함께 다른 사람들을 따라 숙소까지 말을 타고 가려고 했다. 그의 뜻을 꺾을 수 없다는 것을 알게 되자 그녀는 그에게 다음과 같이 충고만을 전했다. 즉, 사람들이 그에게 권할지도 모르는 음식은 건드리지 말아야 하며, 그들이 아무리 불쾌해하더라도 신경을 쓰지 말라는 것이었다. 사람들은 모두 함께 숲과 벌판을 지나 아름답게 지어진 성 앞에 이를 때까지 말을 타고 갔다. 그곳에서 여자들은 도움을 받아 말에서 내렸으며, 기사들은 말과 박차를 하인들에게 건네줬다. 그런 다음 기사와 여성이 각각 둘씩 짝을 지어 함께 녹색 잔디 위에 앉았다. 의자가 없었기 때문이었다. 그 불행한 여인은 결국 혼자서 앉았으며, 아무도 그녀에게 관심을 기울이지 않았다. 곧 황금으로 된 그릇들이 운반되어 왔는데, 거기에 담긴 음식은 사냥한 짐승 고기와 물고기들로서, 상상할 수 있는 가장 고급의 음식들이었으며, 하얀 빵들도 있었다. 포도주를 든 하인들이 차가운 포도주로 잔을 채웠다. 이때 기사 울리히에게도 음식들이 제공되었으니, 그 냄새가 매우 좋았다. 그러나 울리히는 현명하게도 음식에 손을 대지 않았다. 울리히는 홀로 있는 여인에게 가서 앉았으며, 무슨 일을 하고 있는지도 모른 채 무심코 식탁 위로 손을 뻗쳐 구운 고기를 들어 올리려 했다. 그러자 바로 마치 지옥의 불에 의한 것인 듯 그의 손가락 네 개가 불타오르기 시작했으니, 그는 크게 비명을 지를 수밖에 없었다. 물도 포도주도 그의 불을 끌 수 없었다. 그 순간 울리히의 옆에 앉아 있던 여인은 그가 옆구리에 차고 있던 칼을 보았고, 재빨리 칼을 잡아 그의 팔 위에 십자가 모양을 그리고는 다시 칼집에 집어넣었다. 피가 손 위로 흐르자 불은 피에 굴복할 수밖에 없었으니, 기사 울리히는 손가락을 하나 잃는 것으로 불로부터 벗어날 수 있었다. 여인은 말했다. "이제 마상 시합이 벌어질 거예요. 당신에게도 훌륭한 말이 주어지고 황금으로 장식된 방패가 주어지겠지만, 그것에 손을 대서는 안 돼요." 곧 이어 시종 하나가 말과 방패를 가지고 기사 앞으로 왔다. 그는 너무나도 말 위에 올라타고 싶었지만 단호하게 그냥 지나가도록 내버려 두었다. 마상시합이 끝난 후 달콤한 소리가 울려 퍼지며 춤이 시작되었다. 불행한 여인은 기사에게 다시 한 번 이에 대해 경고했다. 그녀 자신은 그러나 다른 이들과 함께 서서 그들 사이에 있어야 했다. 기사 울리히는 그녀를 보자 모든 것을 잊어버리고 그쪽으로 다가가서 여인에게 춤을 청했다. 그리고 그녀를 건드리자마자 그는 마치 죽은 사람처럼 쓰러졌다. 그녀는 울리히를 재빨리 옆쪽으로 데려가 경사진 곳에 눕히고는 약초를 입에 밀어 넣었다. 그러자 그는 다시 살아났다. 여인이 말했다. "이제 날이 밝아옵니다. 수탉이 울면 우리는 모두 사라질 거예요." 울리히가 대답했다. "그럼 지금이 밤이란 말인가요? 제게는 지금까지 계속 환한 대낮인 것만 같았는데요." 그녀가 말했다. "환상이 당신을 속인 거지요. 당신은 숲에서 오솔길을 발견하게 될 거예요. 그리고 거기에서 분명히 이 황량한 곳으로부터 나가는 출구에 이를 수 있을 겁니다." 부인들을 위해 치장된 말 한 마리가 가련한 여인 앞으로 데려와졌다. 말은 마치 불꽃처럼 타올랐다. 여인은 그 위에 올라타고는 소매를 뒤로 살짝 끌어올렸다. 그러자 기사 울리히는 그녀의 맨팔에서 불꽃이 뿜어져 나오는 것을 보았다. 마치 활활 타고 있는 집 주위로 불꽃이 치솟는 것과도 같았다. 그는 그녀에게 이별 인사로 하느님의 가호를 빌어 주고, 그녀가 이야기한 오솔길을 따라 운 좋게 비르텐베르크로 말을 타고 돌아갈 수 있었다. 그러고는 백작에게 불에 탄 손을 보여 주며 자신의 대부가 살고 있는 성으로 갔다. 그에게 울리히는 반지의 징표와 불에 탄 손을 보여 주며 대부의 정부였던 여인이 자신에게 부탁한 이야기를 전했다. 이야기를 들은 폰 셴켄부르크는 기사 울리히와 함께 무장을 하고 세례를 받지 못한 이교도들을 향해 바다를 건너갔으며, 그 여인이 고통으로부터 벗어나게 될 때까지 이교도들에게 — 독일의 집에서 위로가 되도록 — 아주 커다란 피해를 입혔다.

534
알브레히트 폰 짐메른 남작

알브레히트 폰 짐메른 남작은 그를 키워 준 영주 프리드리히 폰 슈바벤 공작의 곁에서 훌륭한 보살핌을 받았고 특별한 은혜를 입었다. 한 번은 공작이 알브레히트를 포함한 그의 백작 및 기사들과 함께 즐기기 위해 그가 자주 방문했던 에어힝어 백작에게로 말을 타고 달려갔다. 차버가우에 모겐하임 성을 가지고 있던 에어힝어 백작은 유쾌한 성격을 가진 사나이였으며, 사냥과 다른 명예로운 훈련에 몰두해 있었다. 그는 부인인 마리아 폰 튀빙겐과의 사이에 딸만 두고 있었으며 아들은 얻지 못했다. 그래서 그의 백작 가문은 사라질 위험에 처해 있었다.

성에서 멀지 않은 곳에 슈트롬베르크라고 불리는 훌륭한 작은 숲이 있었다. 그런데 그곳에서는 오래전부터 사냥꾼도, 궁정의 사람들도 잡을 수 없었던 상당히 커다란 사슴이 뛰어다니고 있었다. 그 사슴이 이제 다시 모습을 드러내자 모두들 기뻐했으며, 특히 에어힝어 백작이 기뻐했으니 다른 동행자들에게 일반적인 사냥도구들을 가지고 그쪽으로 가자고 외쳤다. 사냥을 하는 도중에 알브레히트 남작은 다른 사람들로부터 떨어져 숲의 특별한 지역으로 가게 되었는데, 그곳에서 그는 지금까지 본 적이 없는 크고 아름다운 사슴 한 마리를 보게 되었다. 그는 그 사슴을 따라 오랫동안 숲속을 달렸으나, 결국 완전히 놓쳐 버려 그 짐승이 어디로 가버렸는지 알지 못했다.

그때 한 끔찍한 모습의 사내가 그의 앞에 나타났다. 남작은 다른 때는 대담하고 용감했음에도 불구하고, 이번에는 너무나 놀라 그에 대항해 성호를 그으며 몸을 보호했다. 그 사내는 그러나 이렇게 말했다. "두려워하지 마십시오! 나는 하느님께서 그대에게 무언가를 알려 주기 위해 보낸 사람입니다. 나를 따라 오십시오. 그러면 그대의 눈이 지금까지 보지 못했던 놀라운 것을 보게 될 것입니다. 그러는 동안 당신은 눈곱만큼도 해를 입지 않을 것입니다." 남작은 이에 동의하고 자신을 숲 밖으로 인도하는 그의 안내인을 따라갔다. 숲 밖으로 나서자 남작은 아름다운 들판과 매우 훌륭한 지역을 보고 있다는 생각을 하게 되었다. 멀리에는 성이 하나 있었는데, 그 성은 많은 탑들과 또 다른 장식들로 그 자태를 뽐내고 있었으며, 남작은 그와 같은 것을 자신의 눈으로 본적이 없었다. 그 사이에 그들은 성으로 다가갔으며, 궁정의 하인들처럼 보이는 사람들을 많이 만났다. 그러나 그들은 아무도 말을 하지 않았으며, 그가 문에 도착하자 한 사람이 성 밖에서 데리고 있으려는 듯 그의 말을 가져갔다. 이에 안내인은 이렇게 말했다. "사람들의 침묵을 이상하게 생각하지 마십시오. 그 대신 그들과 말을 하지도 마십시오. 나하고만 이야기하고, 모든 일을 내가 이야기하는 대로 하면 됩니다."

두 사람은 성 안으로 들어섰다. 알브레히트는 커다랗고 아름다운 홀로 안내되었으니, 그곳에서는 영주가 신하들과 함께 식탁 앞에 앉아 있었다. 모두가 그를 환영하려는 듯 일어서서 공손하게 인사를 했다. 그러고 나서 그들은 다시 앉았다. 음식을 먹고 마시려는 것 같았다. 알브레히트는 그대로 서 있었으며, 칼을 손에 쥐고서 놓지 않으려 했다. 그사이 그는 놀랍도록 훌륭한 은 식기를 보게 되었다. 그곳에 있던 다른 그릇들과 함께 은 식기로 음식들이 나오고, 또 내 가졌던 것이다. 이 모든 일들은 완전한 침묵 속에 이루어졌다. 성의 주인과 그의 부하들도 각자 식사를 할 뿐, 주변 사람들에 대해서는 신경을 쓰지 않았다. 한참 동안 서서 모든 것을 보고 나자, 남작을 이곳까지 데려온 사내가 주인과 그의 부하들에게 인사를 해야 한다는 사실을 상기시켰다. 그러고 나서 사내는 남작을 다시 밖으로 데리고 나가려고 했다. 남작이 시키는 대로 하자 주인과 그의 모든 부하들은 다시 공손하게 일어나 그에게 머리를 숙였다. 그 후 알브레히트는 그의 안내인을 따라 성문 밖으로 나갔다. 그곳에서 그때까지 그의 말을 붙들고 있던 사람들이 그에게 말을 돌려주었으나, 여전히 한 마디의 말도 하지 않았다. 두 사람은 이제 성으로 돌아갔다. 알브레히트는 칼을 다시 허리에 차고 그의 동행자를 따라 앞서 지나왔던 슈트롬베르크 숲으로 가는 길에 도착했다. 알브레히트는 그에게 그것이 어떤 성이며, 그 안에서 식탁 앞에 앉아 있던 사람들이 그 성의 주민들인지 물었다. 유령은 대답했다. "당신이 본 남성은 당신 아버지의 형제였습니다. 그는 신을 공경하는 사람으로서, 여러 차례 믿음이 없는 사람들을 상대로 싸웠습니다. 나와 당신이 본 다른 사람들은 살아 있을 때 그의 부하들이었으며 이제 말할 수 없이 가혹한 고통을 받아야만 합니다. 그는 생전에 부당한 세금으로 그의 신하들을 심하게 압박했고, 이교도들과 전쟁을 하는 데 그 돈을 사용했습니다. 우리 다른 사람들은 그에게 충고와 제안을 해 주었으나, 이제 그 정당하지 못한 일들 때문에 가혹하게 벌을 받고 있습니다. 이것은 당신의 덕성 때문에 계시되는 바이니, 그대가 그러한, 또 유사한 일로부터 스스로를 보호하고 그대가 더 나은 삶을 살기를 바라기 때문입니다. 보십시오, 저기 숲을 지나 그대를 아까 있던 곳으로 인도해 줄 길이 있습니다. 예전의 행복이 어떠한 불행과 비참함으로 바뀔 수 있는지를 보고 싶다면 다시 돌아가 봐도 좋습니다." 유령은 이 말을 하고 사라져 버렸다. 알브레히트는 성으로 되돌아갔다. 보라, 그곳엔 모든 것들이 불과 역청, 유황이 되어 버렸으니, 그 냄새가 알브레히트를 향해 내뿜어져 나왔다. 동시에 그는 비탄에 가득 찬 외침과 탄식을 들었으며, 이 소리에 너무나 놀라 그의 머리카락이 곤두섰다. 그리하여 그는 서둘러 말을 돌렸고, 앞서 지나온 길을 달려가 다시 자신의 일행이 있는 곳으로 돌아갔다.

알브레히트가 도착했을 때, 그는 변하고 일그러진 모습으로 나타났으니, 모두들 그를 거의 알아볼 수 없었다. 여전히 젊고 생기 있는 사나이의 모습이기는 했으나, 놀라움과 경악이 그를 백발로 만들어 버려 머리카락과 턱수염이 모두 눈처럼 하얗게 변했던 것이다. 사람들은 그 사실에 대해서도 적잖이 놀랐지만, 그의 변한 모습이 사실임을 입증해 주는 그의 이야기에 더욱 많이 놀랐고, 모두가 슬픈 마음으로 집으로 돌아갔다.

폰 짐메른 남작은 그 일이 일어난 장소에 신의 명예를 기리기 위하여 교회를 짓기로 결정했다. 그 지역에 살았던 에어힝어 백작은 이에 기꺼이 동의했으니, 그와 그의 부인은 그곳에 수녀원이 세워지고 항상 하느님께 봉사하는 곳이 되도록 조언과 도움을 약속했다. 또한 프리드리히 폰 슈바벤 공작 역시 수도원 건설의 지원을 약속하고, 이를 위해 여러 가지 헌금이 이루어질 수 있도록 조치하였다. 이 일은 로타르 2세 시절이던 1134년에 벌어졌다.

535
크리스트부르크의 수도회기사 안드레아스 폰 장어비츠

1410년 7월 15일 탄넨베르크에서 프로이센의 십자군과 폴란드의 왕 블라디슬라프가 커다란 전투를 벌였다. 이 전투는 모든 수도회부대의 패배로 끝났다. 기사단장이었던 울리히 폰 융잉겐 자신도 여기에서 쓰러졌다. 왕은 울리히의 시신을 애소터로데에 있는 그의 형제들에게 보냈고, 이들은 그를 마리엔부르크에 묻었다. 그러나 잘려진 턱과 턱수염은 크라카우로 보내졌으며, 이것은 오늘날(카스파 쉬츠의 시대(역자 주: 카스파 쉬츠는 프로이센의 역사학자로 『프로이센의 진정한 기록』을 썼다. 이 역사서에는 프로이센의 건국부터 1525년까지의 역사가 기록되어 있다))에도 크라카우에서 찾아볼 수 있다.

기사단장이 장군들과 함께 전쟁에 대해 논의할 때 거의 모두가 전쟁에 찬성하였으나, 크리스트부르크의 수도회기사이자 독일 귀족인 안드레아스 장어비츠는 적들이 이미 나라에 들어와 있는 상황이었음에도 불구하고 충심으로 평화를 주장했다. 이것이 기사단장의 기분을 상하게 만들었으니, 그는 장어비츠의 주장을 두려움과 소심함의 결과로 간주했다. 그러자 현명함과 이성은 물론 용기도 가지고 있었던 장어비츠가 기사단장에게 이렇게 말했다. "저는 제가 보고 이해한 바로 가장 낫다고 판단했기 때문에 전하께 평화를 진언하였습니다. 그리고 이 시대의 상황이 평화를 위한 가장 좋은 기회를 제공하고 있다고도 생각하고 있습니다. 그러나 하느님께서 다르게 선택하셨고, 또한 전하께서도 다른 것을 마음에 두고 계시니, 저는 그에 따를 수밖에 없습니다. 앞으로의 전투에서 저는 그것이 어떻게 진행되든 상관없이 남자답게 전하의 곁을 지킬 것이며, 제가 충심으로 평화를 진언했던 것처럼 제 육체와 목숨을 전하를 위해 바치겠습니다." 그리고 그는 신뢰할 수 있는 사내답게 이 말을 실행해 옮겼다. 장어비츠는 용감하게 적들로부터 자신을 지키고 나서 전쟁터에서 기사단장의 옆에 머물렀다.

전투를 위해 무장을 한 채 말을 타고 성에서 나섰을 때, 수도회기사는 한 성당참사회원을 만났다. 그는 기사를 조롱하고 비웃으며 그가 없는 동안 누구에게 성을 맡길 것이냐고 물었다. 이에 그는 벌컥 화를 내며 말했다. "그대와 이 전쟁을 찬성한 모든 악마들에게 맡길 것이오!" 전투가 벌어지고 수도회기사가 쓰러지자, 그의 말에 따라 악마와 유령들이 떠돌아다니며 성을 지배하기 시작했다. 그리하여 이후에는 그 어떤 인간도 성 안에서 머무르거나 살 수가 없었다. 수도회기사들이 성에서 식사를 할 때마다 모든 그릇과 컵들이 피로 가득 찼기 때문이었다. 그들이 성의 바깥에서 식사를 하면 그런 일은 일어나지 않았다. 시종들이 마구간에 가려고 하면 그들은 지하창고로 가게 됐으니, 그곳에서 술을 너무나 많이 마셔 자신들이 무슨 일을 하고 있는지 알지 못했다. 요리사와 그의 하인이 부엌으로 가면 말이 부엌에 서 있는 것을 보았으니, 그곳은 마구간이 되어 버렸다. 지하창고 관리인이 지하창고에서 자신의 일을 하려하면, 그는 포도주와 맥주 통이 있을 자리에 오로지 사발과 냄비, 풀무와 가죽통만이 있었다. 모든 물건들에게서, 또 모든 장소들에서 비슷하게 황당한 일들이 벌어졌다. 프라우엔베르크에서 온 새로운 수도회기사에게는 훨씬 더 놀랍고 화나는 일들이 일어났다. 한 번은 그의 턱수염이 성의 분수에 걸렸다. 또 한 번은 그가 성의 가장 높은 지붕 위에 올려져 있었으니, 생명의 위험 없이 그를 데리고 내려오는 것이 거의 불가능했다. 세 번째로는 그의 턱수염이 스스로 불타기 시작해서 그의 얼굴을 흉하게 만들었다. 불은 물로도 꺼지지 않았고, 그가 저주받은 성 바깥으로 뛰어나가고 나서야 꺼졌다. 그래서 이후로는 그 어떤 수도회기사도 성 안에 머무르려 하지 않았으며 모든 사람들이 다 떠나 버렸으니, 성은 죽은 수도회기사의 예언에 따라 악마의 집이라 불리게 되었다.

전투가 끝나고 2년이 지난 뒤 그동안 로마로 순례를 다녀온 크리스트부르크의 한 시민이 다시 집으로 돌아왔다. 그는 성의 유령에 대한 이야기를 듣고 어느 날 정오에 성으로 올라갔다. 사람들은 그가 직접 진실을 경험하고자 했었다고도 하고, 또 아마도 유령들에 맞설 신성한 물건을 가지고 온 것이었다고도 한다. 다리 위에서 그는 역시 전쟁터에 함께 있었던 수도회기사의 남동생이 서 있는 것을 발견했다. 그는 수도회기사의 남동생을 곧 알아보았다. 어릴 적 세례를 받을 때 자신을 안아준 것이 바로 그였기 때문이다. 그는 오토 폰 장어비츠라라는 이름을 가지고 있었다. 대장장이는 오토 폰 장어비츠가 살아 있는 사람이라 생각했기 때문에 그에게 다가가 이렇게 말했다. "아, 대부님, 제가 대부님의 생생하고 건강한 모습을 보고 있는 것 같아 얼마나 기쁜지 모르겠습니다. 사람들은 제가 대부님께서 전쟁터에서 칼에 맞아 쓰러지셨다는 말을 믿게 하려고 했지요. 제가 생각했던 것보다 상황이 좋아서 다행입니다. 그런데 성 안은 어떻습니까? 사람들이 아주 놀라운 이야기들을 하던데요." 이에 악마의 유령이 말했다. "나를 따라 오시게. 그러면 여기 살림이 어떻게 이뤄지고 있는지 보게 될 걸세." 대장장이는 그를 따라 나선형 계단을 올라갔다. 첫 번째 방으로 들어갔을 때 그들은 주사위와 카드로 도박을 하고 있는 사람들을 발견했다. 몇몇은 웃고 있었고, 몇몇은 돈을 잃은 고통에 저주를 퍼붓고 있었다. 다른 방에서는 사람들이 식탁 앞에 앉아 오로지 게걸스럽게 먹고 마시는 모습만을 볼 수 있었다. 두 사람은 방에서 나와 커다란 홀로 갔다. 그곳에서 그들은 남자들, 여자들, 처녀들과 젊은 남자들을 볼 수 있었다. 음악이 연주되는 소리, 노래를 부르고, 춤을 추는 소리가 들렸으며, 오로지 부도덕한 성행위와 죄악이 행해지는 모습만이 눈에 들어왔다. 이제 대장장이와 유령은 교회로 갔다. 그곳에는 한 신부가 미사를 보려는 듯 제단 앞에 서 있었다. 그러나 성당 참사회원들은 여기저기 자신들의 의자에 앉아 잠을 자고 있었다. 두 사람은 다시 성 밖으로 나왔다. 그러자 곧 성 안에서는 비탄에 잠겨 울부짖고 흐느끼는 소리와 비명소리가 들려왔다. 이에 대장장이는 두려워지고 불안해졌으니, 지옥조차도 이보다 더 비참하지는 않을 것이라고 생각했다. 이때 대부가 그에게 말했다. "가서 새로운 수도회기사에게 네가 보고 들은 것에 대해 말해 주거라! 왜냐하면 우리의 삶은 네가 저 안에서 본 그대로였기 때문이다. 네가 여기 바깥에서 들은 것은 그에 대한 한탄의 소리다." 이 말과 함께 장어비츠는 사라져 버렸으니, 대장장이는 너무나 놀라 두 발이 모두 차가워졌다. 그럼에도 불구하고 그는 장어비츠의 명령을 수행했다. 새로운 수도회기사에게 가서 자신이 무슨 일을 겪었는지를 모두 이야기해 주었던 것이다. 그러나 이야기를 들은 수도회기사는 분노했고, 높이 존경해야 할 기사단의 기장에 대한 도발이자 모역을 위해 지어낸 이야기라고 말했다. 그러고는 대장장이를 물속에 던져 익사하도록 만들었다.

536
비르둥의 시민

루돌프 폰 합스부르크 시절, 비르둥(베르둔)에 한 시민이 살았으니, 그는 재산을 잃고 가난에 빠지게 되었다. 다시 재화를 얻기 위해 그는 한 노파의 도움을 받아 악마에게 자신을 넘겨주기로 약속했다. 그가 신과 모든 천상의 은총을 포기하자, 지옥의 까마귀(역자 주: 악마)가 그의 자루에 주화를 가득 채워 주었으며, 그 돈은 결코 소진되지 않았다. 그가 지출을 할 때마다 항상 돈이 다시 밑에 놓여졌기 때문이었다. 이제 그의 부는 어마어마하게 커졌다. 그는 들판과 밭을 사고 모든 쾌락을 쫓으며 살았다. 어느 날 그가 그의 친구들 곁에 즐겁게 앉아 있을 때, 두 사나이가 검은 말을 타고 다가왔다. 그중 하나는 안장이 놓여진, 길들여진 짙은 검정색 말을 손으로 끌고 왔으니, 그 말을 시민에게 가져와서 스스로 결정을 한 곳으로 그들을 따라와야 할 것이라고 경고했다. 시민은 슬프게 이별을 고하고 말에 올라, 50명 이상의 사람들과 두 명의 자식이 보는 앞에서 사자들과 함께 떠났다. 그의 아이들은 비통하게 탄식했으나, 아버지가 어떻게 되었는지 알지 못했다. 이에 두 아들은 여러 가지 술법을 쓸 줄 아는 노파에게로 가서, 자신들에게 아버지에 대한 진실을 보여 준다면 많은 돈을 주겠다고 약속했다. 이에 노파는 두 젊은이들을 데리고 숲으로 들어갔다. 그러고는 땅에 대고 마법의 주문을 외웠으니, 마침내 땅이 열리고 아버지와 함께 말을 타고 갔던 두 사람이 나왔다. 노파는 두 젊은이에게 아버지를 보고 싶으냐고 물었다. 나이가 더 많은 아들은 두려워했다. 그러나 남자다운 마음을 가지고 있던 동생은 그의 결심을 바꾸지 않았다. 이에 마법사는 지옥의 사신에게 젊은이를 다치게 하는 일 없이 아버지에게 데려갔다가, 다시 데리고 오라고 명령했다. 두 사신은 그를 어떤 아름다운 집으로 이끌고 들어갔다. 그곳에서 그의 아버지는 이별할 때 입고 있던 옷을 입고 그때와 같은 모습으로 혼자 앉아 있었다. 그런데 그를 괴롭히는 불꽃은 볼 수가 없었다. 둘째 아들은 그에게 말을 걸어 물어 봤다. "아버지, 어떻게 지내시나요? 잘 지내시나요 아니면 괴로우신가요?" 아버지가 대답했다. "나는 가난을 견딜 수 없었기 때문에 세속적인 재산을 위하여 악마에게 육신과 영혼을 넘겨주었으며, 하느님께서 나에 대해 가지고 있던 모든 권리를 건네주었다. 그러니, 나의 아들아, 내게서 상속한 재산을 소유하지 말거라. 그렇지 않으면 너도 나와 같이 몰락하게 될 것이다." 아들이 말했다. "아버지에게서 불꽃이 타오르는 걸 보지 못하는 건 어찌된 까닭인가요?" — "나를 네 손가락 끝으로 건드려 보아라." 아버지가 대답했다. "그러나 재빨리 다시 손을 떼어야만 한다!" 아버지가 시키는 대로 하는 순간 둘째 아들의 손과 팔이 팔꿈치까지 타 버렸다. 그러고 나서야 불길이 사라져 버렸다. 아버지의 고통에 마음이 아파진 아들이 말했다. "말씀해 주세요, 아버지, 이 세상에 아버지를 돕거나 이롭게 할 수 있는 것은 없는 겁니까?" — "악마가 구원받을 수 없는 것처럼, 나도 구원받을 수 없구나." 아버지가 말했다. "그 정도밖에는 조언을 해 줄 수 없다. 너는 그러나, 나의 아들아, 너의 영혼을 유지할 수 있도록 재산을 처리하도록 하거라." 이 말과 함께 두 사람은 헤어졌다. 두 명의 안내자는 둘째 아들을 다시 밖으로 데리고 나와 노파에게 데려다 주었으며, 그는 노파에게 불타 버린 팔을 보여 주었다. 이후 그는 자신이 겪은 일들과 아버지의 상황을 가난한 자들과 부자들에게 이야기해 주었으며, 자신의 모든 재산을 버리고 수도원에 들어갔으니, 죽는 날까지 스스로 가난을 택했던 것이다.

537
쟁기에 묶인 사나이

로트링겐의 메츠에 알렉산더라는 이름의 고귀한 기사가 아름답고 덕조 높은 부인 플로렌티나와 함께 살았다. 이 기사는 성스러운 무덤이 있는 곳으로 순례를 가기로 결정하였다. 우울해진 부인은 여행을 떠나려는 남편의 마음을 돌릴 수 없다는 것을 알게 되자, 남편에게 빨간 십자가가 그려진 하얀 셔츠를 만들어 주며 입으라고 권유했다. 기사는 곧 저 건너편의 나라로 갔고, 이교도들에게 붙잡혀 그의 불운한 동반자들과 함께 쟁기에 묶였다. 그들은 거칠게 채찍을 맞으며 밭을 갈아야만 했고, 피가 그들의 몸으로 흘러내렸다. 그러나 알렉산더가 부인에게 받아 항상 입고 있던 셔츠는 순수했으며 때가 타지 않았다. 비도, 땀도, 피도 셔츠를 더럽히지 못했던 것이다. 셔츠는 또한 찢어지지도 않았다. 이 희기한 일은 술탄의 눈에도 띄었다. 그리하여 그는 노예의 이름과 출신, 그리고 그 셔츠를 누구에게서 받았는지에 대해 자세하게 물었다. 기사는 그에게 모든 것을 이야기해 주었다. "이 셔츠는 절조 높은 나의 아내에게서 받았소. 이것이 이렇게 하얗게 남아 있다는 것은 여전히 지켜지고 있는 그녀의 신뢰와 순결함을 보여 주는 것이오." 이교도는 이 사실에 호기심이 생겨서, 그의 부하들 중 한 명을 비밀리에 메츠로 보내기로 결정했다. 그는 기사의 부인을 자신의 뜻에 따라 유혹하기 위해 돈과 재산을 아끼지 말라는 명령을 받았다. 그렇게 되면 후에 셔츠의 색깔이 바뀌는지를 확인할 수 있을 것이기 때문이었다. 그렇게 이 낯선 자는 로트링겐에 와 알렉산더의 부인을 찾아냈으며, 그녀의 남편이 이교도들 사이에서 얼마나 비참하게 지내고 있는지를 전해 주었다. 부인은 크게 근심이 되었다. 그러나 그녀는 너무나 절조가 있었으니, 사신은 모든 돈을 다 쓰고 나서도 목적을 달성하지 못한 채 터키로 되돌아가야만 했다. 곧 이어 플로렌티나는 순례자의 복장을 하고, 그녀가 솜씨 좋게 연주

할 수 있는 하프를 가지고 그 낯선 이교도를 쫓아 여행을 떠났다. 플로렌티나는 그를 베니스에서 따라잡고, 그와 함께 이교도들의 나라로 떠났으니, 사신은 다른 옷을 입은 그녀를 알아보지 못했다. 이교도 왕의 궁정에 도달했을 때 순례자로 변장한 플로렌티나는 노래와 연주로 왕을 사로잡았고, 왕은 그녀에게 많은 선물을 주었다. 그러나 순례자는 모든 선물을 거절하고, 단지 붙잡혀 쟁기에 묶여 일하는 기독교도들 중 한 명을 풀어 줄 것을 부탁했다. 왕이 이를 허락하였기에 플로렌티나는 정체를 숨긴 채 포로들에게 가서, 마침내 사랑하는 남편이 묶여 있는 쟁기에 이르렀다. 그녀는 포로를 풀어 줄 것을 요구하고 풀려난 포로를 넘겨받았으니, 두 사람은 곧 함께 바다를 건너 무사히 독일로 돌아왔다. 메츠까지 이틀가량의 거리가 남았을 때 순례자는 알렉산더에게 말했다. "형제여, 이제 여기서 우리의 길은 갈라지오. 추억을 위하여 그대의 셔츠 한 조각을 나에게 주시오. 나는 그 옷의 기적에 대해서 많은 이야기를 들었으니, 그것으로 나는 다른 사람들에게 기적에 대해 이야기할 때 증거를 보여 줄 수 있을 것이오." 기사는 이에 응해 자신의 셔츠 한 조각을 잘라 순례자에게 주었다. 그리고 두 사람은 헤어졌다. 그러나 플로렌티나는 지름길로 하루 먼저 메츠에 도착했으며, 익숙한 여인 복장으로 갈아입고 남편이 도착하기를 기다렸다. 알렉산더가 도착하자 그의 부인이 상냥하게 그를 맞이했다. 그러나 곧 그의 친구와 친척들이 플로렌티나가 생각 없는 여자처럼 열두 달 동안 세상을 떠돌아다녔으며 그사이 전혀 소식을 전하지 않았다는 것을 알렉산더에게 귀띔해 주었다. 알렉산더는 분노로 불타올랐다. 그리하여 손님들과 함께 하는 만찬을 준비토록 한 후 아내 앞에서 그녀가 행한 삶의 변화를 공개적으로 비난하였다. 그녀는 조용히 방을 빠져나가 침실로 가서 그녀가 그 기간 동안 입고 있었던 순례자의 복장을 하고 하프를 손에 들었다. 그러고는 셔츠의 잘라진 조각을 꺼내 보임으로써 자신이 누구였는지를 밝혔으니, 이로써 그녀 자신이 순례자의 복장을 하고 그를 쟁기로부터 해방시켜 주었다는 사실을 알게 해 주었다. 이에 그녀를 비난하던 자는 할 말을 잃었으며, 고귀한 여인의 발밑에 무릎을 꿇었다. 그녀의 남편은 그녀에게 눈물 젖은 눈으로 용서를 구했다.

538
지그프리트와 게노페바

힐돌프스가 트리어의 대주교였던 시절에 궁중백작 지크프리트가 브라반트 출신 공작의 딸이며 아름답고 신앙심 깊은 부인 게노페바와 함께 트리어에 살고 있었다. 어느 날 이교도에 대항하는 출정이 이루어지게 되었으니, 지크프리트도 전쟁에 참여해야만 했다. 이에 지크프리트는 게노페바에게 마이펠더 주에 있는 자신의 성 짐머른에서 바깥 활동을 하지 말고 조용히 살라고 명령했다. 또한 그의 부하들 중 한 명이자 그가 특별히 신뢰하던 골로라는 이름의 사내에게 자신의 부인을 특별히 잘 감시하라고 전했다. 그런데 그가 떠나기 전 마지막 밤에 게노페바는 남편의 아들을 임신하게 되었다. 지그프리트가 떠난 뒤 아름다운 게노페바에 대한 골로의 비윤리적 사랑이 불타오르기까지는 오랜 시간이 걸리지 않았다. 그리고 골로는 마침내 더 이상 뒤로 물러서 있지 않고 궁중백작부인에게 사랑을 고백하기에 이르렀다. 그러나 그녀는 그를 혐오스러워하며 물리쳤다. 이에 골로는 지크프리트가 모든 부하들과 함께 바다에 빠져 죽었다는 편지를 위조하여 이를 백작부인에게 읽어 주었다. 이제 왕국은 자신의 것이며, 그녀는 죄를 짓지 않고도 자신을 사랑할 수 있다는 것이었다. 그러나 골로가 게노페바에게 키스를 하려 하자 게노페바는 주먹으로 그의 얼굴을 강하게 쳤으니, 골로는 더 이상 아무것도 할 수가 없다는 사실을 깨달았다. 이에 그는 생각을 바꿔 고귀한 부인으로부터 모든 하인과 하녀들을 빼앗아, 게노페바는 임신 중에 커다란 곤란과 고통을 겪게 되었다. 출산할 때가 되어, 게노페바는 아름다운 아들을 낳았으나, 빨래를 하는 늙은 하녀 하나를 제외하고는 그녀를 돕거나 위로해 줄 사람이 아무도 없었다. 마침내 게노페바는 궁중백작이 살아 있으며 곧 돌아올 것이라는 소식을 들었다. 그녀는 사신에게 지크프리트가 지금 어디에 있는지 물었다. 사신은 "슈트라스부르크에 있습니다"라고 대답했고, 곧 골로에게 가서 같은 소식을 전했다. 골로는 깜짝 놀라 이제 모든 것이 끝장났다고 생각했다. 그때 한 늙은 마녀가 골로에게 무엇 때문에 그런 문제로 걱정을 하느냐고 말했다. 궁중백작부인은 아이의 아버지가 요리사인지, 혹은 그 누구인지 알 수 없는 시점에 아이를 낳았다는 것이었다. "궁중백작에게 그녀가 요리사와 짝을 맺었다고 말하세요. 그러면 백작은 그녀를 죽일 것이고, 그대는 안심할 수 있게 될 겁니다." 골로가 말했다. "좋은 충고로다." 골로는 서둘러 그의 주인에게 가서 이 완전한 거짓말을 전했다. 지크프리트는 깜짝 놀라 깊은 고통으로 한숨을 쉬었다. 이에 골로가 말했다. "전하, 그런 여자를 부인으로 데리고 있는 것은 더 이상 합당하지 않습니다." 궁중백작이 말했다. "내가 무엇을 하면 좋겠는가?" — "제가" 하고 이 믿을 수 없는 자가 대답했다. "그녀를 아이와 함께 바다로 데리고 나가 물에 빠져 죽도록 만들겠습니다." 지크프리트가 승낙을 하자 골로는 게노페바와 그녀의 아들을 잡아 부하들에게 넘겨주었으며, 그들은 그녀와 아들을 죽이라는 명령을 받았다. 골로의 부하들은 그들을 숲 속으로 데리고 갔다. 그때 그중 한 사람이 나서서 말했다. "이 죄 없는 사람들이 무엇을 했지?" 그러자 부하들 사이에 이야기가 오고갔으며, 아무도 궁중백작부인이 저지른 죄악이 무엇인지, 왜 그들이 그녀를 죽여야 하는지 알지 못했다. 이에 부하들은 이렇게 말했다. "우리 손을 그녀의 피로 더럽히느니 그녀를 여기서 들짐승들에게 잡아먹히게 하는 편이 좋겠어." 그리하여 그들은 게노페바를 거친 숲 속에 홀로 두고 가버렸다. 그러나 골로에게 가져다줄 증표가 필요했기에, 그들 중 하나가 함께 온 개의 혀를 잘라 가져가자고 제안했다. 부하들이 돌아가 골로 앞에

서자 그가 말했다. “어디에 두고 왔느냐?” — 부하들은 게노페바의 혓바닥을 증거로 보여 주며 “죽였습니다”라고 대답했다.

게노페바는 눈물을 흘리며 황량한 야생의 숲 속에서 기도를 올렸다. 그녀의 아이는 아직 태어난 지 30일도 채 되지 않았으며, 아이에게 먹일 젖이 더 이상 그녀의 가슴에서 나오지 않았다. 게노페바가 이제 성처녀에게 도움을 간청하자 갑자기 암사슴 한 마리가 수풀을 뚫고 뛰쳐나와 아이의 옆에 앉았다. 이에 게노페바는 암사슴의 젖꼭지를 아이의 입에 물렸고, 아이는 젖을 빨았다. 그곳에서 게노페바는 여섯 해와 석 달을 지냈다. 그녀 자신은 숲에서 찾을 수 있는 뿌리와 풀들을 먹고 살았다. 불쌍한 게노페바는 자신의 힘으로 할 수 있는 한 나무줄기들을 층층이 쌓아 가시 덩굴로 엮었으며, 아들과 함께 그 아래에서 살았다.

이렇게 세월이 지난 어느 날 궁중백작이 바로 그 숲에서 사냥을 대규모로 하게 되었다. 사냥꾼들이 개들을 몰자, 그들의 눈앞에 아이에게 젖을 먹여 키웠던 바로 그 사슴이 나타났다. 사냥꾼들이 사슴을 쫓아오자 사슴은 다른 탈출구가 막혀 마침내 자신이 매일 드나들던 은신처로 도망쳤고, 늘 그래왔듯이 아이의 발밑에 누웠다. 이제 개들이 사슴을 쫓아 달려들자, 아이의 엄마가 막대기를 들어 개들을 물리쳤다. 이 순간 궁중백작이 거기까지 와서 그 기적 같은 일을 목격하였으니, 곧 개들을 물러나게 하라고 명령을 내렸다. 이어서 그는 부인에게 그녀가 기독교인이냐고 물었다. 그녀는 대답했다. “저는 기독교인입니다. 그러나 전혀 옷을 입고 있지 않으니 제게 그대의 외투를 빌려 주어 제가 부끄러움을 감출 수 있도록 해 주십시오.” 지크프리트는 외투를 벗어 던져 주었고, 그녀는 그것으로 몸을 감쌌다. “여인이여” 하고 그가 말했다. “왜 그대는 음식과 옷을 장만하지 않는가?” 그녀가 말했다. “빵은 가지고 있지 않습니다. 저는 숲에서 찾아낸 약초들을 먹습니다. 제 옷은 오래되어 찢어지고 헐어버렸습니다.” — “그대가 여기에 온 지 몇 해가 되었는가?” — “여섯 해, 그리고 석 달 동안 저는 여기에서 살았습니다.” — “그 아이는 누구의 것인가?” — “제 아이입니다.” — “그 아이의 아버지는 누구인가?” — “하느님께서 알고 계십니다.” — “그대는 어떻게 이곳으로 오게 되었으며 그대의 이름은 무엇인가?” — “제 이름은 게노페바입니다.” — 궁중백작이 그 이름을 들었을 때 그는 자신의 부인을 생각했다. 그때 하인들 중 하나가 그쪽으로 나서더니 외쳤다. “맙소사, 저 여인은 이미 오래전에 죽은 우리 마님인 것 같아요. 마님도 얼굴에 흉터를 가지고 있었잖아요.” 이에 모든 사람들이 그 여인이 똑같은 흉터를 가지고 있는 것을 보았다. “결혼반지도 아직 가지고 있나?” 지크프리트가 말했다. 이에 두 사람이 여인 쪽으로 다가갔으며, 그녀가 반지를 끼고 있는 것을 발견했다. 궁중백작은 즉시 그녀를 끌어안더니 그녀에게 키스를 하고, 울고 있는 아이를 데려왔다. 그러고는 이렇게 말했다. “이 사람은 나의 부인이며, 이 아이는 나의 아들이다.” 선량한 여인은 이제 거기에 서 있던 모두에게 자신에게 일어난 일들을 하나하나 다 이야기했으니, 모두가 기쁨의 눈물을 흘렸다. 그사이에 신의 없는 골로 역시 그곳으로 왔다. 그러자 모두가 그를 덮쳐 죽이려 했다. 그러나 궁중백작은 이렇게 외쳤다. “그에게 어떤 죽음이 적당한지 생각해 낼 때까지 그를 붙잡아 두어라.” 사람들은 백작의 명령을 따랐다. 후에 지크프리트는 아직 쟁기를 끈 적이 없는 황소 네 마리를 데려다 각각의 황소에 죄인의 사지를 묶도록 했다. 그리하여 두 마리의 황소에는 그의 두 발이 묶이고, 다른 두 마리의 황소에는 두 손이 묶였다. 그러고는 황소들을 출발하게 했다. 이런 식으로 골로를 매단 황소들은 각지 자신에게 묶여 있는 부분을 달고 계속 앞으로 나아갔으니, 골로의 몸은 네 조각으로 찢겨졌다.

이제 궁중백작은 그의 사랑하는 아내를 아들과 함께 집으로 데려가려 했다. 그러나 그녀는 이 제안을 거절하며 이렇게 말했다. “성처녀께서 이 장소에서 저를 야생의 동물들로부터 보호하셨고, 한 짐승으로 하여금 제 아이를 보존하게 하셨습니다. 저는 이 장소가 성처녀의 명예를 위해 봉헌되기 전에는 이 자리를 떠나지 않겠습니다.” 궁중백작은 즉시 힐도르프 주교에게 사신을 보내 모든 사실을 보고했다. 주교는 기뻐하며 그 장소를 봉헌했다. 봉헌 후 지크프리트는 아내와 아들을 데리고 와서 성대한 만찬을 열었다. 그녀는 그 장소에 교회를 지어 달라고 부탁하였으며, 지크프리트는 이를 승낙하였다. 그녀는 그 이후 어떤 음식도 소화를 해내지 못하였고, 그녀에게 익숙해진 약초들을 숲에서 모아오도록 하였다. 그러나 그녀는 단지 며칠만을 더 살았을 뿐이며, 곧 천국의 하느님께로 떠나갔다. 지크프리트는 그녀의 뼈를 그가 짓기로 결정한 숲 속의 교회에 묻었다. 이 예배당은 프라우엔키르헤(마이엔에서 멀지 않은 곳)라고 불렸으며, 몇몇 기적들이 그곳에서 일어났다고 한다.

539
카를 이나흐, 잘비우스 브라본과 슈반 부인

카를이라는 성을 가진 고트프리트는 통게른의 왕이었으며, 마스 강가에 있는 성 메겐에서 살았다. 왕에게는 카를 이나흐라는 아들이 하나 있었는데, 왕은 아들을 나라에서 추방하였다. 그가 한 처녀에게 폭력을 휘둘렀기 때문이었다. 이에 카를 이나흐는 로마에서 인질로 붙잡혀 살고 있던 삼촌 클로아디히에게 도망쳤으며, 그곳에서 명예로운 환영을 받았다. 카를 이나흐는 쥘라의 잔혹함을 피해 로마를 떠나 아르카디엔으로 갈 때까지 옥타비우스라는 이름의 의원 집에서 살았다. 그런데 그곳에는 전직 집정관 리시우스 율리우스라가 살았으며, 그에게는 딸이 둘 있었으니, 하나는 율리아, 다른 하나는 게르마나였다. 카를 이나흐는 곧 게르마나와 사랑에 빠졌고, 그녀에게 자신이 왕의 아들임을 밝히며 함께 도망가자고 설득했다. 어느 날 밤 두 사람은 가지고 있던 보물 중 가장 좋은 보석들만을 골라 들고 몰래 배에 올라 이탈리아의 베니스로 갔다. 두 사람은 여기에서 말로 갈아

타고 마이란트를 거쳐 자보엔과 부르군트를 지나 프랑스로 갔다. 그리고 며칠 동안을 더 달려 캄브라이에 도착했다. 여기에서부터 그들은 당시 제네스 성이라 불리던 장소까지 계속해서 달려갔다. 그러던 중 두 사람은 한 아름다운 계곡에서 쉬게 되었다. 계곡의 멋진 강물 위에는 백조들이 노닐고 있었다. 그때 그들의 부하 중 하나였던 한 궁사가 시위를 당기고 화살을 쏘았다. 그러나 화살은 백조를 맞추지 못했으니, 깜짝 놀란 백조는 하늘로 날아올라 아름다운 게르마나의 무릎 위로 도망쳤다. 이 기적에 즐거워져서, 또 백조는 좋은 의미를 가진 새였기 때문에 게르마나는 남편 카를 이나흐에게 그 새가 그의 나라 말로 어떻게 불리는지 물었다. "독일어로", 그가 대답했다. "그 새는 슈바나라고 불리지요." — "그러면 저는"하고 그녀가 말했다. "이제부터 제 이름을 게르마나가 아니라 슈반이라 하겠어요." 게르마나는 원래 이름 때문에 언젠가 자신이 누구인지 알려지게 될까봐 두려웠던 것이다. 민중들은 그 지역 전체의 이름을 백조에서 가져와 셸데 강가의 슈반넨탈(백조계곡, vallis cignea, Valenciennes)이라 불렀다. 슈반 부인은 백조를 데리고 가서 먹이를 주고 정성껏 보살폈다. 카를과 슈반 부인은 그 후 브뤼셀에서 멀지 않은 곳에 있는 플로리몬트 성에 도착했다. 이곳에서 카를 이나흐는 아버지 고트프리트 카를이 죽었다는 소식을 들었으며, 곧바로 고향으로 떠났다. 카를은 뢰벤에서 하느님께 제물을 바쳤으며 통게른에서 환호와 기쁨 속에 왕으로서 받아들여졌다. 그 이후 카를 이나흐는 한동안 나라를 평화롭게 다스렸으며 그의 부인과 함께 아들 하나와 딸 하나를 얻었다. 아들은 옥타비아라고 불렸으며, 딸은 다시금 슈반이라고 불렸다. 바로 그 뒤에 작센의 왕인 아리오비스트는 율리우스 시저 및 로마인들과 전쟁을 치렀다. 카를 이나흐는 아리오비스트와 동맹하여 로마인들을 향해 진군했다. 그러나 그는 베잔콘에서 벌어진 전투에서 죽고 말았다. 미망인이 된 슈반 부인은 아이들과 함께 마스 강가에 있는 메겐 성으로 피신했다. 그녀는 남매지간인 율리우스 시저가 그녀에 대해 알게 될까 봐 두려워했다. 슈반 부인은 통게른 왕국을 암비오릭스에게 넘겨주었으나, 백조는 남편을 기억하기 위해 메겐으로 데려와 성을 둘러싼 호수에 풀어놓고 자주 자신의 손으로 직접 먹이를 주었다.

율리우스 시저는 당시 자신의 군대에 영웅을 한 명 데리고 있었는데, 그는 트로이의 영웅 헥토르의 아들이자 프랑쿠스 가문 출신인 잘비우스 브라본이었다. 율리우스 시저는 전쟁의 노고로부터 벗어나 조금 휴식을 취하기 위해 켈레베 성으로 왔다. 이때 잘비우스 브라본은 활과 화살을 들고 클레베 지역을 재미삼아 돌아다니며 지금 자신의 삶과 어느 날 밤 꾸었던 의미심장한 꿈에 대해 생각했다. 이런 생각에 빠진 채 그는 우연히 클레베 성에서 멀지 않은 곳에 흐르는 라인 강 근처까지 오게 되었다. 그리고 물결 위에 눈처럼 하얀 백조가 떠 있는 것을 보았다. 백조는 노닐면서 강가의 작은 배를 부리로 물고 있었다. 잘비우스 브라본은 즐거운 마음으로, 또 놀라워하며 이 광경을 바라보았고, 이 새가 가진 행운의 의미를 자신의 꿈과 연결시키면서 작은 배 안으로 들어섰다. 길이 잘 들어 부끄러움을 타지 않는 백조는 약간 앞으로 날아갔으며, 그에게 길을 가르쳐 주려는 것 같았다. 기사는 신의 뜻에 몸을 맡기고 백조를 따라가기로 결심했다. 백조는 그를 라인 강이 흐르는 방향을 따라 아주 조용히 이끌고 갔고, 잘비우스는 무언가 눈에 띄지 않을까 싶어 여기저기서 주위를 둘러보았다. 그렇게 백조와 잘비우스는 길고도 먼 길을 갔다. 그러다 백조는 마침내 자신의 주인이 비탄에 잠긴 채 불행한 과부로서 낯선 나라에서 두 아이들을 키우며 살고 있는 메겐 성을 알아보았다. 익숙한 보금자리를 본 백조는 날갯짓을 하더니 공중으로 날아올라 슈반 부인이 직접 자신의 손으로 먹이를 주는 호수로 날아갔다. 잘비우스는 자신을 이끌던 안내자가 자신을 버리고 가는 것을 보고 마음이 무거워져서, 배를 강가에 대고 땅 위로 뛰어 올랐다. 그는 백조를 따라갈 수 없으면 시위를 당겨 백조를 쏘려고 했다. 그가 계속 앞으로 나아가 성을 둘러싼 호수에서 백조를 발견하자 그는 화살을 걸고 조준했다. 그때 슈반 부인은 백조를 어루만져 주기 위해서 창가로 다가가고 있었다. 그러다가 한 낯선 남자가 백조를 조준하고 있는 것을 보았다. 깜짝 놀란 슈반 부인은 그리스어로 크게 소리쳤다. "기사여, 간청하는 바이니 나의 백조를 쏘지 마세요." 완전히 낯선 땅에서 한 여인이 자기 나라 말로 이렇게 외치는 것을 들은 잘비우스 브라본은 당황하여 손을 활에서 떼고, 화살을 시위에서 내려놓았다. 그러고 나서 그는 여인에게 그리스어로 이 외지고 거친 땅에서 무엇을 하고 있는지 물었다. 슈반 부인은 모국어로 이야기를 걸어오는 소리를 듣고 더욱 놀라서 서로의 사정에 대해 완전하게 밝힐 수 있도록 그를 성 안으로 들어오도록 초대했고, 잘비우스는 그 제안을 기쁘게 받아들였다. 그가 안으로 들어오자 슈반 부인은 많은 것들에 대해 질문을 했고, 율리우스 시저 역시 클레베에 머무르고 있다는 사실을 알게 되었다. 슈반 부인은 눈앞에 있는 기사가 아르카디아 출신이라는 이야기를 듣고 그에게 마음을 열었으며, "사람들이 과부와 고아들에게 그렇게 하듯" 그녀의 편에 서겠다는 맹세를 하도록 요구하였다. 그러고 나서 그녀는 자신에게 벌어진 모든 일들을 상세하게 설명하였다. 슈반 부인은 그가 자신과 오빠를 화해시켜 주기를 부탁했고, 그에게 진실의 증표로서 율리우스 시저가 언젠가 그녀에게 믿고 맡긴 황금으로 된 신의 그림을 주었다. 잘비우스 브라본은 자신의 임무를 다하겠다고 약속하고는, 자신의 주인을 향해 클레베로 돌아갔다. 브라본은 시저에게 그의 여동생의 인사를 전했으며, 황금그림을 주었으니, 율리우스 시저는 그 그림을 첫눈에 알아보았다. 시저는 잘비우스에게 그녀를 어디에서 발견했는지 물었다. 잘비우스는 슈반 부인의 삶과 운명에 대해 이야기해 주고 그녀를 용서해 줄 것을 부탁했다. 이에 감동한 시저는 관대해져서 자신의 매형인 카를 이나흐의 죽음에 대해 유감스러워했다. 시저는 곧 누이와 조카들을 보고 싶어 했다. 잘비우스 브라본은 기뻐하며 그를 메겐 성으로 안내하였고, 두 사람은 서로를 알아보고 더할 나위 없이 크게 기뻐하였다. 잘비우스 브라본은 황제의 질녀인 어린 슈반과 결혼하게 해 달라고 부탁하였으며, 승낙을 얻어냈다. 결혼식은 뢰벤에서 치러졌다. 율리우스 시저는 자신의 질녀와 그녀의 남편에게 조이그네 숲과 셸데 강이 있는 바다로부터 라체라 불리는 작은 개천이 있는 곳에 이르는 넓은 땅을 공작령으로 하사하였다. 브라본은 그곳의 첫 번째 영주였으며, 그로부터 이 지역은 브라반트라는 이름을 얻게 되었다. 황제는 조카인 옥타비안에게는 라인 강가의 넓은 지역인 아그리피나 왕국을 주었다.

황제는 그 이후로 통게른을 여동생 게르마나의 이름을 따라 게르마니아라고 부르도록 했으며, 조카 옥타비안이 게르마니쿠스라는 덧이름을 쓰기를 원했다. 그 이후로 독일인들은 게르만인이라고 불리게 되었다.

540
백조와 함께 온 기사

오래전 플란데른에 릴레포프트라는 왕국이 있었다. 그 왕국은 오늘날 리셀과 도바이 등의 도시가 있는 곳에 위치하고 있었으며, 피리온이 부인 마타브루나와 함께 지배하고 있었다. 둘 사이에는 아들이 하나 있었는데, 그의 이름은 오리안트였다. 오리안트는 어느 날 숲에서 사슴을 사냥하고 있었다. 그러나 사슴은 강 속으로 뛰어들어 도망쳐 버렸다. 오리안트는 피로해져서 한 아름다운 샘물가에 앉아 쉬려고 하였다. 그렇게 혼자 앉아 있는데 한 고귀한 처녀가 지나갔다. 그녀는 오리안트의 개를 보고는 그에게 누구의 허락을 받아 자신의 숲에서 사냥을 하느냐고 물었다. 처녀의 이름은 베아트릭스였으며, 오리안트는 그녀의 놀라운 아름다움에 너무나 마음을 빼앗긴 나머지 그녀에게 사랑을 고백하고 그 자리에서 청혼을 했다. 그러자 베아트릭스는 이를 허락하였으니, 젊은 왕은 그녀를 숲에서 데리고 나와 즐거운 결혼식을 위해 릴레포르트로 데리고 왔다. 그러나 오리안트의 어머니 마타브룬은 결혼에 반대하였으며, 젊은 신부를 싫어했다. 오리안트가 그녀를 아무런 조건도 없이 무작정 집으로 데려왔고, 그녀가 어느 집안 출신인지 아무도 몰랐기 때문이었다. 얼마간 시간이 흐른 뒤 왕비는 임신을 했다. 어느 날 왕비가 우연히 창가에 서 있다가 어떤 여인이 한꺼번에 낳은 아이 두 명을 세례를 위해 교회로 데려가는 것을 보았다. 베아트릭스는 몰래 남편을 불러 말했다. 두 명의 남자를 가지지 않고서 어떻게 한 여자가 두 명의 아이를 낳는 것이 가능하지요? 오리안트가 대답했다. "하느님의 은총을 받으면 여자는 한 남자로부터 일곱 명의 아이까지도 한꺼번에 가질 수 있다오." 그 뒤 왕은 곧 전쟁터로 나갔다. 아내가 임신상태였기 때문에 그는 어머니에게 세심한 보호를 부탁하며 이별을 했다. 그러나 마타브루나는 악한 것만을 생각했다. 그녀는 산파와 상의하여 왕비가 애를 낳으면 그 아이를 어린 강아지와 바꿔 놓고 아이들은 직접 죽이기로 했다. 처벌받아야 하는 죄악인 개와의 동거를 근거로 베아트릭스를 고발하기로 하려는 것이었다.

이제 때가 되어 베아트릭스는 아들 여섯과 딸 하나를 낳았다. 모든 아이들은 목에 은 목걸이를 걸고 있었다. 마타브루나는 즉시 아이들을 치우고 일곱 마리의 강아지를 밀어 넣었다. 그러자 산파는 이렇게 외쳤다. "아, 왕비님, 왕비님께 무슨 일이 일어난 걸까요? 왕비님께선 일곱 마리의 끔찍한 개를 낳으셨습니다. 임금님의 명예가 보존될 수 있도록 이걸 치워 땅속에 묻도록 하십시오." 베아트릭스는 울면서 두 손을 마주 잡았으니 사람들은 그녀를 불쌍히 여길 수밖에 없었다. 그러나 늙은 왕비는 그녀를 격렬하게 꾸짖으며, 파렴치하기 짝이 없는 불륜을 나무라기 시작했다. 곧 자리를 떠난 마타브루나는 가장 믿을 만한 하인을 불러 그에게 일곱 명의 아기를 건네주고 이렇게 말했다. "이 갓난아기들의 목에 걸려 있는 은 목걸이는 이 아기들이 언젠가 강도와 살인자가 되리라는 것을 의미한다. 그러니 서둘러 이 아이들을 세상에서 없애 버려라." 시종은 아기들을 외투 안에 받아들었다. 그는 말을 타고 숲 속으로 달려가서 아이들을 죽이려 했다. 그러나 아기들이 그를 보고 웃자 동정하는 마음이 생겼으니, 결국 아이들을 바닥에 내려놓고 하느님의 자비에 맡겼다. 그 뒤 시종은 궁정으로 돌아와 커다란 대가를 주기로 약속한 그녀의 명령을 수행했다고 그 늙은이에게 말했다. 그러는 동안 숲 속에 남겨진 일곱 명의 아이들은 배고픔에 울부짖었다. 그 소리를 헬리아스라는 이름을 가진 한 은둔자가 들었으니, 그는 아이들을 찾아내 옷 속에 담고는 자신의 작은 오두막으로 데려왔다. 그러나 이 늙은 사내는 아기들을 어떻게 먹여 살려야 할지 알지 못했다. 보라, 그때 한 흰색 암염소가 달려오더니 아기들에게 자신의 젖을 제공했고 아기들은 열심히 그 젖을 빨았다. 이 암염소는 이제 아기들이 자라 더 커질 때까지 매일 매일 모습을 나타냈다. 은둔자는 나뭇잎으로 아이들에게 작은 치마를 만들어 주었으며, 아이들은 수풀 속으로 놀러 다니며 야생 딸기를 찾아 먹었다. 그리고 하느님에 대한 경외와 하느님의 은총 속에서 키워졌다.

적을 물리친 왕은 집으로 돌아와 그의 아내에 대한 고발과 함께 영접을 받았으니, 베아트릭스가 어떤 비열한 개와의 사이에서 일곱 마리의 강아지를 낳았으며 그 강아지들은 제거되었다는 것이었다. 이에 왕은 깊은 고통에 휩싸였다. 그는 고문관들을 소집했고 무엇을 할 수 있겠는지 물었다. 몇몇은 왕비를 화형에 처해야 한다고 말했으나, 몇몇은 그저 잡아서 가둬놓아야 한다고 조언했다. 두 번째 조언이 왕의 마음에 더 들었다. 그는 여전히 베아트릭스를 사랑하고 있었기 때문이었다. 그리하여 죄 없는 베아트릭스는 갇히게 되었다 — 그녀가 다시 풀려나게 되는 때가 올 때까지.

그사이 은둔자는 일곱 명의 아이들이 세례를 받도록 하였고, 그가 특히 사랑하였던 한 아이에게 자신의 이름을 따라 헬리아스라는 이름을 붙여주었다. 아이들은 나뭇잎 치마를 입고 맨발로, 머리에 모자도 쓰지 않고 끊임없이 숲 속을 이리저리 함께 돌아다녔다. 그러던 어느 날 늙은 왕비의 사냥꾼 하나가 그곳에서 사냥을 하다가 목에 은목걸이를 걸고 있는 일곱 명의 아이들이 사과나무 아래에 앉아서 야생 사과를 따먹는 것을 보았다. 사냥꾼은 아이들에게 인사를 했지만, 아이들은 작은 오두막으로 도망쳐 버렸고, 은둔자는 사냥꾼에게 아이들을 괴롭히지 않았으면 좋겠다고 부탁했다.

다시 릴레포르트로 돌아온 사냥꾼은 그가 본 것을 모두 마타브룬넨에게 이야기했다. 이에 그녀는 즉시 이렇게 말했다. "오, 착한 친구여, 너의 부하들을 이끌고 서둘러 숲으로 돌아가서, 일곱 아이들을 죽이고 내게 일곱 개의 목걸이를 증표로 가지고 오거라! 그렇게 하지 않는다면 그대 자신의 목숨이 걸린 일이 될 것이요, 그렇게 한다면 큰 상을 받게 될 것이다." 사냥꾼은 말했다. "왕비님의 뜻대로 이루어질 것입니다." 사냥꾼은 일곱 명의 사내들을 데리고 숲을 향해 길을 떠났다. 그들은 도중에 마을을 하나 지나가야 했는데, 그곳에는 많은 사람들이 모여 있었다. 사냥꾼이 그 이유를 묻자 다음과 같은 대답을 들을 수 있었다. "한 여자가 처형될 것입니다. 그 여자가 자기 아이를 죽였거든요." 아, 하고 사냥꾼은 생각했다. 이 여인은 그녀가 아이 하나를 죽였기 때문에 화형당하는구나. 그런데 나는 일곱 명의 아이를 죽이려 하고 있다. 그런 일을 하는 손은 저주를 받을 것이다! 이 때 모든 사냥꾼들이 말했다. "우리는 아이들에게 고통을 주고 싶지 않아요. 그 아이들의 목걸이만 풀어서 그들이 죽었다는 증거로 왕비에게 가져다 줄 겁니다." 잠시 뒤 그들은 숲 속으로 들어왔으니, 은둔자는 마침 빵을 가지고 오는 것을 도와줄 아이 한 명을 데리고 빵을 구걸하러 마을로 나가 있었다. 다른 여섯 명의 아이들은 낯선 사나이들을 보자 공포에 질려 소리를 질렀다. "두려워하지 마라" 하고 사냥꾼이 말했다. 그리고 그들은 아이들을 붙잡아 목에서 목걸이를 풀었다. 그 순간 아이들은 하얀색 백조가 되어 하늘로 날아갔다. 사냥꾼들은 몹시 놀랐다. 그러나 결국 늙은 왕비에게 돌아와 여섯 개의 목걸이를 가져다주었으며, 일곱 번째 목걸이는 잃어버렸다고 둘러댔다. 이에 대해 마타브루나는 매우 화를 냈으며 한 금세공사를 시켜 여섯 번째 목걸이로 사발을 만들라고 시켰다. 금세공사는 목걸이 중 하나를 받은 후 그 은이 얼마나 좋은 것인지 시험을 해 보려고 불 속에 집어넣었다. 그러자 목걸이는 너무나 무거워져서 목걸이 하나가 이전에 여섯 개의 목걸이를 다 합쳤을 때보다 더 무거웠다. 금세공사는 놀라서 다섯 개의 목걸이를 자신의 부인에게 보관하라고 주었다. 그러고는 녹아 버린 여섯 번째 목걸이로 두 개의 사발을 만들었으니, 두 개 다 마타브룬이 탐욕스럽게 가지고자 했던 것만큼 굉장히 컸다. 금세공사는 목걸이들뿐만 아니라 사발 두 개 중 하나도 보관했다. 다른 사발 하나는 왕비에게 가져다주었고, 왕비는 그 무게와 크기에 만족해했다.

아이들이 새하얀 백조로 변해 버린 후 은둔자는 어린 헬리아스와 함께 다시 집으로 돌아왔고 다른 아이들이 없다는 사실에 크게 놀랐다. 그들은 날씨 좋은 긴 낮부터 밤까지 아이들을 찾았다. 그러나 아무도 찾을 수 없었기에 그들은 매우 슬퍼했다. 다음 날 아침 어린 헬리아스는 다시 형제자매를 찾기 시작하여 마침내 한 작은 호수에 이르렀으니, 거기에는 여섯 마리의 백조들이 헤엄을 치고 있었다. 백조들은 헬리아스에게로 헤엄쳐 와서 그가 준 빵을 받아먹었다. 그때부터 헬리아스는 매일 물가로 가서 백조들에게 빵을 주었다. 그리고 오랜 시간이 흘렀다.

베아트릭스가 붙잡혀 있는 동안 마타브룬은 오로지 그녀를 죽여 제거해 버리는 것 외에는 다른 생각을 하지 않았다. 그래서 그녀는 가짜 증인을 조작해 만들었고, 가짜 증인은 왕비가 관계를 맺어 왔던 개를 안다고 증언하였다. 오리안트는 이로 인해 다시 한 번 격분했다. 증인은 그 누구를 상대로 하게 되더라도 결투를 통해 증언의 진실을 증명해 보이겠다고 자청했다. 이에 황제는 만약 어떤 전사도 그녀를 위해 나서지 않는다면 베아트릭스는 죽게 될 것이라고 선언했다. 이 어려운 상황에서 베아트릭스는 하느님께 기도를 드렸고, 하느님은 그녀의 간청을 들어주시어 천사를 은둔자에게 보내셨다. 은둔자는 이제 어떤 일이 벌어졌는지를 모두 들어 알게 되었으며, 백조들이 누구이고, 그들의 불쌍한 어머니가 어떠한 위험에 처해 있는지도 알게 되었다. 젊은이가 된 헬리아스는 이 소식에 기뻐했으며, 맨발에 모자도 쓰지 않고 나뭇잎 옷을 걸친 채 자신의 아버지인 왕의 궁정으로 가기 위해 출발했다. 사람들은 이제 막 판결을 위해 모였으며, 반역자는 결투 준비를 마친 상태였다. 이제 헬리아스가 나타났으니, 그의 유일한 무기는 나무 몽둥이였다. 젊은이는 곧바로 그의 상대를 이겼고, 이로써 그의 사랑하는 어머니의 무죄가 입증되었다. 베아트릭스는 곧 석방되었고 그녀의 이전 권리를 되찾았다. 모든 반역의 음모가 탄로나자 곧 백조의 목걸이를 세공했던 금세공사가 불려왔다. 그는 다섯 개의 목걸이와 그가 여섯 번째 목걸이로 만들었던 사발을 가져왔다. 헬리아스는 이제 목걸이들을 가지고 형재자매들을 풀어 줄 생각으로 가득했다. 사람들은 여섯 마리의 백조가 갑자기 성의 연못으로 날아오는 것을 보았다. 이에 헬리아스의 아버지와 어머니는 그와 함께 밖으로 나갔고 민중들은 연못가에 둘러서서 기적을 목격하고자 하였다. 백조들은 헬리아스를 보자마자 그에게로 헤엄쳐 왔고, 헬리아스는 그들의 깃털을 쓰다듬으며 목걸이를 보여 주었다. 그가 한 마리 한 마리씩 목에 목걸이를 둘러주자 그들은 순식간에 인간의 모습으로 사람들 앞에 섰으니, 모두 네 명의 아들과 한 명의 딸이었다. 이들의 부모는 달려가 그들의 목을 끌어안고 키스를 했다. 그러나 여섯 번째 백조는 자신만 홀로 남아 사람이 되지 못했다는 것을 알았을 때 깊이 슬퍼하며 고통 속에서 깃털을 뽑았다. 헬리아스는 눈물을 흘리고 그를 위로하며 조금만 더 참으라고 말했다. 백조는 그에게 감사를 전하는 듯 그에게 목을 기울였다. 모두가 그와 함께 고통을 나눴다. 다섯의 다른 아이들은 그 뒤 교회로 데려가져서 세례를 받았다. 딸은 로제라는 이름을 얻었다. 네 명의 형제들은 이후 신앙심이 깊고 용맹한 영웅이 되었다.

오리안트 왕은 이 놀라운 사건 이후에 왕국의 통치를 자신의 아들 헬리아스의 손에 넘겨주었다. 젊은 왕은 무엇보다도 정의가 지배하도록 하였으며, 마타브룬이 도망친 견고한 성을 정복하여 그녀를 재판에 넘겼고, 재판에서는 이 악당을 화형에 처하도록 결정했다. 이 판결은 곧 실행에 옮겨졌다. 헬리아스는 이제 한동안 릴레포르트를 다스렸다. 그러나 어느 날 자신의 형제인 백조가 성의 연못에서 작은 배를 끌고 오는 것을 보자, 그는 이를 더 이상 쉬지 말고 어디선가 명성과 명예를 얻으라는 하늘의 신호로 받아들였다. 헬리아스는 부모와 형제자매를 모아놓고 그들에게 자신의 계획을 밝혔으며 작별의 키스를 나눴다. 그러고는 갑옷과 방패를 가져오도록 했다. 아버지 오리안트는 그에게 호른 하나를 선물하며 이렇게 말했다. "이 호른을 잘 간직하거라! 이것이 울리는 소리를 들은 사람들에게는 그 어떤 고통도 생기지 않기 때문이다!" 백조가 세 번, 혹은 네 번 아주 특이한 소리로 울었다. 이에 헬리아스는 물가로 갔다. 그러자 백조는 마치 기쁘게 그를 환영하는 듯 날개를 퍼덕이고 고개를 숙였다. 헬리아스는 작은 배에 올라탔고, 백조는 앞쪽으로 가 자리를 잡고는 앞장서 헤엄쳐 갔다. 그들은 빠르게 나아갔으니, 하천에서 하천으로, 강에서 강으로 나아가 마침내 신의 뜻에 따라 호출된 장소에 이르렀다.

이 시기에 독일은 황제 오토 1세가 지배하고 있었으며, 아르데너란트인 뤼티히와 나무르가 그의 치하에 있었다. 황제는 마침 님베겐에서 왕국의회를 개최하고 있었는데, 부당한 일을 고발할 사람들은 그곳으로 가서 자신의 이야기를 전하였다. 어느 날 폰 프랑켄부르크 백작 역시 왕의 앞에 나서서 클라리사라는 이름을 가진 폰 빌론(부이옹) 공작부인이 남편을 독살했으며, 남편이 바다에서 항해를 했던 3년 동안 불륜의 관계로 딸을 낳았다고 고발했다. 그래서 그 나라는 이제 공작의 동생인 자신의 차지가 되어야 한다는 것이었다. 공작부인은 할 수 있는 한 자신을 변호했다. 그러나 법정은 신의 이름을 건 결투를 벌이기로 결정했으니, 공작부인은 폰 프랑켄부르크 백작을 상대로 싸워 그녀의 무죄를 입증해 줄 의사가 있는 전사를 내세워야만 했다. 백작부인은 구원자를 찾아 주위를 둘러보았지만 허사였다. 그때 모든 사람들이 호른이 울리는 소리를 들었다. 이에 황제는 창문 쪽을 바라보았고, 사람들은 물 위로 작은 배가 백조의 인도를 받아 오고 있는 것을 보았다. 배에는 헬리아스가 무장을 한 채 서 있었다. 오토 황제는 놀라 배가 멈추고 영웅이 땅에 발을 내딛자 즉시 그를 자신의 앞으로 데려오도록 했다. 공작부인 역시 그가 오는 것을 보았으니, 딸에게 지난밤에 꾼 꿈 이야기를 해 주었다. "내가 꿈을 꾸었단다. 나는 법정 앞에서 백작과 다투고 있었는데, 화형을 판결받았단다. 그리고 내가 이미 화염 속에서 있었을 때, 내 머리 위로 백조 한 마리가 날아와 불을 꺼줄 물을 가져다

주었단다. 그 물에서는 물고기 한 마리가 솟아 나왔는데, 모두들 물고기를 두려워하며 벌벌 떨었단다. 그래서 나는 저 기사가 우리를 구원해 줄 것이라고 생각한단다." 헬리아스는 황제에게 인사하고 이렇게 말했다. "저는 전하께 종사하기 위하여 모험을 찾아 여기까지 온 가난한 기사입니다." 황제가 대답했다. "그대는 여기에서 모험을 발견하였소! 여기 사형을 당해야 한다고 고발을 받은 공작부인이 있소. 그대가 그녀를 위해 싸운다면, 그리고 그녀의 사정이 올바른 것이라면, 그대는 그녀를 구할 수 있을 것이오." 헬리아스는 매우 정직해 보이는 공작부인을 바라보았다. 그녀의 딸은 놀랍도록 아름다워서 매우 그의 마음에 들었다. 결투는 그 자리에서 하기로 결정되었다. 백조와 함께 온 기사는 위험한 싸움이 한 차례 지나간 후 오토 백작의 머리를 목에서 잘라 버렸다. 이로써 백작부인의 무죄가 입증되었다. 황제는 승자에게 인사를 했다. 백작부인은 그녀의 딸 클라리사를 위해 나라를 포기하고, 자신을 구해 준 영웅과 클라리사를 결혼시켰다. 결혼식은 님베겐에서 화려하게 치러졌다. 그 뒤에 그들은 백작부인의 땅인 빌론으로 돌아갔고, 백작부인은 기쁜 환대를 받았다. 9개월 뒤 공작부인은 딸을 하나 낳았으니, 그녀는 이다라는 이름을 얻었으며, 후에 유명한 영웅들의 어머니가 된다. 어느 날 공작부인은 남편에게 그의 친구들과 친척들에 대해서, 그리고 그가 어떤 나라에서 왔는지에 대해서 물었다. 그러나 헬리아스는 대답하지 않았을 뿐만 아니라, 그녀에게 그런 질문을 하지 말도록 했다. 그렇지 않으면 자신은 그녀를 떠나야 한다는 것이었다. 그리하여 공작부인은 더 이상 그에 대해 묻지 않았고, 두 사람은 여섯 해 동안 안정과 평화 속에서 함께 살았다.

여자들은 사람들이 자신들에게 금지하는 것을 대부분은 해 버리고 만다. 공작부인 역시 어느 날 밤 침대 위에서 남편 옆에 누워 있을 때 남편이 금지했음에도 불구하고 이렇게 말했다. "아, 나의 주인이시여! 나는 그대가 어디에서 왔는지 알고 싶어요." 이를 들은 헬리아스는 슬픔에 빠져 이렇게 대답했다. "그것을 알아서는 안 된다는 것을 그대도 알고 있지 않았나요.

내가 내일 이 나라를 떠나야만 한다는 것을 그대에게 말씀드립니다." 아내와 딸이 호소하고, 또 울었지만, 공작은 다음 날 아침 일어나 부하들을 불러놓고 아내와 딸을 황제에게 맡길 수 있도록 님베겐으로 모시라고 명령했다. 그는 다시는 돌아오지 않으리라는 것이었다. 헬리아스가 이 말을 하는 도중에 사람들은 벌써 형제의 귀환을 기뻐하는 백조의 울음소리를 들었다. 헬리아스는 작은 배에 올라탔다. 공작부인은 그녀의 딸과 함께 님베겐에 있는 나라로 길을 떠났으며, 곧 백조가 그곳까지 헤엄쳐 왔다. 헬리아스는 호른을 불고 황제의 앞에 서서 어쩔 수 없이 자신의 나라를 떠나야만 하게 되어 긴급하게 자신의 딸 이다를 부탁드린다고 말했다. 오토는 이를 허락하였다. 헬리아스는 아내와 딸에게 사랑스럽게 키스를 하며 이별한 후에 작은 배를 타고 떠났다.

백조는 헬리아스를 다시 릴레포르트로 인도했다. 그곳에서는 모두가, 특히 그의 어머니인 베아트릭스가 그를 기쁘게 환영했다. 헬리아스는 무엇보다도 어떻게 그의 형제 백조를 다시 해방시켜 줄 수 있을 것인지에 대해 고민했다. 헬리아스는 금세공사를 불러 사발을 건네주고, 그것으로 그가 언젠가 녹였던 목걸이를 원래 모양대로 만들라고 명령했다. 세공사는 명령받은 대로 목걸이를 만들어 가져왔다. 헬리아스는 목걸이를 백조의 목에 걸어주었다. 그러자 백조는 즉시 아름다운 청년으로 변했으니, 세례를 받고 에스머(다른 이들에 따르면 에메리, 에머리히)라는 이름으로 불리게 되었다.

그로부터 얼마간의 시간이 지난 후 헬리아스는 친척들에게 그가 빌론의 땅에서 겪었던 일들을 이야기해 주었다. 그러고는 속세의 삶을 포기하고 마지막 날까지 종교적인 삶을 살기 위해 수도원으로 들어갔다. 그러나 빌론에서의 일들을 기억하기 위하여 아르데넨에 있는 것과 똑같은 성을 만들도록 하였으며, 그 성의 이름 역시 빌론으로 지었다.

헬리아스의 딸인 이다가 열네 살이 되었을 때, 황제는 그녀를 폰 본 가문의 백작인 오이스타키아스와 결혼시켰다. 그 뒤 이다는 자면서 꿈을 꾸었는데, 세 명의 아이가 각자 머리에 왕관을 쓰고 그녀의 가슴에 안겨 있는 것 같았다. 그러나 세 번째 아이의 왕관은 부서져 버렸다. 이다는 또 자신에게 말하는 목소리를 들었으니, 그녀가 세 명의 아들을 낳게 될 것이며, 그들에 의해 기독교 정신의 경건함이 크게 높아지라는 것이었다. 단지 아이들이 자신의 모유 외에 다른 젖을 먹지 않도록 그들을 보호해야 한다는 이야기도 들었다. 실제로 이다는 3년 동안 세 명의 아들을 세상에 내놓았다. 큰 아이의 이름은 고트프리트였고, 둘째는 발데빈이었으며, 셋째는 오이스타키아스였다. 그들은 모두가 세심하게 엄마의 모유로 키워졌다. 그런데 성령강림절에 백작부인이 교회에 가는 바람에 젖먹이인 오이스타키아스로부터 조금 오랫동안 떨어져 있게 되었다. 그때 아이가 너무나 울어대서 어떤 여인이 아이에게 자신의 모유를 빨아먹도록 했다. 백작부인이 돌아와서 그녀의 아들이 다른 부인의 가슴에 안겨 있는 것을 보고 이렇게 말했다. "아, 부인, 대체 무슨 일을 한 것입니까? 이제 나의 아이는 위엄을 잃었습니다." 그 여인이 말했다. "저는 아이가 너무 울어서 친절을 베풀려고 했습니다. 그래서 아이에게 젖을 먹여야겠다고 생각했습니다." 백작부인은 슬픔에 잠겨 하루 종일 먹지도 마시지도 않았으며, 그녀에게 소개되는 사람들에게 인사도 하지 않았다.

그녀의 어머니인 공작부인은 그사이에 남편이 어디로 갔는지, 그에 대한 정보를 너무나 얻고 싶었다. 그리하여 순례자들을 보내 모든 나라들을 돌아다니며 그를 찾도록 했다. 마침내 그 순례자들 중 하나가 어떤 성 앞에 도착해 성의 이름을 물었다. 순례자는 그 성이 빌론이라 불린다는 대답을 듣고 깜짝 놀랐다. 왜냐하면 그는 빌론이 아주 멀리 떨어진 곳에 있다는 사실을 잘 알고 있었기 때문이었다. 그 땅의 사람들은 그에게 헬리아스가 왜 이 성을 지었는지, 그리고 왜 그런 이름을 붙였는지 알려 주며, 모든 이야기를 들려주었다. 순례자는 그가 그렇게 오랫동안 찾아 헤맨 것을 마침내 발견한 데 대해 하느님께 감사드렸다. 그러고는 오리안트 왕과 그의 아들들을 찾아가서 빌론의 공작부인과 그녀의 딸이 어떻게 지내고 있는지를 이야기해 주었다. 에스머는 자신의 수도원에 있던 헬리아스에게 이 기쁜 소식을 전해 주었고, 헬리아스는 이 순례자에게 자신의 결혼반지를 진실의 증표로 주었다. 또한 다른 많은 귀한 물건들을 빌론에 있는 그녀의 친구들에게 보냈다. 순례자는 그것들을 가지고 자신의 고향으로 돌아갔으니, 곧 공작부인과 백작부인이 그녀들의 남편이자 아버지를 찾아 그의 수도원으로 왔다. 헬리아스는 그들을 기쁘게 맞아 주었으나 그 뒤 오래지 않아 세상을 떠났다. 공작부인은 슬픔에 빠져 곧 그의 뒤를 따랐다. 그러나 백작부인은 부모를 땅에 묻은 뒤 다시 자신의 땅으로 돌아가 세 아들에게 모든 덕성과 하느님에 대한 경외를 가르쳤다. 이 세 아들은 후에 이교도들로부터 성스러운 땅을 획득하였다. 고트프리트와 발데빈은 예루살렘에서 왕으로 추대되었다.

541
라인 강의 백조가 끌고 온 배

711년에 클레베의 공작 디트리히의 유일한 딸 베아트릭스가 살고 있었다. 그녀의 아버지는 이미 죽었기에, 그녀가 클레베 및 다른 여러 땅들을 다스렸다. 날씨가 아주 맑고 좋은 어느 날 이 처녀는 님베겐의 성에 앉아 있었다. 그녀는 라인 강을 바라보고 있었는데, 그곳에서 놀라운 광경을 보았다. 하얀색 백조가 강을 따라 내려오고 있었고, 그 목에는 황금 목걸이가 걸려 있었던 것이다. 그 목걸이에는 백조가 끌고 가는 작은 배가 걸려 있었는데, 그 안에 한 아름다운 사내가 앉아 있었다. 그는 황금 칼을 손에 들고 있었고, 사냥용 호른을 목에 걸고 있었으며, 훌륭한 반지를 손가락에 끼고 있었다. 젊은이는 배에서 내려 땅에 올라섰으며 베아트릭스와 여러 이야기를 나눴다. 그리고 그는 그녀의 나라를 보호해 줄 것이며 그녀의 적들을 몰아낼 것이라고 말했다. 이 사내는 베아트릭스의 마음에 들었으니, 그녀는 마침내 그의 사랑을 얻어 남편으로 맞이하였다. 그러나 사내는 그녀에게 이렇게 말했다. "내가 어떤 가문 출신인지, 어디에서 왔는지는 물어보지 마십시오. 그대가 그것을 물어보게 되면 그대는 나와 헤어져야 하며 영원히 다시 볼 수 없기 때문입니다." 그러고 나서 그는 자신의 이름이 헬리아스라는 사실을 그녀에게 말했다. 그는 몸집이 커서 거인과 같았다. 두 사람은 이제 함께 아이를 몇 명 갖게 되었다. 그런데 얼마간의 세월이 흘렀다. 그러던 어느 날 밤 헬리아스는 침대 위에서 그의 부인 옆에 누워 있었다. 그리고 백작부인은 부주의하게 질문을 던지며 이렇게 말했다. "주인이시여, 그대는 그대의 아이들에게도 그대가 어디에서 왔는지 말하지 않으실 건가요?" 이 말에 헬리아스는 부인을 떠나 백조의 배 안으로 뛰어 들어갔으니, 멀리 떠나 다시는 나타나지 않았다. 부인은 몹시 슬퍼하였으며, 극심한 후회로 인하여 그 해가 다 가기 전에 죽고 말았다. 헬리아스는 아이들에게 세 가지 선물을 남겼다고 하며, 그것은 칼과 호른과 반지였다. 그의 후손들은 오늘날까지 남아 있다. 클레베 성에는 높은 탑이 있는데, 그 꼭대기에는 백조가 돌아가고 있다. 이 성은 그 사건을 기리기 위해 백조의 탑(슈반투름)이라고 이름 붙여졌다.

542
브라반트의 로엔그린

브라반트와 림부르크의 공작은 외동딸 엘스, 혹은 엘잠 외에는 후손을 남기지 않고 죽었다. 그는 죽어 가면서 외동딸을 자신의 부하인 프리드리히 폰 텔라문트에게 맡겼다.[39] 전에는 용감한 영웅이었으며, 스웨덴의 스톡

흐름에서 용을 죽인 적도 있었던 프리드리히는 그러나 곧 오만해졌다. 그리하여 그는 엘스가 자신과 결혼을 약속했다는 말을 꾸며내어 어린 공작부인에게 결혼을 강요하고 나라를 넘길 것을 요구했다. 그녀가 완강하게 거부하자 프리드리히는 새잡이 하인리히 왕에게 그녀를 고발하였다. 그리고 엘잠은 영웅으로 하여금 하느님의 결투에서 프리드리히를 상대로 싸우게 해야 하며, 이를 통해 자신을 방어해야 한다는 판결이 내려졌다. 자신을 위해 싸워 줄 사람이 아무도 나타나지 않자 공작부인은 간절하게 하느님께 구원을 빌었다. 이에 성배가 모셔져 있는 몬트잘바취(역자 주: 볼프람 폰 에센바흐의 <파르치팔>(1200/10)에 따르면 성배는 문잘베쉬 성에 보존되어 있으며 기사단의 보호를 받고 있다.)에서 — 엘잠이 있는 곳에서 멀리 떨어져 있었음에도 불구하고 — 종소리가 울려 퍼졌다. 누군가 긴급하게 도움을 필요로 한다는 신호였다. 성배는 즉시 파르치팔의 아들인 로엔그린을 그곳으로 보내기로 결정하였다. 로엔그린이 막 말등자에 발을 올리려 하는데, 물 위에서 백조 한 마리가 뒤쪽에 배를 한 척 끌며 떠내려 왔다. 로엔그린은 백조를 보자 즉시 외쳤다. "말을 다시 마구간으로 데려가거라. 나는 이제 이 새와 함께 갈 것이다. 그곳이 어디가 되든지 간에." 하느님에 대한 믿음으로 그는 음식을 배에 싣지 않았다. 닷새 동안 바다를 항해한 후, 백조는 부리를 물속으로 집어넣더니 작은 물고기를 하나 잡았다. 백조는 그중 반을 먹고 나머지 반은 영주에게 먹도록 주었다.

그사이 엘잠은 국사를 논의하기 위해 그녀의 영주들과 부하들을 안트베르펜으로 불렀다. 바로 이 모임의 날 사람들은 백조 한 마리가 셸데 강을 헤엄쳐 오는 것을 보았다. 백조는 작은 배를 끌고 있었는데, 그 안에는 로엔그린이 자신의 방패 위에 큰 대자로 누워 자고 있었다. 백조는 곧 강가

---

39 파르치팔에 나오는 이야기는 더 간단하다. 프리드리히는 전혀 등장하지 않으며, 겸허한 공작부인은 나라와 사람들로부터 결혼을 하라는 재촉을 받는다. 그러나 그녀는 하느님께서 그녀에게 보낸 사람 외에는 모두 거절하고, 바로 그때 백조가 그곳으로 헤엄쳐 온다.

에 도착했다. 그리고 영주는 기쁜 환대를 받았다. 백조는 사람들이 그의 투구와 방패와 칼을 배에서 꺼내자마자 곧 떠나 버렸다. 로엔그린은 공작부인이 겪고 있는 부당한 일에 대해 이야기를 듣고, 기꺼이 그녀의 전사가 되기로 했다. 엘잠은 이에 그녀의 모든 친척들과 부하들에게 사람을 보내 가급적 많은 수가 와 줄 것을 부탁했다. 그의 외가 쪽 친척인 고트하르트 왕까지도 엥엘란트로부터 왔으니, 이는 클라브룬의 수도원장인 그룬데마르가 그를 불렀기 때문이었다. 이제 엘잠의 행렬은 길을 떠나, 얼마 뒤 모두 자브뤼에 집결했고, 그곳에서부터 마인츠까지 갔다. 프랑크푸르트에 머무르고 있던 하인리히 황제는 마인츠까지 나가서 이들을 맞이했다. 그리고 이 도시에 회의를 위한 자리가 마련되었으니 그곳에서 로엔그린과 프리드리히의 결투가 벌어지게 되었다. 성배의 영웅은 승리했다. 프리드리히는 공작부인을 중상했다고 자백했으며, 몽둥이와 도끼로 처형당했다. 엘잠은 이제 오래전부터 서로 사랑하는 사이가 된 로엔그린의 여인이 되었다. 그러나 그는 비밀리에 그녀의 입이 자신의 출신과 관련된 모든 질문을 피해야만 한다는 약속을 미리 받아 놓았다. 그렇지 않으면 자신은 그녀를 떠나야만 하기 때문이라는 것이었다.

한동안 부부는 아무런 방해도 받지 않고 행복하게 살았다. 로엔그린은 나라를 현명하고도 강력하게 지배했다. 그는 훈족 및 이교도들과 전쟁을 치름으로써 황제에게도 커다란 공을 세웠다. 그런데 한 번은 그가 마상 창시합에서 폰 클레베 공작의 팔을 내려쳐 그의 팔이 부러지는 일이 벌어졌다. 질투가 난 클레베 공작부인은 여인들 사이에서 큰 소리로 이야기했다. "로엔그린은 용맹스런 영웅인 것 같아요. 기독교의 믿음도 가지고 있는 것 같고요. 그렇지만 귀족이 아니기 때문에 명성이 높지 않아 아쉽네요. 그가 어디에서 이 나라로 헤엄쳐 왔는지 아무도 모르니까 말이에요." 이 말이 폰 브라반트 공작부인의 마음을 뒤흔들어 놓아 그녀의 얼굴은 빨개지고 창백해졌다. 밤에 침대에서 로엔그린이 엘잠을 안고 있을 때, 그녀가 눈물을 흘렸다. 로엔그린이 말했다. "사랑하는 이여, 무슨 일이 있나요?" 엘잠은 대답했다. "클레베 공작부인이 저로 하여금 깊은 한숨을 쉬도록 만들었습니다." 그러나 로엔그린은 침묵하였고, 더 이상 묻지도 않았다. 두 번째 밤에 엘잠이 다시 말을 시작하려 하였다. 로엔그린은 이를 잘 알아차리고 다시 한 번 그녀가 입을 닫도록 만들었다. 그러나 세 번째 밤에는 엘잠이 더 이상 참지 못하고 이렇게 말했다. "주인이시여, 제게 화를 내지는 말아 주세요! 저는 그대가 어디에서 태어났는지 기꺼이 알고 싶습니다. 제 마음은 그대가 귀족의 성격을 많이 가지고 있다고 말해 주고 있거든요." 날이 밝자 로헨그인은 자신이 어떤 가문 출신인지를 공개적으로 밝혔다. 파르치팔이 자신의 아버지이며 하느님께서 그를 성배로부터 이곳으로 보냈다는 것이었다. 그러고 나서 그는 공작부인과의 사이에 낳은 두 아이들을 불러오게 하여 키스를 하고, 그가 남겨둔 호른과 칼을 잘 보관하라고 명령했다. 공작부인에게는 그가 언젠가 자신의 어머니에게서 받은 반지를 남겨 주었다. 그때 그의 친구인 백조가 서둘러 헤엄쳐 왔으니, 백조의 뒤에는 작은 배가 있었다. 영주는 배에 올라탔고, 강을 거슬러 성배를 관리하는 곳으로 가는 길에 올랐다. 엘잠은 기절하여 쓰러졌으니, 사람들은 쐐기를 이빨에 물려 입을 벌리고 물을 부어야만 했다. 요한과 로엔그린이라는 이름으로 불린 그의 아이들은 황제와 왕국이 맡았다. 그러나 과부가 된 엘잠은 여생 동안 다시 돌아오지 않는 사랑하는 남편을 그리워하며 눈물을 흘리고 탄식했다.

543
로트링겐에서 맞이한 로헤란그린의 최후

칼과 호른, 반지를 남기고 브라반트를 떠난 로헤란그린(역자 주: 볼프람 폰 에셴바흐의 『파르치팔』에 사용된 로엔그린의 이형)은 리차보리(룩셈부르크)라는 나라에 도착해서 아름다운 벨라예의 남편이 되었다. 그녀는 로헤란그린의 출생에 관한 질문을 하지 않고 잘 견뎌냈으나, 그를 지나치게 사랑한 나머지 한 시간이라도 그로부터 떨어져 있으면 병이 들고 말았다. 벨라예는 로헤란그린의 마음이 바뀔까봐 두려워했으며, 그에게 집에 머물러 있으라고 끊임없이 졸라댔다. 그러나 영주는 그런 껄끄러운 존재를 애써 참고 견디고 싶지 않았기 때문에, 사냥개를 데리고 자주 사냥을 나갔다. 그가 없는 동안 벨라예는 반은 죽어 있는 상태로 말없이 집에 앉아 있었다. 그녀는 허약해졌고 무언가 마법에 홀린 것 같았다. 이에 한 시녀가 그녀에게 이렇게 조언했다. 그를 더 확실하게 붙잡아놓고 싶으면, 로헤란그린이 사냥에서 돌아와 피곤해 잠들었을 때 그의 몸에서 살점을 조금 떼어내어 먹어야 한다는 것이었다. 그러나 벨라예는 이 조언을 비난하며 말했다. "그의 손가락 하나에라도 해를 입히느니 차라리 나를 땅에 묻도록 할 것이다!" 벨라예는 시녀에게 화를 냈고, 즉시 그녀를 내쫓았다. 그리하여 이 배신자는 이제 악의를 품었으니, 왕비를 독차지한 영웅을 질투하던 벨라예의 친척들에게 가서 꾸며낸 거짓 이야기를 전했다. 이에 벨라예의 친척들은 로헤란그린의 살점을 잘라내기로 합의를 했다. 오로지 그 방법을 통해서만 벨라예의 고통을 덜어 줄 수 있기 때문이었다. 어느 날 로헤란그린이 다시 사냥을 나가 잠이 들었을 때, 천 개의 칼들이 특히 자신의 하나뿐인 머리를 베기 위해 칼집에서 뽑혀져 서 있는 꿈을 꾸었다. 깜짝 놀라 깨어나 보니, 그의 눈앞에 배신자들의 칼이 보였다. 그들은 모두 영웅 앞에서 몸을 떨었고, 로헤란그린은 한 손으로 백 명이 넘는 적들을 벴다. 그러나 그들은 서로 매우 확실하게 단결하고 있었으며, 공격을 늦추지 않았다. 그리하여 마침내 로헤란그린이 감당하기에 그들의 수가 너무 많아졌으니, 그는 왼쪽 팔에 상처를 입게 되었다. 그 상처는 너무 깊어 의사도 낫게 할 수 없었다. 죽음에 이르는 부상을 입은 로헤란그린을 보자 배신자들은 그의 위대한 덕성에 감명을 받아 모두 그의 발밑에 무릎을 꿇었다. 벨라예는 그가 죽었다는 소식을 듣고 곧 심장의 고통으로 죽고 말았다. 사람들은 로헤란그린과 벨라예에게 발삼을 바른 후 함께 관에 넣었다. 그들의 무덤 위에는 후에 수도원이 세워졌다. 순례자들은 아직도 그곳에서 그들의 시신을 볼 수 있다. 전에 리차보리라 불렸던 땅은 이제 그의 이름을 따라 로타링겐이라 불리게 되었다. 이 사건은 예수 그리스도가 태어난 지 오백 년 뒤에 일어났다.

544
백조의 기사

고트프리트 폰 브라반트 공작은 대를 이을 사내아이를 남기지 못하고 죽었다. 그래서 그는 유서에 자신의 나라를 공작부인인 자신의 딸에게 물려준다고 적었다. 그러나 작센의 강력한 영주였던 고트프리트의 동생은 공작의 유언에 거의 신경 쓰지 않고, 독일 법에 따르면 여성은 나라를 상속받을 수 없다고 주장하며 과부가 된 영주 부인과 아버지를 잃은 공작의 딸이 제기하는 모든 불만을 무시한 채 형의 땅을 장악해 버렸다.

영주 부인은 이에 왕에게 고발을 하기로 결정하였다. 카를 황제가 네덜란드로 와 라인 강가의 노이마겐에서 법정을 열었을 때, 그녀는 딸과 함께 그곳으로 가서 판결을 간청했다. 작센의 공작 또한 그곳으로 와서 고발에 대한 답을 하고자 했다. 이때 왕이 창밖을 내다보았으니, 그는 라인 강을 헤엄쳐 그쪽으로 오고 있는 하얀 백조 한 마리를 보았다. 백조는 목에 밝게 빛나는 은 목걸이를 걸고 있었으며, 뒤쪽으로 작은 배를 끌고 있었다. 그런데 배에는 기사 한 명이 잠을 자고 있었으니, 방패를 베개로 삼고 있었으며, 그의 옆에는 투구와 갑옷의 목가리개가 놓여 있었다. 백조는 능숙한 선원처럼 배를 조종하여 강가로 데려다 놓았다. 카를과 궁정의 모든 사람들은 이 기이한 사건에 매우 놀랐다. 그리하여 모두들 여인의 고소는 잊어버리고 강가로 내려갔다. 그사이 잠에서 깨어난 기사는 작은 배에서 내려왔다. 왕은 기사를 성대하게 맞이했으며, 직접 그의 손을 잡고 성으로 데리고 갔다. 이에 영웅은 백조에게 말하였다. "네 갈 길로 잘 날아 가거라, 친애하는 백조여! 다시 네가 필요하게 되면 부르마." 백조는 즉시 날아올라 작은 배와 함께 모두의 눈 밖으로 사라져 버렸다. 모두가 그 낯선 손님을 호기심 어린 눈으로 바라보았다. 카를은 다시 법정의 자기자리로 가서 기사에게 다른 영주들 사이에 앉도록 권했다.

이제 폰 브라반트 공작부인은 자신의 아름다운 딸이 지켜보는 앞에서 상세한 내용과 함께 고발을 했고, 뒤이어 폰 작센 공작이 자신의 입장을 변호했다. 그리고 마침내 공작은 자신의 정당함을 밝히기 위한 결투를 자청했으니, 공작부인 역시 자신이 옳다는 사실을 증명해 줄 상대를 그의 앞에 세워야 했다. 이에 공작부인은 깜짝 놀랐다. 왜냐하면 그는 누구도 대적할 엄두를 내지 못하는 선택받은 영웅이었기 때문이었다. 그녀는 눈으로 홀 전체를 둘러보았지만 허사였다. 그녀를 위해 결투를 자청하는 사람은 아무도 없었다. 공작부인의 딸은 크게 탄식하며 눈물을 흘렸다. 그때 백조가 그 나라로 데려온 기사가 일어나 그녀를 위해 싸우겠다고 맹세했다. 이에 양측이 결투를 위해 무장했고, 길고 끈질긴 싸움 끝에 승리는 마침내 백조의 기사 편으로 기울었다. 폰 작센 공작은 목숨을 잃었고, 공작부인의 유산은 다시 그녀의 것이 되었다. 이에 공작부인과 그녀의 딸은 자신들을 구원해 준 영웅에게 고개를 숙였으며, 백조의 기사는 그가 어디에서 왔으며 어느 집안 출신인지를 그 어떤 경우라도 절대 묻지 않는다는 조건 하에 처녀의 청혼을 수락하였다. 그렇지 않으면 그녀는 그를 잃게 되리라는 것이었다.

공작과 공작부인은 두 아이를 낳았으며, 아이들은 잘 자랐다. 그러나 아이들이 자신들의 아버지가 어떤 사람인지 전혀 모른다는 사실이 어머니의 마음을 점점 더 짓누르기 시작했다. 그리하여 마침내 그녀는 금지된 질문을 했다. 기사는 진심으로 깜짝 놀라며 말했다. "이제 그대는 스스로 그대의 행복을 파괴했으니, 나를 더 이상 보지 못할 것이오." 공작부인은 후회를 했지만 이미 너무 늦은 일이었다. 모든 사람들이 그의 발밑에 무릎을 꿇고 머물러 있어 주기를 부탁했다. 그러나 영웅은 무장을 했으며, 곧 백조가 예전의 작은 배를 가지고 헤엄쳐 왔다. 이제 그는 두 아이들에게 키스를 하고 자신의 부인과 작별을 하였으며, 모든 백성들을 축복했다. 그러고는 배에 올라타고 자신의 길을 갔으니, 다시는 돌아오지 않았다. 부인의 고통은 뼛속과 심장에까지 이르렀으나, 그녀는 열심히 아이들을 키웠다. 이 아이들의 씨앗으로 부터 많은 고귀한 가문이 생겨났으니, 폰 겔더른 가문은 물론, 클라베 가문, 리네커 백작과 또 다른 많은 가문들이 바로 그것이다. 이들은 모두 문장에 백조를 그려 넣었다.

545
선량한 게르하르트 슈반(역자 주: 백조)

어느 날 카를 왕은 성의 창가에 서서 창밖으로 라인 강을 내려다보고 있었다. 그때 백조 한 마리가 물 위로 헤엄쳐 오고 있는 것이 보였다. 백조는 비단 줄을 목에 걸치고 있었는데 그 줄에는 배 한 척이 매달려 있었다. 배에는 기사 하나가 완전 무장을 한 채 앉아 있었으며, 그의 목에는 글씨가 적혀 있었다. 기사가 뭍에 도착하자 백조는 배와 함께 떠나서 다시는 볼 수 없게 되었다. 왕의 부하 중 하나인 나빌론(니벨룽)이 낯선 자에게 다가가 악수를 청하고 그를 왕의 앞으로 데려갔다. 이에 카를은 그의 이름을 물었다. 그러나 기사는 말을 할 수 없었고, 대신 글씨를 보여 줬다. 그 글씨는 게르하르트 슈반이 그의 나라와 한 여인에게 종사하기 위해 왔다고 적혀 있었다. 나빌론은 그의 무기를 받아 보관했고, 카를은 그에게 좋은 외투를 주었다. 그러고 나서 그들은 함께 식탁으로 갔다. 롤란트는 낯선 자를 보고 그가 어떤 사람인지 물었다. 카를은 이렇게 대답했다. "이 기사는 하느님께서 내게 보내셨다." 그러자 롤란트가 말했다. "용맹해 보이는군요." 왕은 그를 잘 모시라고 명령했다. 게르하르트는 현명한 사나이였으며, 왕께 잘 봉사했으니, 모두가 마음에 들어 했다. 그는 말을 빨리 배웠다. 왕은 그를 매우 좋아했으며, 자신의 여동생인 아달리스(덴마크어로는 엘리자)와 결혼시키고 아르데넨란트의 공작으로 임명했다.

546
플레세의 슈반링 형제

폰 슈반링 형제들은 낯선 땅에서 플레세 지역으로 와 정착하였다. 그들은 892년에 폰 베베르슈타인 가문과 불화를 겪게 되었다. 그들은 폰 슈반링 가문의 삼형제였으니, 지크프리트, 지크하르트, 고착 폰 슈반링이라 불렸다. 삼형제는 방패에 백조의 날개와 반지를 새겨 넣고 있었다. 보도 폰 베베르슈타인은 지크하르트를 화살로 쏴 죽인 후 형제들의 복수가 두려워 핀란드로 도망쳐 그곳에 정착하였다. 다른 베베르슈타인 사람들은 슈반링 형제들에 대항하여 하르덴베르크 혹은 베베르슈타인이라 불리는 견고한 성을 쌓았다. 고착과 지크프리트는 베베르슈타인에 대항하는 성을 쌓음으로써 이에 대처했다. 어느 날 두 형제는 회켈하임에서 출발하여 "높은 숲"(랑포르스트 혹은 플레센발트라고도 불림)에서 사냥을 했다. 하이조 슈바넨플뤼겔(백조의 날개)이라 불리는 그들의 이복형제가 함께 사냥을 했는데, 그는 착하고 꾀 많은 사냥꾼으로서 들판에 난 크고 작은 길들에 대해 아는 것이 많았다. 그는 또한 하르덴베르크 사람들의 계획에 대해서도 잘 알고 있었다. 그는 라이네 강 방향의 한 구석에서 좋은 자리를 발견하고 형제들에게 알려 주었다. 고착과 지크프리트는 다음과 같이 말했다. "자, 위치가 아주 좋은 곳(역자 주: "플래츠켄Pläzken". "좁은 장소"를 뜻하는 "플레츠헨Plätzchen")이구나! 여기에 우리의 집을, 성과 요새를 짓자." 그리하여 형제들은 그곳에 집을 지었다. 그 집이 플래츠켄이 되었으니 이후 점차로 플레세로 불리게 되었다. 그리고 결국에는 슈반링 가문 사람들 자신도 폰 플레세라는 이름을 갖게 되었다. 하르덴베르거 가문과의 다툼은 잘 해결되었다. 목자들은 아직도 지크하르트가 화살에 맞아 죽은 자리를 보여 준다(앙게르슈타인과 파른호젠 마을 사이). 그들은 또한 오래전에 그곳에 돌로 된 십자가가 있었으며, 슈반링의 십자가라 불렸었다는 말도 덧붙인다.

547
올덴부르크의 호른

오래전에 올덴부르크의 집에는 많은 장식들과 함께 예술적으로 만들어진 호른이 세심하게 보존되어 왔으며, 이 호른은 오늘날 코펜하겐에 있다. 이 호른에 얽힌 전설은 다음과 같다. 990년(혹은 967년)에 오토 백작이 그 지역을 다스리고 있었다. 백작은 훌륭한 사냥꾼이었으며 즐겨 사냥을 했다. 그는 앞서 언급한 해의 7월 20일에 많은 수의 귀족들과 부하들을 데리고 사냥을 갔다. 백작은 특히 베르네포이어라고 불리는 숲에서 짐승을 찾으려 했다. 곧 백작은 직접 사슴을 쫓게 되었다. 그는 베르네포이어 숲에서 오젠베르크까지 혼자서 사슴을 쫓아가다가 함께 사냥하던 부하들을 모두 눈과 귀에서 놓쳐 버리고 말았다. 오토 백작은 백마와 함께 산 위 한복판에 서서 그레이하운드(역자 주: 사냥개의 일종)들을 찾아 둘러보았지만, 개 한 마리 짖는 소리조차 들을 수 없었다. 더위가 너무 심했기 때문에 그는 혼잣말로 이렇게 말했다. 아, 하느님이시여, 누군가 내게 물 한 잔만 가져다준다면! 백작이 말을 마치자마자, 오젠베르크 산이 갈라지면서 그 틈에서 아름다운 처녀가 나타났다. 잘 치장한 여인은 아름다운 옷을 입고 있었다. 역시나 아름다운 그녀의 머리카락은 어깨에서 갈라져 내리고 있었으니, 그 위에 작은 왕관을 쓰고 있었다. 여인은 무언가로 가득 차 있는 훌륭한 은잔을 손에 들고 있었는데, 그것은 금이 입혀져 있었고, 사냥꾼들의 호른 모양을 하고 있었으며, 지극히 예술적이고도 훌륭하게 만들어져 있었다. 이 호른을 여인은 백작에게 건네주며, 그 안에 들어 있는 것을 마시고 기분을 상쾌하게 하시라고 말했다.

백작은 금이 입혀진 은 호른을 처녀로부터 받아들고 뚜껑을 열어 안을 들여다보았다. 오토 백작은 그 음료, 혹은 호른 안에 들어 있던 그것을 흔들어 보았다. 그러나 그것이 마음에 들지 않았기에 백작은 마시기를 거부했다. 그러자 여인이 이렇게 말했다. "친애하는 분이시여, 저를 믿고 그저 마시기만 하십시오! 그것은 당신에게 해를 끼치지 않을 것이며, 오히려 최고의 것을 선사할 것입니다!" 또한 여인은 백작이 그것을 마시면 그, 즉 오토 백작과 그의 식구들, 또 그 다음에는 올덴부르크의 집안 전체가 잘 살게 될 것이며, 땅은 더욱 늘어나고, 번성하게 될 것이라는 이야기를 덧붙였다. 그러나 자신을 믿지 않아 그것을 마시지 않는다면 앞으로 올덴부르크 백작의 집안에는 불화가 끊이지 않을 것이라고도 말했다. 그러나 백작은 그러한 말에 귀를 기울이지 않았으며, 그 말이 설령 옳다고 하더라도 그것을 마시는 데 대해서는 커다란 의구심을 가지고 있었다. 이에 백작은 도금된 은 호른을 손에 들고 뒤쪽으로 흔들었다가 부어 버렸고, 그 안에 들었던 것 중 일부가 백마에게 뿌려졌다. 그러자 물이 뿌려져 젖은 곳의 털이 빠져 버렸다. 그 모습을 본 여인은 호른을 다시 돌려 달라고 요구하였다. 그러나 백작은 손에 쥐고 있던 호른을 가지고 서둘러 산에서 내려왔다. 뒤를 돌아보자 여인이 다시 산속으로 들어가는 모습이 보였다. 이에 너무나 놀란 백작은 말에 박차를 가해 빠른 속도로 서둘러 그의 부하들에게 달려갔다. 백작은 그들에게 도금된 은색 호른을 보여주며 무슨 일이 일어났는지를 알려 주었고, 그것을 올덴부르크로 가지고 왔다. 이 호른은 백작이 그렇게 놀라운 경험을 통해 얻게 되었기 때문에 그 자신은 물론이고 이후 가문의 모든 지배자들로부터 훌륭한 보물로 여겨졌다.

548
프리드리히 폰 올덴부르크

후노 폰 올덴부르크 백작은 신앙심이 깊고 곧은 사람이었다. 그가 살던 시절 황제 하인리히 4세는 고슬라에서 대규모 영주 모임을 가졌는데, 후노는 신과 신성한 작품들에 몰두하다가 그만 그곳에 가는 것을 잊고 말았다. 이에 한 못된 이간질꾼이 그를 중상했으며, 후노가 왕국에 반란을 하고 있다고 고발했다. 그리하여 황제는 이 문제를 결투를 통한 하느님의 판결에 맡겼으니, 백작은 끔찍하고 잔인한 사자와 싸워야만 했다. 후고는 그의 젊은 아들인 프리드리히와 함께 왕의 궁정으로 갔다. 프리드리히는 용감하게도 그 짐승과 싸우기로 했다. 아버지와 아들은 하느님의 도움을 기원하며, 그들이 승리할 경우 성처녀 마리아를 위해 풍족한 수도원을 짓기로 했다. 프리드리히는 허수아비를 만들도록 한 후 사람과 똑같이 무장을 시켰다. 그는 영리하게 그 허수아비를 사자에게 던져 사자를 깜짝 놀라게 한 후, 아무런 부상도 입지 않고 승리를 거뒀다. 황제는 영웅을 포옹하고, 그에게 허리띠와 반지를 선사했으며, 왕국의 많은 재화와 함께 영지를 하사했다. — 프리즈란트 사람들은 이 사건에 관한 노래를 불렀다.

549
아홉 명의 아이들

뵐렌벡의 베저 강가에 있는 한 수도원교회에서는 교회를 팔에 안고 있는 한 성인의 목각상을 볼 수 있다. 이에 관한 전설은 다음과 같다. 언젠가 우포 백작이 오랫동안 먼 나라에 머물다가 고향으로 돌아왔다. 백작은 돌아오는 길에 꿈을 꾸었는데, 꿈속에서 그의 부인인 힐트부르크는 자신이 떠나 있던 동안 아홉 명의 아이들을 낳아놓고 있었다. 백작은 깜짝 놀라 걸음을 재촉했고, 힐트부르크는 다음과 같이 말하며 남편을 반갑게 맞이했다. "저는 그대가 죽은 줄로만 알았습니다. 그러나 저는 혼자가 아니었어요. 하느님에게 바쳐진 아홉 명의 딸을 낳았으니까요." 우포는 대답했다. "그대의 아이들은 또한 나의 아이들이기도 하오. 나는 그 아이들을 잘 치장하도록 하겠소." 그것은 사실은 아홉 개의 교회였으니, 이 신앙심 깊은 여인이 짓고 설립한 뵐렌벡 수도원도 그중의 하나였다.

550
아말라베르가 폰 튀링겐

삼형제 바데리히, 헤르멘프리트 그리고 베르타가 튀링겐을 지배하고 있었다. 헤르멘프리트는 그의 부인이자 테오도리히 프랑켄의 딸인 아말라베르가의 선동으로 막내를 죽였다. 그 뒤에도 그녀는 쉬지 않고 남편을 자극하여 첫째를 제거하도록 만들었다. 그리고 다음과 같은 교활한 방법으로 형제들 간의 전쟁을 불러일으켰다고 한다. 그녀의 남편이 어느 날 식사를 하러 왔을 때 식탁이 단지 반만 차려져 있었다. 헤르멘프리트가 그것이 무엇을 의미하는 것인지를 물었다. "왕국의 반만을 소유하고 있는 사람은" 하고 그녀가 말했다. "반만 차려진 식탁에 만족해야 하지요."

551
이르민프리트, 이링, 그리고 디트리히에 대한 전설

프랑켄의 왕 후고(클로트비히)는 튀링겐의 왕인 이르민프리트와 결혼한 딸 아멜베르크 외에는 정당한 후손이 없었다. 프랑켄 사람들은 그러나 그의 사생아 아들인 디트리히를 왕으로 선택했다. 디트리히는 이르민프리트에게 평화와 우애를 위해 사신을 보냈다. 이르민프리트 또한 명예롭게 사신을 맞이했으며, 한동안 그의 궁정에서 머물다 가라고 명령하였다. 다만 튀링겐의 왕비는 프랑켄 왕국이 자신의 소유가 되는 것이 정당하며, 디트리히는 자신의 시종일 뿐이라고 생각했다. 그리하여 왕비는 왕의 고문관이었던 이링을 불러 자신의 남편에게 시종의 사신을 응대하지 말도록 설득해 달라고 부탁했다. 이링은 매우 강건하고 용감했으며, 모든 조언을 하는 데에 있어 영리하고 섬세했다. 그는 왕이 디트리히와 평화롭게 지내라는 다른 고문관들의 조언을 따르는 것을 막았다. 그리하여 이르민프리트는 디트리히의 사신에게 자신은 평화보다는 프랑켄 왕국을 얻기 위해 노력하겠다는 대답을 그의 주인에게 전하라고 명령했다. 이에 사신은 대답했다. "저는 그런 말씀을 듣기보다는 차라리 제 목을 내놓기를 원했었습니다. 저는 그 때문에 프랑켄과 튀링겐 사람들이 많은 피를 흘리게 되리라는 것을 잘 알고 있습니다."

이 소식을 듣고 분노한 디트리히는 강력한 군대를 이끌고 튀링겐으로 갔다. 그곳에서 그는 자신의 자형이 루니베르군에서 그를 기다리고 있다는 것을 알게 되었다. 첫 번째와 두 번째 날의 전투는 결판이 나지 않았다. 그러나 세 번째 날 이르민프리트는 전투에서 패배했으니, 남은 사람들과 함께 운스트루트 강가에 있는 자신의 도시 쉬딩으로 도망쳤다.

이때 디트리히는 자신의 군대지휘관들을 불러 모았다. 그들 중 하나인 발트리히는 죽은 자들을 땅에 묻고 상처를 치료한 후, 전쟁을 계속하기에는 수가 모자라는 나머지 군대를 이끌고 돌아가자고 조언했다. 왕이 데리고 있었던 충성스럽고 경험이 많은 부하 하나는 그러나 그와는 다른 조언을 하며 이렇게 말했다. 선조들에게도 마찬가지였지만, 그들에게 있어서도 확고부동함은 고귀한 것들 중에서도 가장 아름다운 것이니, 정복한 땅에서 물러나 패배한 자들을 다시 일어서도록 만들어서는 안 된다는 것이었다. 그렇게 되면 지금은 고립된 채 자기들끼리만 있는 적들이 새로운 동맹을 만들어 위험해질 수 있기 때문이라는 것이었다. 왕은 이 조언이 가장 마음에 들었다. 그리하여 그는 작센에 사신을 보내 다음과 같은 제안을 했다. 작센이 자신들의 오랜 적인 튀링겐 사람들을 물리치는 것을 도와준다면, 그들에게 튀링겐의 왕국과 땅을 영원히 넘겨주겠다는 것이었다.

작센은 지체 없이 아홉 명의 사령관을 보냈으며, 각자가 1,000명의 군사들을 데리고 왔으니, 그들의 강인한 몸, 낯선 관습, 무기와 옷은 프랑크인들을 놀라게 만들었다. 작센의 군인들은 남쪽의 강가 벌판에 진지를 구축했으며, 다음날 아침 도시를 습격했다. 양측이 모두 매우 용감하게 싸웠으니, 튀링겐 군사들은 조국을 위해서, 작센 군인들은 땅을 얻기 위해서 싸운 것이었다. 이 위기에서 이르민호프는 보물과 복종으로 평화를 얻기 위하여 프랑켄의 왕에게 이링을 보냈다. 황금을 얻고 승리한 디트리히의 고문관들은, 작센이 튀링겐을 얻으면 매우 위험한 이웃이 될 수도 있으니 더욱 이르민호프의 제안에 따라야 한다고 조언했다. 그리하여 왕은 다음날 자형을 다시 받아들일 것이며 작센을 거부할 것이라고 약속했다. 이링은 프랑켄의 진지에 머물렀으며, 도시를 진정시키기 위해 주인에게 사신을 보냈다. 그 자신은 프랑켄 사람들이 밤사이에 마음을 바꾸지 않도록 애를 쓰고자 하였다.

이제 다시 평화가 왔다는 사실을 확신하게 되었기 때문에, 시민 중 한 사람이 자신의 새매를 데리고 밖으로 나갔다. 강가에서 먹이를 찾아 주기 위해서였다. 그런데 풀려난 이 새가 강 건너편으로 날아가 작센 사람에게 잡히는 일이 벌어졌다. 튀링겐 사람은 새를 돌려 달라고 요구했지만, 작센인은 이를 거절했다. 튀링겐 사람이 말했다. "새를 돌려주면 당신과 당신 동료들에게 아주 도움이 될 만한 것을 알려 주겠소." 작센인이 말했다. "당신이 가지고 싶어 하는 걸 갖고 싶다면 먼저 말하시오!" — "그럼 알아두시오" 하고 튀링겐 사람이 말했다. "튀링겐과 프랑켄의 왕들이 평화를 협약했고, 내일 당신들을 진지에서 붙잡아 죽이려 하고 있소!" 그가 이제 이 사실을 작센 사람에게 다시 한 번 진심으로 확인해 주며 도망가라고 권하자, 작센 사람은 즉시 새매를 놓아주고 동료들에게 자신이 들은 사실을 알렸다.

모두가 믿지 못하며 당황해하고 있을 때, 만인의 존경을 받는 하투가스트라는 이름의 노인이 사자와 용, 그 위를 날아가는 독수리의 그림이 그려져 있는 그들의 성스러운 상징을 잡고 말했다. "이때까지 나는 작센 사람들과 살면서 그들이 도망치는 것을 본 적이 없소. 그러니 지금도 역시 내가 배운 적이 없는 것을 해야 할 필요를 느끼지 못하오. 내가 살아남지 못한다면, 친구들과 함께 쓰러지는 것이 가장 좋은 일일 것이오. 여기 누워 있는 맞아 죽은 동료들이 내겐 오랜 덕성의 좋은 예요. 그들은 적들 앞에서 도망치느니 차라리 그들의 영혼을 포기했기 때문이오. 그러니 오늘 밤에 저 안전한 도시를 습격하도록 합시다."

밤이 되자 작센 사람들은 보초가 없는 성벽을 넘어 도시 안으로 들어가 성인들을 죽이고 오로지 어린이들만 살려 주었다. 이르민프리트는 부인과 아이들, 그리고 적은 수의 일행과 함께 도망쳤다. 이 전투는 10월 1일에 벌어졌다. 프랑켄 사람들은 작센 사람들의 승리를 칭송했고, 친절하게 영접했으며, 튀링겐 전체를 영원히 넘겨주었다. 디트리히는 달아난 왕을 기만하여 다시 불러왔고, 거짓 약속으로 이링을 설득하여 자신의 주인을 죽이도록 했다. 이르민프리트가 다시 돌아와 디트리히 앞에 무릎을 꿇었을 때, 이링은 그 옆에 서서 자기 자신의 주인을 죽였던 것이다. 이링이 이 자연스럽지 못한 행동으로 모든 사람들에게 미움을 받을 수밖에 없게 되자, 왕은 그를 자신의 눈앞에서 사라지도록 왕국에서 추방했다. 이에 이링이 대답했다. "가기 전에 내 주인의 복수를 해야겠소." 그러고는 칼을 뽑아 디트리히 왕을 찔러 죽였다. 이어서 그는 자기 주인의 몸을 디트리히의 몸 위에 올려놓았으니, 살아서 패배한 자가 죽어서 승리한 것이었다. 그는 칼로 위협해 사람들 사이로 길을 터서 달아나 버렸다.

이 일로 이링의 명성은 너무나 높아져서 하늘의 은하수가 그의 이름을 따 이링슈트라세라는 이름으로 불리게 되었다.[40]

552
다른 사람의 숲에서 하는 사냥

작센의 궁중백작 프리드리히는 튀링겐 옆 오스터란트의 운스트루트 강가에 있는 아름다운 성 바이센부르크에 살았다. 그의 부인은 슈타데와 잘츠베델 후작 집안 출신으로, 아델하이트라는 이름을 가진 젊고 아름다운 여인이었으나, 백작에게 아이를 가져다주지 못했다. 아델하이트는 튀링겐과 헤센의 백작인 루트비히와 몰래 정을 통하고, 그에 대한 사랑에 현혹되어 어떻게 하면 자신의 늙은 주인으로부터 벗어나 정부인 젊은 백작에게

40 골토아스트는 이 전설을 다르게 묘사하고 있다. Skript. rerum suevicarum, 1-3쪽. 여기에서는 작센인들 대신에 슈바벤 사람들이 등장한다.

갈 수 있을까를 이리저리 생각했다. 이에 두 사람은 다음과 같은 방법으로 궁중백작을 죽이기로 의견을 모았다. 루트비히는 정해진 날에 그녀 남편의 숲이자 영토인 라이센 숲에 있는 뮌히로트 벌판(다른 사람들에 따르면 쉬플리츠 옆)으로 가서, 환영도, 허락도 받지 않은 채 사냥을 한다는 것이었다. 그러면 아델하이트는 그녀의 주인을 자극하여 그로 하여금 사냥을 막도록 유도하며, 그때 젊은 백작이 기회를 노린다는 것이었다. 백작은 여인의 아름다움과 악마에 눈이 멀어 이를 수락했다. 이제 살인의 날이 되자, 궁중백작부인은 목욕물을 준비하여 그녀의 주인을 목욕탕 안에서 잘 돌봐주며 기다렸다. 그사이 루트비히 백작이 와서 자신의 호른을 울리고 개들을 짖게 하며 궁중백작의 땅에서, 그것도 문 바로 앞까지 와서 사냥을 했다. 이에 아델하이트 부인은 목욕탕에 있던 프리드리히에게 급하게 달려가 말했다. "다른 사람이 뻔뻔스럽게도 당신의 영토에서 사냥을 하고 있어요. 절대로 허용해서는 안 됩니다. 주권을 지키셔야만 해요." 이에 궁중백작은 분노하여 목욕탕에서 뛰쳐나왔다. 그는 목욕 가운만 입고 그 위에 서둘러 외투를 걸치고 말 위에 올라탔으니, 갑옷도 입지 않고 무기도 들지 않은 상태였다. 단지 몇 명의 부하와 개들만이 그를 따라 숲으로 달려갔다. 그곳에서 젊은 백작을 보자 궁중백작은 격렬한 말로 그를 야단쳤다. 그러자 젊은 백작은 돌아서서 멧돼지잡이용 창으로 그의 몸을 찔렀으니, 궁중백작은 죽어 말에서 떨어졌다. 루트비히는 말을 타고 그의 길을 갔고, 부하들은 시신을 들고 와서 통탄하며 그의 죽음을 깊이 애도했다. 궁중백작부인은 두 손을 비비고 머리를 쥐어뜯으며 매우 비통한 척 행동했으나, 이는 자신의 죄를 들키지 않도록 하기 위한 것이었다. 그리하여 프리드리히는 땅에 묻혔고, 살인의 장소에는 돌십자가 세워져 오늘날까지도 남아 있다. 그 한쪽 면에는 멧돼지잡이용 창이, 다른 한 면에는 라틴어로 다음과 같은 말이 새겨져 있다. Anno domini 1065 hic exspiravit palatinus Fridericus, hasta, prostravit comes illum dum Ludovicus(1065년에 프리드리히 궁중백작이 여기에서 죽었다. 당시에 루트비히 백작이 창을 꽂아서 그를 쓰러뜨렸다.). 루트비히 백작은 한 해가 채 가기도 전에 아델하이트 부인을 자신의 성인 샤우엔부르크로 데려왔으며, 그곳에서 그녀를 자신의 부인으로 받아들였다.

553
루트비히는 어떻게 바르트부르크를 점령했는가[41]

마인츠의 주교가 슈프링어(뛰어내린자)라 불리는 루트비히에게 세례를 해 주었을 때, 주교는 그에게 회르젤로부터 베라 강에 이르는, 교회에 속하는 모든 땅을 주었다. 그러나 루트비히는 성년이 된 후 아이제나흐에 바르트부르크 성을 지었다. 사람들은 그것이 다음과 같은 이유로 그리 된 것이라고 말한다. 어느 날 루트비히는 산으로 가서 사냥을 하다가 한 들짐승을 쫓아 니더아이제나흐의 회르젤에 있는 산, 즉 오늘날 바르트부르크 성이 있는 곳까지 가게 되었다. 루트비히는 그곳에서 하인과 부하들을 기다렸다. 그런데 그 산은 그의 마음에 쏙 들었다. 왜냐하면 그 산은 높고 가파르며 단단했기 때문이었다. 또한 산의 위쪽은 성을 지을 수 있을 만큼 크고 넓었다. 그는 어떻게 그 산을 자신의 것으로 만들 수 있을지 밤낮으로 고민했다. 그 산은 그의 것이 아니라, 폰 프랑켄슈타인 가문이 소유하고 있던 미텔슈타인[42]에 속했기 때문이었다. 그리하여 그는 꾀를 내었으니, 어느 날 밤 사람들을 모아 자신의 영토의 흙을 바구니에 담아 산 위로 옮겨서는 그것을 모두 산 위에 쏟아 붇도록 했다. 그러고는 쉔부르

41 유사한 전설이 콘스탄틴과 비잔츠에도 전해진다. Cod. pal. 361, fol. 63 b.

42 이 산이 헤센, 튀링겐, 프랑켄, 부헨과 아헬스펠트 등 다섯 나라의 경계를 이루고 있었기 때문에 붙여진 이름이다.("미텔슈타인 Mittelstein"은 "가운데 돌"이라는 뜻)

크로 와서 성탑을 하나 짓도록 하고는 폭력을 동원하여 그 산에 성을 짓기 시작했다. 폰 프랑켄슈타인 가문의 귀족들은 루트비히가 그들에게 뻔뻔스럽고도 폭력적인 일을 하고 있다고 왕국에 고발했다. 루트비히는 자신의 땅 위에 성을 짓고 있으며, 그 땅은 또한 자신의 것이니, 그 땅을 계속 가지고 있는 것이 정당하다고 대답했다. 이에 다음과 같은 정당한 판결이 내려졌다. 루트비히가 열두 명의 신뢰할 만한 사람들 앞에서 자신의 주장을 증명하고 지켜낼 수 있다면, 그는 그 땅을 이용할 수 있다는 것이었다. 그리하여 루트비히는 열두 명의 기사를 맞이했고, 그들과 함께 산으로 갔다. 기사들은 칼을 뽑아 (그가 산 위에 쏟아 붓도록 했던) 땅에 꽂았으니, 그들은 백작이 자신의 땅 위에 성을 짓고 있으며, 그 제일 위쪽의 땅은 오래전부터 루트비히의 나라와 그 군주의 것이었다고 선언했다. 그리하여 그 성은 계속 루트비히의 소유로 남게 되었다. 루트비히는 새로운 성에 바르트부르크라는 이름을 붙였으니, 그것은 그가 바로 그곳에서 자신의 부하들을 기다렸기(역자 주: "바르텐 warten"은 "기다리다"를 의미) 때문이었다.

554
슈프링어(역자 주: 뛰어내린 자) 루트비히

프리드리히 후작의 형제와 친구들은 튀링겐과 헤센을 다스리고 있던 방백 루트비히를 황제에게 고발했다. 그가 한 아름다운 여인 때문에 부당한 행위를 저질렀다는 것이었다. 그들은 또한 왕에게서 루트비히를 만날 수 있는 곳에서 그를 잡아오라는 지시까지 얻어낼 수 있었다. 그리하여 루트비히는 마그데부르크의 수도원에서 붙잡혔고, 잘 강가의 할레에 있는 기비헨슈타인으로 끌려왔다. 그곳에서 그는 족쇄를 차지는 않았으나 2년이 넘도록 돌로 된 방에 갇혀 있어야 했다. 루트비히는 이제 살아서는 밖으로 나가지 못하리라는 것을 알고 하느님을 불렀다. 그러고는 이 고난에서 벗어날 수 있도록 도움을 받는다면, 새로 구입한 도시인 장어하우젠에 성 울리히의 영광을 기리는 교회를 짓겠다고 약속하고, 또 맹세했다. 루트비히는 심한 고통 속에 마시지도 먹지도 못하여 병이 들고 말았다. 이에 그는 황제가 이 나라에 와서 사형을 집행하도록 하기 전에 유언장을 쓰게 해 달라고 부탁했다. 그리고 비밀 부하 중 한 명을 편지로 불렀으니, 그와 함께 다음과 같은 일을 계획했다. 유언장을 가지고 그곳을 떠나면, 다음날 정오에 두 마리의 말을 끌고 잘레 강가에 있는 집으로 와서 그를 기다리라는 것이었다. 그러나 그가 갇혀 있는 방에는 여섯 명의 믿음직한 사내들이 루트비히의 옆에 앉아 그를 지키고 있었다. 정해진 시간이 다가오자 루트비히는 몹시 춥다고 하소연을 했으며, 그리하여 많은 옷을 겹쳐 입고 조용히 방안을 왔다갔다했다. 사내들은 무료함에 체스를 두고 있었으며, 그가 왔다갔다하는 데에 크게 신경을 쓰지 않았다. 그사이 루트비히는 아래에서 그의 부하가 두 마리의 말과 함께 와 있다는 것을 알아차렸고, 창문으로 달려가 높은 암벽 사이를 흐르는 잘레 강으로 뛰어내렸다.

바람 덕분에 그는 물속으로 세게 떨어지지는 않았다. 그리고 그때 부하가 사람을 태우지 않은 말 한 마리를 이끌고 그에게 헤엄쳐 왔다. 방백은 말을 향해 헤엄쳐 갔으며, 물에 젖은 옷의 일부를 벗어던지고, 그가 백조라 부르는 백마에 올라타고 장어하우젠까지 달려갔다. 이렇게 뛰어내렸기 때문에 그는 뛰어내린 자 루트비히라고 불리게 되었다. 루트비히는 하느님께 감사드리고, 그가 맹세했던 대로 아름다운 교회를 지었다. 하느님은 그와 그의 부인의 마음에 은총을 내리셨으니, 그들은 자신들이 저지른 죄악에 대해 후회를 하고 고통스럽게 생각하게 되었다.

555
라인하르츠브룬(역자 주: 라인하르트 샘)

로마로 가서 자신과 자신의 부인이 저지른 죄에 대해 교황 앞에서 참회를 하고 나자, 루트비히 방백은 세상을 등지고 사랑하는 성모와, 성 금요일에 성모와 함께 십자가 아래에 섰던 성 요한을 기념하기 위해 교회를 짓고 싶다는 생각을 갖게 되었다. 다시 자신의 땅으로 돌아온 루트비히는 왕국을 아들에게 넘기고 적당한 공사 부지를 찾았다. 그리고 어느 날 쉔베르크에서 바르트부르크까지 말을 타고 달리던 루트비히는 커다란 샘 옆에 앉아 있는 한 도공을 만났다. 루트비히는 도공으로부터, 또 몇몇 프리헤로데의 농부들로부터 매일 밤 두 개의 아름다운 불빛이 빛나는데, 하나는 사원이 있는 곳에서, 또 다른 하나는 성 요한 예배당에서 빛난다는 이야기를 듣게 되었다. 이에 백작은 자신의 서약을 생각했으며, 하느님께서 이 불빛들을 보여 주심으로써 그곳에 교회를 갖고자 하신다고 생각했다. 그리하여 그는 즉시 그 장소를 비우고 나무들을 잘라냈으며, 할베르슈타트의 주교에게서 건설에 관한 조언을 들었다. 건물이 완성되자 루트비히는 도공과 샘물에서 이름을 가져와 교회에 라인하르츠브룬(역자 주: "라인하르트"는 아마도 샘 옆에 앉아 있던 도공의 이름인 듯함. "브룬Brunn"은 "샘"이라는 뜻)이라는 이름을 붙였다. 그곳에는 헤센과 튀링겐의 옛 방백들이 여럿 묻혀 있다.

556
단단하게 제련된 방백

룰라의 튀링겐 숲에 아주 오래된 대장간이 하나 있으니, 사람들은 오래 전부터 강하고 굽히지 않는 사람을 이런 격언으로 표현하곤 했다. "그는 룰라에서 단단하게 제련되었다."

튀링겐과 헤센의 방백이었던 루트비히는 처음에는 매우 온화하고 부드러운 사나이였으며, 누구에게나 겸손했다. 그리하여 그의 융커들과 귀족들은 오만해졌으니, 루트비히와 그의 명령을 업신여겼다. 또한 곳곳에서 백성들을 억압하고 약탈했다. 어느 날 방백은 사냥을 하러 말을 타고 숲으로 나갔다가 들짐승 한 마리를 만났다. 그는 짐승을 너무나 오래 쫓아간 나머지 길을 잃었으며, 밤이 되어 당황하게 되었다. 그때 루트비히는 나무들 사이로 불빛을 발견하고는 그쪽으로 방향을 돌려 룰라의 철공장, 혹은 숲의 대장간으로 갔다. 영주는 간단한 복장을 하고 있었으며, 사냥용 호른을 목에 걸고 있었다. 대장장이가 그에게 누구인지 물었다. "방백의 사냥꾼이오." 이에 대장장이가 말했다. "맙소사, 방백의 사냥꾼이라고! 그의 이름을 대는 자는 그때마다 주둥이를 깨끗이 닦아야만 할 거요, 가련한 주인의 사냥꾼이라니!" 루트비히는 아무 말도 하지 않았다. 그러자 마침내 대장장이가 이렇게 말했다. "오늘밤 재워 주긴 하겠소. 창고 안에서 짚을 찾을 수 있을 거요, 말과 함께 그것으로 임시변통하시오. 하지만 당신 주인 때문에 재워 주려는 건 아니오." 방백은 물러났지만, 잠을 잘 수가 없었다. 대장장이는 밤새 일을 했다. 그리고 커다란 망치로 쇠를 두드릴 때마다 매번 이렇게 이야기했다. "방백이여, 단단해 지시오, 방백이여, 쇠처럼 단단해 지시오!" 그러고는 그를 꾸짖으며 계속해서 말했다. "그대 나쁘고, 불행한 양반이여, 그대가 가난한 사람들이 살아가는 데 무슨 도움이 되고 있소? 그대의 고문관들이 백성들을 괴롭히고 그대의 입속을 헤집어 놓는 것을 보지 못하시오?" 그렇게 대장장이는 긴 밤 내내 관리들이 백성들에게 어떤 부도덕한 짓을 했는지를 이야기했다. 또한 백성들이 탄식을 하고 있으니, 그래서는 그들에게 도움을 줄 수 있는 사람이 아무도 없다는 것이었다. 기사들은 방백의 뒤에서 비웃고, 그를 소녀 방백이라고 부르며, 그를 전혀 가치 없는 사람으로 본다는 사실을 믿지 않기 때문이라는 것이었다. "우리 영주와 그의 사냥꾼들은 늑대들을 함정으로 몰고, 관리들은 붉은 여우들(금화)을 자기들 주머니로 몰아가소 있소." 대장장이는 이런 이야기들과 또 다른 이야기들을 밤새 그의 도제들에게 말했다. 그리고 망치를 내려칠 때마다 그의 주인을 꾸짖으며 쇠처럼 단단하게 되라고 명령했다. 이를 그는 아침까지 계속했다. 방백은 모든 것을 귀와 가슴에 담았으니, 그 시간 이후로 날카롭고 진지한 자세가 되었고, 순종하지 않는 자들을 압박하여 복종하도록 만들기 시작했다. 몇몇은 이를 받아들이려 하지 않았으니, 서로 동맹하여 감히 그들의 군주에게 저항하기도 했다.

557
루트비히가 자신의 귀족들과 밭을 매다

철의 루트비히가 자신의 기사들 중 그에 대항해 죄를 저지른 자 하나를 공격하자, 다른 기사들은 함께 모여 이를 용납하지 않으려 했다. 그러자 루트비히는 그들과 싸우기 위해 잘 강가의 남부르크로 와서 그들을 제압하고 붙잡아 성으로 데려왔다. 그는 필요한 말들을 하였으며 그들을 심하게 꾸짖었다. "그대들은 그대들의 맹세를, 그렇게 내게 맹세하고 서약하였건만, 악의적으로 무시하였소. 나는 원래 그대들의 배신에 충분한 보상을 하고자 했소. 그러나 그렇게 하면, 사람들은 아마도 내가 자기 부하들을 죽였다고 말할 것이오. 그대들의 재산을 빼앗는다 해도 사람들은 또한 좋게 이야기하지 않을 것이오. 그렇다고 그대들을 풀어 주면 그대들은 앞으로 나의 분노에 신경 쓰지 않게 될 것이오." 그리하여 루트비히는 기사들을 데리고 들판으로 나가 밭 위에 있던 쟁기를 찾았다. 그러고는 복종하지 않는 귀족들을 각각 네 명씩 쟁기에 묶고는 그들과 함께 고랑을 갈았다. 부하들은 쟁기를 잡았다. 루트비히는 채찍을 휘둘러 기사들을 때렸으니, 그들은 몸을 굽히고 여러 차례 바닥에 쓰러졌다. 고랑 하나가 다 뒤집어지자, 그는 다른 기사들 넷을 보내, 말로 밭을 갈듯 밭 전체를 다 갈았다. 그 후 이를 영원히 잊지 않도록 하기 위해 커다란 돌을 세워 그 밭을 알아볼 수 있게 하였다. 그러고 나서 그는 그 밭을 나라의 지배를 받지 않는 자유로운 곳으로 만들었으니, 어느 정도로 자유로웠는가 하면, 모든 범죄자들은 그들이 저지른 죄가 아무리 크더라도 그 밭에서만은 자유를 얻을 수 있었다. 또한 그 자유를 깨뜨리는 자는 목숨을 내놓아야만 하였다. 루트비히는 그 밭을 귀족의 밭이라 이름 붙였으며, 기사들을 다시 나움부르크로 데려갔다. 그들은 그곳에서 다시 한 번 루트비히에게 서약을 하고 충성을 맹세해야 했다. 그 이후 방백은 나라 전체에서 두려움의 대상이 되었다. 쟁기에 묶였던 사람들은 그의 이름이 불리는 소리를 들으면 한숨을 쉬며 부끄러워했다. 이 이야기는 독일의 모든 나라 곳곳에 퍼졌다. 이에 어떤 이들은 군주를 꾸짖으며 싫어했다. 또 어떤 이들은 배신을 했다며 관리들을 꾸짖었다. 또 어떤 사람들은 자기들이었다면 기사들을 쟁기에 묶기보다는 죽였을 거라고도 말했다. 이제 몇몇은 그들의 군주 루트비히에게 순종했으며, 군주 역시 그들을 잘 대해 주고 아껴 주었다. 그러나 또 몇몇은 이 사건을 잊지 않고, 비밀스럽게, 또 공공연하게 그의 몸과 목숨을 노렸다. 루트비히는 그런 자들을 찾아내면, 교수형에 처하거나, 목을 베거나, 익사시키거나, 통나무 속에 가둬 죽게 만들었다. 그리하여 루트비히는 남몰래 자신의 자식들과 친구들을 싫어하는 사람들을 많이 얻게 되었으니, 그 때문에 어딜 가든 항상 부하들과 함께 쇠로 된 갑옷을 입고 다녔다. 그래서 사람들은 그를 철의 방백이라고 불렀다.

558
루트비히가 성벽을 쌓다

한 번은 철의 방백이 그의 자형인 황제 붉은 턱수염 프리드리히를 남부르크의 성으로 모시고 왔다. 그곳에서 황제는 여동생의 친절한 환대를 받았으며, 한동안 그들과 함께 머물렀다. 어느 날 아침 황제는 재미삼아 산책을 했고, 건물과 주변상황을 살펴본 후 밖으로 나가 성의 앞쪽으로 뻗어 있는 산까지 나갔다. 그러고 나서 황제가 말했다. "그대의 성이 아주 마음에 드는군요. 숙소용 건물 앞에 성벽이 없는 데도 말이오. 이 성은 또한 강하고 견고하겠군요." 방백이 대답했다. "성벽에 대해서는 걱정하지 않습니다. 필요하면 바로 만들 수 있으니까요." 이에 황제가 말했다. "여기 둘레에 좋은 성벽을 얼마나 빨리 만들 수 있소?" "사흘 안에 만들 수 있습니다." 루트비히가 대답했다. 황제는 웃으며 말했다. "그렇다면 그건 기적이겠군요. 독일 내의 모든 석공들이 여기 모인다고 해도, 그런 일은 가능하지 않을 것 같소." 이제 황제가 식탁으로 갈 때가 되었다. 그러자 방백은 몰래 자신의 서기와 부하들을 불렀다. 그는 말에 사신을 태워 즉시 튀링겐의 모든 백작과 영주들에게 보내도록 조치했다. 그날 밤 최고의 무장과 장식을 한 부하들 몇 명을 데리고 성으로 오라고 전하라는 것이었다. 그리고 이 명령은 곧 실행되었다. 이른 아침 날이 새자마자, 루트비히 방백은 부하들로 하여금 다음과 같이 하도록 지시했다. 즉, 모두가 전투를 나갈 때와 똑같이 무장을 함과 동시에 황금, 벨벳, 비단과 문장이 그려진 상의로 장식을 하고서 성을 둘러싼 호수 앞에 서 있으라는 것이었다. 모든 백작과 귀족들은 앞에는 문장을 들고 있는 시종을, 뒤에는 투구를 들고 있는 시종을 세워 두었다. 그리하여 사람들은 모든 문장과 장신구를 분명하게 알아볼 수 있었다. 이제 모든 부하들이 성을 둘러싼 호수 앞에 서서 칼집에서 꺼낸 칼과 도끼를 들고 서 있었으며, 성벽의 탑이 있어야 할 곳에는 남작이나 백작이 군기를 들고 서 있었다. 이 모든 것을 비밀리에 명령하고 나서 루트비히는 자형에게로 갔다. 그러고는 어제 만들겠다고 자신했던 성벽이 완성되어 준비되어 있다고 말했다. 이에 프리드리히가 말했다. "나를 속이는 것이겠지요." 그러고는 흑마법과 같은 것을 사용했으리라 생각하며 성호를 그었다. 그러나 성을 둘러싼 호수 쪽으로 나가 수많은 장식의 화려함을 본 황제는 이렇게 말했다. "나는 지금까지 살아오면서 이보다 더 훌륭하고, 고귀하고, 값진 성벽을 본 적이 없소. 하느님과 그대에게 고백하오, 나의 처남이여. 내게 이런 것을 보여 주어 고맙소."

559
루트비히의 시신이 운반되다

1173년에 방백은 심한 병에 걸려 노이엔부르크에 눕게 되었다. 그는 자신에게 저항했던 기사들을 불러 모아 이렇게 명령했다. "나는 내가 죽게 될 것임을 알고 있소. 이 병은 낫지 않을 것 같소이다. 그래서 명령하노니, 그대들이 삶을 소중하게 여긴다면, 내가 죽은 후 외경심을 가지고 나를 땅에 묻되, 나를 그대들의 어깨 위에 실어 여기에서 라인하르츠보른까지 운반해 가시오." 기사들은 맹세와 충성으로써 이를 약속해야 했다. 왜냐하면 그들은 루트비히를 악마보다도 더 무서워했기 때문이었다. 루트비히가 죽자 기사들은 약속을 지켰으며, 그를 어깨에 매고 10마일(역자 주: 약 75km)도 더 되는 길을 걸어갔다.

560
루드비히의 영혼이 어떻게 되었는가

강철의 루트비히가 죽고 나서 그의 아들 온화한 루트비히는 아버지의 영혼에 대해서, 즉 그의 영혼이 어떻게 되었는지, 잘 지내는지, 잘 못 지내는지에 대해 알고 싶어 했다. 이를 영주의 궁정에 있던 기사 하나가 알게 되었다. 이 가난한 기사에게는 세속성직자이자, 흑마법을 쓸 줄 아는 형이 있었다. 기사는 형에게 가서 이렇게 말했다. "친애하는 형님, 강철의 방백의 영혼이 어떻게 되었는지 악마로부터 알아봐 주시기를 부탁드립니다." 이에 세속 성직자가 말했다. "새로운 군주가 너에게 더욱 잘해 줄 수 있도록 내 기꺼이 그렇게 하겠다." 세속성직자는 악한 영혼을 불러내 루트비히의 영혼에 대해 물었다. 이에 악마가 대답했다. "나와 함께 그리로 간다면 그의 영혼을 보여 주마." 세속성직자는 그렇게 하고자 했으나, 어떤 피해도 입지 않기를 원했다. 악마는 그를 건강한 상태로 다시 데리고 오겠다고 맹세했다. 그 뒤 세속성직자는 악마의 어깨에 탔고, 잠시 뒤 악마는 그를 고통의 장소로 이끌고 갔다. 그곳에서 세속성직자는 다양한 방식의 고통을 목격하였으며, 그로 인해 몸을 심하게 떨었다. 그때 다른 악마가 세속성직자의 악마를 부르더니 말했다. "어깨에 앉힌 자는 누구인가, 그도 이리 데려 오라." — "그는 우리 친구다" 악마가 대답했다. "나는 그를 해치지 않고 방백의 영혼을 보여 주겠다고 맹세했다." 이에 다른 악마는 곧 자신이 앉아 있던 구덩이의, 불타는 쇠뚜껑을 열었다. 그리고 청동 나팔을 집어 구덩이 안에 꽂아 넣고 너무나 세게 분 나머지, 세속성직자는 세상 전체가 울리고 흔들린다고 생각했다. 곧 유황냄새와 함께 불꽃과 화염이 솟아올랐고, 잠시 뒤 방백이 그 안에서 나타나 세속성직자 앞에 모습을 드러냈다. 루트비히 방백이 말했다. "보라, 나는 여기에 있도다, 가련한 방백이, 한때 너의 주인이었던 자가. 나는 하느님께서 나를 아예 처음부터 존재토록 하지 않으셨더라면 좋았을 거라고 생각한다. 그렇게 끊임없는 고통에 나는 괴로워해야만 하는구나." 세속성직자가 말했다. "주군이시여, 저는 전하의 아드님에 의해 이곳으로 보내졌습니다. 그래서 저는 아드님께 전하께서 어떻게 지내시는지, 또 무엇으로 전하를 도울 수 있는지 말해 줘야 합니다." 이에 그가 대답했다. "내가 어떻게 지내는지는 너도 잘 보았을 것이다. 내 자식들이 내가 교회와 수도원, 그리고 다른 이들에게서 폭력을 이용해 부당하게 얻어낸 재산을 돌려준다면 내 영혼에 커다란 도움이 될 것이라는 사실을 잘 알아두거라." 이에 세속성직자가 말했다. "그분들은 그 말씀을 믿지 않을 것입니다." 이에 방백은 자신의 자식들밖에 모르는 진실의 증표를 말해 주었다. 이 말과 함께 방백은 다시 구덩이 속으로 들어갔고, 악마는 세속성직자를 그곳에서 데리고 나갔다. 세속성직자는 여전히 얼굴이 누렇고 창백해서, 사람들은 그가 목숨을 잃지 않았음에도 불구하고 그를 거의 알아볼 수 없었다. 세속성직자는 루트비히의 자식들에게 그들의 아버지가 자신에게 해 준 말과 진실의 증표를 전달했다. 그러나 이는 죽은 방백의 영혼에 거의 도움이 되지 않았다. 왜냐하면 그의 자식들은 재산을 돌려주려 하지 않았기 때문이었다. 그 후 세속성직자는 자신의 영지를 모두 넘겨주고 폴케로다의 승려가 되었다.

561
바르트부르크 전쟁

1206년에 아이제나흐의 바르트부르크에서 덕성이 높고 이성적인 여섯 명의 사내들이 노래를 가지고 함께 모여 가사를 붙여 불렀으니, 후에 사람들은 이를 바르트부르크 전쟁이라고 불렀다. 이들 여섯 마이스터의 이름은 하인리히 슈라이버, 발터 폰 데어 포겔바이데, 라이마르 츠베터, 볼프람 폰 에센바흐, 비테롤프, 하인리히 폰 오프터딩겐이었다. 그들은 노래를 부르며 태양과 낮에 대해 겨뤘다. 대부분의 마이스터들은 튀링겐과 헤센의 방백이었던 헤르만을 낮에 비유했으며, 그를 다른 모든 영주들의 위에 놓았다. 그러나 하인리히만은 폰 외스터라이히 가문의 공작인 레오펠트를 더 높이 칭송했으며, 그를 태양에 비유했다. 마이스터들은 노래 겨루기에서 지는 사람은 목숨을 내놓아야 하며, 밧줄을 가지고 대기 중인 사형집행인 슈템펠로 하여금 곧바로 교수형에 처하게 한다는 데 합의를 했다. 하인리히 폰 오프터딩겐은 현명하고 능숙하게 노래를 불렀다. 그러나 최종적으로는 다른 이들이 그보다 더 뛰어났다. 그들은 교활한 말로 오프터딩엔을 빠져나갈 수 없도록 만들었으니, 질투심 때문에 그를 튀링겐의 궁정에서 제거하고 싶어 했기 때문이었다. 이에 오프터딩겐은 다른 마이스터들이 그가 승부에서 질 수밖에 없도록 잘못된 주사위를 제시했다고 불평했다. 그러나 다섯 명의 다른 이들은 슈템펠을 불러 하인리히를 나무에 매달고자 했다. 그러자 하인리히는 소피아 방백부인에게로 도망쳐 그녀의 보호 아래로 몸을 숨겼다. 이에 다른 마이스터들은 그를 내버려 둘 수밖에 없었으며, 하인리히는 협상을 통하여 그들에게서 일 년의 유예기간을 얻어냈다. 하인리히는 헝가리의 지벤뷔르겐으로 가서 마이스터 클링조어를 데려오고자 했다. 클링조어는 당시 가장 유명한 독일 직장가인으로 통했기 때문에, 그가 자신들의 싸움에 대해 내리게 될 판결이 유효할 것이라 생각했던 것이다. 또한 방백부인이 하인리히를 보호해 주기로 하였으므로 모두들 하인리히의 제안을 받아들였다.

하인리히 폰 오프터딩겐은 나라를 떠나 우선 오스트리아의 공작을 향해 갔다. 그러고는 그의 편지를 가지고 지벤뷔르겐에 있는 마이스터에게 가서 자신이 오게 된 까닭을 이야기하고 자신의 노래들을 불러 보였다.

클링조어는 그의 노래들을 매우 칭찬하며, 튀링겐으로 가서 가수들의 싸움을 중재하겠다고 약속했다. 두 사람은 여러 가지 즐거운 여흥과 함께 시간을 보냈으며, 그러는 사이 하인리히에게 허락된 시간이 다 되어 갔다. 그러나 클링조어는 여전히 여행할 채비를 하지 않았다. 하인리히는 걱정스러워져 이렇게 말했다. "마이스터여, 저는 마이스터께서 저를 곤경 속에 내버려 두셔서 혼자 슬프게 제 갈 길을 가야하게 될까봐 두렵습니다. 그러면 저는 명예를 잃게 될 것이며 살아 있는 동안 다시는 튀링겐에 가지 못할 것입니다." 이에 클링조어가 말했다. "걱정하지 마세요! 우리에겐 강한 말들과 가벼운 마차가 있으니 짧은 시간 안에 길을 갈 수 있습니다."

하인리히는 불안해서 잠을 잘 수가 없었다. 이에 마이스터는 밤에 하인리히에게 어떤 음료를 마시게 하였고, 이를 마신 하인리히는 깊은 잠에 빠졌다. 그러고 나서 클링조어는 그를 가죽으로 만든 이불 안에 넣고, 자신도 그 안으로 들어갔다. 그러고는 자신의 유령들에게 명령하여 서둘러 튀링겐 땅의 아이제나흐로 데려다주고, 또 가장 좋은 여관에 내려주라고 명령하였다. 모든 것이 명령대로 이루어졌다. 유령들은 날이 밝기 전에 그를 헬그레벤호프에 데려다 놓았다. 아침잠을 자면서 하인리히는 자신이 잘 알고 있는 종소리를 듣고 이렇게 말했다. "나는 저 소리를 자주 들은 적이 있는 것 같아요. 꼭 아이제나흐에 와 있는 것만 같습니다." — "꿈을 꾸고 계시는 거겠지요" 하고 마이스터가 말했다. 하인리히는 일어나 주위를 둘러보고 정말로 튀링겐에 와 있다는 것을 알아차렸다. "우리가 여기에 와 있게 된 것에 대해 하느님께 감사드립니다. 여기는 헬그레벤하우스군요! 그리고 여기 성-게오르크-문과 그 문 앞에 서 있는 사람들, 밭으로 나가려는 사람들이 보입니다."

두 사람이 도착했다는 사실이 곧 바르트부르크에 알려졌다. 방백은 낯선 마이스터를 명예롭게 맞이하고 선물을 가져다주라고 명령했다. 사람들이 오프터딩겐에게 어디에서 어떻게 지냈느냐고 물어보자, 그는 이렇게 대답했다. "어제 나는 지벤뷔르겐에서 잠들었는데, 아침 미사 시간에 깨어보니 여기에 와 있었다네. 어떻게 그렇게 된 것인지는 나도 알지 못하네." 마이스터들이 노래를 부르고 클링조어가 이에 대해 판결을 내리기 전까지 그렇게 며칠이 지나갔다. 어느 날 밤 그는 한 여관의 정원에 앉아서 꼼짝도 않고 별들을 바라보았다. 사람들이 하늘에서 무얼 보고 있느냐고 물었다. 클링조어가 말했다. "오늘밤 헝가리의 왕에게 딸이 하나 태어날 것이오. 그 아이는 아름답고 성스러울 것이며, 방백의 아들과 결혼하게 될 것이라는 사실을 알아두시오."

이 소식이 헤르만 방백에게 전해지자, 그는 기뻐하며 클링조어를 바르트부르크 성으로 초대하여, 명예롭게 환대하며 영주의 식탁으로 데려갔다. 식사 후에 클링조어는 가수들이 앉아 있는 기사들의 집으로 가 오프터딩겐을 해방시켜 주려고 했다. 클링조어와 볼프람이 맞서 노래를 불렀다. 그러나 볼프람은 많은 의미를 교묘하게 담아 노래를 불러 이길 수가 없었다. 이에 클링조어는 자신의 유령들 중 하나를 불렀다. 그러자 유령은 젊은 사내의 모습으로 나타났다. "나는 말을 많이 해서 너무 피곤해졌소"라고 클링조어가 말했다. "볼프람이여, 내가 시종을 한 명 보낼 것이니, 그가 한동안 그대와 겨뤄 줄 것이오." 유령은 세계의 시작으로부터 은총의 시간에 이르기까지의 내용에 대한 노래를 시작했다. 그러나 볼프람은 영원한 말씀의 신적인 탄생에 관한 내용으로 주제의 방향을 돌렸으니, 빵과 포도주의 성스러운 변화에 대해 말하는 순간까지 왔을 때, 악마는 입을 다물고 그곳에서 물러날 수밖에 없었다. 클링조어는 볼프람이 학식 있는 말들로 신의 비밀에 대해 노래하는 것을 모두 함께 듣고는, 그가 분명히 학자이기도 할 것이라고 생각했다. 그들은 곧 헤어졌다. 볼프람은 티첼 고찰크의 집에 머무르고 있었으며, 그 집은 시내 한복판의 빵가게 건너편에 있었다. 밤이 되어 그가 잠이 들자 클링조어는 다시 악마를 보내 볼프람이 학자인지 아니면 평범한 지식을 가진 사람인지를 시험해 보도록 했다. 그러나 볼프람은 단지 하느님의 말씀을 배웠을 뿐 무지했으며, 다른 기술에는 경험이 없었다. 이에 악마는 그에게 하늘의 별들에 관한 노래를 불렀으며, 마이스터가 풀 수 없는 질문을 던져 놓았다. 볼프람이 아무 말도 하지 못하자, 악마는 크게 웃으며 돌로 만들어진 담에 손가락으로 — 담이 마치 부드러운 반죽이라도 되는 듯이 — 다음과 같이 썼다. "볼프람, 너는 아는 게 없구나 싹둑싹둑!" 이후에 악마는 사라져 버렸으나 이 글은 벽에 그대로 남아 있었다. 기적을 보려는 사람들이 많이 찾아왔기 때문에 집 주인은 기분이 상했고, 벽에서 글이 새겨진 돌을 떼어내 호르젤 강에 던져 버렸다. 이런 일들을 벌여놓은 클링조어는 왕의 허가를 받아 선물과 하사품을 가지고 시종들과 함께 사라져 버렸으니, 그곳으로 왔을 때와 똑같이 이불 속에 들어앉아 그가 있던 곳으로 돌아갔다.

562
바르트부르크의 루터 박사

루터 박사는 바르트부르크 성에 앉아 성경을 번역했다. 악마는 그것이 마음에 들지 않아 그의 성스러운 작업을 방해하려 했다. 그러나 악마가 이를 막 시도하려 하였을 때, 루터는 그가 쓰고 있던 잉크통을 악마의 머리에 집어 던졌다. 오늘날에도 그 방과 루터가 앉았던 의자, 그리고 잉크가 날아가 생긴 벽의 얼룩을 볼 수 있다.

563
어린이 루트비히와 엘리자베트의 결혼

헝가리에서 엘리자베트가 태어나던 날 밤, 바르트부르크에 있던 마이스터 클링조어는 엘리자베트가 튀링겐의 어린 루트비히와 결혼하게 될 것이라는 사실을 별들을 보고 알았다. 널리 알려진 방백 헤르만은 1211년에 남녀로 구성된 훌륭한 사신들을 헝가리의 왕에게 보냈다. 헝가리 왕의 딸 엘리자베트를 자기 아들의 부인으로 맞을 수 있도록 튀링겐으로 보내 달라는 부탁을 하기 위해서였다. 사신들은 기쁜 마음으로 말과 마차를 타고 갔으며, 가는 길에 어떤 곳을 들리든 훌륭한 접대를 받았다. 헝가리 땅에 도착하자 왕과 왕비는 그들을 친절하게 맞이하였다. 안드레아스는 착하고 도덕적인 남자였으며, 왕비는 여행을 떠나는 자신의 어린 딸을 금과 은으로 장식하고 은으로 만든 요람에 태워 튀링겐으로 보냈다. 또한 은 욕조와 금반지, 자색 천과 비단으로 만든 훌륭한 이불, 침대보, 값비싼 장신구, 온갖 가재도구들도 함께 보냈다. 여기에 그녀가 클 때까지 사용될 수천 마르크의 금화를 보냈으며, 사신들에게도 풍부하게 보상을 해 주었다. 방백에게는 두려움 없이 평화 속에 살기를 바란다는 말을 전하도록 했다. 엘리자베트가 보모와 함께 튀링겐에 도착했을 때 그녀는 네 살이었고, 그녀의 남편인 루트비히는 열한 살이었다. 엘리자베트는 튀링겐에서 커다란 환영을 받았으며, 바르트부르크 성으로 데리고 가졌다. 두 아이들은 성년이 될 때까지 모든 노력을 다해 키워졌다. 엘리자베트의 성스러운 삶, 그리고 그녀가 헤센과 튀링겐의 바르트부르크와 마르부르크에서 일어나게 만든 기적에 대해서는 적어야 할 이야기가 매우 많다.

564
어린이 하인리히 폰 브라반트

방백이자 왕인 하인리히[43]가 죽음으로써 튀링겐-헤센의 대가 끊기자, 상속권을 놓고 긴 분열이 시작되었고 결국은 이로 인해 튀링겐과 헤센이 분열되었다. 모든 헤센 사람들, 그리고 또한 많은 튀링겐 사람들이 성스러운 엘리자베트의 딸이자 브라반트 공작의 부인이었던 소피아의 편을 들었으며, 어린이 하인리히(1124년생)라 불리는, 아직 성년이 되지 못한 그녀의 아들을 진정한 주군으로 인정하였다. 반면 폰 마이센 후작은, 자신의 삼촌인 하인리히의 죽음으로 나라가 후견인에게 상속되었다는 이유를 들어 나라의 소유권을 주장하였고, 군대와 함께 튀링겐을 습격했다. 당시에는 나라의 곳곳에서 전쟁과 도적질이 들끓었다. 민중들의 전설에 따르면, 후작이 아이제나흐를 점령했을 때, 그는 헤센의 편을 들던 한 남자를 바르트부르크의 절벽에서 집어던지도록 하였다고 한다. 그런데 그는 허공에서 여전히 큰 목소리로 다음과 같이 외쳤다고 한다. "튀링겐은 폰 브라반트 가문 아이의 것이다!"

소피아는 헤센에서 나와 아이제나흐까지 갔다. 그러나 사람들은 문을 걸어 잠그고 그녀를 들여보내려 하지 않았다. 그리하여 소피아는 도끼를 들어 성 예르겐문을 내리쳤다고 하며, 그 사실의 징표는 이백 년이 지난 뒤에도 여전히 그 떡갈나무로 만든 문에서 볼 수가 있다.

역사기록자들은 예의 그 남자가 벨스페헤라는 이름을 가진 아이제나흐 백성이었다고 한다. 그는 마이센 사람들을 섬기려 하지 않았기 때문에, 두 번이나 투석기에 실려 성벽에서 아래쪽 도시로 내던져졌지만 다치지 않았다. 그러나 그가 여전히 자신의 발언을 끈질기게 고집하자 세 번째로 내던

43 그는 루드비히 방백과 형제였으며, 방백의 미망인이었던 성스러운 엘리자베트를 심하게 다루었고, 전설에 따르면 그녀의 외동아들이었던 헤르만을 독살시켰다.

져졌고 결국 목숨을 잃었다.

565
소피아 부인의 장갑

소피아가 세 살 난 아들과 함께 브라반트에서 헤센으로 왔을 때, 그녀는 아이제나흐로 가서 폰 마이센 가문의 후작인 하인리히와 대화를 나눴다. 자신에게 헤센을 다시 돌려줬으면 한다는 것이었다. 이에 영주는 이렇게 답했다. “기꺼이 그렇게 하겠습니다, 너무나도 친애하는 사촌누님. 충실한 제 손이 누님과 누님의 아들에게 닫혀 있어서는 안 되지요.” 그가 그렇게 이야기를 하고 있을 때, 궁내대신 헬비히 폰 슐로트하임과 그의 동생인 헤르만이 와서 그를 뒤쪽으로 데리고 가 말했다. “주인님, 무엇을 하려 하시는 겁니까? 한 발은 하늘에 두고 다른 한 발은 바르트부르크에 두시는 건 불가능합니다. 그보다는 발 하나를 하늘에서 빼내어 바르트부르크 위에 두시는 것이 좋을 것입니다.” 영주는 돌아와 다시 소피아에게 말하였다. “친애하는 사촌누님, 저는 이 문제에 대해서 생각을 해 봐야겠습니다. 제가 믿는 사람들의 충고도 들어봐야겠습니다.” 그러고는 그녀의 권리를 인정하지 않은 채 떠났다. 이에 방백 부인은 슬퍼져서 쓰디쓴 눈물을 흘리며 손에서 장갑을 벗고 외쳤다. “아, 모든 정의의 적, 너 말이다, 악마여! 내 장갑을 저 엉터리 고문관들과 함께 가져가거라!” 그녀는 장갑을 허공에 던졌다. 그러자 장갑은 사라져서 다시는 볼 수 없었다. 고문관들도 후에 편히 죽지는 못했다고 한다.

566
빰을 물린 프리드리히

튀링겐의 방백 무례한 알브레히트는 아내에 대한 사랑과 신의를 모두 다 잊어버리고 군다 폰 아이젠베르크라 불리는 다른 여성에게 매달렸다. 그는 방백 부인에게 기꺼이 독을 먹이고 싶었으나, 그렇게 할 수가 없었다. 그래서 바르트부르크 성에 매일 부엌 땔감을 가져다주는 당나귀 몰이꾼에게, 만일 마치 악마가 그렇게 해 놓은 것처럼 밤에 아내의 목을 부러뜨려 놓으면(역자 주: 악마는 보통 이런 식으로 사람을 죽인다고 한다.) 돈을 주겠다고 약속했다. 맡은 일을 위해 정해진 시간이 되자 당나귀 몰이꾼은 당황하여 생각했다. 내가 가난하긴 하지만, 신앙심이 깊고 존경받는 부모님을 모시고 살았다. 그런 내가 악당이 되어 내 영주의 부인을 죽여야 하는 것인가? 그는 마침내 방백 부인의 방에 몰래 숨어들어 침대 앞에서 그녀의 발밑에 무릎을 꿇고 이렇게 말했다. "용서하십시오, 친애하는 부인이시여!" 그녀가 말했다. "그대는 누구인가?" 사내는 자신이 누구인지를 밝혔다. "무엇을 한 것인가? 술에 취했는가, 아니면 미친 것인가?" 당나귀 몰이꾼은 대답했다. "목소리를 낮추시고, 제가 어찌해야 좋을지 말씀해 주십시오! 제 주인께서 부인을 죽이라고 명령했기 때문입니다. 이제 어떻게 하면 우리 두 사람이 목숨을 부지할 수 있겠습니까?" 이에 그녀가 말했다. "가서 나의 궁내의전담당관을 오라고 전하라." 궁내의전담당관은 방백 부인에게 즉시 아이들과 이별을 하고 떠나라는 조언을 해 주었다. 이에 방백 부인은 아들의 침대 곁에 앉아 눈물을 흘렸다. 궁내의전담당관과 시녀들은 그녀에게 서두르라고 재촉했다. 다른 방도가 없었기에 방백 부인은 아이들을 축복했으며, 프리드리히라는 이름의 큰 아들을 붙잡고 여러 번 키스를 했다. 또한 아이를 동경하는 엄마의 마음에서 그의 볼을 깨물었으니, 프리드리히는 그로 인하여 평생 동안 간직하게 될 흉터를 얻었다. 그리하여 그는 빰을 물린 프리드리히라 불리게 되었다. 방백 부인은 다른 아들도 깨물려고 했다. 궁정의 전담당관은 부인을 말리며 이렇게 말했다. “아이들을 죽일 생각이십니까?” 그녀가 말했다. “나는 아이가 크고 난 뒤에 나의 고통과 이 이별을 생각하도록 하기 위해 아이를 물었습니다.”

그렇게 방백부인은 보석들을 챙겨서 기사들의 숙소로 갔다. 그곳에서 궁정의전담당관은 부인을 여인 한 명, 소녀 한 명, 그리고 당나귀 몰이꾼과 함께 창문을 통해 밧줄을 타고 아래로 내려가도록 해 주었다. 그날 밤 방백부인은 당시 헤르스펠트 수도원 원장의 소유이던 크라인베르크로 도망쳤다. 그 관리는 부인을 그곳으로부터 풀다까지 가게 해 주었다. 수도원장은 방백 부인을 명예롭게 맞이하였으며, 그녀를 안전하게 프랑크푸르트로 인도하였고, 부인은 그곳의 성처녀 수도원에 거처를 마련했다. 그러나 방백 부인은 이미 다음 해에 비탄으로 인하여 죽고 말았다. 그녀는 프랑크푸르트에 묻혔다.

567
프리드리히 후작이 그의 딸이 젖을 먹도록 해 주다

물린 흉터가 있는 프리드리히는 나중에 아버지와 로마 왕을 상대로 전쟁을 치렀다. 이때 상대편이 아이제나흐를 가혹하게 점령해 버렸고, 프리드리히는 바르트부르크 성에서 포위를 당하고 말았다. 이 어려움 속에서 그의 부인이 여자 아이를 낳았다. 아기가 태어난 지 8일이 되고, 더 이상 성에서 버틸 수가 없게 되자, 프리드리히는 궁정하인과 보모, 딸 등 모두 열두 명의 일행과 함께 말 위에 올라앉았으며, 밤을 틈타 성에서 빠져나와 숲 속으로 달렸다. 그러나 그렇게 비밀스럽게 빠져나가지는 못했으니, 아이제나흐의 감시병들이 이를 눈치 채고 말았다. 병사들은 빠르게 그들 뒤를 따라왔으며, 도망가는 도중에 아기는 거세게 소리를 지르며 울었다. 곧 프리드리히는 그가 앞서서 달리도록 한 보모에게 아이가 왜 그런지 물었으며, 조용히 하게 하라고 소리쳤다. 이에 보모가 대답했다. "주인님, 젖을 주지 않으면 조용해지지 않을 것입니다." 이에 그는 전체 행렬을 멈춰 세우고 말했다. "이 추격 때문에 나의 딸에게 무언가 부족한 것이 생겨서는 안 된다. 전체 튀링겐을 대가로 주게 되더라도 말이다!" 이제 그는 딸과 함께 서서 딸이 배불리 젖을 마실 때까지 부하들과 함께 적들의 공격을 방어했다. 그리하여 후작은 적을 막아냈으니, 뒤를 따라오는 적들로부터 달아나는 데에 성공했다.

568
궁사 오토

헤센의 방백 강철의 하인리히는 아들 둘과 딸 하나를 낳았다. 그는 큰아들 하인리히가 자신의 대를 이어 나라를 소유하는 것으로 결정했다. 다른 아들인 오토는 높은 학교로 보내 그곳에서 공부를 하고 후에 성직자가 되도록 했다. 그러나 오토는 성직자가 되는 것에는 별 관심이 없었으니, 좋은 말 두 마리를 사고 좋은 갑옷을 입은 채 강력한 석궁을 들고 아버지 모르게 말을 타고 나갔다. 라인 강가에 이르러 폰 클레베 공작의 궁정에 도착했을 때, 그는 자신을 궁사로 소개하고 공작에게 종사하기를 희망했다. 공작은 그의 섬세하면서도 강인한 모습이 마음에 들었기에 그를 기꺼이 받아들였다. 오토는 자신이 기술이 뛰어나고 능숙한 궁사라는 사실을 보여 주었으며, 또한 성실하기도 해서 그의 주군은 곧 그를 선호하여 다른 이들보다 더 신뢰하게 되었다.

그사이 오토의 형인 젊은 하인리히가 일찍 세상을 떠났다. 그러자 방백의 딸과 결혼한 브라운슈바이크의 공작이 늙은 주인의 죽음을 탐욕스럽게 기다렸다. 세상에 태어난 다른 상속자인 오토에 대해서는 아무도 아는 이가 없었으며, 모두들 그가 죽었다고 믿고 있었기 때문이었다. 이에 헤센은 커다란 슬픔 속에 빠졌다. 모두가 브라운슈바이크의 공작을 좋아하지 않았기 때문이었다. 특히 늙은 방백이 그러했으니, 그는 커다란 근심 속에 살아야만 했다. 그 사이 궁사 오토는 클레베에게 중요한 인물이 되었고, 공작의 딸인 엘리자베트와 사랑하는 사이가 되었다. 그러나 그는 자신의 높은 신분은 비밀로 하였다.

그렇게 몇 해가 지나갔다. 그러던 어느 날 하인리히 폰 홈부르크라는 이름의 헤센 귀족이 아헨으로 순례를 가기로 결정했다. 그는 순례도중 클레베를 지나가게 되었기에, 오래전부터 알고 있던 공작을 방문했다. 궁정에 들어서서 오토를 본 홈부르크는 즉시 그를 알아보고 자신의 주군에게 당연히 해야 하는 예를 갖춰 몸을 숙였다. 이때 막 자신의 창문 앞에 서 있던 공작은 그 기사가 자신의 궁사에게 보여 준 공손함에 놀랐다. 그리하여 그는 손님을 불렀으니, 그로부터 모든 진실과 함께 하인리히의 모든 유산이 이제 오토에게 가게 될 것이라는 사실을 알게 되었다. 이에 공작은 기뻐하며 오토가 자신의 딸과 결혼하는 것을 승낙하였고, 오토는 곧 자신의 신부와 함께 헤센의 마르부르크로 갔다.(오토, 1322년 출생, 1366년 사망)

569
필립스 방백과 농부의 부인

필립스 방백은 정체를 드러내지 않고 나라를 돌아다니며 백성들의 상태를 살피기를 즐겨했다. 한 번은 그가 사냥을 나갔다가 머리에 아마실 한 뭉치를 이고 가는 농부 부인을 만났다. "무얼 가지고 어딜 가시는가?"하고 방백이 물었다. 방백은 간단한 복장을 하고 있었기 때문에 농부 부인은 그가 누구인지 알아보지 못했다. 그녀는 이렇게 대답했다. "실 뭉치랍니다. 이걸 가지고 도시로 가려고 해요. 그걸 팔아서 방백이 공지토록 한 세금을 내려고요. 나 자신이 온갖 일에 그 실 뭉치가 필요한데도 말이에요." 농부 부인은 험난한 시대에 대해 가엾게 불평했다. "세금을 얼마나 내야 하는가?" 영주가 말했다. "1 지역굴덴이에요." 농부 부인이 말했다. 이에 방백은 자신의 지갑을 집어 들고 그만큼의 돈을 꺼냈으니, 실 뭉치를 그대로 가지고 있을 수 있도록 그 돈을 농부 부인에게 주었다. "아, 하느님께서 보상을 내려주시기를, 친애하는 융커시여!" 여인이 외쳤다. "난 그 돈이 방백의 심장에 올라앉아 불타기를 바라고 있었어요!" 농부 부인이 제 갈 길을 가게 하고 나서 기분이 좋아진 영주는 자신의 부하들에게로 돌아와서 웃는 목소리로 이렇게 말했다. "이 놀라운 거래를 보라! 나는 악한 소망을 내 돈으로 샀구나."

570
사슬에 걸어 매달기

헤센의 필립 방백이 한동안 황제에게 붙잡혀 있어야 했다. 그사이 군대가 그의 나라를 덮쳐 지겐하인을 제외한 모든 성들을 휩쓸어 버렸다. 지겐하인에는 주군에게 진정으로 충성을 지키는 하인츠 폰 뤼더가 있었으니, 어떤 대가를 치르더라도 성을 건네주지 않고 용감하게 방어하고자 했다. 마침내 방백은 자유로운 몸이 되었으나, 황제의 명령에 따라 헤센에 도착하자마자 끈질긴 하인츠 폰 뤼더를 지겐하임 성문에 사슬로 매달아야만 했다. 또한 이를 위해 황제의 의원 하나가 증인으로 그와 함께 보내졌다. 지겐하인에 도착한 필립은 자신의 신하와 기사들, 그리고 황제의 사신을 한 자리에 모았다. 그러고는 황금 사슬을 가지고 그의 가장 높은 부하를 벽에 매달도록 했으나, 그에게 전혀 해가 가지 않도록 했다. 그러고는 즉시 그를 다시 내리도록 한 후, 그의 용맹함에 대한 커다란 찬사와 함께 황금 사슬을 그에게 선사했다. 이에 황제의 사신이 이의를 제기하였다. 그러나 방백은, 자신은 그를 매달게 하겠다는 약속을 정확하게 지켰으며, 자신은 다른 것을 의미한 것이 아니었다고 단호하게 설명했다. — 그 귀한 보물은 뤼더 가문에 명예롭게 보관되었으며, 그 가문이 사라져 버린 오늘날에는 빌메로데에 있는 셴크의 귀족 가문에게서 전해지고 있다.

571
모리츠 폰 헤센 방백

옛날에 한 사병이 모리츠 방백에게 종사하고 있었다. 그는 매우 좋은 옷을 입고 다녔으며 주머니에 항상 돈이 있었다. 그러나 그가 받는 임금은 그와 그의 부인, 아이들이 그렇게 당당하게 살아갈 수 있을 만큼 큰 돈이 아니었다. 이에 다른 군인들은 그가 어디에서 부를 얻는지 알지 못했고, 이를 방백에게 알렸다. 그러자 방백은 이렇게 말했다. "내가 한번 알아보겠다." 밤이 되자 방백은 늙은 거지처럼 낡은 아마포로 된 가운을 입고, 그 위에 조악한 배낭을 하나 메고는 그 군인에게로 갔다. 군인은 무엇을 원하느냐고 물었다. — 혹시 하룻밤 재워 줄 수 있으신지요? — 몸이 청결하고 벌레를 지니고 있지 않다면 그렇게 하지요, 하고 군인이 말했다. 그러고는 그에게 먹을 것과 마실 것을 주었다. 방백이 식사를 마치자 군인은 이렇게 말했다. "만약 비밀을 지킬 수 있다면 이따가 밤에 나와 함께 나가시지요. 그러면 당신이 평생 구걸을 하지 않아도 될 수 있도록 해 줄 무언가를 드리겠소." 방백이 말했다. "예, 비밀을 지킬 수 있습니다. 제 입을 통해서는 아무것도 새나가지 않을 것입니다." 그 다음 두 사람은 잠을 자러 갔다. 그러나 군인은 우선 그에게 깨끗한 셔츠를 주었다. 침대에 벌레가 들어가지 않게 하기 위해 방백은 자기 옷을 벗고 그것을 입어야 했다. 이제 두 사람은 침대에 누웠고, 곧 자정이 왔다. 그러자 군인이 그 불쌍한 자를 깨워 말했다. "일어나서 옷을 입고 나와 함께 갑시다." 방백은 시키는 대로 했다. 그들은 함께 카셀을 돌아다녔다. 군인은 속수자(續隨子, 역자 주: Euphorbia lathyris. 마법의 힘을 가지고 있다고 믿어진다) 뿌리를 가지고 있었는데, 그가 그것을 상점의 자물쇠에 갖다 대면 자물쇠들이 열렸다. 두 사람은 상점 안으로 들어갔다. 군인은 그러나 엘레(역자 주: 독일의 옛 치수단위)나 크기가 원래 그래야 하는 것보다 더 큰 부분 중 일부만을 가졌으며, 자산에는 손을 대지 않았다. 그

중 일부를 그는 거지의 지갑에 넣어 주었다. 그렇게 함께 카셀을 돌아다니다가 거지가 말했다. "방백의 보물창고에 갈 수만 있다면!" 군인이 대답했다. "내가 보여 주지요. 거기에는 상인들의 경우보다 조금 더 많은 것들이 있습니다." 이제 그들은 성으로 갔다. 군인이 속수자 뿌리를 철문에 댈 때마다 문들이 모두 열렸다. 두 사람은 보물창고에 도달할 때까지 계속 나아갔으니, 그곳에는 금덩어리들이 쌓여 있었다. 방백은 손을 내밀어 마치 금 한 주먹을 집어넣으려는 것처럼 행동했다. 그러나 그것을 본 군인은 그의 따귀를 세 번 강하게 때렸다. 그리고 나서 말했다. "나의 자비로운 영주님 것은 아무것도 가져가서는 안 되오. 그분께는 충성을 다해야 합니다!" — "그렇게 화내지 마시오." 하고 거지가 말했다. "아직 아무것도 가져가지 않았잖소." 그 뒤 두 사람은 함께 집으로 돌아가서 다시 아침이 올 때까지 잠을 잤다. 아침이 되자 군인은 그 가련한 자에게 우선 먹을 것과 마실 것을 주더니, 돈까지 조금 건네주었다. 그러고는 이렇게 말했다. "돈이 다 떨어져서, 더 필요하게 되거든 걱정 말고 내게 오시오. 구걸을 해서는 안 되오."

방백은 성으로 돌아와, 아마가운을 벗고, 영주의 옷을 입었다. 그 뒤 경비대장을 불러 이 군인, 저 군인들로 하여금 — 그리고 그때 밤에 함께 돌아다닌 군인의 이름을 댔다 — 자신의 문을 지키게 하라고 명령했다. 아, 군인은 생각했다, 거기에 무슨 문제가 있는 것인가, 나는 아직 한 번도 경비를 서 본 적이 없잖아. 하지만 은혜로운 영주께서 시키시는 일이니 괜찮겠지. 군인이 이제 문 앞에 서자 방백은 그를 들어오게 하여 그가 왜 그렇게 항상 멋지게 옷을 입으며, 그 돈을 누가 주는지 물었다. "저와 제 부인은 일을 해서 돈을 벌어야 합니다." 하고 군인은 대답했으며, 더 이상 자백하려 하지 않았다. "그것만으로는 그 많은 돈을 벌 수 없다" 하고 방백이 말했다. "그대는 뭔가 다른 걸 가지고 있음에 틀림없다." 군인은 그러나 동의하지 않았다. 그러자 마침내 방백이 이렇게 말했다. "나는 그대가 내 보물창고에 들어왔으며, 내가 거기 있을 때 나의 따귀를 때렸다고 생각한다."

군인은 그 말을 듣고 깜짝 놀랐으니, 너무 놀란 나머지 바닥에 쓰러지고 말았다. 방백은 시종들로 하여금 그를 일으켜 세우게 했다. 그리고 군인이 다시 정신을 차리고 자비로운 처벌을 부탁했을 때 이렇게 말했다. "그대가 그대의 소유가 아닌 것은 아무것도 건드리지 않았기 때문에 나는 모든 것을 용서해 주겠소. 그리고 그대가 내게 충성스럽다는 것을 보았기 때문에 내가 특별히 신경을 써 주고자 하오." 방백은 그가 줄 수 있는 가장 좋은 직위를 군인에게 주었다.

572
하느님께서 빵과 소금을 축복하시다

우리 독일 사람들 사이에서는 손님을 맞이한 사람이 식사 후에 다음과 같이 말하는 것이 일반적인 관습이다. "최고는 아니었지만, 그 정도로 만족해 주시길 바랍니다." 언젠가 이런 일이 있었다. 영주가 사냥에 나가 들짐승을 쫓다가 부하들로부터 멀어졌고, 하루 낮과 하룻밤 동안 숲 속에서 헤매게 되었다. 마침내 그는 한 숯쟁이의 오두막에 이르렀으니, 오두막의 주인이 문간에 서 있었다. 배가 고팠던 영주는 다음과 같이 말했다. "아, 운이 좋았구나! 그대가 가진 것 중 가장 좋은 것이 무엇인가?" 숯쟁이가 대답했다. "하느님께서 함께 하시니 모든 것이 풍족합니다." — "그렇다면 그대가 가진 것을 가져다주시게나."하고 영주가 말했다. 이에 숯쟁이는 들어가서 한 손에는 빵 한 조각을, 다른 한 손에는 소금이 담긴 접시를 가지고 나왔다. 영주는 그것을 받아서 먹었다. 배가 고팠기 때문이었다. 그는 기꺼이 감사를 표하고 싶었으나, 돈을 지니고 있지 않았다. 그래서 그는 은으로 된 등자 하나를 풀어 숯쟁이에게 주고는, 자신을 올바른 길로 데려다 달라고 부탁했다. 숯쟁이는 영주가 시키는 대로 했다.

성으로 돌아온 영주는 부하들을 보내 숯쟁이를 데려오도록 했다. 숯쟁이는 성으로 왔으며, 선물 받은 등자를 가져왔다. 영주는 그를 환영하고 식탁 앞에 앉도록 했다. 또한 그의 신상에 어떤 괴로움도 일어나지 않을 것이라는 말로 그를 안심시켰다. 식사를 하는 도중 영주가 물었다. "이보시게, 최근에 한 사내가 그대 곁에 있었네. 주위를 둘러보게. 그 사람이 여기 식탁 앞에 함께 있는가?" 숯쟁이가 대답했다. "제 생각에는 영주님께서 아마도 그분이신 것 같습니다." 이 말과 함께 그는 등자를 꺼내며 이야기를 계속했다. "이것을 다시 가지고 싶으십니까?" — "아니다." 영주가 대답했다. "그것은 그대에게 선물한 것이니, 그냥 가지고 기뻐하라." 식사가 끝나고 사람들이 일어서자 영주는 숯쟁이에게 가서 어깨를 치며 말했다. "자, 이보시게, 최고는 아니었네만, 그 정도로 만족해 주길 바라네." 이에 숯쟁이가 몸을 떨었다. 영주가 왜 그러는지 물었다. 그가 대답하길, 말할 수 없다고 하였다. 영주가 말하라고 다그치자, 그가 이야기했다. "아, 영주님! 영주님께서 최고가 아니었다고 말씀하셨을 때, 영주님 뒤에 악마가 서 있었습니다!" — "그것이 사실인가" 하고 영주가 말했다. "그렇다면 나 역시 내가 본 것을 이야기하겠다. 내가 그대의 오두막 앞에 이르렀을 때, 그대가 가진 가장 좋은 것이 무엇인지 물었다. 그리고 그대는 '하느님께서 함께 계시며 모든 것이 충분하다!'고 대답했다. 그때 나는 그대의 뒤에 하느님의 천사가 서 있는 것을 보았다. 그래서 나는 빵과 소금을 먹고, 만족해했다. 앞으로는 나 또한 최고가 아니었다는 말을 하지 않고자 한다."

573
니다

한 백작부인이 그녀를 태운 당나귀가 가장 먼저 멈추는 곳에 성을 짓겠다고 맹세했다. 이제 당나귀가 질퍽한 곳에 멈춰 서자 그녀는 이렇게 외쳤다고 한다. “거기가 아니야, 거기가 아니야!”(역자 주: 원문은 “Nit da, nit da!(Nicht da, nicht da!)” “닛다, 닛다!”로 발음된다.) 그러나 당나귀만은 아무것도 두려워하지 않았으니, 그 짐승을 다른 곳으로 데려갈 수가 없었다. 그리하여 백작부인은 정말로 그곳에 성을 지었고, 그 성은 후에 주변에 생겨난 도시와 함께 니다라는 이름을 얻었다. 그 주위에 있는 초원은 에젤비제(역자 주: 당나귀초원)라고 불리게 되었다.

이에 대해 당시 백성들 사이에 일반적으로 널리 퍼져 있던 이야기 몇 가지를 반세기 전 동네 아이들은 알고 있었다. 그 이야기들은 아마도 지금은 소실되어 버린 듯하나, 빙켈만이(헤센의 묘사, 6권 231쪽. 2권 193쪽 참조) 역시 구전되는 전설에서 수집한 것으로 보이는 다른 이야기가 그에 가까울 것으로 추측된다. 빨간 턱수염 프리드리히 시절에 니다의 기사이자, 도둑기사였던 베르톨트는 여행자들을 더 확실하게 붙잡기 위해서 말의 편자를 뒤집어 박도록 했다. 그리고 그는 나라와 길 곳곳을 헤집고 돌아다니며 커다란 해를 끼쳤다. 이에 황제는 그의 군대를 도둑성인 알텐부르크 앞으로 불러 모으고 그를 강력하게 밀어붙였다. 그러나 베르톨트는 항복하려 하지 않았다. 이 위기 속에서 백작부인은 성에서 자유롭게 떠나는 것에 대해 협상을 하였으며, 마침내 군대의 지휘자로부터 그녀가 짐을 가득 싫은 당나귀, 그리고 그녀가 자신의 어깨 위에 짊어질 수 있는 것들만을 가지고 자유롭게 떠난다는 데 대한 동의를 얻어냈다. 그러나 분명한 조건이 하나 있었으니, 그녀는 단지 그녀가 가지고 있는 것들 중 최고의 물건들만 실을 수 있으며, 백작 역시 그 당나귀 위에 타서는 안 된다는 것이었다. 이에 그녀는 어린 세 아들만을 데려와 그 짐승 위에 실었고, 그녀의 주인은 자신의 등에 매달아 데리고 산을 내려왔다. 그렇게 그녀는 베르톨트를 구했으나 곧 힘이 다해 더 이상 앞으로 나아갈 수 없었다. 피로해진 당나귀도 진창 속에 박혀버리고 말았다. 후에 백작부인은 그들이 그렇게 밤을 보내고 불을 피웠던 자리에 세 아들을 위해 세 개의 성을 지었으니, 그곳이 바로 오늘날 니더-니다가 있는 곳이다. 알텐부르크 성은 파괴되었으나, 여전히 커다란 아치형 지붕과 지하실이 남아 있으며, 그곳에 보물이 숨겨져 있다는 전설이 널리 퍼져 있다. 땅을 파본 주민들은 말의 발에 거꾸로 박아 붙일 수 있는 편자들을 발견했다고 한다.

574
폰 마울스부르크 가문의 기원

헤센의 가장 오래된 귀족에 속하는 폰 마울스부르크 가문 사람들은 다음과 같은 이야기를 전한다. 카를 대제가 베스트팔렌의 부룬스베르크를 정복했을 때, 그는 많은 고생을 한, 검증된 부하들에게 보상을 하고자 했다. 카를 대제는 들판에서 오토라는 이름의 한 고귀한 사내를 자기 앞으로 불러, 멀리 자신이 가리킨 바위와 산에 경계를 긋고, 그와 그의 후손들을 위해 성을 지을 수 있도록 해 주었다. 그 고귀한 사내는 주변 지역을 둘러보고, 경계를 긋고, 또 그것을 얻어내기 위해 바위 위로 올라섰다. 그 높은 곳에서 그는 세 송이의 하얀 꽃이 핀 가시 덩굴을 발견했고, 이를 집어 표식으로 삼았다. 왕이 후에 그에게 산이 마음에 드는지 물었을 때, 그는 위에서 세 송이의 하얀 장미가 핀 가시덩굴을 발견했다고 말했다. 그러자 왕은 자신의 황금 방패를 두 개의 똑같은 조각으로 잘라 주었으니, 위쪽에는 사자 한마리가, 아래쪽에는 세 송이의 백장미가 있었다. 후에 오토는 그렇게 표시된 땅에 자신의 성을 짓고 이를 말스부르크라 불렀다. 그 이름은 이후로 오토의 자손에게 남게 되었으며, 오토의 자손들은 왕이 하사한 방패를 오늘날까지 대대로 물려주고 있다.

575
폰 만스펠트 백작 가문의 기원

하인리히 황제가 골데네 아우에에 있는 발하우젠의 성에 자신의 궁정을 두고 있었을 때, 그의 기사들 중 하나가 밭을 하나 갖게 해달라고 부탁했다. 골데네 아우에와 맞닿아 있는 곳에 한 셰펄(역자 주: 곡물 계량 단위. 50~180리터)의 보리 씨앗을 뿌릴 수 있는 크기의 밭을 달라는 것이었다. 왕은 용맹함 때문에 그 기사를 사랑했기에 깊이 생각하지 않고 부탁을 들어주었다. 그러자 기사는 한 셰펄의 보리를 들고 나가 후에 만스펠트 백작령이 된 곳의 경계에 뿌렸다.

그러나 이는 다른 기사들의 질투를 불러일으켰고, 그들은 황제에게 그의 은총이 잘못된 해석으로 악용되었다고 밀고했다. 그러나 황제는 웃으며 답했다. “일단 한 번 내뱉은 말은 뒤집을 수 없다! 그곳은 그 사내의 밭(역자 주: “그 사내의 밭”의 원문은 “데스 만네스 펠트 des Mannes Feld”)이다!” 이렇게 하여 만스펠트라는 이름이 생겨났으며, 이 백작의 문장에는 문장을 만드는 장인들이 작은 빵이라 부르는 보리의 씨앗이 그려져 있다.

576
헤네베르크

고귀한 가문의 사내가 독일로 이주해 와서 평화와 적당한 보금자리를 찾으려 했다. 프랑켄의 어떤 지역에 도착했을 때 그는 마음에 드는 산을 하나 발견했다. 산을 둘러보려고 그쪽으로 말을 타고 달리고 있을 때, 그의 앞에서 새끼를 데리고 있는 흑뇌조 암컷 한 마리가 날아올랐다. 그리하여 그는 흑뇌조를 자신의 문장에 그려 넣었으며, 그 산에 헤넨베르크(역자 주: 흑뇌조는 독일어로 "비르크헤네Birkhenne")라는 이름을 붙이고, 그 위에 여전히 우리의 눈앞에 서 있는 아름다운 성을 지었다. 산 옆에는 쾨뢰(쟁기를 돌리는 굽은 길인 케레?)가 있었는데, 그는 그곳에 부하들이 즐겁게 시간을 보낼 수 있는 숙소를 하나 짓고, 그 이름을 쾨뢰라 하였다.

577
여덟 명의 브루노

오래전에 쿠베른푸르트의 집에서 겝하르트 백작이 그의 부인과 함께 작센을 지배하고 있었다. 백작부인은 남편이 없는 사이 아홉 명의 아이를 한꺼번에 낳았는데, 이에 대해 그녀는 시녀들과 함께 매우 놀랐다. 백작부인은 이제 무엇을 어떻게 해야 좋을지 알지 못했다. 왜냐하면 의심이 많은 그녀의 남편이, 올바른 일이 벌어졌다는 것, 한 여자가 한 남자로부터 한꺼번에 아홉 명의 아이를 가질 수 있다는 것을 쉽게 믿지 않을까봐 걱정을 해야만 했기 때문이었다. 특히 그는 한꺼번에 둘, 혹은 세 명의 아이를 낳은 여자들에 대해 여러 차례 어려운 생각을 말한 적이 있었으며, 그러한 여자들을 명예롭게 생각하도록 그를 설득할 수 있는 사람은 아무도 없었다. 이러한 두려움 속에서 백작부인은 시녀들과 상의를 하여 여덟 명의 아이들을 없애버리고 가장 튼튼한 아홉 번째 아이만 남겨 두기로 의견을 모았다(이 막내 아이는 부르크하르트라고 불렸고, 후에 로타르 황제의 할아버지가 된다). 그리하여 하녀들 중 한 명이 곧 여덟 명의 아이들을 냄비 안에 넣어 들고 가라는 명령을 받았다. 냄비를 돌로 무겁게 만든 후 카셀성 아래에 있는 방앗간 위쪽 연못 물속에 가라앉혀 익사하게 만들라는 것이었다.

이 부인은 아침 일찍 냄비를 받아들고 아이들을 성 밖으로 데리고 나갔다. 그런데 바로 그 시간에 백작의 형제인 신성한 브루노가 새벽 기도를 하기 위해 들판으로 나왔다. 산 아래에 있는 아름다운 샘물(후에 부룬스샘물이라 불림) 옆에서 이리저리 걷고 있을 때, 부인의 모습이 브루노의 눈에 띄었다. 그녀는 무언가를 두려워하는 듯 서둘러 길을 가고 있었다. 브루노는 지나가면서 냄비 속의 아이들이 부인의 외투 속에서 낑낑거리며 우는 소리를 들었다. 그는 놀라서 그녀가 무엇을 들고 가는지 물었다. 여인이 즉시 "어린 개들입니다"라고 대답했는데도 불구하고, 브루노에게는 그것이 어린 강아지들의 소리처럼 들린다고는 전혀 생각되지 않았다. 그리하여 그는 도대체 그것이 무엇인지 직접 보고자 했다. 브루노는 그녀의 외투를 휙 벌렸으며, 그녀가 여덟 명의 작은 아기를 들고 있는 것을 보았다. 너무나 놀란 브루노는 두려움에 굳어 버린 여인을 다그쳐, 아이들을 어디에서 데려왔으며, 아이들은 누구의 것인지, 그리고 아이들을 어떻게 하려고 하는 것인지를 즉시 말하도록 했다. 그녀는 덜덜 떨면서 모든 진실을 이야기했다. 그 뒤 브루노는 이 사실을 그 누구에게도 말하지 말 것이며, 아이들의 어머니에게도 명령을 수행했다는 것 외에는 다른 말을 하지 않도록 엄하게 지시했다. 그는 아이들을 분수로 데려가 씻어주고, 모두에게 브루노라고 이름을 붙여 주었다. 또한 불쌍한 고아들의 거처를 마련해 주는 데에 성공하였으니, 한 명 혹은 두 명은 성 아래의 방앗간에, 나머지 아이들은 근처의 다른 장소에서 자라도록 해 주었다. 그는 아이들을 기르도록 명령받은 사람들에게 돈을 주고, 그 사실을 비밀에 부쳐 그 누구에게도 발설하지 말라고 지시했다. 이는 브루노가 다시는 돌아오지 않겠다고 결심한 채 마지막으로 크베른푸르트를 떠나 프로이센으로 가게 될 때까지 계속되었다. 크베른푸르트를 떠날 때 브루노는 그의 형제인 겝하르트에게 무슨 일이 일어났었는지, 아이들이 어떻게 태어났으며, 어떻게 목숨을 부지하게 되었고, 어디에서 만날 수 있는지를 이성적으로 설명해 주었다. 겝하르트는 우선 그의 부인에게 불친절하게 대가를 치르도록 하지 않을 것이며, 모든 것을 하느님의 기적이자 은총의 결과로 이해하겠다는 약속을 해야만 했다. 그 다음 성스러운 브루노는 겝하르트의 부인에게로 가서 모든 사실을 밝히고, 그녀의 부정한 의심을 꾸짖었다. 이에 커다란 고통과 기쁨이 함께 생겨났다. 여덟 명의 아이들이 불려 왔으니, 모두가 똑같은 옷을 입고 그들의 부모 앞에 소개되었다. 아이들을 소개받은 부모에게는 부정과 모정의 마음이 끓어올랐다. 사람들은 아이들의 외모와 태도에서 그들이 아홉 번째 아이의 진짜 형제들임을 알 수 있었다. 여인이 여덟 명의 강아지들을 담아 성에서 데리고 나갔던 냄비는 오늘날까지도 크베른푸르트에서 볼 수 있다. 이 이야기를 잊지 않도록 하기 위해 사람들은 그 냄비를 쇠사슬에 붙여 성 교회의 위쪽 합창대 앞, 돌로 된 둥근 천장에 매달았던 것이다. 연못은 오늘날에도 여전히 늑대(강아지)연못, 일반적으로는 벨러연못이라고 불린다.

578
당나귀초원

성스러운 브루노는 부활절 목요일에 기도를 한 후 프로이센으로 가서 이교도를 개종으로 이끌기 위해 자신의 형제인 겝하르트를 떠났다. 그가 이제 크베른푸르트 가까이에 있는 녹색 초원에 이르렀을 때, 그의 노새, 혹은 당나귀가 멈춰 섰으니, 앞으로도 뒤로도 움직이려 하지 않았다. 때려도, 채찍질을 해도, 박차를 가해도 소용이 없었다. 이에 겝하르트와 그를 인도하던 다른 사람들은 브루노가 이 길을 가는 것이 하느님의 뜻이 아니라고 결론 내렸다. 그리하여 그들은 브루노를 설득하여, 그는 마침내 다시 크베른푸르트의 성으로 돌아갔다. 그러나 그날 밤 그 성자는 그 일을 다시 생각하게 되었으니, 커다란 슬픔에 빠져 마음의 평온을 찾지 못했다. 브루노는 마침내 행진을 감행하였고 프로이센에서 이교도들에게 붙잡혀 괴롭힘을 당한 끝에 죽고 말았다(1008년 혹은 1009년). — 사람들은 그가 죽은 후 당시 그 짐승이 서 있던 자리에 오늘날까지 에젤슈테트(역자 주: "에젤"은 "당나귀"를 뜻함)의 예배당이라 불리는 성스러운 건물을 지었다. 그리고 매년 부활절 목요일에 특별 사면을 베풀었다. 그래서 백성들은 크베른푸르트의 당나귀초원으로 대규모의 성지순례를 했으며, 후에는 이 성지순례로부터 1년에 한 번씩 열리는 큰 장이 생겨났으니, 해가 뜰 때부터 질 때까지 주변에 사는 많은 사람들이 활기차게 몰려들곤 했다.

579
탈만 폰 룬데르슈테트

탈만 폰 룬데르슈테트는 튀링겐의 수도인 에어푸르트와 적대적인 관계 속에 살았다. 한 번은 예나와 칼라 사이, 로텐슈타인 옆의 잘 강가에서 적들에게 격렬하게 공격을 당하여 도망치는 것이 불가능할 것 같았다. 그러나 이 위기의 순간에 탈만은 말과 함께 절벽에서 잘 강으로 뛰어들어 운 좋게 도망쳤다. 탈만은 성공했던 것이다. 10만 명의 다른 사람들에게는 성공하지 못할 일이었을 것이다.

580
트레푸르트의 헤르만

14세기 전반에 트레푸르트에는 헤르만 폰 트레펜이라는 이름의 기사가 살았다. 그는 정사를 즐겼으며 많은 존경받을 만한 여인들과 처녀들의 명예를 더럽혀서, 그가 사는 지역의 어떤 아버지도 열두 살이 넘은 딸을 집에 두기 어려웠다. 그러나 헤르만은 동시에 매우 신앙심이 깊어서 미사에 성실히 참여하고, 성모 마리아의 성무일도를 커다란 신앙심을 가지고 암송하였다. 헤르만은 어느 날 다시 정사를 위해 말을 타고 가려 했으며, 습관에 따라 우선 성모 마리아의 성무일도를 커다란 신앙심을 가지고 암송했다. 이제 밤의 어둠 속에서 홀로 말을 타고 헬러슈타인을 달리다가 그는 길을 잘못 들어 산의 높은 절벽 위에 이르렀다. 말이 주춤하자, 기사는 어떤 짐승을 무서워하는가 보다 생각하고 화가 나서 박차를 가했다. 그리하여 말은 그를 태운 채 높은 절벽에서 뛰어내려 떨어져 죽고 말았으며, 헤르만의 안장과 칼집 속의 칼도 여러 조각으로 부서져 버렸다. 그러나 기사는 떨어지면서 성모를 불렀으니, 그는 한 여인의 손에 의해 부드럽게, 전혀 다치지 않고 땅 위에 내려진 것 같다고 생각했다.

이 놀라운 구원 이후 헤르만은 아이제나흐의 수도원으로 들어가 자신의 삶을 개선하고 모든 재산을 하느님을 위해 바쳤다. 그러고는 맨발과 덥수룩한 머리로 빵을 구걸했다. 1347년에 죽음이 다가왔을 때에도 그는 다른 경건한 기독교인들 옆에 자신의 무덤을 갖고자 하지 않았다. 자신의 순결하지 못한 행위를 더욱 단호하게 속죄하기 위해 헤르만은 고향에 있는 리프프라우엔 교회와 성벽 사이의 순결하지 못한 곳에 묻히고자 했다. 그리고 이는 그의 뜻대로 이루어졌다.

581
폰 글라이헨 백작

루트비히 폰 글라이헨 백작은 1227년 다른 이들과 함께 이교도들과 싸우러 나섰다가 붙잡혀 노예가 되었다. 그는 자신의 신분을 숨겼기에 다른 노예들과 함께 가장 힘든 일들을 해야만 했다. 그러다가 그는 마침내 특별한 재능과 모든 일에서 드러나는 기품 때문에 술탄의 아름다운 딸의 눈에 들었으니, 그녀의 마음은 사랑으로 불타올랐다. 그녀는 함께 잡힌 그의 부하들을 통해 루트비히 백작의 신분을 알게 되었다. 술탄의 딸은 몇 년간 몰래 그와 함께 산 끝에, 그가 자신과 결혼하기를 원한다면 그를 풀어 주고 많은 보물을 주겠다고 약속했다. 백작은 고향에 부인과 두 아이를 두고 왔으나, 자유에 대한 갈망이 승리를 했다. 그리하여 루트비히 백작은 교황과 첫 번째 부인의 동의를 얻어 낼 것을 기대하며 술탄의 딸에게 모든 것을 허락했다. 두 사람은 그 뒤 운 좋게 탈출하여 기독교 세계에 도착했다. 그리고 아름다운 이교도 여인이 세례를 받자 교황은 그들이 소망하는 결혼을 허락했다. 두 사람은 튀링겐으로 떠나 1249년에 그곳에 도착했다. 두 명의 부인은 글라이헨에서 처음으로 만났고, 그 장소는 프로이덴탈(역자 주: "기쁨의 계곡"을 뜻함)이라 불렀다. 그곳에는 오늘날에도 여전히 같은 이름을 가진 집이 서 있으며, 아직도 둥글게 부풀려져 있는 지붕을 가진 녹색의 삼인용 침대를 볼 수 있다. 또한 톤나에서는 터키식 터번과 사라센 여인의 황금 십자가를 볼 수 있다. 그녀가 포석을 깔도록 한 성에 이르는 길은 오늘날까지도 튀르켄벡(역자 주: "터키 길"을 뜻함)이라고 불린다. 폰 키르히베르크 성백들은 아이제나흐에 있는 그들의 성 파렌로데에 오래된 벽지를 가지고 있는데, 그 벽지에 이 이야기가 짜 넣어져 있다고 한다. 세 명의 부부는 에어프루트에 있는 페테르스베르케 성에 묻혔으며, 그들의 그림이 비석에 새겨져 있다.(프랑켄슈타인의 <*Annal. nordgaviens.*>에 정확하게 기록되어 있음)

582
그랍스펠트의 굶주림

그랍스펠트에 커다란 기아가 닥쳤을 때 한 사내가 궁핍으로부터 도망치려 아내와 어린아이 하나를 데리고 튀링겐으로 이주했다. 튀링겐으로 가는 도중 한 숲 속에서 비참함에 사로잡힌 사내는 부인에게 이렇게 말했다. "우리 아이를 잡아 그 고기를 먹는 것이 우리 자신이 음식이 없어 여위는 것보다 낫지 않겠소?" 부인은 그러한 커다란 범죄에 반대했다. 그러나 굶주림에 짓눌린 사내는 결국 아이를 엄마의 손에서 폭력으로 빼앗았으며,

하느님의 자비가 미리 손을 쓰지 않았더라면 자신의 뜻을 행동으로 옮겼을 것이다. 왜냐하면 그는 — 후에 그가 튀링겐에서 자주 이야기했던 것처럼 — 아들을 죽이기 위해 칼을 빼들었을 때 멀리서 두 마리의 늑대가 암사슴 한 마리를 덮쳐 갈기갈기 찢고 있는 것을 보았던 것이다. 사내는 즉시 아이를 내려놓고, 늑대를 그들이 아직 거의 손대지 못한 짐승의 고기로부터 쫓아냈고, 살아 있는 아들과 발견한 음식을 가지고 부인에게로 돌아갔다.

583
크로펜슈테트의 비상수단

니더작센의 오래된 지역 하르틴가우에 있는 작은 도시 크로펜슈테트의 상징은 크로펜슈테트의 비상수단이라 불리는 커다란 은그릇이며, 이 그릇은 도시의 시청에 보관되어 있다. 사람들은 이 고귀한 작품에 열네 명의 아이들이 누워 있는 열세 개의 요람과 한 개의 통이 깔끔하게 그려져 있는 것을 볼 수 있다. 이 그릇에는 또한 라틴어로 된 글씨가 여러 줄로 빽빽하게 새겨져 있으니, 그 글씨들은 이 지역 사람들이 자세히 전하는 이야기를 말해 주고 있다. 오래전에 소 키우는 사내가 그곳에 살았는데, 그 사내는 한 해에 열두 명의 여인들로부터 열네 명의 사내아이를 얻었다. 아이의 엄마들은 그러나 요람을 열세 개밖에 준비하지 않았으니, 요람이 충분하지 않았기 때문에 열네 번째 아이는 통, 혹은 타원형 그릇 속에 눕혀야만 했다.

584
한 해의 날들만큼 많은 아이들

학에서 1마일쯤 떨어진 곳에 로스여이넨(로이스덴)이라는 작은 마을이 있는데, 그곳의 교회에는 오늘날에도 여전히 다음과 같은 글이 새겨진 두 개의 세례반이 보존되고 있다. "이 두 개의 세례반에서 모든 아이들이 세례를 받았다." 그리고 그 옆에 걸린 판에는 어떤 사건에 대한 기억이 라틴어와 네덜란드어 운문으로 보존되어 있으니, 이에 대해 민속전설은 다음과 같은 이야기를 전한다. 오래전에 그 마을에, 어떤 사람들에 따르면 마르가레타라고 하고, 또 다른 사람들에 따르면 마틸데라고 하는 백작부인이 살았으며, 그녀는 헤르만 폰 헨네베르크 백작의 부인이었다. 그녀는 또한 간단하게 폰 홀란트 백작부인이라고 일컬어지기도 한다. 어느 날 한 가난한 여인이 쌍둥이를 팔에 안고 백작부인을 찾아와 자비로운 적선을 부탁했다. 그러나 백작부인은 그녀를 꾸짖으며 이렇게 말했다. "눈앞에서 사라지시오, 뻔뻔스러운 거지여! 한 여인이 한 아버지로부터 두 명의 아이를 동시에 갖는 것은 불가능하오!" 가난한 여인은 대답했다. "그렇다면 나는 하느님께 간청하오니, 하느님께서 당신에게 한 해의 날만큼 많은 아이를 한 번에 낳도록 해 주시기를 바랍니다!" 그 뒤에 백작부인은 임신을 했고 하루에 삼백육십오 명의 아이들을 낳았다. 이 일은 1270(1276)년에 벌어졌으니, 백작이 43세 되던 해였다. 아이들은 모두 살아서 우트레히트의 주교였던 귀도에 의해 놋쇠로 된 세례반에서 세례를 받았고, 사내아이들은 모두 요하네스, 여자아이들은 모두 엘리자베트라는 이름을 받았다. 그들은 모두 어머니와 같은 날 죽었으며, 마을 교회의 한 무덤에 어머니와 함께 묻혔다. — 델프트의 교회에는 이 사건을 기리는 기념비가 있다고 한다.

585
폰 오를라뮌데 백작부인

오를라뮌데의 백작 오토는 1340년(다른 이들에 따르면 1275년이나 1280년, 혹은 1298년)에 죽었다. 그는 죽음과 함께 폰 메란 공작의 가문에서 태어난 젊은 과부 아그네스와, 그녀와의 사이에서 낳은 세 살짜리 아들과 두 살짜리 딸을 뒤에 남겨 두게 되었다. 플라센부르크 성에 살고 있던 이 과부는 다시 결혼을 하고자 했다. 한 번은 뉘른베르크의 성백인 아름다운 알브레히트의 이야기가 그녀에게 전해졌으니, 그는 이렇게 말했다는 것이었다. "네 개의 눈만 아니었다면 나는 그 아름다운 부인에게 내 몸을 바쳤을텐데!" 백작부인은 그의 말이 자신의 두 아이들을 의미하며, 아이들이 새로운 결혼을 방해한다고 생각했다. 정열에 눈이 먼 백작부인은 하이데르, 혹은 하게르라는 이름의 시종을 불러, 많은 보상으로 그를 사로잡아 두 아이들을 죽이도록 했다. 민속전설에 따르면 아이들은 암살자에게 아첨을 하며 두려움 속에 이렇게 부탁했다고 한다. "하이데르 씨, 저를 살려주세요! 그러면 제가 오를라뮌데를 드릴게요, 새로 얻은 플라센부르크도 드릴게요. 후회하지 않을 거예요"하고 사내아이가 말했다. 여자아이는 이렇게 말했다. "하이데르 씨, 살려주세요, 제가 제 인형을 다 드릴게요." 살인자는 그러나 이에 마음이 동하지 않았고, 끔찍한 행위를 완수했다. 그가 후에 다른 범죄행위 때문에 붙잡혀 태형을 당하기 위해 누워 있을 때, 그는 다음과 같이 고백했다. 살려 달라고 부탁을 할 때 이미 자신의 지배권을 나눠 줘야 한다는 사실을 알고 있던 어린 주인을 죽인 것을 너무나 후회하고 있으며, 소녀의 순진무구한 어린 발언을 생각하면 그 후회는 백 배나 더 크다는 것이었다. 두 아이의 시신은 힘멜스크론 수도원에 안장되었으며, 이 사건을 영원히 기억하기 위해 안장된 시신이 순례자들에게 신성한 것으로 전시되고 있다.

다른 전설에 따르면 백작부인은 아이들을 스스로 죽였다고 하며, 그것도 연약한 두개골에 바늘을 찔러 넣어 죽였다고 한다. 그러나 성백이 말한 네 개의 눈은 그의 부모의 눈이었으며, 그는 그 후에도 백작부인과 결혼하지 않았다. 어떤 사람들에 따르면 백작부인은 양심의 고통 때문에 맨발로 로마까지 갔다고 하며, 다시 돌아오자마자 힘멜스크론 수도원의 교회문 앞에서 죽었다고 한다. 더 자주 이야기되고 있는 바에 따르면, 백작부인은 안쪽에 바늘과 못이 박혀 있는 신발을 신고 플렌스부르크로부터 힘멜스크론까지 1마일 반(역자 주: 약 11.25km)의 거리를 걸어갔다고 하며, 교회에 들어서자마자 곧 죽어 쓰러졌다고 한다. 그녀의 유령은 성 안에서 떠돌고 있다고 한다.

역자 후기

1. 그림 형제의 『독일전설』 수집과 출판

그림 형제는 『어린이와 가정을 위한 동화(Kinder- und Hausmärchen)』 초판에 붙인 1812. 10. 18.자 서문에서 전설의 수집에 처음 언급하였다. 동화집과 별도로 전설집 출간을 예정하고 있는데, 지역적 민간전설은 "실재하는 장소 또는 역사적 주인공들에 연계되어 있는 점에서 동화와 구별"된다는 것이다. 전설 수집은 형 야콥과 동생 빌헬름이 각각 21세 및 20세이던 1806년으로 거슬러 올라간다. 이듬해인 1807년부터 문헌적 출처에 구전자료를 더하는 방식으로 동화와 전설의 수집이 본격적으로 시작되었다. 1809년 당시의 광범위한 색인에 따르면, 그림 형제는 수집된 전설자료의 출간을 『독일전설』 제1권 지역전설(초간 1816)과 제2권 역사전설(초간 1818)에 이어 나머지 전설과 상세한 주해로 구성될 제3권(또는 제3권 전설 및 제4권 주해)으로 마무리할 계획이었다. 그러나 추가 출판은 저자들의 생전에 이루어지지 못하고 제2권 초간 후 175년이 지난 뒤에야 비로소 부분적으로 실현되어, 유고로 남아 있던 자료 가운데 161개 항목이 1993년 제3권[44]으로 출간되었다.

수집과정에서 동화(민담 Märchen)와 전설(Sage)은 엄격하게 구분되지 않고 1815년까지도 '전설'이 통합개념처럼 사용되곤 하였는데, 초판 출판(1812, 1815)을 계기로 두 장르의 개념이 분화하여 1816년 간행된 『독일전설』 제1권의 서문 제1장 '전설의 본질'에서 상세히 정의되었다. "동화는 좀 더 시적이고 전설은 좀 더 역사적이어서, 전자가 타고난 화사함과 완성

44 Brüder Grimm: Deutsche Sagen. 3 Bde. Hrsg. von Hans-Jörg Uther und Barbara Kindermann-Bieri. München: Diederich 1993.

도를 보이며 거의 그 자체만으로 확고히 서 있다면, 전설은 색깔의 다채로움은 조금 덜해도 무언가 알려지고 의식된 것, 특정의 장소, 또는 역사를 통해 확인된 특정한 이름에 매여 있는 점에서 고유성을 지닌다."는 것이다. 오늘날 일반화한 유사 장르들의 개념 — 신화, 전설과 성담(성자전: 종교적 전설), 민담(동화), 우화, 재담(소담) 등 — 이른바 문학의 '단순형식들'이 독일문학사에서 학술용어로 정착하는 시발점을 그림 형제가 제공하였다.

『독일전설』의 편집은 야콥이 거의 단독으로 진행하였다. 그는 동화 수집의 초기단계를 주도하다가 편집에서 출판에 이르기까지 실질적인 작업을 동생 빌헬름에게 넘겼던 반면, 전설 부분은 거의 혼자 편집을 마친 뒤 동생 빌헬름에게 맡겨 출판을 진행시켰다. 그렇게 베를린의 출판사 니콜라이 서적에서 출간된 제1권의 판매는 동화집에 비하여 부진하였고 비평계의 초기 반응도 미온적이었다. 동화집은 여성을 포함한 폭넓은 일반 독자층을 대상으로 하여 성공할 수 있었으나, 전설집에 관심을 가질 독자는 "이른바 역사연구가들"일 것이라는 야콥의 예상이 적중하였다. 그러나 그에게는 판매실적보다는 전설의 학술적 가치가 더 중요하였고, 이러한 편집 방침이 『독일전설』을 특징짓고 그 수용을 좌우하였다.

그림 형제의 전설집과 동화집은 자료의 출처와 수집방법에서부터 차별화될 수밖에 없었다. 전설의 주요 출처는 문서보관실 자료, 연대기, 괴담서와 기적서, 여행안내서, 기존의 전설집(특히 오트마르-나흐티갈[1800]과 비스[1815]의 『민간전설(Volkssagen)』) 등이었다. 동화집 자료의 큰 몫을 16~18세기 문학이 차지한 것과 달리 전설집의 문학적 출처는 거의 전적으로 중세문학에 한정되었고, 전설 수집에서 구전자료가 차지하는 비중(제1권 지역전설 363[362]편 중 70편 이상, 제2권 역사전설 222편 중 겨우 5편)도 동화집에 비해 현저하게 낮았다. 그림전설은 그 출처의 조건 때문에도 종종 핵심이 없고 무미건조한 기록문서처럼 느껴지거나, 동일 주제의 반복으로 피로감을 야기하기도 한다. 예컨대 특정 사건, 명칭, 전통 등의 원인을 설명하는 기원설 계열의 전설들이 그러하다. 그림전설이 광범위한 독자층을 확보하기 어려웠던 다른 원인은 앞서 지적한 대로 야콥이 선택한 선별 및 편집의 원칙에도 있었다. 동화집 편집에서 빌헬름은 동화의 원형 또는 이상적 형상을 도출하려는 목표 아래 수집 당시의 원문에 예술적·문체적 윤문과 첨삭을 가하였으나, 야콥은 편집자의 가필로 전설 원본을 '오염'시키고 '혼탁'하게 만드는 것을 극구 반대하였다.

학술적 가치가 문학적 예술성을 능가하는 점에서 『독일전설』은 그림 형제의 전체 저술 가운데 예술과 학술의 전환기에 위치한다. 야콥 그림의 단독 저서인 『독일어 문법(Deutsche Grammatik)』(1819) 이후에 그림 형제는 오로지 학술적 저술에만 전념하였으니, '문법 이전 단계'의 마지막 공동작업이 곧 『독일전설』이다. 이 전설집은 민요, 민담(동화), 전설과 성담, 신화 등 민속문학의 발견과 부흥이라는 낭만주의 운동의 종결부에 해당한다. 이 운동은 아르님(Achim von Arnin)과 브렌타노(Clemens Brentano)의 민요집 『소년의 마술피리(Des Knaben Wunderhorn)』(1806~1808, 3권)에서 시작하여 그림 형제의 동화집에서 정점에 이르렀는데, 민요 수집에서는 브렌타노가 구전자료의 정확한 재현을, 아르님이 예술적 편집을 각각 주창하여 '자연시 Naturpoesie'(구전문학)와 '예술시 Kunstpoesie'(창작문학)에 관한 논쟁을 촉발하였고, 이 논쟁이 야콥의 전설집 및 빌헬름의 동화집 편집에도 이어진 것이다.

『독일전설』의 초판본이 언제 매진되었는지는 확인할 수 없으나 야콥 그림의 사망(1863) 이전이었을 것이다. 빌헬름의 아들 헤르만 그림(Herman Grimm)이 야콥 사후 1864년 12월 첫 출간을 예고하여 1865~1866년 베를린의 니콜라이 서적에서 제2판 증보판이 나왔다. 그 사이에 그림 형제의 전설집은 넓은 독자층은 아니어도 전문가들에게는 기본서로 인정받았고, 오늘날까지도 독일전설의 표준으로 간주된다. 민요 수집의 대가 아르님이 『독일전설』 제2권 출간(1818. 4.) 이후 발표한 서평이 공식적인 첫 찬사였다. 아델베르트 폰 샤미소는 중세독일어 서사시를 번안한 자신의 『가련한 하인리히(Der arme Heinrich)』(1837)의 첫 연 헌사에서 그림 형제의 전설집과 동화집을 이렇게 예찬하였다. — "그대들 내게 정원을 열어 주고, / 전설의 보고를 드러내셨소. / 도취한 나의 귓속을 저 동화세계 / 마술의 음향으로 채워 주셨소."

2. 원전의 구성

그림 형제는 동화집 제목에는 — 필시 국제적 보급을 염두에 두고 — 사용하지 않은 '독일'이라는 한정어를 전설집 제목에 앞세움으로써 특히 제1권 지역전설에 부각된 전승문학의 '조국애' 경향에 부응하는 한편, 고대 로마 작가 오비디우스의 『변신』에서 유래하는 전설의 전통과 그 구전문학적 함의를 부각시켰다. 『독일전설』에 수록된 전설들의 지역적 분포를 보면, 독일어권 거의 전체를 포괄하되 각 지역의 비중이 일정하지는 않다. 야콥 그림이 필사본에 덧붙인 목록 원고에는 엘자스에서 슈바벤과 스위스를 거쳐 프랑켄, 헤센, 튀링겐에 이르는 30개 지역이 수록되었는데, 니더작센/알트작센(49편), 튀링겐(39편), 프랑켄(35편), 헤센(27편), 스위스(24편)가 가장 자주 등장한다. 제1권의 구성원칙으로는 그러나 지역별 분류보다는 주제와 화소에 따른 배열이 주도적이어서, 마법에 걸린 처녀의 화소(9~13번), 사라진 지배자들(21~28번), 난쟁이(29~48번), 물의 요정[물귀신](51~67번), 전쟁(169[168]~170[169][45]) 등이 자주 다뤄진다. 직업군이 배열기준인 경우로 광부(1~3번), 사냥꾼(257[256]~258[257]번) 등도 눈에 띈다. 전체적으로 제1권의 배열에서는 독자가 지루해 하지 않도

45 제1권 목차의 항목번호(1~363)에서 괄호 [ ] 안의 숫자는 그림 형제의 초판(베를린 1816. 수록 항목 번호: 1~362)을 재현한 하인츠 뢸레케 판(프랑트푸르트 1994)의 것이다. 헤르만 그림의 제2~3판 증보판(베를린 1865/1866, 1891)에서는 초판 제2권 본문 뒤에 추가되었던 6개 항목 가운데 1개('폰 보니카우 부인')를 제1권 70번으로 추가하여 이후 363번까지 항목번호가 1씩 늘어나 있다.

록 지역・주제・화소・직업 등에 따른 '혼합원칙'이 적용된 것인데, 브렌타노의 『소년의 마술피리』와 그림 형제의 동화집도 같은 원칙에 따라 구성되었다.

제2권 역사전설은 게르만족 시대부터 종교개혁까지 약 1500년간의 시기를 포괄하는데, 제1권과 달리 연대기적 순서로 배열되었다. 야콥 그림의 자필 목록에는 다음과 같이 분류기준이 기재되어 있다.

① 364~368[363~367][46]: 게르만
② 369~387[368~386]: 고트
③ 388~412[387~407], 446~449[441~444]: 롬바르드(랑고바르드)
(446~449[441~444]: 동시에 케를링거[카롤링거])
④ 413~420[408~415], 453[448], 551[545]: 작센
(453[448] 이하: 동시에 케를링거[카롤링거],
551[545]: 동시에 튀링겐)

46 헤르만 그림의 증보판에 기초한 뮌헨 간행본(Jacob und Wilhelm Grimm: Deutsche Sagen. Zwei Bände in einem Band. München: Winkler 1956; Sonderausgabe für die Wissenschaftliche Buchgesellschaft, Darmstadt 1965)에서 제2권 목차의 항목번호는 364번으로 시작하여 초판(베를린 1818)에 근거한 룉레케 판의 항목번호(363~579)보다 1~6씩 늘어나 있다. 야콥 그림은 최초 목록에서 579개였던 제2권 전체 항목의 본문 뒤에 6개 항목을 추가하여 간행하였는데, 헤르만 그림은 그 가운데 1개('폰 보이카우 부인')를 제1권 70번으로, 나머지 5개를 제2권에 394, 399, 403, 411, 454번으로 본문에 편입하여 제1~2권 전체 항목의 번호가 585(1권 1~363, 2권 364~585)로 늘어났다. 그림 형제의 초판 제2권 말미의 6개 추가항목 가운데 1개(헤르만 그림 판본 제1권 70번)를 제외한 5개를 하인츠 뢸레케(Deutsche Sagen. Hrsg. von den Brüdern Grimm. Ediert und kommentiert von Heinz Rölleke. Frankfurt a. M. 1994. Sonderausgabe für die Wissenschaftliche Buchgesellschaft Darmstadt 1999)는 392, 396, 399, 406, 448번 항목 다음에 각각 392b, 396b, 399b, 406b, 448b번 항목으로 삽입하였다. 결과적으로 그림 형제의 초판과 뢸레케 간행본에서는 제1권이 362번, 제2권이 579번으로 끝나지만, 각권의 전체 수록항목 수는 헤르만 그림 판본에서와 다르지 않다.

⑤ 423~440[418~435]: 메로빙거

⑥ 440~467[436~461]: 케를링거[카롤링거]

⑦ 450~452[445~447], 547~549[541~543]: 프리시아(프리슬란트)

(450~452[445~447]: 동시에 케를링거[카롤링거])

⑧ 468~496[462~490]: 독일 황제

⑨ 497~502[491~496]: 바이에른

⑩ 503~511[497~505]: 오스트리아

⑪ 512~520[506~514]: 스위스

⑫ 521~533[515~527], 420[415], 421[416], 456[450]: 슈바벤

(420[415]: 동시에 작센, 456[450: 동시에 케를링거[카롤링거])

⑬ 536~545[530~539]: 아우스트라시아

(역자 주: 아우스트라시아: 프랑켄 왕국 동부지역, 네우스트리아: 서부지역)

⑭ 550~563[544~557], 415[410], 416[411], 425[420]: 튀링겐

(415[410] 이하: 동시에 작센, 425[420]: 동시에 메로빙거)

⑮ 564~574[558~568]: 헤센-튀링겐

575~585[569~579]: 위 분류에 맞지 않거나, 정확히 분류할 수 없거나, 추후에 추가된 항목

야콥 그림은 위와 같은 분류 원칙에 더하여 각 항목의 제목 아래에 출처를 명시함으로써 출처 이외에 항목별 선행판본 또는 병행판본의 존재를 암시하였다.

3. 번역 원본

그림 형제의 사후(야콥 1863, 빌헬름 1859 사망)에 빌헬름의 아들 헤르

만 그림(Herman Grimm, 1828-1901)이 제2판 증보판(베를린 1865/1866)에 이어 간행한 제3판(베를린 1891)에서는 원래 초판의 각 항목 제목 아래에 배치되었던 항목별 출처 정보가 1~2권 각각의 본문 뒤로 옮겨졌다. 제2판 이후에 계승된 주요 변동으로는 초판 제2권 끝에 추기되었던 전설 6개 항목 가운데 1개('폰 보니카우 부인')가 제1권 70번으로, 나머지 5개는 제2권에 분산삽입된 것이다. 헤르만의 편집 의도는 자신의 서문에서 밝힌 대로 "(그림) 전설을 오히려 독본으로 민족에게 제공하기 위해서"였다. 초판의 체재를 재구성하여 가독성을 높이려는 헤르만의 시도를 라이홀트 슈타이크가 제4판[47]에서 계승하였으나, 항목별 출처를 본문 다음의 부록에 수록하는 한편 481~487번까지의 항목별 번호를 초판의 구성에 따라 헤르만 판본 이전의 원래 형태로 되돌렸다. 한스-외르크 우터는 1993년 간행본(Hans-Jörg Uther: Brüder Grimm: Deutsche Sagen, 2 Bde. München 1993)에서 각 항목의 출처를 전반적으로 추적하여 출처비평을 한 단계 진전시켰고, 그 결과를 뢸레케도 1994년 간행본에 반영하였다.

2010년대까지 간행된 판본들 가운데 번역 원전으로 고려할 대상은 헤르만 그림의 1891년 제3판에 기초한 1956년 뮌헨 빙클러 출판사 간행본과 뢸레케의 1994년 간행본으로 압축할 수 있다(위 각주 2 참조). 우리의 번역에서는 뮌헨 간행본의 학술서적조합 특별판[48]을 원전으로 선택하고 뢸레케 간행본의 체재와 주해를 부분적으로 참조하였다. 원본의 체재와 학술성을 재현하려는 뢸레케와 독자편의를 배려한 헤르만 및 그 이후의 간행본들 사이의 실질적인 차이가 크지 않을뿐더러 국제적 보급에서 헤르만식의 체재가 선호[49]되는 현상을 고려하였다.

47 Deutsche Sagen - bearbeitet von Reinhold Steig. Hrsg. Brüder Grimm, Berlin: Stricker 1905.

48 Brüder Grimm (Hrsg.): Deutsche Sagen. Zwei Bände in einem Band. München: Winkler 1965. Sonderausgabe für die Wissenschaftliche Buchgesellschaft Darmstadt.

49 Jacob und Wilhelm Grimm: Deutsche Sagen. Vollständiger, durchgesehener

초판에서 본문의 각 항목 제목 다음에 덧붙여졌다가 헤르만 간행본에서 본문 뒤의 부록에 수록된 항목별 출처는 원칙적으로 우리의 번역본에 포함시키지 않았다. 출처 연구 등 학술적 목적에만 소용될 이 부분이 번역본의 가독성을 현저하게 저해할 것이기 때문이다. 그 밖에 그림 형제의 유고에서 발췌하여 뢸레케 간행본 부록에 수록된 26편(A1～A26)도 — 헤르만 판본 제1권에 70번으로 수록된 A23 '폰 보니카우 부인'을 예외로 하고 — 번역에서 제외하였다. 제2권 서문의 각주 가운데 전문가에게만 필요하다고 판단되는 일부 출처나 문헌 소개도 번역에서 배제하였다. 지명과 인명 가운데 독자의 이해를 돕기 위해 괄호 안에 역주를 붙이거나 원문을 병기한 경우도 있으나, 그 범위는 최소한으로 한정하였다. 이렇게 생략되거나 일률적이지 못한 부분들 때문에 우리의 번역집이 추구한 가독성과 학술성의 균형이 깨지거나 번역 본문의 학술적 용도에 제약이 따르지는 않을 것이다.

4. 『독일전설』 완역의 의의

『독일전설』은 그림 형제의 저술들 가운데 『어린이와 가정을 위한 동화』 다음으로 규모가 큰 대작이며 독일어권 전설 모음으로서는 가장 중요한 성과로 꼽힌다. 이 역작을 선례로 삼아 유사한 선집들이 지속적으로 출간되었고 수많은 예술적 각색과 번안이 이어져 왔다. '빙겐의 쥐탑'(242번), '하멜른의 아이들'(245번), '쥐잡이'(246번) 등의 쥐떼 이야기, 재산을 다 버리고 남편을 구하는 '바인스페르크의 여인들'(493번), 탄호이저(171번), '사자왕 하인리히'(526번), 로엔그린(542번), 루터가 마귀의 머리통에 잉크통

Neusatz bearbeitet und eingerichtet von Michael Holzinger. Berliner Ausgabe 2013. 이 최신 간행본의 본문은 헤르만 그림 간행본 제3판(베를린 1891)에 따름.

을 던진 이야기(562번) 등 여러 전설이 그림 형제의 명망과 각 소재의 매력에 힘입어 문학적 교양의 필수 자산이 되었다. 그림동화가 국경을 초월하는 세계인의 자산이라면, 그림전설은 독일인 특유의 상상력과 사고방식과 가치관을 비추어 볼 거울로서 동화와는 다른 매력과 문화소통의 가치를 지니고 있다.

『독일전설』의 국내 기존 번역으로는 원전의 5분의 1 정도를 수록한 발췌역과 어린이용으로 발췌 개작된 단행본 몇 가지가 있을 뿐이다. 이런 현실에 비추어 국내 최초의 완역본을 내게 된 번역진은 각별한 보람을 느끼며, 이 책이 일반 독자들의 애호를 받을 뿐만 아니라 독일문학 외 비교민속학 등 관련 학계에서 기초자료로 활용되기를 기대해 본다. 이 책은 『기적의 진실과 환상 속의 현실(1, 2권)』(송동준 · 임한순 외 10인 공역. 서울대출판부, 1996~1997), 『에다』(임한순 · 최윤영 · 김길웅 공역. 서울대출판부, 2004)에 이어 서울대학교 인문학연구원 독일어권문화연구소가 기획하여 내어놓는 세 번째 독일문학 기초분야의 번역서라는 점에서도 의미가 크다. 첫 번역은 18세기 낭만주의부터 20세기 초까지 독일 작가들이 수집 또는 창작한 전래민담(그림동화)과 민담소설을 선별 수록한 2권의 작품집이고, 둘째 번역은 북유럽신화 『에다』(고『에다』, 운문『에다』)를 국내 최초로 완역한 것이다. 『에다』에 이어 다시금 국내 최초로 완역된 『독일전설』은 일반 독자들을 위한 '독본'이자 또한 인용 가능한 학술용 정본을 목표로 한국연구재단의 지원을 받아 수행되었다.

공역자 임한순은 독일어권문화연구소 소장으로서 번역을 기획하고 제1권 및 제2권의 서문, 제1권의 1~60번, 127~214번 본문(합계 148항목)을 번역하는 한편 역자 서문을 집필하였고, 윤순식은 제1권 317~363번 및 제2권 364~468번(합계 152항목)을, 홍진호는 제1권 61~126번, 215~316번 및 제2권 469~585번(합계 285항목)을 각각 번역하였다. 1~2권 전설 본문과 주석의 약 1/2을 홍진호가, 윤순식과 임한순이 약 1/4씩을 분담한 것이다. 각 분담 부분에 대한 책임은 해당 역자에게 있다. 전설처럼 구술체 또는 구술을 전제한 서술체가 지배적인 문학적 원문의 공역에서는 문체의 통일이 중요하므로 역자들도 이 문제에 부심하였으나, 미진한 부분은 추후에 계속 보완해 나갈 생각이다. 참고문헌 목록은 역자 3인이 공동으로 작성하였다. 기획 초기의 원본 검토에 독일어문화권연구소 학술부장 김화경 박사가 참여하였다.

『독일전설』의 완역본 출간을 결정하고 정밀한 작업으로 마무리해 준 서울대학교출판문화원에 깊이 감사드린다.

2014. 12.

대표역자 임한순

참고문헌

1. 『독일전설』

주요 판본

Deutsche Sagen, bearbeitet von Reinhold Steig, Berlin: Stricker 1905.

Deutsche Sagen. Zwei Bände in einem Band. München: Winkler 1956; Sonderausgabe für die Wissenschaftliche Buchgesellschaft, Darmstadt 1965

Deutsche Sagen, 3 Bde., hrsg. von Hans-Jörg Uther und Barbara Kindermann-Bieri. München: Diederich 1993.

Deutsche Sagen, ediert und kommentiert von Heinz Rölleke. Frankfurt a. M. 1994; Sonderausgabe für die Wissenschaftliche Buchgesellschaft Darmstadt 1999

Deutsche Sagen. Vollständiger, durchgesehener Neusatz, bearbeitet und eingerichtet von Michael Holzinger, Berliner Ausgabe 2013.

참고문헌

Bluhm, Lohtar u. Hölter, Achim: Die „Quedlinburger Sammlung“. Eine Quellenkritische Untersuchung zu Grimms Deutschen Sagen. In: Fabula (1989), Heidelberg 1989, S. 257-270.

Calomino, Salvatore: From verse to prose: The Barlaam and Josaphat legend in fifteenth-century Germany. Potomac, Md., U.S.A.: Scripta Humanistica, 1990.

David, Craig: Beowulf and the demise of Germanic legend in England. New York: Garland, 1996.

Hale, Anne Gardner: Folly's bells, a German legend. Buffalo, New York, The Peter Paul book company, 1897.

Kindermann, Barbara: Heterogene Quellen - homogene Sagen. Philologische Studien zu den Grimmschen Prinzipien der Quellenarbeitung. Untersucht anhand des Schweizer Anteils an den deutschen Sagen, Basel 1989.

Paul, Fritz: „Aller Sage grund ist nur mythus". Religionswissenschaft und Mythologie im Werk der Brüder Grimm. In: 200 Jahre Brüder Grimm, Heidelberg 2012. S. 77-90.

Petzold, Leander: Einführung in die Sagenforschung, Konstanz 2002.

Petzoldt, Leander: Dämonenfurcht und Gottvertrauen. Zur Geschichte und Forschung unserer Volkssagen, Darmstadt 1989.

Roethe, Gustav: Deutsche Treue in Dichtung und Sage, Langensalza 1925.

Schenda, Rudolf: Jacob und Wilhelm Grimm: ‚Deutsche Sagen' Nr. 103, 298, 337, 340, 350, 357 und 514. Bemerkungen zu den literarischen Quellen von 7 Schweizer Sagen. In: Schweizerisches Archiv für Volkskunde 81 (1985), München 1998, S. 196-206.

Schmoeckel, Reinhard: Deutsche Sagenhelden und die historische Wirklichkeit. Zwei Jahrhunderte deutscher Frühgeschichte neu gesehen, Hildesheim u. a. 1995.

Tetzner, Reiner: Germanische Götter- und Heldensagen. Stuttgart 1997.

Uther, Hans-Jörg: Die „Deutschen Sagen" der Brüder Grimm im Spiegel ihrer Kritiker. Ein Beitrag zur frühen Sagenrezeption. In: Hören Sagen Lesen Lernen, Bern u. a. 1995, S. 721-739.

Uther, Hans-Jörg: Die Brüder Grimm als Sammler von Märchen und Sagen. In: Heidenreich u. Grothe (hrsg.): Kultur und Politik, S. 67-107.

Uther, Hans-Jörg: Johann Jacob Bräuners ‚Curiositäten' als Vorlage der ‚Deutschen Sagen' der Brüder Grimm. Zum Bedeutungswandel von Geschichten durch Nacherzählen. In: Volkskultur-Geschichte-Region, Würzburg 1990, S. 552-571.

William J., Paff: The geographical and ethnic names of the þidriks saga; A study in Germanic heroic legend. Cambridge, Mass., Harvard University Press, 1959.

Williams, Charles Allyn: The German legends of the hairy anchorite. [Urbana] University of Illinois, 1935.

Wotjak, Barbara u. Richter, Manfred: Sage und Schreibe: Deutsche Phraseologismen in Theorie und Praxis. Leipzig: Langenscheidt, 1997.

국문 번역 및 논문

그림 형제: 『그림 전설집: 서구 환상문학의 뿌리가 된 독일 옛이야기』, 안인희 옮김 및 해설, 웅진씽크빅, 2006.

배정희: 「'하멜른의 쥐잡이 전설'의 아이러니: 문화적 정체성과 지역성」, 『인문과학』 43(2009), 61-83쪽.

손은주: 「지역학의 모델로서 독일 전설 연구. 그림형제의 『독일전설』을 중심으로」, 『뷔히너와 현대문학』 34(2010), 323-341쪽.

2. 그림 형제의 주요 저술

Jacob und Wilhelm Grimm: Kinder- und Hausmärchen. Gesammelt durch die Brüder Grimm, 2 Bde., Berlin 1812, 1815.

Jacob und Wilhelm Grimm: Deutsche Sagen, 2 Bde., Berlin 1816, 1818; 2. Auflage 1865, 4. Auflage 1905.

Jacob und Wilhelm Grimm: Deutsche Sagen, 3 Bde., hrsg, von Barbara Kindermann-Bieri, München 1993.

Jacob Grimm: Deutsche Grammatik, 4 Bde., Göttingen 1819-1837.

Jacob und Wilhelm Grimm: Irische Elfenmärchen, Leipzig 1826.

Jacob und Wilhelm Grimm: Deutsche Mythologie, Leipzig 1835.

Jacob und Wilhelm Grimm: Deutsches Wörterbuch, 1. Bd., 1854, 33. Band 1960.

Jacob Grimm: Kleinere Schriften. Zweite Aufl., 8 Bde., Berlin 1879-1885.

Jacob und Wilhelm Grimm: Die Selbstbiographien von Jacob und Wilhelm Grimm aus dem Juli und September 1830, hrsg, von Ingeborg Schnack, Kassel 1958.

Jacob Grimm: Ausgewählte Schriften, Reden und Abhandlungen, hrsg. u. eingeleitet von Ulrich Wyss, München 1984.

Jacob Grimm: Reden in der Akademie, Ausgewählt u. hrsg, von Werner Neumann u. Hartmut Schmidt, Berlin [Ost] 1984.

Jacob und Wilhelm Grimm: Schriften und Reden, ausgewählt u. hrsg, von

Ludwig Denecke, Stuttgart 1985.

Jacob und Wilhelm Grimm: Über das Deutsche. Schriften zur Rechts-, Sprach- und Literaturgeschichte, hrsg, von Ruth Reiher u. Bärbel Göllmer, Leipzig 1986.

Jacob und Wilhelm Grimm: Werke und Briefwechsel in kritisch-kommentierten Einzelbänden, hrsg, von Holger Ehrhardt, Rotraut Fischer, Ewald Grothe, Matthias Janssen, Bernhard Lauer, Bärbel Plötner u.a., Kassel 1998.; bisher 3 Bde. Weitere im Druck bzw. in Vorbereitung.

Jacob und Wilhelm Grimm: Briefwechsel, hrsg, von Stephan Bialas, Heinz Rölleke u. a. Stuttgart 2001, bisher 4 Bde. Weitere im Druck bzw. in Vorbereitung.

Wilhelm Grimm: Kleinere Schriften, 4 Bde., Berlin 1881-1883, Gütersloh 1887.

국문번역

그림 형제: 『(어른을 위한) 그림 형제 동화전집』, 김열규 옮김, 고양: 현대지성사, 2004.

그림 형제: 『그림 형제 민담집: 어린이와 가정을 위한 이야기』, 김경연 옮김, 서울: 현암사, 2012.

그림 형제: 『그림 형제 옛이야기 모음집 1』, 이은자 옮김, 서울: 부북스, 2012.

그림 형제: 『마흔에 읽는 그림 형제 동화』[전자자료], 김문성 편역, 서울: 교보문고, 2012.

그림 형제: 『獨逸民譚說話集』, 김창활 역., 서울: 乙酉文化社, 1977.

그림 형제: 『그림 메르헨』, 니콜라우스 하이델바흐 그림; 김서정 옮김, 서울: 문학과지성사, 2007.

3. 그림 형제 참고문헌 및 논문

Brednich, Rolf Wilhelm: Die Brüder Grimm in Göttingen 1829-1837, Göttingen 1986.

Denecke, Ludwig u. Schulte Kemminghausen, Karl: Die Brüder Grimm in Bildern ihrer Zeit, Kassel 1980.

Denecke, Ludwig: Bibliographie der Briefe von und an Jacob und Wilhelm Grimm. In: Aurora. Jahrbuch der Eichendorff-Gesellschaft 43 (1983), S. 169-227.

Denecke, Ludwig: Die Göttinger Jahre der Brüder Jacob und Wilhelm Grimm. In: Göttinger Jahrbuch (1977), S. 139-155.

Denecke, Ludwig: Jacob Grimm und sein Bruder Wilhelm, Stuttgart 1971.

Friemel, Berthold: Unpreußische Ansichten. Dokumente und Tatsachen zum politischen Engagement der Brüder Grimm 1813-1815. In: Brüder Grimm Gedenken 11 (1995), S. 178-196.

Gerhardt, Corinna: Jacob und Wilhelm Grimm als Hochschullehrer in Berlin. In: Brüder Grimm Gedenken 11 (1995), S. 80-99.

Gerstner, Hermann: Die Brüder Grimm. Biographie, Gerabronn u. Crailsheim 1970.

Ginschel, Gunhild: Der junge Jacob Grimm 1805-1819, Berlin 1989.

Grimm, Ferdinand Philipp: Der unbekannte Bruder Grimm: Deutsche Sagen, Düsseldorf u.a. 1979.

Grimm-Sozietät in Berlin e.V. (hrsg.): Die Brüder Grimm in Berlin. Bilder-Studien-Dokumente, Stuttgart 2005.

Grothe, Ewald: Die Brüder Grimm und die hessische Politik. In: Heidenreich u. Grothe (Hrsg.): Kultur und Politik, Frankfurt a. M. 2003, S. 179-204.

Halub, Marek: „Meine Wege gehen auf Ihre Straße". Über die Wechselbeziehung der Brüder Grimm mit schwäbischen Romantikern. In: Brüder Grimm Gedenken 13 (1999), S. 59-77.

Hansen, Wilhelm: Die Brüder Grimm in Berlin. In: Brüder Grimm Gedenken (1963), S. 227-307.

Heidenreich, Bernd u. Grothe, Ewald (hrsg.): Kultur und Politik - Die Grimms, Frankfurt a. M. 2008.

Helwig, Heidrun: Die Kasseler Jahre: Zwischen Forscherdrang und Freundschaftsbanden. In: Heidenreich u. Grothe (hrsg.): Die Grimms, Frankfurt a. M. 2003. S. 51-79.

Hennig, Dieter u. Lauer, Bernhard (hrsg.): 200 Jahre Brüder Grimm. Die Brüder Grimm. Dokumente ihres Lebens und Wirkens, Kassel o. J. [1985].

Köstlin, Monika: Im Frieden der Wissenschaft. Wilhelm Grimm als Philologe, Stuttgart 1993.

Lauer, Bernhard: Chronologisches Werkverzeichnis der Brüder Jacob und Wilhelm Grimm 1806-1863. In: Hans-Bernd Harder u. a. (hrsg.): Die Brüder Grimm in ihrer amtlichen und politischen Tätigkeit, Marburg 1989, S. 45-116.

Lelke, Ina: Die Brüder Grimm. Zum Verhältnis von Geselligkeit, Arbeitsweise und Disziplinengenese im 19. Jahrhundert, Frankfurt a. M. 2005.

Lemmer, Manfred: Die Brüder Grimm. Ihr Leben in Bildern, Leipzig 1963.

Martus, Steffen: Die Brüder Grimm. Eine Biographie, Berlin 2009.

Michaelis-Jena, Ruth: Die Brüder Grimm, Münster 1980.

Schede, Hans-Georg: Die Brüder Grimm, Hanau 2009.

Schmidt, Hartmut: Die Brüder Grimm. In: Deutsche Brüder. Zwölf Doppelporträts, Berlin 1994, S. 164-196.

Schoof, Wilhelm: Die Brüder Grimm in Berlin, Berlin 1964.

Schoof, Wilhelm: Göttingen und die Brüder Grimm. In: Niedersächsisches Jahrbuch für Landesgeschichte 14 (1937), S. 233-287.

Seitzs, Gabriele: Die Brüder Grimm. Leben-Werk-Zeit, München 1984.

Sonderregger, Stefan: Die Brüder Grimm - Philologie, historische Sprachwissenschaft und Literaturgeschichte. In: 200 Jahre Brüder Grimm, S. 43-61.

Weishaupt, Jürgen: Die Märchenbrüder. Jacob und Wilhelm Grimmihr Leben und Wirken, Kassel 1985.

국문

김정철: 『그림형제의 동화: 허구의 문학 사실의 문학』, 경북대학교 출판부, 2008.

오이겐 드레버만: 『(어른을 위한) 그림 동화 심리 읽기: 재투성이에서 라푼첼까지 심층심리학으로 들여다본 여성 심리의 비밀』, 김태희 옮김, 서울: 교양인, 2013.

이민수: 『그림 동화의 숨겨진 진실』, 서울: 예담, 2005.

이성훈: 『그림 형제. 생애와 동화문학세계』, 건국대학교 출판부, 1994.

키류 미사오: 『(알고 보면 무시무시한) 그림 동화』, 이정환 옮김, 서울: 서울문화사, 2003.

그림 형제 연보

1785 1월 4일에 하나우에서 야콥 그림이 태어남. 아버지 필립 빌헬름 그림과 어머니 도로테아 그림은 야콥 그림을 시작으로 모두 9명의 자녀를 둠. 이중 셋은 어린아이 때 세상을 떠남

1787 2월 24일. 빌헬름 그림이 태어남

1796 1월 10일. 아버지 사망

1798 야콥과 빌헬름은 김나지움(중고등학교에 해당하는 중등교육기관)을 다니기 위해 프랑크푸르트에서 북쪽으로 약 200km 떨어진 카셀로 이주

1802 야콥: 마그데부르크 대학에서 법학을 공부하기 시작함
빌헬름: 심한 질병을 앓음

1805 야콥: 1월부터 9월까지 파리를 여행

1806 야콥: 헤센 선제후국의 전쟁평의회에서 서기관으로 일하기 시작함(1월 16일)
빌헬름: 사법시험을 마침
야콥과 빌헬름: 아힘 폰 아르님과 클레멘스 브렌타노가 발간한 민요 모음집 『소년의 마법호른』 집필에 참여
야콥: 카셀이 프랑스 군대에 의해 점령당하면서(11월 1일) 부대보급위원회에 배속됨

1807 야콥: 헤센 선제후국이 해체되고 나폴레옹에 의해 만들어진 베스트팔렌 왕국이 세워지면서 보급위원회 자리에서 물러남. 12월 14일 궁정 도서관 사서직을 맡게 됨

1808 야콥과 빌헬름: 아힘 폰 아르님이 발행하는 잡지 『차이퉁 퓌어 아인지들러(이주자 신문)』를 위해 함께 일함. 이 잡지는 하이델베르크 낭만주의의 잡지로서 1808년 4월부터 8월까지 발간됨. 클레멘스 브렌타노와 요제프 괴레스가 편집자로 참여함
5월 27일 어머니 사망

야콥: 6월 말부터 제롬 보나파르트 왕의 개인도서관 사서로 일하게 됨

1809 야콥: 2월 17일에 베스트팔렌 국가의회의 감사 의원이 됨

빌헬름: 4월에 요양을 위해 할레로 여행. 9월에 클레멘스 브렌타노 및 아힘 폰 아르님과 함께 베를린으로 돌아오다가 바이마르에 들려 괴테를 방문

1811 야콥의 첫 번째 단독 저서 『고대독일의 민네장에 대하여』와 빌헬름의 『고대덴마크의 영웅가』 모음집이 출간됨

1812 야콥과 빌헬름: 원래 클레멘스 브렌타노를 위해 모았던 『어린이와 가정을 위한 동화』 1권을 출간함. 북유럽 신화인 『에다』의 독일어판 출간 준비

1813 야콥과 빌헬름: 고독일의 문학을 다루는 잡지 『알트도이체 벨더』를 발간함

11월에 헤센의 선제후가 돌아옴

야콥: 카셀에서 약탈당한 문화재를 되찾아오기 위해 연합군의 12월 파리 진격에 참여

1814 빌헬름: 도서관 서기관이 됨

야콥: 7월에 파리에서 돌아옴

야콥과 빌헬름: 신문 『라이니셔 메르쿠어』에서 기자로 일함

1815 야콥: 카셀에서 도난당한 문화재들에 대해 조사하기 위해 다시 파리로 감(9월~12월)

빌헬름: 쾰른까지 라인 강 여행을 떠남. 하이델베르크에서 괴테를 만나 함께 부아세레 형제(줄피츠 부아세레와 멜히오르 부아세레. 독일과 네덜란드의 회화작품들을 수집했다)가 모은 회화작품들을 감상함

야콥과 빌헬름: 『어린이와 가정을 위한 동화』 2권 출간

1816 야콥과 빌헬름: 『독일 전설』 1권 출간

1819 야콥: 『독일어의 문법』 1권 출간(1822년과 1840년에 개정판 출간. 2권은 1826년, 3권은 1831년, 4권은 1837년에 출간). 이 책은 현대적인 어원학(語源學)의 중요한 토대가 됨

야콥과 빌헬름: 마르부르크 대학의 명예박사 학위를 받음

1821 빌헬름: 11월부터 헤센 선제후국의 왕자인 프리드리히 빌헬름의 교사

로 일함

1825 빌헬름: 5월 15일 도로테아 빌트와 결혼

야콥과 빌헬름: 『어린이와 가정을 위한 동화』의 소책자 판본 출간

1826 빌헬름: 도로테아와의 사이에서 아들 야콥이 태어남(4월 3일). 그러나 야콥은 12월에 사망함

1828 빌헬름: 아들 헤르만이 태어남(1월 6일)

1829 야콥과 빌헬름: 괴팅겐 대학의 초청을 받아들이고, 기존의 모든 직책을 내려놓음

야콥: 『독일 중세법』 출간

빌헬름: 『독일 영웅전설』 출간

1830 야콥과 빌헬름: 괴팅겐으로 이주

야콥: 괴팅겐 대학의 교수가 됨

빌헬름: 괴팅겐 대학 도서관장을 맡음

빌헬름: 아들 루돌프가 태어남(3월 31일)

1831 야콥: 남독일 여행

빌헬름: 괴팅겐 대학의 비정규 교수로 임명됨(1835년 정식 교수가 됨)

1832 빌헬름: 딸 아우구스테가 태어남(6월 15일)

1833 야콥: 궁정고문관으로 임명됨

1834 야콥: 『라인하르트 폭스』 발간. 라인하르트 폭스(혹은 라이네케 폭스)는 중세 시절부터 전해 내려오는 우화

1835 야콥: 『독일 신화』(개정판은 1844)

1837 에른스트 아우구스트 1세가 하노버 왕국의 왕으로 등극. 아우구스트 1세는 1833년부터 시행된 자유주의적 헌법의 효력을 정지시키고 헌법 개정을 시도함. 이에 야콥 그림과 빌헬름 그림을 포함한 괴팅겐 대학의 교수 7인이 이에 항의하는 문서에 서명. 많은 시민과 학생들의 폭발적인 지지를 얻은 이 항의서로 인하여 일곱 명의 교수들은 12월 4일 대학에서 해고됨. 그중 야콥 그림을 포함한 3인의 교수는 괴팅겐에서 추방당함. 이에 야콥은 카셀에 있는 동생 루드비히의 집으로 이주함

1838 야콥과 빌헬름: 「나의 해고에 대하여」라는 에세이 발표

빌헬름: 10월 중순에 가족들과 함께 카셀로 이주

	야콥과 빌헬름: 바이트만 서점과 『독일어 사전』 집필 계약 체결
1840	야콥과 빌헬름: 새로 프로이센의 왕위에 오른 프리드리히 빌헬름 4세에 의해 베를린 대학(오늘날의 훔볼트 대학) 교수로 초빙됨
1841	야콥과 빌헬름: 3월에 카셀에서 베를린으로 이주
	빌헬름: 베를린 아카데미의 정식 회원으로 선정됨
1843	야콥: 이탈리아 여행(제네바, 나폴리, 로마, 베니스 등)
1844	야콥: 덴마크와 스웨덴 여행
1846	야콥: 프랑크푸르트에서 열린 제1회 독어독문학 회의에서 의장으로 선출됨
	빌헬름: 제1회 독어독문학 회의에서 『독일어 사전』의 진행경과를 보고
1847	야콥: 뤼벡에서 열린 제2회 독어독문학 회의에서 의장으로 선출됨. 빈과 프라하 여행
1848	야콥: 시민혁명의 와중에 프랑크푸르트 국민회의의 준비를 위해 4월에 프랑크푸르트의 파울스 교회에서 열린 예비의회 참여. 5월부터 9월까지는 국민의회의 의원으로 프랑크푸르트에 머무름
	『독일어의 역사』 발간
	베를린 대학에서 마지막 강의를 함
1852	빌헬름: 베를린 대학에서의 강의 중단
1853	야콥: 프랑스 남부와 베니스, 잘츠부르크, 프라하 등 여행
	빌헬름: 부인 도로테아와 함께 라인브라이트바흐 여행
1854	『독일어 사전』 1권 발간
1856	12월 16일, 빌헬름 그림 사망
1860	『독일어 사전』 2권 발간
1863	9월 20일, 야콥 그림 사망

옮긴이 소개

임한순

서울대학교 독어독문학과를 졸업하고 동 대학원에서 석사학위를 받았다. 이후 독일의 본(Bonn) 대학교에서 박사학위를 받고 한국외국어대학교와 서울대학교에서 오랫동안 독어독문학과 교수로 재직하였다. 저술로는 『베르톨트 브레히트와 그의 중국철학에의 관계』(Bonn, 1984), 『독일고전시』(청록출판사, 편저), 『브레히트의 서사극』(서울대학교출판부, 공저), 『기적의 진실과 환상 속의 현실(1, 2)』(서울대학교출판부, 공역), 『에다』(서울대학교출판부, 공역), 『브레히트 희곡선집(1, 2)』(서울대학교출판부) 등이 있다.

윤순식

서울대학교 독어독문학과를 졸업하고 동 대학원에서 석사학위와 박사학위를 받았다. 박사후과정으로 베를린 훔볼트(Humboldt) 대학교에서 현대 독문학을 연구했다. 공군사관학교 전임강사, 한양대학교 연구교수를 역임했고 오랫동안 서울대학교에서 강의했다. 현재 덕성여자대학교 초빙교수로 재직 중이다. 저서로는 『아이러니』(한국학술정보), 『토마스 만』(살림출판사), 『전설의 스토리텔러 토마스 만』(공저, 서울대학교출판문화원) 등이 있고, 역서로는 『교양』(공역), 『정신병리학 총론』(전 4권, 공역), 『역사의 지배자』, 『작약등(芍藥燈)』, 『아이 사랑도 기술이다』, 『마의 산』(전 3권), 『변신』, 『괴테, 토마스 만, 니체의 명언들』, 『로스할데』, 『나르치스와 골드문트』, 『베네치아에서의 죽음』, 『토니오 크뢰거』 등이 있다.

홍진호

서울대학교 독어독문학과를 졸업하고 동 대학원에서 석사학위를 받았다. 이후 독일 베를린 훔볼트(Humboldt) 대학에서 『자연주의의 자연과학적 문학컨셉과 에두아르트 폰 카이절링의 성이야기』로 박사학위를 받았다. 현재 서울대학교 독어독문학과 부교수로 재직 중이다. 저서로는 『자연주의의 자연과학적 문학컨셉과 에두아르트 폰 카이절링의 성이야기』가 있고, 번역서로는 『라이겐』(을유문화사) 등이 있다.